ORCHARD BOOKS

First published in Great Britain in 2015 by The Watts Publishing Group

1 3 5 7 9 10 8 6 4 2

Text © Jonathan Meres 2015
Illustrations © Donough O'Malley 2015

The moral rights of the author and illustrator have been asserted.

A CIP catalogue record for this book
is available from the British Library.

ISBN 978 1 40833 411 9

Printed and bound in Great Britain by CPI Group (UK) Ltd, Croydon, CR0 4YY

The paper and board used in this book are from well-managed forests
and other responsible sources.

Orchard Books
An imprint of

Hachette Children's Group
Part of The Watts Publishing Group Limited
Carmelite House
50 Victoria Embankment
London EC4Y 0DZ
An Hachette UK Company
www.hachette.co.uk
www.hachettechildrens.co.uk

JONATHAN MERES

# THE WORLD OF NORM

## MAY STILL BE CHARGED

ORCHARD

To Mr Thorpe.

# CHAPTER 1

Norm knew it was going to be one of those days when he was grounded before he'd even got up. Strictly speaking, before he'd fully **woken** up, let alone actually **got** up.

"Whaaaaaaat?" yawned Norm, like a bear slowly waking from a long winter's hibernation.

"You heard," said his mum, standing at the end of the bed, arms folded and with a face like thunder.

"Grounded?" said Norm.

"See?" said Norm's mum. "I told you you'd heard."

"But..."

"But nothing, Norman. You're grounded and that's all there is to it."

Norm sighed. He **hated** it when adults said that. Not when they said he was **grounded**. Although Norm obviously **did** actually hate being **grounded**. Who **didn't** hate being grounded? Especially being grounded before you'd had a chance to scratch your own flipping bum? Well, **obviously** your **own** bum. But what Norm really hated was when his mum or dad, or some other boring grown-up, finished whatever boring sentence they were saying by saying 'and that's all there is to it'. Like that somehow made it **official**.

Like it was some kind of flipping *law* or something. Like there could be no further debate on the subject. Like that was it. It was *final*. And it just wasn't flipping *fair* as far as Norm was concerned. Just because someone was *ancient*, didn't mean they knew *everything*.

"Well?" said Norm's mum.

"What?" said Norm.

"Don't you want to know what for?"

"Uh?"

"Don't you want to know *why* you've been grounded?"

"Oh, right." Norm thought for a moment. *Did* he want to know why he'd been grounded? What difference would it make? None whatso-flipping-ever. His mum had clearly made her mind up. And

Norm knew there was more chance of it raining **pizzas** than there was of his mum changing her mind.

"Guess."

"Guess what?" said Norm.

"Why you've been **grounded!**" said Norm's mum, beginning to sound quite cross.

Norm puffed out his cheeks. What was the point in even **trying** to guess? In his experience it could have been literally **anything**, ranging from accidentally leaving a light switched on overnight, to being single-handedly responsible for the worldwide economic recession.

"I'll tell you then, shall I?"

"Whatever," muttered Norm.

"What was that?"

Norm sighed. "Nothing."

"You've gone over again."

Uh? thought Norm. He'd gone over **what** again? What was his mum on about? It really was much too early for this. Not that Norm had the faintest idea what time it was anyway. But whatever time it was, it was still much too early.

"Your phone bill?"

"Oh," said Norm.

"I mean **way** over."

"Oh," said Norm.

"Again."

"Oh," said Norm.

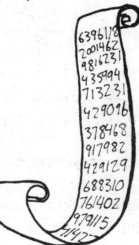

Norm's mum looked at Norm. "Is that all you've got to say?"

"Oh, I **see?**" said Norm tentatively.

Norm's mum shook her head in exasperation. "What are we going to do with you?"

"Dunno," said Norm. "Let me go back to sleep?"

"This is no time for joking, Norman."

Norm pulled a face. "I'm not joking, Mum. I'm serious."

Norm's mum laughed. "You don't honestly think I'm just going to let you go back to **sleep**, do you?"

Norm looked at his mum for a second. "I was kind of **hoping** you would, yeah."

"But..."

"What?" said Norm.

"What about school?"

Norm shrugged. "What about it?"

"You'll be late."

"For what?"

"School!" said Norm's mum. "What do you think I mean?"

"Uh?" said Norm. "But..."

"What?"

"It's Saturday."

Norm's mum laughed again. "No, it's not! It's **Friday!**"

"What?" groaned Norm. "Are you sure?"

Norm's mum raised her eyebrows quizzically. "Am I sure it's **Friday?**"

Norm nodded.

"Hmmm, let me think about that for a second," said Norm's mum. "Yes, I'm sure."

"Gordon flipping Bennet," said Norm.

"Language," said Dave, passing Norm's open bedroom door.

"And you can shut up, you little freak!" hissed Norm.

"Charming," said Dave, heading for the stairs.

"Get up," said Norm's mum. "And your brother's right, by the way."

"What do you mean?" said Norm.

"There's no need for language."

Flipping well *is*, thought Norm.

"Well?" said Norm's mum. "What are you waiting for? Up you get! *Now!*"

"But..."

"But **what?**"

"I **can't** go to school, Mum."

"Why not?" said Norm's mum.

Norm shrugged. "Because I'm **grounded!**"

Norm's mum smiled. "You **will** be once you get **back** from school."

Brilliant, thought Norm. So on top of having to go to flipping **school** when he hadn't thought it was a flipping school day, he couldn't even go out when he got **back** from flipping school now. Just when he'd thought things couldn't get any worse, they just flipping **had!** Same as flipping usual!

"Nice try though," said Norm's mum, disappearing through the doorway and heading for the stairs.

"Missing you already," said Norm.

"I heard that!" called Norm's mum.

"Gordon flipping **Bennet**," muttered Norm to himself.

"I heard that too!"

Norm bit his tongue. But not **too** loudly. Just in case his mum heard **that** as well.

# CHAPTER 2

"Nice of you to join us, Norman," said Norm's dad, barely glancing up from the laptop as Norm eventually appeared in the kitchen doorway.

"You're welcome," said Norm, helping himself to a bowl of supermarket own-brand Coco Pops and plonking himself down at the table between his two brothers.

"I think Dad was being sarcastic," said Brian, Norm's other brother.

"Really, Brian?" said Norm.

Brian nodded. "Yes, really."

"Two things," said Norm. "Firstly, I **knew** that."

"Knew what?"

"That Dad was being sarcastic."

"Right," said Brian. "And what's the second thing?"

"Shut up," said Norm.

"But I thought you said—"

"No, that was the second thing," said Norm cutting Brian off. "Shut up."

Dave sniggered.

"Don't encourage him, Dave," said Norm's mum as she stood at the counter, preparing packed lunches for school.

"Yeah, Dave," said Brian. "It's not big and it's definitely not clever."

Norm glared at Brian like a killer whale eyeing up a plump juicy seal.

"Well?" said Norm's dad. "What have you got to say for yourself?"

"Who, me?" said Norm, when no one else showed any sign of answering.

"Yes, you," said Norm's dad.

"About what?" said Norm.

"What do you think?" Norm's dad said.

Norm thought for a moment. What did he *think*? He thought his stupid little brothers should be sold on eBay. He thought his mum should stop making weird sandwiches and bung a pizza in the oven instead. And he thought his dad should hurry up and get a flipping job so that they could buy a proper house again and not be forced to live in a glorified shoebox. *That's* what he *thought.* And that was just for *starters*.

"The phone bill?" said Norm's dad.

"Oh, *that,*" said Norm.

Throb

"Yes, *that*," said Norm's dad, the vein on the side of his head already beginning to throb – a sure-fire sign that he was starting to get stressed. Not that Norm noticed. Not that Norm *ever* seemed to notice his dad getting stressed.

"It's not *my* fault, Dad."

Norm's dad stared at Norm for a moment as if he couldn't quite believe what he'd just heard. "Sorry?"

Norm snorted. "*You're* sorry? How do you think I feel?"

"I don't think that's quite what Da—" began Brian.

"Shut up, Brian!" spat Norm.

"Actually, Brian's right," said Norm's dad.

Norm and Brian looked at each other. Brian stuck his tongue out.

"What I *meant* was, are you *serious*? It's not *your* fault that *you* have a huge phone bill?"

Norm shrugged. "No."

"Seriously?" said Norm's dad.

Uh? thought Norm. Was he serious that he was serious? This was getting confusing. *Seriously* confusing.

"Can I ask you a question, Norman?" said Norm's dad.

Norm shrugged again. "I dunno. Can you?"

"Has *anything* ever been your fault?"

It was a **good** question actually, thought Norm. Which was unusual for a start. Because his dad's questions were usually pretty pointless and nearly always completely stupid.

"Well?" said Norm's dad.

"Hang on," said Norm. "I'm trying to think."

"I wondered what that noise was," said Dave.

"Ha!" said Brian. "Good one, Dave!"

"Thanks," said Dave.

"Yeah, good one, Dave," said Norm. "And before you ask, Brian – yes – I **am** being flipping sarcastic."

"Language," said Dave.

Norm sighed. If he hadn't **already** known it was going to be one of those days, he flipping did **now**.

20

"I'm still waiting," said Norm's dad, his voice getting fractionally higher – another sure-fire sign that he was starting to get stressed. Not that Norm noticed that sign either.

Norm screwed up his face in concentration as he tried to rack his brains for an example.

"You look like you need a poo," Dave said, grinning.

"Aw, yuk, that's disgusting," said Brian.

"I rest my case," said Norm's dad.

Gordon flipping Bennet, thought Norm. What on **earth** was his dad on about now? Resting his case? Was he planning on **going** somewhere? Because if not, **he** might. He could do with a flipping holiday.

"Nothing's **ever** your fault, is it, Norman?" said Norm's dad.

Dave pulled a face. "Yes, it *is*."

Norm's dad smiled. "What I **mean**, Dave, is that Norman never **admits** anything is his fault."

"Oh right, I see," said Dave.

"Your dad's right, love," said Norm's mum. "Remember that time you hit Brian and you said that he'd tripped and hit your fist with his face?"

"It's true!" squeaked Norm, like a mouse with laryngitis. "He did!"

Norm's dad exhaled loudly. "What's the point?"

What was the **point?** thought Norm. That was **another** good question. His dad was on a roll! Could he make it three in a row?

"How do you explain this?" said Norm's dad, pointing at the screen in front of him on the table.

Norm was confused. "How do I explain a laptop?"

"Not the *laptop!* The *bill!!*" said Norm's dad, his voice getting even higher and the vein on the side of his head beginning to throb even more.

"It's *online*, love," said Norm's mum.

"Oh, right, I see," said Norm. "Erm..."

"You're going to have to pay it yourself, you know," said Norm's dad.

"WHAAAAAT?" bellowed Norm, like a moose with bellyache. "You've got to be kidding, right?"

"Do I **look** like I'm kidding, Norman?"

"He doesn't, does he?" whispered Dave to Brian.

"Definitely not," whispered Brian to Dave.

Norm hated to admit it, but his brothers were right. His dad really **didn't** look like he was kidding. Not that his dad was **ever** a bundle of flipping laughs **these** days. Not since they'd had to move and things had been a bit tight, financially. Not since they'd had to start buying supermarket own-brand Coco Pops – and supermarket own-brand pretty much everything else for **that** matter.

"Well?" said Norm's dad.

"But..." began Norm.

"But **what**, Norman?"

Norm shrugged. "I haven't got any money. And..."

24

He hesitated, seemingly unsure whether to finish the sentence or not.

"And **what?**" said Norm's dad.

"And that's all there is to it," said Norm.

"**Excuse** me?" said Norm's dad in disbelief. "That is **not** all there is to it. You're paying for it. And **that's** all there is to it!"

Norm sighed.

"And you can pack **that** in for a start!"

"Pack what in?" said Norm.

"Sighing," said Norm's dad.

"But..."

"But **nothing**, Norman."

"That's so unfair," mumbled Norm.

"Oh **really?**' said Norm's dad. "You think so? And why's that, then?"

"Because I've already been **grounded**."

"Pardon?"

"I've already been grounded," said Norm. "By Mum."

Norm's dad turned to Norm's mum. "Is that right?"

"Is what right?" said Norm's mum, wrapping sandwiches in supermarket own-brand tin foil and putting them in lunchboxes, alongside pots of supermarket own-brand yoghurts and cartons of supermarket own-brand orange juice.

"That you've already grounded him?"

"Yes it is, actually," said Norm's mum. "Why? Is there a problem?"

"Erm, no," said Norm's dad.

Erm, **yeah!** thought Norm. Surely he wasn't going to be grounded **and** be expected to pay for the phone bill, was he? Because if so, that would be taking unfairness to a whole new flipping level. It would make all the **other** unfair things that had ever happened to him seem like a picnic in the park by comparison. In fact, never mind a picnic in the park, it would make all the other unfair things that had ever happened to Norm seem like a lifetime's supply of free twelve-inch deep-pan margheritas from Wikipizza by comparison. **With** garlic bread! **That's** how unfair it would be.

"Bit harsh, isn't it?" said Brian.

Everyone turned to look at Norm's middle brother. Including Norm.

"Actually Brian's right," said Norm's mum.

"Again," said Brian.

Which **normally** would have infuriated Norm. But Norm was beginning to think that Brian might just have done him a favour. A hu-flipping-**mongous** favour.

"It should be one thing or the other," said Norm's mum.

"You mean..." began Norm's dad.

Norm's mum nodded. "Either he's grounded **or** he has to pay the bill."

Norm's dad appeared to consider this for a moment. "You reckon?"

"Absolutely," said Norm's mum.

Abso-**flipping**-lutely, thought Norm. Not that he

was overly keen on *either* option.

"It's too much otherwise."

"Hmmm," said Norm's dad. "Depends."

"On what?" said Norm's mum.

Yeah, thought Norm. On what?

"How *long* he's going to be grounded."

Bingo! thought Norm. There was his dad's *third* good question right there! How long *was* he going to be grounded for? If, in fact, he was going to be grounded at all now.

"Actually, we haven't got round to discussing that yet, have we, love?"

"What?" said Norm. "Erm, no, we haven't."

"And I'm afraid it will have to wait till after school now," said Norm's mum, handing out the lunchboxes.

"Thanks, Mum," said Dave.

"Thanks, Mum," said Brian.

"Thanks, Mum," said Norm. "For the lunchbox, I mean. Not for..."

"You're welcome," said Norm's mum.

"What sandwiches have we got, Mum?" said Dave.

"Bacon, lettuce and tomato," said Norm's mum.

"Mmmm, yum," said Brian.

"Except we ran out of bacon."

Uh? thought Norm. So just lettuce and tomato then.

"Can I have mine without lettuce please, Mum?" said Dave.

"Can I have mine without lettuce **or** tomato please, Mum?" said Norm.

Brian pulled a face. "So, just bread then?"

"And butter," said Norm.

"Margarine, actually," said Norm's mum.

Yeah, thought Norm. No doubt supermarket own-flipping-brand margarine.

"You'll get what you are given!" said Norm's dad sternly. "This isn't a restaurant, you know! You can't just order whatever you want!"

Pity, thought Norm.

"Anyway, it's time to go, boys," said Norm's mum. "So hurry up."

"'Kay, Mum," said Brian, getting up.

"'Kay, Mum," said Dave, doing the same.

"We'll talk about you-know-what later, love," said Norm's mum.

"'Kay, Mum," said Norm wearily, getting up and following his brothers out of the kitchen and into the hall.

"And don't think we'll forget, Norman!" called Norm's dad. "Because we won't!"

Gordon flipping Bennet, thought Norm. It was on days like this that he almost looked **forward** to going to school. And **that** was flipping saying something.

# CHAPTER 3

"All right?" said Mikey as Norm skidded to a halt outside the school gates.

"Not really, no," said Norm, getting off his bike and trudging slowly into the playground alongside his best friend.

"Oh," said Mikey. "Wanna talk about it?"

"Not really, no," said Norm.

"Don't you think it might help?" said Mikey.

"Not really, no," said Norm.

They walked on for a few more seconds, an awkward silence hovering above them like a bad smell.

"Is that all you're going to say, Norm?" said Mikey. "Not really, no?"

"Not really, no,"

Mikey pulled a face. "That actually doesn't make any sense."

Norm shrugged. "I actually don't care."

Mikey knew better than to argue with Norm when Norm was in a mood like this. And Norm was in a mood like this pretty much all of the time these days. Almost as if it was his default setting.

Another few seconds of awkward silence passed before Norm finally spoke up. "You really want to know?"

Mikey nodded. "I really want to know."

"Something rubbish has happened."

"Well, I kind of figured *that,* Norm."

"Uh?" said Norm.

"I knew *something* was up."

"So why flipping ask then, Mikey?"

"What?" said Mikey. "Erm..."

"Yeah?" said Norm.

"Aren't you going to be...?"

"What?" said Norm.

"Well," said Mikey. "Slightly more...specific?"

"Pacific?" said Norm.

"**Specific**," said Mikey.

"What do you mean?"

"I mean aren't you going to...expand a bit?"

**Expand** a bit? thought Norm. What did Mikey think he was? A flipping **balloon** or something?

"I want **detail**, Norm!" said Mikey.

"Detail?" said Norm, as if Mikey had just announced he'd been a wildebeest in a previous life.

"Yeah," said Mikey. "You can't just say something **rubbish** has happened and then leave it at that!"

"I flipping can," muttered Norm.

"Oh, come on, Norm."

"What?"

"Spill the beans."

Uh? thought Norm. Beans? Expanding? It sounded like things were about to get **seriously** messy.

"Tell me what's **happened!**" said Mikey, looking and sounding more and more exasperated.

"I can't," said Norm.

"Why can't you?" said Mikey.

"Because it hasn't finished **happening** yet," said Norm.

"Sorry. What did you just say?"

"I said it hasn't finished happening yet," said Norm.

"The rubbish thing?" said Mikey.

Norm nodded. "But it will."

Mikey looked at Norm, his face a picture of confusion. "You **know** that something rubbish is going to happen?"

"Yeah."

"How come?" said Mikey. "Can you like, see into the future, or something?"

"No, course I can't, you **doughnut!**" said Norm. "And anyway, if I could..."

"What?" said Mikey.

Norm thought for a moment. "I dunno. I'll think

of something."

"So how come you know something rubbish is going to happen, then?"

"I just do."

"When?" said Mikey.

"When what?" said Norm.

"When will it **happen?**"

"When I get back from school," said Norm.

"Right," said Mikey. "So what is it?"

"The rubbish thing?"

Mikey nodded.

"I dunno," said Norm.

Mikey sighed.

"What?" said Norm.

"You don't know **what** the rubbish thing is that hasn't happened yet?"

"Yeah," said Norm. "I mean, no. Not yet."

"But it's going to happen when you get back from school?"

"Yeah, probably," said Norm.

"Probably?" said Mikey.

Norm nodded.

"Gordon Flipping Bennet!"

said Mikey.

Norm couldn't help laughing. Despite everything.

"What's so funny?" said Mikey.

"Nothing," said Norm. "It just sounds weird, hearing

**you** saying that."

"Well, honestly, Norm, it's like trying to get blood out of a stone with you sometimes."

"Uh?" said Norm. "You can't get blood out of a stone!"

"Exactly!" said Mikey.

By now Norm hadn't got a flipping **clue** what Mikey was on about. Why couldn't he just say what he **meant**, instead of using fancy expressions and big words and stuff? Just because **he'd** already turned thirteen and Norm **hadn't**. It was **so** annoying.

"The bell's going to go any second," said Mikey. "And don't even **think** about saying 'where to?', Norm."

"What?" said Norm.

"Nothing," said Mikey as, right on cue, the bell did indeed ring, signalling the start of the school day.

"Oh well," said Norm, heading for the bike racks. "See you at lunchtime then, I suppose, Mikey."

"Yeah," said Mikey watching him go. "You can tell me all about the rubbish thing then."

Yeah, maybe, thought Norm. Or then again, maybe not.

# CHAPTER 4

As Norm stared out the window he began to replay the day so far, in his head. Not that *that* took very long. There'd hardly **been** any day so far. Norm had only woken up a couple of hours before. But those couple of hours had been pretty eventful to put it mildly. Or pretty flipping eventful to put it not quite so mildly.

It was fair to say that Norm had had **worse** mornings than this one. But it was also fair to say that Norm had had better mornings than this one too. **Much** better mornings than this one, in fact.

Overall, though, it had been **bad**, but not **that** bad. On a scale of one to ten? Where one was perfectly pleasant and ten was pant-soilingly horrific? Probably a seven. Maybe even a seven and a half at a push. Not that Norm usually rated his days on a scale of one to ten. Or **ever** rated his days on a scale of one to ten for that matter. What **was** he? thought Norm. Sad or something?

Perfectly pleasant

Pant soilingly horrific

1 2 3 4 5 6 7 8 9 10

But any day that began with being grounded before he'd even had a chance to pee was never destined to be particularly great. Norm hardly needed to be able to see into the future to predict **that**. And frankly, thought Norm, in the unlikely event that he ever **was** able to look into the future, he'd make sure he put his talent to far better use. Predicting winning lottery numbers, for instance. Now that really **would** come in handy! Imagine the bike he'd be able to buy then! Not that Norm was old enough to **play** the lottery, of course. But that wasn't the point. The point was that if he really **was** psychic, he wouldn't merely use his powers to tell what kind of flipping **day** it was going to be. Because that would be just plain stupid.

Norm sighed. Perhaps he shouldn't have been **quite** so grumpy and irritable with Mikey earlier. But it was pretty annoying the way Mikey had banged on and on and flipping **on**, wanting to know exactly why he was so fed up. As if being fed up wasn't bad enough in itself! Why did people always want to know how he flipping felt? **He** didn't go round asking **them** how **they** felt, did he? Norm hated talking about his feelings more than anything. Well, apart from being blamed for stuff he hadn't done. And being dragged on boring walks with his perfect flipping cousins. And most vegetables. But apart from that, Norm hated talking about his feelings more than anything. Even with someone he'd known since he was knee-high to a grasshopper. Not that Norm actually knew how high a grasshopper's knees were. Or even if grasshoppers actually **had** knees. That wasn't the point either. The point was, why had Mikey insisted that he spilled the blood? Or got the beans out of the stone? Or whatever that stupid expression was. It was **SO** annoying. Even if they **were** best friends.

Still, thought Norm, continuing to stare out the window, he ought to try and at least make an effort to make it up to Mikey somehow when he saw him again at lunchtime. Or if not actually make it up, at least be a bit nicer to him. Or if not actually be a bit nicer, at least not be quite so grumpy and irritable. But it wasn't easy not being grumpy and irritable, thought Norm. Not when everything in his life was completely rubbish, it wasn't anyway. Well, not everything. But pretty much everything. And now, on top of everything else, he was either going to be grounded or he was going to have to pay off his flipping phone bill! *He* just hoped he wasn't going to be given the choice. Because that would be *really* tough. And anyway what did his mum mean by *way over?* It was probably only, like, a tenner or something. What was the big flipping deal?

Norm sighed again. He couldn't think *what* he'd do. But he'd definitely do *something*.

"Well, Norman?" said a voice.

"Uh, what?" said Norm, turning round.

"It's not what," said his science teacher, Mrs Evans. "It's pardon."

Norm pulled a face. "What is?"

"Never mind," said Mrs Evans.

Never mind *what?* thought Norm. That was *almost*

as annoying as people saying 'and that's all there is to it' at the end of a sentence. But not *quite*.

"So?"

"So, what?" said Norm. "I mean so, pardon. I mean..."

Everyone in the class burst out laughing. Everyone that is, apart from Norm. And Mrs Evans, who by now was regarding Norm with a look of bemusement mixed with a dash of despair.

"Shut up!" hissed Norm through gritted teeth.

"That's not very nice, Norman," said Mrs Evans.

Norm thought for a moment. "Shut up, *please?*"

Everyone laughed again. Apart from Norm again. And apart from Mrs Evans again.

"Have you decided yet?" said Mrs Evans, clearly beginning to run out of what little patience she'd had in the first place.

Norm looked at Mrs Evans. "You mean..."

Mrs Evans nodded. "What the answer is?"

Right, thought Norm. So she hadn't actually meant, had he decided whether he'd prefer to be grounded or whether he'd prefer to pay his phone bill off then. Which, frankly, was a bit of a relief. Because that would have been *well* spooky. How could Mrs Evans *possibly* know what he was thinking? Actually it was just as well that she *didn't* know what he was thinking. Because if she did, she'd not only know how boring Norm thought science was, but also how much her nose reminded him of a fly's ski jump. Not that Norm had ever actually **seen** a fly's ski jump, of course. Or any kind of ski jump for that matter. Not in real life anyway. But **that** wasn't the flipping point either. The point was...

"So?" said Mrs Evans. "What is it?"

"Erm," said Norm. "Could you..."

Mrs Evans huffed. "Could I **what?**"

"Repeat the question, please?"

"I **knew** you hadn't been paying attention!" huffed Mrs Evans.

It was a fair cop, thought Norm. He **hadn't** been paying attention. At least, not to what he **should** have been paying attention to.

"What were you looking at?"

"What?" said Norm. "I mean, pardon?"

"Out the window?" said Mrs Evans. "What were you looking at?"

"Oh just, you know...clouds and stuff."

"Clouds and stuff?"

Norm nodded.

"What **kind** of clouds?" said Mrs Evans.

Norm thought for a moment. There was more than **one** kind of cloud? This was news to him.

"Well, Norman?"

"Fluffy ones?"

Mrs Evans waited for the ensuing gale of laughter to die down before trying again.

"Cumulonimbus? Cirrostratus?"

Uh? thought Norm. What was Mrs Evans on about now? Cumulonimbus? That sounded more like the kind of gobbledygook that Harry flipping Potter would come out with, not one of his teachers! Even his *science* teacher!

"They're types of *clouds*, Norman."

"Right," said Norm, beginning to wish he'd said that he'd been looking at trees instead. Or maybe not. For all Norm knew there was probably more than one kind of flipping *tree*, as well.

"You know you've really got to start concentrating more," said Mrs Evans.

"Have I?" said Norm. "I mean, yes, you're right, Mrs Evans. I have."

"You're not at primary school any more, you know."

Pity, thought Norm. Because primary school had been *brilliant*. All he could ever remember doing there was colouring in, taking away one banana from three bananas and singing songs about how the wheels on the bus went round and round. Compared to *secondary* school, it had been like a flipping holiday camp. Plus you got certificates for doing virtually *nothing*, like smiling, or opening the door for someone, or hanging your flipping coat up properly. As if there was actually a **wrong** way of hanging your flipping coat up. But that wasn't the point. The point was that primary school had been a piece of cake. Plus you got just one teacher teaching you loads of different subjects. Not like now. Now Norm had about a hundred and fifty different teachers teaching him a hundred and fifty different subjects – most of which he'd never even **heard** of, let alone begun to understand. It had been so much simpler back in the day, thought Norm. Not that he had any particular desire to travel back in time. Although, thinking about it now, thought Norm, thinking about it, if he ever got the chance to travel back in time to when he was an only child again, he'd grab it with both hands, like a sea lion grabbing a fish. Not that a sea lion actually **had** hands, of course. But **that** wasn't the flipping point either.

"Well, Norman?" said Mrs Evans. "I'm still waiting."

"We **all** are!" laughed a voice.

Norm spun round to see who it was, only to be met by a sea of grinning faces staring back at him.

"It's multiple choice," said Mrs Evans.

Norm pulled a face. "What is?"

"The **question**, Norman!" said Mrs Evans. "What do you **think** I meant?"

"Erm..."

"So is it A or is it B?"

"Erm..." said Norm again.

"You've got a fifty-fifty chance of getting it right," said Mrs Evans.

"Erm..." said Norm.

"I'm afraid 'erm' isn't one of the options, Norman."

Norm sighed.

"Have a wild guess," said Mrs Evans.

Norm hesitated...

"Would you like to phone a friend, Norman?" laughed someone from the back of the class.

No, thought Norm. He **wouldn't** like to phone a flipping friend. What he'd *like* to do was fast forward twenty-four hours to Saturday and not actually be at school in the first flipping place. And besides, Mikey would be in class somewhere else in the school right now – and would have his phone switched off anyway. Which was a pity. Because knowing Mikey, he'd probably know what the right answer was, what with him being just that little bit better than Norm at science. And just about

***everything***, for that matter. It was **so** unfair. But then, thought Norm, what ***wasn't?***

"A or B, Norman," said Mrs Evans.

Norm looked at the whiteboard. Various symbols and numbers and letters were scrawled on it in black marker pen. Frankly, thought Norm, it might as well have been written in Greek. And for all he knew, it probably was.

"Come on," said Mrs Evans. "Hydrochloric acid or sodium chloride?"

"What?" said Norm. "I mean, pardon?"

"That's the choice," said Mrs Evans. "Hydrochloric acid or sodium chloride?"

"Erm...the second one?"

"Sodium chloride?"

Norm nodded.

"Like to try again?" said Mrs Evans.

Not particularly, thought Norm.

"Well, Norman?"

"Historical acid?" said Norm uncertainly.

"You mean **hydrochloric** acid?"

Norm nodded again.

"Is the correct answer," said Mrs Evans.

Everyone suddenly burst into applause. Norm briefly thought about standing up and taking a theatrical bow, but on reflection decided that this probably wasn't a great idea. Mrs Evans was unlikely to be amused, if her current expression was anything to go by. Then again, thought Norm, it was hard to imagine Mrs Evans ever being amused by anything. Not that Norm had ever **tried** to imagine what might amuse Mrs Evans. Or any of his other one hundred and forty-nine teachers for that matter.

"What day is it today, Norman?" said Mrs Evans.

Norm thought for a moment. What **day** was it? Was this some kind trick question cunningly designed to catch him out and make him look like a complete doughnut again?

"Is it multiple choice?"

"Pardon?" said Mrs Evans.

"Nothing," said Norm. "Friday?"

Mrs Evans looked at Norm and raised her eyebrows. "You don't seem very sure."

Norm thought again. "No, I'm sure. It's definitely Friday."

"And when will I see you again?"

Uh? thought Norm. What kind of stupid question was *that?* How did *he* know when he'd see Mrs Evans again? He might bump into her in the corridor later on. He might see her at lunchtime on her way to or from the staffroom. He might even bump into her at the supermarket over the weekend, if he was *really* unlucky. Providing he wasn't flipping grounded!

"When do you next have *science*, Norman?" said Mrs Evans.

"Oh, *right*," said Norm. "Erm, Monday, I think."

"You *think?*" said Mrs Evans.

Norm nodded.

"Would you like to phone a friend?"

Norm thought he detected the tiniest glimmer of a smile on Mrs Evans's lips. Perhaps she **wasn't** entirely humourless after all.

"No?" said Mrs Evans. "Excellent. In that case you can write down the formulas for hydrochloric acid and sodium chloride fifty times each before then, can't you?"

"Sorry, what? I mean, pardon? I mean..."

"That should help you concentrate a little harder in future, shouldn't it, Norman?"

"But..."

"Is there a problem?" said Mrs Evans.

Is there a **problem?** thought Norm. How long had she flipping **got?**

60

The answer, as it turned out, was not long at all. Because at that moment the bell rang.

"See you on Monday then," said Mrs Evans.

"Can't wait," muttered Norm, putting his books in his bag.

"What was that, Norman?" said Mrs Evans.

"Er, nothing," said Norm, standing up and heading for the door.

# CHAPTER 5

"So?" said Mikey, when he and Norm met up that lunchtime in the playground, as they usually did. Not that anyone ever actually played in the playground in secondary school, of course. It was really just a place to gather and mooch about and try and look cool. In Norm and Mikey's case, it was basically a chance to catch up, as they weren't actually in the same class as each other for any subject.

"So, what?" said Norm.

"You were saying?" said Mikey.

"Was I?" said Norm.

Mikey looked at Norm, knowing perfectly well that Norm knew perfectly well what he was talking about. Not only that but Norm knew perfectly well that Mikey knew perfectly well that he knew perfectly well what he was talking about.

"Come on, Norm," said Mikey.

Norm shrugged. "What?"

"Do we really have to go through all this again?"

Norm thought for a moment. Did they really have to go through it all again? It would save an awful lot of time and unnecessary bottoming about if they didn't.

NO Unnecessary Bottoming about

"Can't we just carry on where we left off?" said Mikey.

"'S'pose so," said Norm reluctantly. But not too reluctantly.

"Good," said Mikey. "Because we don't want the bell to go again, do we?"

"'S'pose not," said Norm, who would be perfectly happy if the bell never rang again.

"Well?" said Mikey.

Norm pulled a face. "Remind me where we left off?"

Mikey smiled. "Seriously?"

"Seriously," said Norm.

"Let me see," said Mikey, trying to recall the conversation they'd been having earlier. Or, in Mikey's case, trying to have earlier. "You were saying that something rubbish had happened."

"Oh, yeah," said Norm.

"But that it hadn't actually finished happening yet," said Mikey. "Is that right?"

Norm nodded. "Something like that, yeah."

Mikey waited for Norm to carry on and finish the story. But it seemed he wasn't about to. At least, not without a bit of prompting first.

"Well, Norm?"

"What?" said Norm. "Oh, right. So, yeah. Anyway. The rubbish thing."

Mikey nodded. "The rubbish thing."

"I've got a bit of a..."

"What, Norm?"

"A thingy."

"You've got a bit of a thingy?" said Mikey. "What kind of a thingy?"

"A whatsit."

Mikey looked confused. "A whatsit?"

"Yeah, you know," said Norm.

"Actually, I don't know, Norm," said Mikey.

"I can't think of the word."

"What word?" said Mikey.

"Gordon flipping Bennet, Mikey!" said Norm, completely forgetting that he was supposed to be trying to be a bit less grumpy with Mikey. "I dunno what the flipping word is, do I? If I did, I'd flipping tell you, you doughnut!"

"All right, Norm," said Mikey. "Ca—"

"Mikey?" said Norm, cutting his best friend off.

"Yeah?"

"You weren't just about to tell me to calm down, were you?"

"Erm..." said Mikey hesitantly.

"You were, weren't you?" said Norm, who hated being told to calm down, more than anything. Well, apart from being blamed for stuff he hadn't done. And being dragged on boring walks with  his perfect flipping cousins. And most vegetables. But apart from that, Norm hated being told to calm down more than anything.

"I'm just trying to—"

"It's so annoying," said Norm, cutting Mikey off again.

"What is?"

"Everything," said Norm.

"Everything?" said Mikey.

"Everything," said Norm.

"Whoa," said Mikey.

"Tell me about it," said Norm.

"I've got a better idea," said Mikey. "Why don't you tell me about it."

Norm thought for a moment. Mikey might be just a little bit better than him at most things, but one thing Mikey was tonnes better at than him was listening. Not that that was saying much. Norm couldn't be bothered listening most of the time. Especially to grown-ups. Especially to grown-ups droning on about how amazing their flipping kids were or how they'd always quite fancied having a conservatory or something. Because frankly, thought Norm, if that was a sign of things to come, he'd rather not get any older and just stay nearly thirteen for the rest of his life.

"Norm?" said Mikey.

"What?" said Norm.

"I said, tell me about it."

"'Kay," said Norm.

"And quickly," said Mikey, looking at his watch.

"All right, all right," said Norm. "Keep your flipping hair on."

Mikey laughed.

"What's so funny?" said Norm.

"You are, Norm," said Mikey. "Now get on with it!"

Norm took a deep breath and got on with it. "I'm either going to have to pay off my phone bill or I'm going to be grounded."

"Right," said Mikey.

"Right?" said Norm.

Mikey nodded.

"Is that all you've got to say, Mikey? Right?"

"Well..."

"Well, what?"

"I'm just taking it in."

"Right," said Norm.

"So you're either going to be grounded – or you're going to have to pay off your phone bill?"

"Yeah," said Norm. "Except I said it the other way round."

"Hmmm, well whichever way you say it, Norm, it's a bit of a dilemma."

"Dilemma!" blurted Norm. "That's the word I was looking for! Thanks, Mikey!"

"You're welcome," said Mikey. "But how come?"

Norm pulled a face. "How come that's the word I was looking for?"

"No," said Mikey. "How come you're actually in this dilemma in the first place?"

"Because I've got a whacking great big phone bill," said Norm.

"What? Bigger than normal, you mean?"

"Apparently, yeah," said Norm.

"Why?" said Mikey.

"Why is my phone bill bigger than normal?"

Mikey nodded.

Actually, thought Norm, that was a good point. A very good point. Why was his phone bill bigger than normal? He hadn't really thought about it before now. He hadn't had a chance to think about it before now. But even if he had had a chance to think about it before now, there wasn't actually anything he could do about it, was there? His mum had made her mind up. End of. Game, set and flipping match. There was no point disputing it. Resistance was futile. Or at least, in Norm's experience it was anyway. It would be like trying to argue that broccoli should be made illegal, or that great white sharks would make good household pets. He was just going to have to accept it. He'd gone over his limit. And that was all there was to it.

"You been making a lot of calls?" said Mikey.

Norm shrugged. "Nah. No more than usual. And anyway, you should know, Mikey."

Mikey looked puzzled. "Should I?"

"You're about the only person I ever call!"

"Oh yeah, that's true," said Mikey. "Hmmm."

"What?" said Norm.

"Well, I wonder what it was then?"

Norm shrugged again. "Dunno. Who cares?"

"Who cares?" said Mikey.

"Yeah," said Norm. "Doesn't really matter now, does it?"

"What do you mean, it doesn't really matter? Of course it matters."

"Nah, it doesn't," said Norm.

"Why not?" said Mikey.

"I'm still going to have to pay it," said Norm.

"Or be grounded."

Norm nodded. "Or be grounded. Yeah."

"How long for?"

"That's the thing."

"What's the thing?" said Mikey.

"I don't know how long I'd be grounded for."

"Hmmm," said Mikey.

By now Norm and Mikey had mooched their way
pretty much round the whole of the so-called
playground and had stopped at a table and
bench to have their lunch. Or in Norm's case, his
so-called lunch.

"What have you got, Norm?" asked Mikey,
producing a plastic container from his backpack
and proceeding to open it.

"Bacon, lettuce and tomato," said Norm, doing the same. "But without the bacon."

If Mikey thought about saying something, he decided it was probably best not to. Norm's mood didn't appear to be any better than it had been earlier on.

"You?" said Norm.

"Gorgonzola and rocket," said Mikey.

"Uh?" said Norm.

"Cheese and lettuce basically," said Mikey.

"Cheese and lettuce?" said Norm doubtfully. "You sure?"

"Positive," laughed Mikey. "You can try a bit, if you like?"

"Nah, you're all right, thanks," said Norm, tucking into his own sandwich.

Mikey watched Norm munching for a few seconds. "So, have you decided yet then, Norm?"

Norm pulled a face. "I just flipping told you, Mikey."

"What?" said Mikey. "No, I don't mean have you decided if you want to try a bit of my sandwich. I mean, have you decided whether to pay off your bill or be grounded?"

"Oh, right," said Norm. "No. Not yet. And anyway it's not up to me."

"What do you mean?" said Mikey.

"I mean it's not up to me," said Norm. "It's up to my mum and dad."

"I see," said Mikey. "So strictly speaking it's actually your parents who have the dilemma, not you."

"Yeah, whatever," said Norm grumpily. "What are you, Mikey? My flipping teacher or something?"

"I'm just saying, Norm."

"Yeah, well don't, OK?"

"Sorry," said Mikey.

"'S'OK," said Norm. "I'm just a bit..."

"What?" said Mikey.

Actually that was another good point, thought Norm. What was he? Fed up? Frustrated? Angry? Confused? All of the above? Like he'd been tucking in at some kind of emotional buffet? He certainly felt full. But it wasn't a pleasant kind of full. Not a satisfied kind of full. Certainly not the kind of full he felt after demolishing a thick-crust, deep-pan eighteen-inch pepperoni from Wikipizza all by himself, washed down by

a litre of burptastic fizzy cola. Pity, thought Norm, polishing off the last of his somewhat sorry-looking bacon, lettuce and tomato sandwich, but without the bacon.

The bell rang, once again sparing Norm the hassle of finishing a sentence he hadn't been particularly keen to start in the first flipping place. If only there was a bell at home, he thought, stuffing his lunchbox back into his bag and setting off towards the main entrance. Imagine all the boring, pointless conversations he need never have again.

It was almost enough to make Norm smile. But not quite.

# CHAPTER 6

Despite it being Friday afternoon – and therefore the start of the weekend – Norm hadn't been especially keen to get home. Which was quite unusual for Norm. Normally Norm could hardly flipping *wait* to get home on a Friday afternoon. Not because he was particularly keen to see his mum and dad. Far from it, in fact. And *certainly* not because he was desperate to see his annoying little brothers either. Even *further* from it, in fact. No, the *real* reason Norm was normally keen to get home on a Friday, or any day for that matter, was so that he could immediately get changed out of his school uniform, get straight back out on his bike again and head for the hills. Well, the slight hill at the back of the shopping precinct anyway. But it was better than nothing. *Much* better than nothing.

To say that Norm lived and breathed biking may have been an exaggeration. But only a very **slight** exaggeration. It really wasn't **that** far from the truth at all. Norm loved his bike and biking more than just about **anything**. And that **included** a thick-crust, deep-pan eighteen-inch pepperoni from Wikipizza. Even **with** a side order of garlic bread and potato wedges with a spicy salsa dip. **That's** how much Norm loved his bike and biking. He was obsessed with it. Consumed by it. Frankly, if Norm could have **married** his bike, he quite possibly would have done. Which wasn't to say that Norm never thought about improving his bike, pimping it up, or even replacing it with another one altogether. Because he thought about that almost constantly. It was what you did when you were as into bikes as Norm was.

And besides, how else was he ever going to become World Mountain Biking Champion if he didn't have the very latest, most up-to-date, state-of-the-art machine to ride in the first place? Apart from sheer hard work and practice.

Usually, of course, Norm was only too happy and only too keen to practise. But not today. Because the only thing that today held in store for Norm was the prospect of either being grounded, or somehow having to pay off his phone bill. Which was precisely why, for once, Norm wasn't in any particular hurry to get home. In fact, the longer he could delay getting home, the better as far as Norm was concerned.

Which was why he decided to cycle back via the allotments instead of his customary, more direct route. Not that Norm was especially keen on allotments. What Norm knew about gardening and growing stuff could be written on the back of a postage stamp in block capitals with an extra-thick marker pen. Which was just fine by Norm, because as far as Norm was concerned, all vegetables were essentially evil anyway. But that wasn't the point. The point was that if he went home via the allotments, there was a very good chance that he'd bump into Grandpa. And a good old dose of Grandpa was *just* what Norm needed.

Sure enough, and with almost perfect timing, Grandpa emerged from his shed, holding a mug of tea, just as Norm let himself in through the allotment gate and pedalled up the path.

"Well, blow me down and strike a light," said Grandpa. "Look what the cat's dragged in."

"Hi, Grandpa," laughed Norm, despite not having the faintest idea what Grandpa was on about. But that was OK. Because for some reason Norm didn't actually mind Grandpa coming out with a load of weird expressions from the olden days.

It was funny. Unlike when Mikey or anybody else did it. Because that was just flipping **annoying**.

"What's occurring, Norman?"

"Uh?" said Norm.

"What's happening?" said Grandpa.

"Oh, right. Not a lot," said Norm, getting off his bike and leaning it against the shed.

"Careful now," said Grandpa. "Mind you don't scratch it."

"It's fine, Grandpa," said Norm. "It's got special anti-scratch paint."

"Not your bike, you numpty," said Grandpa. "I'm talking about my **shed!**"

Norm looked at Grandpa for a moment, before eventually

Grandpa's eyes began to crinkle ever so slightly in the corners. Which was the closest Grandpa ever got to smiling.

"Good one, Grandpa," said Norm.

"Honestly, I don't know what you see in that bike of yours, Norman. Always fiddling about with it and pumping it up."

Norm pulled a face. "The tyres, you mean?"

"No," said Grandpa. "I mean when you keep changing bits and fitting new things to it and all that."

"Oh, right," said Norm. "You mean *plmping* it up! Not *pumping* it up!"

"Yeah, that as well," said Grandpa. "Why bother?"

"Why *bother?*" said Norm, as if Grandpa had just asked why he bothered walking on his feet when he could walk on his hands instead.

Grandpa nodded. "It works, doesn't it?"

"Er, yeah, it **works**."

"Well then."

Gordon flipping Bennet, thought Norm. If he'd wanted a flipping lecture he'd have gone straight home from school after all.

"I just want to make it better, Grandpa."

"Better?" said Grandpa.

"Yeah," said Norm. "Wouldn't you like to make your shed better?"

Grandpa frowned at Norm, his two cloud-like eyebrows knitting together to form one giant cloud. Although whether it was a cumulonimbus cloud or more of a cirrostratus, it was hard to say. Norm **certainly** couldn't say. "What's wrong with my shed, Norman?"

"Erm, nothing," said Norm. "I was just..."

But there was no need for Norm to finish the sentence. Grandpa had already unknitted his eyebrows and the corners of his eyes had begun to crinkle again.

"Oh, right," said Norm. "You were joking."

"Can't resist it sometimes," said Grandpa. "It's like taking candy from a baby."

Norm pulled a face. Candy from a baby? What baby? And why would a baby *have* candy in the first flipping place? Even by Grandpa's standards, that was a pretty *weird* expression.

"But actually, you're right," said Grandpa, turning round to face his shed.

"Am I?" said Norm.

"It could probably do with a lick of paint."

Never mind a lick of paint, thought Norm. It could do with being flipping bulldozed.

"A bit of TLC," said Grandpa.

"A bit of **what?**" said Norm.

"Tender loving care," said Grandpa.

"That's weird, Grandpa."

"What is?"

"Loving your shed."

"Is it?"

Norm snorted. "Yeah!"

"Any weirder than loving your bike?" asked Grandpa.

Norm sighed. He hated it when people were right. Even Grandpa.

"Well?" said Grandpa.

"What's the use of a well without a bucket?" said Norm, suddenly remembering one of Grandpa's favourite expressions.

"Very good, Norman," said Grandpa.

"Thanks," said Norm.

They looked at each other for a moment. Grandpa took a couple of noisy slurps of tea. In one of the neighbouring allotments someone was whistling tunelessly, and in the distance a church bell chimed four times.

"Four o'clock," said Norm.

"So you can count then," said Grandpa. "Glad they teach you **something** at school."

Norm smiled. It was hard not to with Grandpa. Though whether Grandpa actually **meant** to be as funny as he was was another matter.

"Don't let me keep you, Norman."

"What?" said Norm.

"Shouldn't you be getting home?"

"But..."

"What?" said Grandpa.

"I've only just **got** here," said Norm.

Grandpa scrutinised Norm for a few seconds.

"What's up?"

Norm shrugged. "Nothing."

"Yes, there is. I can tell."

"You can?"

"Well, of course I can," said Grandpa. "I wasn't born yesterday, you know."

It would be pretty weird if Grandpa *had* been born yesterday, thought Norm. But, for once, he thought he *knew* what he actually meant. He meant that he wasn't quite as daft as he looked. Not that Grandpa looked daft, of course. That was just another one of his expressions. But Norm knew that Grandpa had somehow sensed something was wrong. And that there was no way he was going to let it go now. So Norm might as well just spit it out and get it over with.

"You really want to know, Grandpa?"

Grandpa nodded. "I really want to know."

"'Kay," said Norm. "I've got a—"

"A what?"

Norm sighed. What was that word again?

"A dead llama."

"Pardon?" said Grandpa.

"Well, *I* haven't," said Norm. "But my mum and dad have."

Grandpa pulled a face. "Your mum and dad have got a dead *llama?*"

"Not a dead llama," said Norm. "A thingy."

"A thingy?" said Grandpa.

"Not a thingy. A whatsit."

"A whatsit?" said Grandpa.

"A dilemon."

"You mean a dilemma?" said Grandpa.

"Dilemma!" blurted Norm. "That's it! A dilemma!"

"Thank goodness for *that!*" said Grandpa. "What *kind* of dilemma?"

"They're either going to ground me or make me pay off my phone bill."

"One or the other?"

Norm nodded.

"Hmmm, I see what you mean," said Grandpa. "That really *is* a dilemma."

Norm nodded again.

"And which would *you* prefer?"

"Neither," said Norm, as if this was the most stupid question since the last time someone had asked him a stupid question.

"Well, that's understandable, I suppose," said Grandpa.

Flipping right it was understandable, thought Norm. It was like being asked, what would he rather do? Snog a baboon with breath like a blocked toilet or go to school wearing a flipping dress? Both options were equally unappealing.

"But if you really **had** to make a choice?" said Grandpa.

Norm sighed. If he really **had** to make a choice? Like the entire future of the world literally **depended** on it?

"I dunno."

"You don't know?" said Grandpa.

Norm shook his head.

"What are you doing this weekend?"

Norm thought for a moment. "Not sure. Depends what happens when I get home, I suppose."

"OK, let me put it another way," said Grandpa. "What are you *hoping* to do this weekend?"

Norm didn't need to think for long to answer *that*. About a billionth of a second to be precise.

"Go biking," he said, as if *this* was now the most stupid question since the last time someone had asked him a stupid question.

"Thought so," said Grandpa.

So why flipping *ask*, then? thought Norm.

"I think that solves that particular dilemma then,

doesn't it, Norman?"

Come to think of it, thought Norm, coming to think of it, it probably did. In fact, never mind **probably**. It **definitely** did. If it meant the difference between being stuck inside his stupid little house, being slowly annoyed to death by his stupid little brothers for the next two days or being able to hurtle down a hillside, whizzing in and out trees and jumping sets of steps, then it was an abso-flipping-lute no-brainer.

"But..." began Norm.

"What?" said Grandpa.

"How would I pay the money off?"

"We'll cross that bridge when we come to it," said Grandpa with a shrug of his shoulders.

Yeah, thought Norm. Whatever **that** means. But frankly, anything involving crossing a bridge sounded pretty cool to him. Especially if he could cross it on his bike whilst doing a whacking great wheelie. Because that would be flipping **awesome!**

"But..." began Norm again.

"What now?" said Grandpa.

"There's just one problem."

"And what's that?"

"It's **not** my choice," said Norm. "I don't actually get to decide."

"Hmmm," said Grandpa. "You're right. That **is** a bit of a problem."

Not a **bit** of a problem, thought Norm. It was a **lot** of a problem.

"We'll cross **that** bridge when we come to it as well."

Norm pulled a face. "Is that the same bridge as before or a different bridge?"

"It's just an **expression**," said Grandpa. "We're not actually going to cross any bridges."

"Oh, right," said Norm, slightly disappointed. "And sorry, Grandpa, but did you just say **we?**"

Grandpa nodded.

"As in you and me?" said Norm.

"Me and you. You and me," said Grandpa.

"Both of us?" said Norm. "**Together?**"

"Good grief," said Grandpa, beginning to get more and more exasperated. "Yes, Norman. Both of us together! Unless you'd rather try and figure it out by yourself?"

"What?" said Norm. "No, no, I wouldn't, Grandpa! I'd love you to help, honest I would!"

"Excellent," said Grandpa. "Two heads are better

than one and all that."

"Definitely," said Norm, nodding like a nodding dog at the back of a car.

"And besides," said Grandpa, "I like a bit of a challenge. It gives me something to think about. Something to sink my teeth into." He stopped when he saw that Norm was looking a bit puzzled. "Not *literally* something to sink my teeth into."

"What?" said Norm. "Oh, right."

"Numpty," said Grandpa, heading back into his shed.

"Where are you going, Grandpa?" said Norm.

"Narnia," said Grandpa.

"Uh?" said Norm.

"Where does it **look** like I'm going?"

"Back into your shed."

"Well then."

"What for?" said Norm.

"To put my **thinking** cap on," said Grandpa, closing the door behind him.

Norm stared at the door for a few moments before eventually it opened again.

"Are you still here?" said Grandpa.

Norm wasn't sure what to say to this. Or indeed whether he actually **needed** to say anything to this. He was pretty certain it was one of those questions that didn't require an answer. Which was fine by Norm. And anyway, it was pretty flipping **obvious** he was still there, wasn't it?

"You'd better hurry up," said Grandpa.

"'Kay," said Norm getting back on his bike. "Er, Grandpa?"

"Yes?" said Grandpa impatiently.

"You know when you said you were going to put your thinking cap on..."

"It was just an ***expression***," said Grandpa, cutting Norm off. "I don't actually have a cap I put on when I need to think."

"Just checking," said Norm, pedalling off down the path.

"Give me strength," muttered Grandpa, watching Norm go before disappearing back inside his shed again.

# CHAPTER 7

As Norm cycled up his street, he still wasn't particularly keen to get home. But at least the **thought** of getting home was no longer filling Norm with an overwhelming sense of dread and foreboding like some kind of hideous, vomit-inducing nightmarish vision of the future. The conversation with Grandpa had at least given him a **glimmer** of hope. If that was the right expression. And if **glimmer** was the correct unit of hope. Of course, it didn't mean that everything was going to be fine all of a sudden. Things were very rarely **fine** as far as Norm was concerned. The good things were always heavily outweighed by the rubbish things. But at least with any luck things might turn out to be not **quite** as rubbish as Norm **thought** they were going to be earlier on. And under the circumstances, Norm would have probably settled

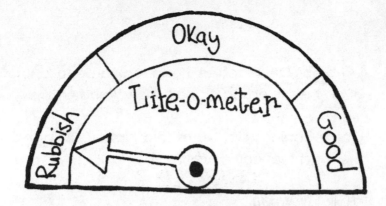

for that. Which was just as well really. Because it looked like he was going to flipping well have to.

Norm still had no idea what Grandpa was going to actually **do**. Not only that, but Norm had a pretty good idea that **Grandpa** had no idea what he was going to do either. At least, not at the moment he didn't, anyway. But Norm had every confidence in Grandpa. He knew that even now he'd probably be sat in his shed trying to figure out something or other. And Norm knew that Grandpa **would** figure out something or other sooner or later. Preferably sooner. But later would be good too. Either way, thought Norm, Grandpa would eventually come up with a plan. Because Grandpa was not only wise, but he hadn't been born yesterday.

Norm emerged from the garage, having put away his bike, and headed for the front door. He paused just before he reached it and took a deep lungful of air, then released it again, slowly and noisily.

Get a flipping grip, Norm told himself. What was the worst that could happen?

"Hello, **Norman**!" said a voice.

Gordon flipping Bennet, thought Norm, turning round to see Chelsea grinning at him from the other side of the fence. **That** was the worst that could happen. He might have flipping known. And not that Norm had needed to turn round to see who it actually was. He'd recognise that voice just about anywhere, like a mother penguin recognises the call of her own chick amongst the calls of a gazillion other identical penguin chicks. It wasn't

*just* the voice though. It was the unbe-flipping-**lievably** irritating way that Chelsea *always* insisted on pronouncing his name and *over-emphasising* it like it was the funniest name in the entire history of funny names. Why she did that, Norm had no idea. Apart from to annoy him and wind him up like a flipping elastic band. Which, thinking about it, thought Norm, thinking about it, was probably the only reason she did it in the first place.

TWANG

"Not talking?" said Chelsea.

Not if he could flipping help it he wasn't, thought Norm. The sooner he could get inside the house and out of sight the flipping better. And if he could achieve that without having to say anything, then that would be even better still.

"What's the matter, **Norman?**" said Chelsea. "Was it something I said?"

**Something** she said? thought Norm. It was everything she'd **ever** said. That and **everything** she'd ever **done**. Apart from that, she was OK.

"Well, I've had a pretty good day, thanks for asking."

"I didn't," muttered Norm under his breath.

"Oh well. It's not too late," said Chelsea. "The night is young."

"It's not night, it's afternoon."

"Whatever."

Norm sighed. "If I say something, can I just go?"

Chelsea laughed. "Why would you want to go when you could stay out here and talk to me, **Norman?**"

"Where do I start?" mumbled Norm.

"What was that?" said Chelsea.

"Nothing," said Norm.

"Something you'd like to share with the class?" said Chelsea.

For once in his life Norm actually wished that he **was** still in class. And he could count on the fingers of a fingerless glove how many times **that** had ever happened before. **That's** how badly he wanted to be somewhere else right now. He didn't care where. Alligator-infested swamps? Rivers teeming with razor-toothed piranha fish? The lion's enclosure at a zoo? Anywhere but out here on the drive, talking to Chelsea. Or, strictly speaking, being talked **at** by Chelsea. Because Norm was lucky if he ever got a flipping word in edgeways. And if he did, all she seemed to do was make fun of him and try to score points at every available opportunity. Annoying didn't even **begin** to describe it. She was easily **the** most annoying person Norm had ever met. And that **included** Brian and Dave. The only silver lining was that Chelsea didn't go to the same school as Norm. Because that really **would** have been too much to bear. It was bad enough being forced to live next **door** to her.

Norm sighed again. He still couldn't quite believe what had happened. But it had definitely happened. Chelsea's dad really **had** sold the house to Chelsea's mum. Which meant that in the not too distant future, Chelsea would be living next door during the **week** – and **not** just at weekends.

Frankly, the only way things could get any more horrific than that would be if his parents and Chelsea's mum decided to join the two houses together, knock the walls down and make one big house. Well, big**ger** house anyway, thought Norm. It would still barely be big enough for a family of flipping **gerbils** to live in, let alone a family of human beings.

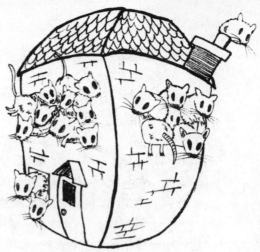

"What's up, **Norman?**" said Chelsea, when it became clear that Norm had no intention of sharing whatever was on his mind with anyone else, least of all her.

Norm thought for a moment. Why did everyone keep asking him what was up? Was it really **that** obvious he was unhappy about something?

"Honestly, you've got a face like a constipated owl," said Chelsea. "No offence."

"None taken," said Norm. Not that he actually **knew** what a constipated owl looked like. But at least that answered his question. It really **was** that obvious he was unhappy about something.

No wonder people kept asking him.

"Well?" said Chelsea. "I'm listening."

Makes a flipping change, thought Norm. Because normally the only time Chelsea ever stopped talking was to take a flipping breath. And that wasn't nearly often enough.

"Girlfriend trouble, is it?"

Norm immediately felt himself beginning to turn bright red. He had no idea why. There was no **reason** to turn red. As far as Norm was concerned, having a girlfriend was even lower down on his bucket list than tap dancing with tarantulas. Not that Norm actually **had** a bucket list. But if he did, a girlfriend would have been lower than **that**, because girls and girlfriends were the **last** thing on his mind. He was nearly thirteen, for goodness sake. Not nearly flipping **thirty**.

"Aw, look. You've gone all red!" grinned Chelsea, as if Norm didn't know that already. "What's her name?"

"Gordon Bennet," said Norm.

"*That's* a funny name for a girl!" laughed Chelsea. "Or a boy, actually. Even funnier than Norman, Norman!"

"What?" said Norm. "No, I didn't mean—"

Norm stopped mid-sentence. What was the use? Whatever he said now wasn't going to make the slightest bit of difference. Chelsea was just going to go on and on and flipping on.

But amazingly Norm was wrong.

"Well, I can't stop," said Chelsea.

"What? Talking, you mean?" said Norm.

"What?" said Chelsea. "No, I don't mean I can't stop *talking*."

"Oh," said Norm, who suspected as much anyway.

"And that's very naughty of you, by the way, **Norman**. How dare you suggest that?"

"Sorry," said Norm, immediately regretting it. Because really he wasn't sorry at all. And anyway, as far as Norm was concerned, it was a perfectly reasonable question. He wouldn't be in the **least** bit surprised to discover that Chelsea quite literally **couldn't** stop talking and that she'd got some weird, rare kind of medical condition called Literally Can't Stop Talking Syndrome or something.

+ Medical +
notes

Diagnosis:
Literally can't
stop.
talking
Syndrome

"What I **meant**," said Chelsea, "is that I can't stop here chatting with you because I've got stuff to do."

Norm smiled. "Oh, right. I see."

"No need to look so pleased, **Norman**. Anyway, I thought you were supposed to be upset."

"What?" said Norm. "Erm, yeah. I am."

"But you still don't want to talk about it?" said Chelsea.

"Erm, no," said Norm. "Not really."

Chelsea raised her eyebrows and looked at Norm expectantly.

"What?" said Norm.

"Well, you could at least ask me what **kind** of stuff I've got to do, **Norman**."

She was right, thought Norm. He **could** ask. Didn't mean he was flipping **going** to though, did it?

"That's how conversation **works**," said Chelsea. "One person says something – and then someone **else** says something. And so on and so on.

Otherwise it's not an actual conversation. It's more of a speech."

"Thanks for clearing *that* up," said Norm.

"Are you being sarcastic?" said Chelsea.

"As if," said Norm.

Chelsea cocked her head to one side and frowned. "You really are getting very cheeky in your old age, *Norman*."

Norm pulled a face. What was she on about now? Old age? He wasn't even a flipping *teenager* yet! He was still technically just a kid! But Chelsea just carried on without waiting for him to say anything. Which was a bit rich, thought Norm. After all that stuff she'd just been saying about the difference between a *conversation* and a flipping speech? But frankly, if it helped speed things up and brought this particular so-called conversation to an end a bit quicker, then he was all for it.

"Talking about clearing up."

Who was? thought Norm. But he didn't say anything. It seemed like the safest option. And besides, Chelsea still didn't seem to require any kind of response from him.

"Well, clearing *out*, anyway."

Gordon flipping Bennet, thought Norm. Never mind clearing *up* and clearing *out*. All he was interested in doing was clearing *off!* And preferably as soon as possible.

"We're car-booting a load of stuff."

"Uh?" said Norm.

"Mum says I've got too much."

"Too much what?"

"Stuff," said Chelsea. "At **her** house. **And** this house. So I've got to sort it out before we move here and car-boot anything we can't keep. Otherwise Mum says she'll **throw** it out."

"Right," said Norm.

"I happen to disagree," said Chelsea. "In **my** opinion, you can **never** have too much stuff. But, well. You know what mums are like!"

Norm thought for a moment. He certainly knew what **his** mum was like. The complete polar opposite. **His** mum couldn't get **enough** flipping stuff. Especially if it involved sitting down in front of the TV and buying it from one of the shopping channels. How she could actually afford it was one of life's great mysteries as far as Norm was concerned. She only worked about ten minutes a week at the flipping cake shop. But that was ten more minutes work than his dad did these days. Then again, it was probably a good job his dad **didn't** work, thought Norm. **Someone** had to be at home to answer the door to all the parcel couriers queueing round the flipping block, waiting to actually **deliver** all the stuff! Most of which turned out to be completely useless anyway, in Norm's opinion. Did anyone actually **need** some special gizmo that could hoover round corners, or a flipping solar-powered cheese grater or whatever? Norm certainly hoped that **he** never would. If he **did**, it would mean that life really **had** gone **horribly** wrong somewhere along the way.

"Hey, I've just had an idea!" said Chelsea.

"What do you want?" muttered Norm. "A medal?"

"Now, now, **Norman**," said Chelsea. "**That's** not very nice, is it?"

Norm shrugged. "Whatever."

"Especially as my idea could benefit you **financially**." Chelsea looked at Norm for a reaction. And sure enough, she got one.

"Pardon?"

"You heard, Norman."

Chelsea was right. Norm **had** heard. He just wanted to make sure that he'd actually **understood**.

"You mean..."

Chelsea nodded. "You could actually make yourself a nice bit of money."

"Seriously?" said Norm.

"Seriously," said Chelsea.

"**Seriously** seriously?" said Norm.

Chelsea nodded again. "**Seriously** seriously."

Norm stared at Chelsea. She'd actually thought of a way that **he** could make money? For the very briefest of moments, Norm felt like kissing Chelsea. If she hadn't been the single most annoying person on the planet, that is. And if there hadn't been a tiny part of him that thought this could still be part of some massive wind-up designed to make him look like a complete and utter doughnut. And if he hadn't thought that girls were totally gross and that the mere thought of any kind of physical contact with one hadn't immediately made him want to barf. Apart from *that*, Norm genuinely felt like kissing Chelsea.

Chelsea smiled. "I know what you're thinking."

Gordon flipping Bennet, thought Norm. He sincerely hoped that Chelsea **didn't** know what he was thinking. Because if she did, that would go

**straight** to the top of his 'Most Humiliating Things Ever' list. Not that Norm actually **had** a 'Most Humiliating Things Ever' list. But if he did, it would definitely go straight to the top. And it would be a pretty long list too, thought Norm. A list as long as your arm, or whatever the expression was. But then, thought Norm, that all depended on how long your arm was.

"***Norman?***"

"Yeah?"

"I said, I know what you're thinking," said Chelsea.

"Do you?" said Norm apprehensively.

"Yes," said Chelsea. "You're thinking what an amazingly brilliant and generous person I am. And how you really don't deserve to even **know** me. And how glad you are that I'm going to be living next door to you even more from now on."

They looked at each other for a moment.

"Am I right?" said Chelsea.

"Yeah, spot on," said Norm, who was just relieved that Chelsea hadn't said anything about snogging.

"Thought so!" laughed Chelsea. "And you're

welcome, by the way."

"What?" said Norm. "Oh, right. Yeah. Thanks. I think."

"You **think?**"

"Well, yeah," said Norm. "I don't know what this idea actually **is** yet, do I?"

"Good point," said Chelsea. "You don't, do you?"

Norm waited for Chelsea to go on. And knowing her, on and on and on and on. If he wasn't exactly tingling with anticipation he was, at least, mildly curious to see what she'd got up her sleeve. Especially as it involved making money. More specifically, especially as it involved making money for him.

"Have **you** got anything you'd like to get rid of, **Norman?**"

Uh? thought
Norm.
Was there

anything he'd like to get **rid** of? Abso-flipping-lutely there was. He'd like to get rid of his brothers' stupid dog for a start! What use was he exactly? None whatso-flipping-**ever,** as far as Norm could see. All John ever seemed to do was eat, sleep and sniff his bum. His own bum, that is. Not Norm's. That would be even worse. But come to think of it, thought Norm, coming to think about it, what use were his actual **brothers?** All **they** ever did was yabber like a pair of hyperactive guinea pigs from dusk till dawn and generally drive him round the twist. So if there  was even the remotest possibility of getting rid of **them**, thought Norm, he'd be all over it like a rash.

"I **mean**, have you got anything you could sell at a car boot sale?" said Chelsea, as if she'd read Norm's mind.

"Oh, right," said Norm. "Erm, let me have a think..."

"Well, don't think too long," said Chelsea. "It's tomorrow morning."

"Right," said Norm.

"But we could share a table if you want?" said Chelsea.

Uh? thought Norm. What was she on about now? Share a table? What would he want to do *that* for? He already *had* a table. Well, his mum and dad did anyway. What did they want another one for?

"You know?" said Chelsea. "Split the cost? Increase profits?"

"Oh, right," said Norm, finally twigging what Chelsea meant.

"Well?" said Chelsea. "What do you think?"

It was a good question actually, thought Norm. What exactly *did* he think? Because on the one hand here was a sudden and unexpected opportunity to make some money. And that was

**never** a bad thing as far as Norm was concerned. But on the other hand? Well, there was Chelsea. Chelsea and all her...her...her... Chelsea-ness. It wasn't like they were **friends**. They were anything **but** friends. It would be like the little guy from **Lord of the Rings** suddenly going into business with the wizard dude who lived at the top of the big scary tower with tire coming out of it. Whatever **their** names were. Brian would know. **He** was the **Lord-of-the-Rings** nerd. But that wasn't the point. The point was...

"**There** you are, love!" said Norm's mum, appearing in the doorway, saving Norm the trouble of having to actually think what the point was. "I was beginning to wonder!"

125

Wonder **what?** thought Norm. Where the remote for the TV was? Why bananas were bent? What badgers did on their day off? Was she actually going to finish the flipping sentence or just leave it hanging in mid-air, like a...

"Hello, Chelsea. Didn't see you there."

"Hi!" cooed Chelsea sweetly.

Norm's mum smiled. "Not interrupting anything, am I?"

"No, not at all," said Chelsea.

"Come on then," said Norm's mum.

But Norm showed no sign of going anywhere.

"Norman?"

"Yeah?" said Norm.

"I'm talking to **you**."

"Oh, right."

Are you coming in or what?"

"Er, yeah," said Norm.

"We need to talk," said Norm's mum, disappearing inside the house.

"We do?" said Norm, following her. "Oh yeah, we do."

"So do we, **Norman!**" said Chelsea as Norm closed the front door behind him. "Don't forget!"

# CHAPTER 8

"So," said Norm's mum, once the initial formalities had been completed and it had been established beyond any reasonable doubt that Norm was 'all right' and that school had also been 'all right'.

"So," said Norm. Largely because he couldn't think of anything else to say.

"Have a seat, son," said Norm's dad, indicating with a tilt of his head the chair opposite the sofa on which he and Norm's mum were sitting.

Gordon flipping Bennet, thought Norm, doing as he was told and sitting down. This wasn't looking good at all. It was bad enough being summoned into the front room before he'd had a chance to put his bag down, let alone take his flipping coat off. But judging by his dad's pained expression, things were about to get a whole lot worse. Either that, or his dad really needed to go to the toilet.

"Your mother and I have been talking," said Norm's dad. Which was **another** bad sign. Because Norm's dad only ever referred to his mum as **mother** when things were about to go distinctly pear-shaped. Either that, or they already **had** gone distinctly pear-shaped.

"Really?" said Norm, just about managing to resist the urge to say something suitably sarcastic. Even though he was **desperate** to. And even though he knew it would have served no purpose whatso-flipping-ever, other than to wind his dad up. And by the looks of things his dad was pretty wound up already. And for Norm's dad to be sufficiently wound up for Norm to actually **notice** that he was wound up, meant that he must be really wound up. Because Norm wouldn't normally notice if his dad was wound up if he'd walked into the room with 'I'm **really** wound up' written across his forehead in felt-tip pen.

"Haven't we?" said Norm's dad, turning to Norm's mum.

Norm's mum nodded. "We have, yes."

"About this phone bill."

Yeah? thought Norm. What about it?

"And what to do about it."

# Gordon flipping Bennet

thought Norm. That's what **he** just flipping said! Or,

at least, what he'd just **thought** anyway.

"It's a tricky one," said Norm's dad.

Norm's mum sighed. "It certainly is, love. We've talked about virtually nothing else all day."

Seriously? thought Norm. They'd talked about a flipping phone bill all day? Literally **all day**? If so, his parents really needed to get out more. And talking of getting out, Norm felt a sudden vibration in his trouser pocket. It was almost certainly Mikey. And he'd almost certainly be wondering whether or not Norm would be able to go biking tomorrow. Possibly even sooner. Possibly even right **now**.

"Erm, mind if I just take this call?" said Norm, reaching for his phone.

"Er, yes I **do**, actually," said Norm's dad, his voice getting slightly higher. "As a matter of fact, I mind very much."

"Leave it, love," said Norm's mum gently.

"Who was it, anyway?" said Norm's dad.

Norm had to quickly bite his tongue again and **not** say what immediately sprang to mind. How did **he** flipping know who it was? He never got the chance to flipping **look**, did he? Gordon flipping **Bennet!**

"Was it Mikey?" said Norm's mum.

Norm nodded. "Probably, yeah."

"You can always ring him back later, love."

Norm nodded again. "Yeah."

"Maybe," said Norm's dad.

Norm pulled a face. "**Maybe?**"

"Yes," said Norm's dad. "Maybe. Depends whether you've still got a phone or not, **later.**"

"But..." began Norm.

"No buts, Norman," said Norm's dad.

"Bu..."

"Uh-uh," said Norm's dad holding a hand up. "What did I just say?"

"No buts," said Norm.

"Is the correct answer."

This was turning out to be even worse than he'd been expecting, thought Norm. And *that* was flipping saying something. Because he'd been expecting it to be *pretty* bad in the first flipping place. But never in his wildest dreams – or rather, never in his worst nightmares – had Norm ever contemplated the possibility that he might actually get his phone taken off him. It hadn't even entered his mind. They couldn't, could they? They *wouldn't*, would they? Surely not. What would he do without it? wondered Norm. Actually go round to Mikey's and **talk** to him, face to face? Seriously? He hadn't had to do that since he was eleven. His parents might as well shove him up the flipping chimney, like they used to back in Medieval times and be done with it. Because **that's** what it would be like to live without his phone. It would be like going back in time and throwing away the flipping key!

"Which brings me to my next point," said Norm's dad.

Uh? thought Norm. His **next** point? Norm must have blinked, because he wasn't aware that his dad had actually **made** a point so far.

"Would you care to explain exactly **how** you managed to end up with such a big bill?" said Norm's dad.

Big bill? thought Norm. What **was** he? A flipping flamingo or something?

"You did go **way** over your limit this time, love," said Norm's mum.

Oh, **right**, thought Norm. The **phone** bill. His dad should have said.

"So, how come?" said Norm's dad.

Norm shrugged. "Dunno." Which was true. Because Norm genuinely **didn't** know. His phone was way too rubbish to watch videos and films on, worse flipping luck. And it only had really rubbish games on it. **Smart** phone? Completely stupid **prehistoric** phone that belonged in a flipping **museum**, more like. Not like **Mikey's** phone, which was about

135

as up-to-date and state-of-the-flipping-art as you could possibly get. Whatever state-of-the-flipping-art meant. About the only thing you **couldn't** do on Mikey's phone was make tea and coffee. And that was probably only because Mikey hadn't bothered to download the flipping app yet. It was **SO** unfair, thought Norm. But then again what **wasn't?**

"Really?" said Norm's mum. "You don't know?"

"It's true!" said Norm indignantly. "I don't!"

"Well, I must say I find that rather hard to believe, love."

Norm sighed. He found **lots** of things hard to believe, but he didn't bang on about it, did he? Like the fact that he could possibly be biologically related to his two little brothers, for instance. He found **that** almost **impossible** to believe at times, let alone **hard** to believe! And did he bang on

about it? No, he flipping didn't. But as soon as he goes a couple of quid over his monthly limit? Gordon flipping **Bennet**. Call the cops! It's the crime of the flipping century!

"OK," said Norm's dad calmly. "I'm going to give you one more chance."

"Honestly, it's for your own good, love," said Norm's mum. "Just tell the *truth*."

"But I *am* telling the truth!" squeaked Norm.

Norm's dad shook his head. "Your mother's right, son. By denying everything you're just digging yourself deeper and deeper."

Uh? thought Norm, pulling a face. What was his dad on about digging for? What did he think he was? A flipping **rabbit** or something?

"Don't make things any worse than they already are," said Norm's mum.

"But..." began Norm.

"Uh-uh," said Norm's dad, holding his hand up again.

Norm sighed.

"What have you been doing on your phone that you shouldn't have been doing?"

"What?" said Norm, utterly horrified. "Nothing!"

Norm's dad paused. And when Norm's dad paused, time itself seemed to stand still. "Nothing?"

"Nothing," said Norm.

"Sure?"

Norm nodded. "Sure."

"Positive?" said Norm's dad.

Gordon flipping **Bennet**, thought Norm. Did his dad honestly think that if he kept probing away, he'd eventually crumble and break down and admit everything, like in some flipping movie or some stupid detective show on TV or something? He couldn't be **more** positive. He couldn't be **more** sure...or certain...or...or...or...any other word that meant that. He hadn't done **anything** on his phone that he shouldn't have done! Why couldn't his dad seem to **understand** that? It was **so** flipping frustrating! What did he want him to do? Take a flipping lie detector test on one of those special machines? His mum could probably buy one off one of the shopping channels if she wanted to. If she hadn't already done so.

"In **that** case, how do you explain **this?**" said Norm's dad, suddenly producing a sheet of paper with a dramatic flourish and jabbing it repeatedly with one of his index fingers.

"What?" said Norm, whose eyesight was **good**, but not **that** good.

"This!" said Norm's dad, waving the paper about and doing some more jabbing.

"We printed the bill off, love," said Norm's mum.

"Nearly a hundred and fifty pounds on one number!" said Norm's dad.

Norm's mouth fell open and remained open for several seconds before any kind of sound came out. Even then it was more of a strangulated frog-like croak than anything resembling his usual voice. "What?"

"One hundred and forty-seven pounds and fifty pence, to be precise."

Norm grinned nervously. "You're joking, right, Dad? I thought you meant, like a tenner, or something?"

Norm's dad did another one of his epic pauses. At least, Norm thought his dad was doing another one of his epic pauses. Either that, or he was buffering.

"Do I *look* like I'm joking, Norman?" said Norm's dad when normal service was eventually resumed.

Norm hated to admit it, but for the **second** time that day, his dad really *didn't* look like he was joking. Far from it, in fact. He looked like he was about to blow a flipping fuse. Even **Norm** could see that. And, in the unlikely event that his dad **was** actually joking, then he was a pretty incredible actor and should get himself an agent as soon as flipping possible. At least then they wouldn't have to worry about such minor and piddling inconveniences as phone bills and whether or not to buy supermarket own-brand Coco Pops. So, thinking about it, thought Norm, thinking about it, it would be pretty awesome if his dad **was** joking. In more ways than one.

"Well, Norman? Do I?"

Norm sighed. "No, Dad. You don't."

"Thank you," said Norm's dad.

"You're welcome," said Norm.

"And don't answer back."

Norm looked at his dad for a moment, unsure whether to say anything or not. He **never** knew whether to say anything when he was told not to answer back. Because if he **did**, wasn't that technically answering back? It was one of life's great mysteries as far as Norm was concerned. As well as being incredibly annoying.

"So?" said Norm's mum. "How **do** you explain it, love?"

It was a good question, thought Norm. How **did** he explain it?

Norm's mum sighed. "It's a lot of money."

Norm nodded.

"An **awful** lot of money."

"I **know** it is, Mum."

"So why did you do it then?" said Norm's mum.

Do **what?** thought Norm.

"What were you **thinking**, love?"

"He **wasn't**," said Norm's dad, through clenched teeth.

Wasn't **what?** thought Norm, getting more and more exasperated. Was someone going to tell him what he was supposed to have done or what? He was on the edge of his flipping seat here. Any **closer** to the edge and he was going to fall off!

"You didn't honestly think you were going to **win**, did you?" said Norm's dad.

"WIN WHAT?!!!" yelled Norm, unable to contain his irritation a single second longer.

Everything suddenly went very quiet, as if no one could quite believe what had just happened. Norm certainly couldn't anyway, as he waited for the inevitable consequences of shouting at his dad. Sure enough, there **were** consequences. Just not the **sort** of consequences Norm had been expecting.

"WOOF! WOOF! WOOF!" went John, rushing headlong into the front room like a runaway train before leaping on top of Norm and slavering all over his face.

"AAAAAAAAGGGGGGHHHHHHH!!!!! GET OFF ME, YOU FURRY FLIPPING FREAK!!!!" screamed Norm,

disentangling himself again and dropping John back on the floor. "That is dis-flipping-**gusting**!"

"He just wanted to know what all the fuss was about," said Brian, appearing in the doorway.

"WOOF!" went John, trotting happily over to Brian.

"Yes, you **did**, didn't you?" said Brian in a funny baby voice, whilst giving John a good old stroke and a scratch behind his ears. "I know. **Bad** Norman. Yes he **is**, isn't he?"

Norm sighed. Both his brothers could be weird and annoying. Actually, thought Norm, never mind **could** be. Both his brothers **were** weird and annoying. But for some reason, there'd always been something just that little bit **weirder** and **more** annoying about Brian than there was about

Dave. Dave might be the younger of the two, but it was actually quite hard to tell sometimes. Well, apart from the fact that Dave was smaller and had a gap where his front teeth should be, big enough to drive a flipping bus through. But apart from that, Dave could occasionally be pretty mature for his age. Which wasn't to say that he still didn't drive Norm round the flipping bend from time to time, because he definitely did. But at least Dave didn't talk to John as if the dog was flipping **human**. Then again, there were times when Norm doubted **Brian** was human. So, whatever.

"You don't honestly think he can understand you, do you, Brian?"

"What do you mean?" said Brian. "Why **wouldn't** he understand me?"

"Seriously?" said Norm.

"Seriously," said Brian.

"OK," said Norm. "Firstly, he's Polish."

"So?" said Brian.

"Secondly, he's a dog."

"So?" said Brian again. "He can still understand me. Can't you, Johnny-wonny?"

"WOOF!" went John, wagging his tail like an out of control windscreen wiper.

"Yes you canny-wanny," said Brian, giving John another good stroke and a scratch.

"You know something, Brian?" said Norm.

"What?" said Brian.

"You need helpy-welpy."

"That's not *funny*, Norman," said Brian. "Is it, Johnny-wonny?"

"WOOF!" went John.

"No, it's notty-wotty," said Brian, putting his nose next to John's. "I know. You're so *cute!* Yes, you *are!*"

"Don't get *too* close," said Norm's mum.

"Who are you talking to, Mum?" said Norm. "Brian, or John?"

"Ha, ha, very funny," said Brian.

"Stupid flipping *dog*," muttered Norm, wiping his face with his hand and then sniffing it. "Phwoar! I smell like a flipping toilet. No wonder they're called flipping cocka-*poos*!"

"Language," said Dave, suddenly appearing in the doorway next to Brian.

"And you can shut up too, you little freak!" spat Norm.

"Charming," said Dave.

"What *was* all the fuss about, anyway?" said Brian, finally looking up from the dog.

"None of your business," said Norm, even *more* irritated with Brian than usual. Because being licked full in the face by a toilet-breathed dog might have been disgusting, but it had actually come as a welcome distraction from his mum and dad talking about the flipping *phone* bill. And now Brian had gone and *reminded* them!

"What do you *mean*, none of my business?" said Brian. "How do you *know* it's none of my business?"

Norm pulled a face. "What do you *mean*, how do I *know* it's none of your business? I just know, right?"

"Yeah, but how do you know for *sure?*" said Brian.

"Uh?" said Norm. Was Brian having a laugh? It was the only possible explanation. Well, the only possible explanation that didn't involve Norm being asleep and in the middle of a dream. And if *that* was the case, thought Norm, things really

**were** pretty bad. Because it was the worst flipping dream **ever**.

"Well, I **might** have something to do with it," said Brian. "You never know."

True, thought Norm. You just never knew. There were plenty of things **he** didn't know. Like how much longer it would be before he finally blew his top and erupted like a flipping volcano, spewing poisonous ash and molten lava all over the front room carpet.

"Brian?" said Norm's dad.

"Yes?"

"Actually, this **is** none of your business."

"Fair enough," said Brian, without a nanosecond's hesitation.

Fair enough? thought Norm. It most certainly was **not** fair enough. How come Brian believed his **dad**, but not **him**? Flipping typical.

Norm's dad fixed Brian with a steely stare. "Not unless you borrowed Norman's phone and repeatedly dialled the same number over and over again?"

"Oops," said a small voice.

Everyone suddenly turned round and looked at Dave. Including John.

"What do you mean 'oops', love?" said Norm's mum.

Yeah, thought Norm. What **did** Dave mean?

"Erm, nothing," said Dave hesitantly.

Norm's mum raised her eyebrows. "Are you **sure?**"

"Er, yeah," said Dave. "I just remembered something, that's all."

"What?" said Norm's dad.

"Sorry?" said Dave.

 "**What** did you just remember?"

"Erm..." began Dave.

"Well?" said Norm's dad.

"I've forgotten again," said Dave.

Brian turned to his younger brother. "You've **forgotten** what you can't remember?"

"Yeah," said Dave.

"Really, Dave?" said Norm's mum doubtfully.

Dave nodded.

"You've forgotten what you can't remember?"

"No," said Dave. "I mean, yes."

"Hmmm," said Norm's mum. "It can't have been very **important** then, can it?"

Dave shrugged. "I can't remember."

Gordon flipping **Bennet**, thought Norm, seriously beginning to hope that he really **was** in the middle of a dream. Because this surely couldn't be happening, could it? Not in **real** life? It was like something out of a flipping **play**. A really **boring** play. Not that there was any **other** kind of play, as far as **Norm** was concerned.

"Anyway," said Norm's dad. "Don't let me keep you, boys. I'm sure you've all got lots of...stuff to do."

"'Kay, bye," said Dave, disappearing even quicker than he'd appeared in the first place.

"Brian?" said Norm's dad.

"Yes?" said Brian.

"Off you go."

"Oh, right," said Brian, finally twigging and heading after Dave.

"WOOF!" went John, heading after Brian.

"Yeah, catch you later," said Norm, getting up.

"Where do you think *you're* going?" said his dad.

"But..." began Norm.

"Sit back down," said Norm's dad. "We're not done yet."

Norm did as he was told and reluctantly sat back down.

"Well?"

"What?" said Norm.

"Don't 'what?' *me*, Norman!" said Norm's dad, the vein on the side of his head throbbing away. "I've had just about enough!"

Norm pulled a face. "Enough of *what?*"

"Are you trying to be funny?"

Norm thought for a moment. *Was* he trying to be funny? He didn't think so.

"OK," said Norm's dad. "One last chance."

One last chance for *what?* thought Norm. To admit doing something he had no idea he'd even *done?* He didn't even know for sure what it *was* that he hadn't done. It all made about as much sense as an instruction manual for a fork.

How to use a Fork

"I tell you what," said Norm's mum. "Why don't we come back to this later?"

"Great idea, Mum," said Norm, getting up.

"Sit *down*!" yelled Norm's dad. "We're still not done here!"

Norm slumped back down into the chair again, even *more* reluctantly than the last time.

"We still haven't decided what we're going to do about it, have we?" said his mum. "What your punishment should be?"

Ah yes, of course, thought Norm. The punishment for the thing he had no idea he'd even done? How forgetful of him.

"I think it's pretty obvious, isn't it?" said Norm's dad.

"Is it?" said his mum.

Yeah, thought Norm. Is it?

"He's going to have to be grounded."

"But I thought you said he was going to have to pay it off?" said Norm's mum.

"Yes, I know I did," said Norm's dad. "But I mean, come on. A hundred and forty-seven pounds fifty? Where's he going to get *that* kind of money from?"

*That* kind of money? thought Norm. How many different kinds *were* there?

"Hmmm. Your dad's right, love. Even we don't..."

Norm's mum hesitated, apparently unable to go on. But she didn't actually *need* to go on. It was pretty obvious what she'd been about to say. She'd been about to say that even she and Norm's dad didn't have that kind of money. Yeah, thought Norm. Like he didn't actually know that already. Like he actually needed *reminding* how difficult things were at the moment.

"So anyway, you're grounded," said Norm's dad. "And that's all there is to it. End of."

"Great," mumbled Norm.

"What was that, Norman?"

"Nothing," said Norm.

"How long for?" said Norm's mum.

Norm's dad shrugged. "A month?"

"WHAT?" squawked Norm like a shocked parrot. "A **MONTH**?"

"We can make it two, if you'd prefer?" said Norm's dad coolly. "It's all the same to me."

"Er, no," said Norm quickly. "A month's fine, thanks, Dad."

"Excellent. So we're agreed then."

Agreed? thought Norm. To be grounded for a month? A whole flipping *month*? That was like...for ever basically.

"Well?" said Norm's dad.

"What?" said Norm.

"We're done."

"Really?" said Norm uncertainly.

"Really," said his dad. "Off you go."

Gladly, thought Norm, getting up and making a beeline for the stairs before things could get even worse.

# CHAPTER 9

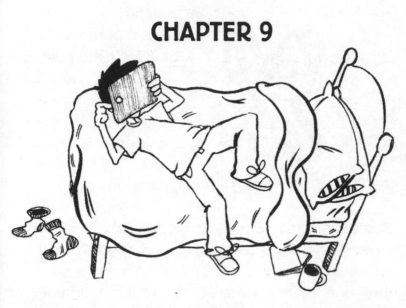

It really was pretty unbe-flipping-lievable, thought Norm, slamming his bedroom door behind him before throwing himself on the bed and switching on his iPad. In fact, the more Norm thought about it, the *more* unbe-flipping-lievable it seemed. Grounded for an entire *month*? That might not seem very long when you were ancient and past your prime like his mum and dad were and your idea of a crazy night out was a trip to IKEA when it was late-night closing. But when you were nearly thirteen like Norm was, a month seemed like a *lifetime*. It pretty much *was* a lifetime if you were a bee or a butterfly. But that wasn't the point, thought Norm. The point was that, right now, a month seemed like an unimaginably long period of time. And it wasn't even *February*. Because at least if it *was* February then there wouldn't be as many actual *days*. There'd only be, like, twenty-five or something instead of thirty-one or whatever. So he wouldn't actually be grounded for so *long*. Flipping typical thinking about it, thought Norm, thinking about it.

And another thing, thought Norm. Why was his iPad taking so *long* to fire up? It must have been at least ten seconds since he'd switched it on. It was *almost* as prehistoric and past it as his flipping *phone* was. But not *quite*.

Norm sighed. He still had no idea what his parents had been on about. Not that he *ever* had *much* idea what his parents were on about. It was almost as if once you reached a certain age you started talking in an entirely different *language*. But more specifically, he had no idea what they'd been on about with all that phone stuff. Nearly a hundred and fifty quid on one number? Why on earth would he have done *that*? In fact, never mind *why* on earth would he have done that, *how* on earth would he have done that? His phone spent most of the time in his back pocket. Had he been accidentally dialling with his bum and not known about it? Or maybe he'd been *sleepcalling?* After all, thought Norm, some people *talked* in their sleep, didn't they? Maybe some people talked on their *phone* in their sleep? Maybe he was *one* of them? Who knew? One thing was for sure. There had to be *some* kind of explanation for running up a phone bill the size of a bus. It hadn't just *happened*.

The iPad beeped.

At *last*, thought Norm, who was beginning to wonder whether there was actually something *wrong* with it and whether he'd just have to throw it out and get a new one. Or at least get **Grandpa** to get him a new one anyway, since it was Grandpa who'd given him the iPad in the first place. Which was a flipping good job by the way, because there was more chance of Norm learning to *fly* than there was of his skinflint mum and dad ever getting him an *iPad*. At least one that actually *worked* and that hadn't been found in a *skip*. And not learning to fly in an *aeroplane*. Actually learning to *fly*.

Norm touched the icon to open up the message. It was from Mikey. Hardly surprising really, considering

Mikey was about the only person to ever **message** Norm, as well as being about the only person to ever **call** him.

"Hey, Norm," said the message. "Tried to call you earlier. Dad's bought a bike rack for the car so we're going to the old quarry tomorrow. Wanna come? Message me back if you do."

Norm stared at the screen for several seconds, like a drooling dog eyeing up a sausage in a butcher's shop window. Did he want to go to the old quarry? The old quarry that had just been turned into **the** most amazing bike park, complete with ramps and jumps and the most awesomely swooping, whizziest trails this side of the flipping Himalayas? Too flipping **right** he wanted to go! What wannabe World Mountain Biking Champion **wouldn't** want to go? It was the stuff of dreams. Well, maybe not **everybody's** dreams. But it was certainly the stuff of **Norm's** dreams. There was just **one** teensy problem.

## HE COULDN'T GO BECAUSE HE WAS FLIPPING GROUNDED!!!!

There was a sudden sound of clattering and clunking from next door's garage. Not that Norm actually noticed. Frankly though, Norm probably wouldn't have noticed the sound of next door's garage being completely **demolished**. Or the entire **street** being demolished for that matter. All Norm could think about was the trip tomorrow. Or more precisely, the trip tomorrow that he **wouldn't** be going on. Not unless he could somehow find the one hundred and forty-seven pounds and fifty pence he needed to pay off his flipping phone bill anyway. Even though he **still** had no idea how the bill had got that big in the first place. But right now that was the **furthest** thing from Norm's mind. What Norm needed was money. And fast.

"Wot time u going?" wrote Norm, replying to Mikey's message before hitting **send**.

Norm could see that Mikey received the message immediately and that he immediately started writing his reply. The iPad beeped again only a few seconds later.

"After lunch. So are you coming then or what?"

Norm thought for a moment. Was he *going*? To the amazing new bike park? Well, of *course* he was flipping well going. Wild horses wouldn't stop him. In fact, never mind wild horses, thought Norm, getting up and heading for the stairs. *Nothing* was going to stop him. He knew what he had to do. All he had to do now was flipping well *do* it.

# CHAPTER 10

Norm knew that if he so much as set foot on the drive, Chelsea would appear like a genie from a lamp. In fact, never mind **foot**. Norm knew that if he so much as set his little **toe** on the drive Chelsea would suddenly materialise out of thin air as if by magic. She always flipping did. And Norm knew **why** she always flipping did too. She did it solely to bug him and irritate him and generally make his life as miserable as possible. Or, in Norm's case, even **more** miserable than usual. And **that** was flipping saying something. But exactly **how** she did it was still something of a mystery as far as Norm was concerned. Was she permanently watching out for him via a carefully concealed CCTV camera trained on his house? Did she just spend all her time hanging around outside on the other side of the fence literally waiting for him to show up? Or, thought Norm, did Chelsea in fact genuinely possess some kind of weird spooky psychic superpower and just *knew* whenever he was there? Whatever it was, thought Norm, it was extremely flipping annoying.

So it was somewhat surprising when, for once, Chelsea *didn't* pop up the moment Norm stepped out his front door. Just when, for once, Norm actually *wanted* her to. Not only that, but actually *needed* her to. Because, much as Norm hated the thought, he knew that the only way he was ever going to be able to raise the money to pay off the phone bill *quickly* – and therefore be able to go biking with Mikey – was if he did what Chelsea had suggested earlier on and shared a table with her at the car boot sale the next morning. Even though the thought of spending any more time with Chelsea than he abso-flipping-lutely **had** to filled Norm with the kind of dread he'd rarely experienced in real life. But, like it or not – and Norm most definitely **didn't** like it – **that** was what he was going to have to do if he didn't want to be stuck inside the flipping house all tomorrow. Well, all the next month actually. But tomorrow would be **particularly** painful, knowing what Mikey was getting up to at the bike park.

That meant, as far as Norm was concerned, he had no choice. How **else** was he going to be able to raise the money in time? By offering to do the washing up after tea? By charging his brothers to go to the toilet?

By filming John doing something cute or clever and sending it to one of those TV shows that paid you if they showed your clip? No. Because that would take flipping *ages*. And if there was one thing that Norm didn't have, it was flipping ages. He had about eighteen hours. Or however many hours it would be until the next afternoon. But that wasn't the point. The point was that he needed to somehow raise *money*. And he needed it immediately. If not sooner. Which was *why*, for once in his life, he actually *needed* to see Chelsea. And he needed to see her *now*. And, for once in his life, she wasn't flipping there!

It was then and *only* then, in an act of sheer desperation that Norm did something that he never ever thought he'd do. Not in a month of Sundays. Not in a *year* of Sundays. Not even in a whole *lifetime* of Sundays. He actually called out, across the fence. The fence that had, for so long, acted as the one barrier between him and Chelsea. Like a border separating one warring country from another.

"Hello?"

There was no reply. The only sound Norm could hear was the sound of clattering and clunking from within the garage. Not **his** garage though. Next door's garage. **Chelsea's** garage. Or at least, her **dad's** garage. Or at least, her dad's garage for now anyway. Technically it would soon be Chelsea's **mum's** garage.

"Hello?" said Norm again, but a little louder this time.

"Oh, hello, **Norman**!" said Chelsea, emerging blinking into the daylight. "What a lovely surprise!"

Norm shrugged. "Yeah, well, you know."

"Wise words, as usual," said Chelsea, smiling. "I honestly don't know how you do it sometimes, **Norman**. I really don't."

Gordon flipping **Bennet**, thought Norm. It really was quite incredible just how quickly she could wind him up. A few words. That was all it took. But this time he was just going to have to bite his tongue and take a few deep breaths. If it was actually **possible** to bite your tongue and take a few deep breaths at the same time. But even if it wasn't, thought Norm, he was just going to have to make a massive effort **not** to let Chelsea annoy him. At least, not any more than she already flipping **had** done.

"Well?" said Chelsea expectantly.

"Well, what?" said Norm.

Chelsea pulled a face. "What do you mean, well what? You called **me!**"

Norm thought for a moment. Chelsea was right. He **had** called her. He just wasn't used to this at all.

"In your own time," said Chelsea.

"This car boot sale," said Norm.

"What about it?" said Chelsea.

"You still doing it?"

"Course I'm still doing it, you pilchard!" laughed Chelsea. "Why else do you think I've been stuck in the garage all this time?!"

Norm shrugged again. He had no idea why Chelsea had been stuck in the garage all this time. Unless, of course, that was where she monitored him from so that she knew exactly whenever he was about to appear outside? In *fact*, thought Norm, perhaps the whole garage was crammed full of fancy spying equipment and computers and stuff, like in some movie. In fact, thought Norm, perhaps Chelsea was actually some kind of evil baddie, not

only intent on annoying *him* but annoying the rest of the flipping *world* too. He certainly wouldn't put it past her.

"I've been sorting stuff *out*!" said Chelsea.

"Stuff?"

"To take to the car boot sale?"

"Oh, *right*," said Norm.

"So are you gonna do it with me then, *Norman?*"

Norm took a deep breath *and* bit his tongue. "Yeah, why not?"

"Really?" said Chelsea. "Excellent!"

Hardly, thought Norm. It was the complete *opposite* of excellent as far as he was concerned, whatever *that* was. Unexcellent? That wasn't the point. The point was, what else could he *do?* What was that expression? Desperate times called for desperate measures? Well, the fact that he was actually prepared to spend his Saturday morning with Chelsea – voluntarily and **without** being dragged along kicking and screaming – was proof of just **how** desperate he really flipping **was**!

"What do I have to do?"

"Nothing," said Chelsea. "Just stand next to me. I'll do all the talking!"

"I'm sure you flipping **will**," muttered Norm under his breath.

"What was that, **Norman?**"

"Er, nothing," said Norm.

"Good," said Chelsea. "You sorted out all **your** stuff yet?"

Norm shook his head. "Not quite."

"Not **quite**?" said Chelsea. "Or not at **all?**"

"Not at all."

"I knew it," said Chelsea. "You pilchard."

Norm took another deep breath and gritted his teeth again. He was beginning to get **seriously** hacked off being called a pilchard. Not that he actually knew what a pilchard **was**, but whatever it was, it was very doubtful that it was flattering to be compared to one.

"Do you want me to come and help you, **Norman**?"

"What do you mean?" said Norm.

"Well, you know?" said Chelsea. "Go through your stuff with you?"

Was she having a flipping **laugh**? thought Norm. Did Chelsea honestly think he was going to let her anywhere **near** his stuff? Because if she did, she had another flipping think coming. Not that Norm had the faintest idea what he was going to sell yet. Or at least, what he was going to **try**

and sell. That wasn't the point. The point was, there was more chance of him letting a ravenous rattlesnake anywhere near his room than there was of him letting **Chelsea** anywhere near it.

"You're not **shy**, are you?" grinned Chelsea.

"What?" said Norm.

"You can't be shy if we're going to be car boot mates, **Norman**."

Norm sighed wearily, like a squirrel down to its last nut. Did he **really** have to go through with all this? Was it **really** worth all the stress and all the hassle just so that he could go biking? But he knew the answer before he'd even finished asking himself the question. Of *course* he had to go through with it. And of *course* it was worth *any* amount of stress and hassle if it meant going *biking*. Especially if it meant going biking to a brand-new bike park approximately five billion times more awesome than biking in the woods behind the stupid shopping precinct. He'd do anything necessary. Well, maybe not *anything*, thought Norm. He wouldn't go on a naked supermarket trolley dash, for instance. And he wouldn't go to IKEA for *any* money. But apart from that, he'd do pretty much anything if it meant going biking with Mikey the next day. Including a car boot sale with Chelsea. Sometimes a guy just had to do what a guy had to do. And it looked like this might well be one of those times. And anyway, thought Norm, what was the worst thing that could happen?

"Think about it," said Chelsea. "It'll be like being boyfriend and girlfriend."

Gordon flipping **Bennet**, thought Norm. **That** was the worst thing that could happen. **Ever.**

# CHAPTER 11

Normally Norm would have been screamingly embarrassed if his mum had stuck her head out the window and yelled so loudly that the whole flipping *town* actually thought it was teatime and not just *him*. Not *this* time though. Norm had experienced an almost overwhelming surge of relief. It was almost perfect timing. Actually, it *was* perfect timing. Norm could hardly flipping *wait* to bolt back inside the house again. He'd had just about all he could take of Chelsea.

Not that **that** was saying much. Norm could only take very small doses of Chelsea at the best of times. Or the worst of times, depending on which way you looked at it. But even by her own incredibly high standards, Chelsea had been almost superhumanly  annoying. Much more and Norm would surely have exploded. Or possibly self-combusted. Either way, things were about to get extremely messy if he hadn't left when he did. And besides, he'd be seeing plenty more of her the next morning. Worse flipping luck.

Teatime itself passed uneventfully. Or at least **relatively** uneventfully anyway. There'd been a **slight** kerfuffle when Dave had sneezed all over the lasagne without bothering to cover his mouth. And another minor commotion when Brian had claimed that it was John who'd farted and not him, despite the fact that John had actually been in the garden at the time. The only surprise, as far as Norm was concerned anyway, was that **he** hadn't been blamed for Brian's sneaky bottom burp. Which made a flipping change. Apart from that though, teatime had been a fairly average run-of-the-mill kind of an affair. Which was fine by Norm. Because Norm had stuff to do. And as soon as he could sneak away without anyone noticing, that's precisely what he did.

Gordon flipping Bennet, thought Norm, closing his bedroom door behind him. What now? Where did he start? Where did he even **begin** to start? Or even start to begin? Whichever way he looked at it, he had nothing to sell. Literally **nothing**. Well, nothing he'd be **willing** to sell anyway. There were plenty of things he **wouldn't** be willing to sell. Like his entire collection of old mountain biking magazines, for instance. There was no flipping **way** he was ever going to part with **those**. It would be like selling a part of **himself**.

In fact, come to think of it, thought Norm, coming to think of it, he'd sooner sell a part of *himself* than sell his entire collection of old mountain biking magazines. He had no idea how he'd go about actually *doing* that, of course. Or even what part of himself he could try and sell. But if he didn't hurry up and think of something he could flog at the car boot sale, he might have to seriously consider it.

So, what else? thought Norm, sitting down on his bed. How about his actual *bed*? Nah. For a start, how would he get it down the stairs without his mum and dad noticing? And, in the unlikely event that anyone *did* actually want to buy it, what would he sleep on?

Norm stared at the carpet and sighed dejectedly. Surely there was *something* he could sell? Like the carpet? Or the curtains? Maybe even the wardrobe? Nah, thought Norm again. If he couldn't get a flipping *bed* downstairs without his parents finding out, it was unlikely he'd be able to smuggle a *wardrobe* out the house either.

Ah-ha! thought Norm. If he couldn't sell his actual *wardrobe*, how about the *contents* of his wardrobe? Sell his clothes! Of **course**. It was genius. Why hadn't he thought of that before? Not **all** his clothes obviously. That wouldn't be practical. And it could also lead to some potentially embarrassing situations. But there must be **someone** out there willing to buy his old Spiderman pyjamas? Or maybe that T-shirt with 'My parents went to IKEA and all I got was this lousy T-shirt' printed on the front? He'd **never** worn **that** and he never flipping would. And he'd got a whole drawer full of old pants and socks he didn't wear any more. Mind you, thought Norm, you'd have to be pretty flipping desperate to want to buy some of **those**.

Norm's iPad suddenly beeped. He looked at it for a moment as if he'd only just realised it was there on the bed, next to him. As if he'd never actually **seen** it before. As if it was some kind of strange alien object from a strange faraway galaxy. He **couldn't**, could he? No, thought Norm. He flipping well couldn't. Even if it **did** mean he could pay the bill off and go biking at the awesome bike park with Mikey. But then, when he got **back** from biking at the awesome bike park with Mikey, he wouldn't have an iPad to look at videos of awesome bike parks on, would he? Even a **rubbish** iPad that took the best part of a flipping decade to boot up – so selling **that** wasn't really an option either.

Norm touched the icon and opened up the message which, inevitably, turned out to be from his best friend.

"Dad needs to know if you're coming or not?"

Yeah, thought Norm. Mikey's dad wasn't

the **only** one who needed to flipping know! **He** needed to flipping know too!

"You in there, Norman?" said a muffled voice.

"No," said Norm, already typing a reply to Mikey.

"Good one," said the voice. "Can I come in?"

"I dunno," said Norm. "Can you?"

The door opened to reveal Dave.

"What are you doing?"

"What does it **look** like I'm doing, Dave?"

Dave shrugged. "Dunno. Writing something on your iPad?"

"So why flipping **ask**, then?"

"All right, all right," said Dave.

Norm looked up. "Anything else?"

"What are you typing?"

"A message."

"To who?"

"Gordon flipping **Bennet**," said Norm. "If you must know, it's a message to **Mikey**. Or it **was**, anyway. I've just sent it."

"What was it about?" said Dave.

This was becoming almost funny, thought Norm. Almost. But not quite.

"Mikey's dad's got a bike rack," said Norm.

"Yeah?" said Dave.

"Yeah," said Norm. "And he's taking Mikey to this awesome new bike park tomorrow."

"Cool," said Dave.

"**Very** cool," said Norm. "And he wants to know if I want to go."

"Silly question," said Dave.

Norm nodded. "**Very** silly question."

"So what's the problem?" said Dave.

"The problem," said Norm, "is that unless I pay my phone bill off I can't flipping well go, can I?"

"Oh."

"And the only way I'm going to pay off my flipping **phone** bill is by doing a flipping car boot sale with **Chelsea**, tomorrow morning."

"Oh," said Dave again.

"And, frankly, I'd sooner eat a puke sandwich than do a flipping car boot sale with Chelsea tomorrow morning.

Or any time for that matter."

Dave pulled a face. "A puke sandwich?"

Norm nodded.

"Your *own* puke?"

"Not bothered," said Norm.

"Aw, *yuk*!" said Dave.

"Exactly," said Norm. "But how else am I going to raise a hundred and forty-seven pounds?"

Dave looked genuinely shocked. "A hundred and forty-seven pounds?"

"And fifty pence."

"Whoa."

Norm pulled a face. "Is that all you've got to say, Dave? Whoa?"

"Well, I mean that's—" began Dave.

"What?" said Norm. "A lot of money? Because, believe it or not, I already *know* that!"

"'S'not very fair."

"Not very *fair?*" laughed Norm. "*Tell* me about it!"

"Well, what I mean is..."

"Dave?" said Norm, holding a hand up.

"Yeah?"

"I don't mean *literally* tell me about it. I mean, I *know* it's unfair."

"Oh, right," said Dave.

They looked at each other for a few seconds before either spoke again. And it was Dave who eventually *did* speak.

"I'm sorry, Norman."

"What?" said Norm.

"I said I'm sorry," said Dave.

"What *for?*"

Dave appeared to hesitate.

"What for?" said Norm again.

"Because...because...because you can't go biking tomorrow," said Dave. "Unless, you know..."

Norm nodded. "Yeah, I know what I've got to *do*, Dave."

"And I know how much you like biking," said Dave.

Norm sighed. Dave had no *idea* how much he liked biking. No idea at *all*. No one did. And no one ever flipping *would*.

"So that's why I'm—"

"Dave?" said Norm, holding his hand up again.

"Yeah?"

"Did you actually want something, or did you just come in here to annoy me?"

"Oh yeah," said Dave as if he'd only just remembered. "Dad says you've got to do the drying up."

"WHAAAAAAAAT?" bellowed Norm, as if Dave had just informed him that he'd got to go and paint the lawn with a toothbrush. Not that *that* would take very long, with or without a toothbrush, what with the lawn only being the size of a flipping ping-pong table.

"Well, me and Brian washed up."

"Yeah? So?"

"So it's only fair **you** do the drying up," said Dave.

"No, it's **not**," said Norm.

"Yeah, it is."

"No, it's not."

"**Why** not?" said Dave.

Norm shrugged. "I did it **last** month."

Dave watched Norm for a few seconds, expecting him to crack a smile.

But he didn't.

"You're not joking, are you?"

"What?" said Norm. "Course I'm not joking. Be a pretty rubbish joke, if I was."

Dave nodded thoughtfully. "'S'pose."

"Anything else?" said Norm.

Dave seemed to hesitate again, almost as if he was on the verge of saying something. But if he was, he chose not to.

"Good," said Norm. "In that case, clear off."

"Excuse me?" said Dave.

"Why? What have you done?" said Norm.

"Nothing," said Dave quickly.

"So, clear off then."

"But..."

"What part of **clear off** do you not understand, Dave?"

"NORMAN?" yelled Norm's dad from the foot of the stairs.

Norm and Dave exchanged a look.

"YEAH?" yelled Norm.

"GET DOWN HERE AND DRY THESE DISHES! NOW!"

"Gordon flipping **Bennet**," muttered Norm, getting up and heading for the door.

"I tried to tell you," said Dave, standing aside to let him pass.

"Shut up, Dave, you little freak!" said Norm.

"Language," said Dave.

# CHAPTER 12

Norm had gone to bed angry and even more fed up than usual. Partly because he'd had to dry the flipping dishes after all. Of course, he'd **tried** to argue his way out of it, but in the end his dad had said that he **had** to dry up and 'that that was all there was to it'. Which was **seriously** annoying for a start, without everything **else** that was going on. And there was a **lot** else going on. Which was the **main** reason Norm had gone to bed angry and even more fed up than usual.

Norm was still angry and fed up when he woke up the following morning. In fact, for all Norm knew he'd been angry and fed up all through the night as well and had probably even had angry fed-up dreams. But if he had, then he couldn't remember them. Which was probably just as well. Because if he **had** been able to remember them, Norm would have been even **more** angry and fed up when he woke up. And he was already wound up tighter than a dog on a lead, whizzing round and round a flipping lamppost. Much more and he was going to snap.

Lying in bed, staring at the ceiling, Norm began thinking of the day that lay ahead of him. Or rather, Norm began **dreading** the day that lay ahead of him. Not that he'd ever really **stopped** dreading it, since it had become clear what he was going to have to do if he stood even the **remotest** chance of being able to go to the awesome bike park later on. The mere **thought** of spending the morning at a flipping car boot sale with Chelsea was enough to make Norm break out in a cold sweat and get his heart racing faster than a rhino on rocket-propelled roller skates. But if that was the price he was going to have to pay, then it would be a price worth paying. Even if he did still have no idea what he was going to actually **sell** at the car boot sale. Because one thing was for sure, thought Norm. His old Spiderman pyjamas weren't going to fetch a hundred and forty-seven pounds flipping fifty!

Norm sighed. It really was pretty out-flipping-**rageous** that he was having to do this. Why should **he** pay his flipping phone bill off? Why couldn't his **parents** pay it off if they were **that** bothered about it? You know, like most parents would? Well, like most **normal** parents would, anyway. But **oh no**, thought Norm, getting even angrier. They just **had** to make a great big thing about it, didn't they? Just like they had to make a great big thing about pretty much **every** flipping thing these days. Well, ever since they'd moved to this stupid little house, anyway. Or rather, ever since they'd **had** to move to this stupid little house and all of a sudden a home delivery from Wikipizza was considered some kind of once-in-a-blue-moon flipping **luxury**, as opposed to a basic human right. And it wasn't as if he was any nearer to knowing exactly **how** his phone bill had got that big in the first place. Or even **roughly** how his phone bill had got that big in the first place. But he'd build that bridge when he got to it. Or bungee jump **off** the bridge when he got to it. Or whatever the flipping expression was.

And, talking of weird old expressions, thought Norm, whatever happened to **Grandpa** yesterday? Wasn't he supposed to have been putting his thinking cap on – even though he didn't actually **have** a thinking cap – and coming up with some kind of cunning plan to raise the money and save the day? Because if he was, he was leaving it a bit late. It **was** the day now. So where **was** Grandpa? Had he not been able to think of a cunning plan after all? Or had he just forgotten about it? Because Norm flipping well hadn't forgotten about it. And he doubted very much whether his **parents** had forgotten about it, either. Because when it came to remembering stuff that Norm had hoped they **wouldn't** remember, his parents had better memories than flipping elephants. Which was annoying, because when it came to remembering stuff that he actually **wanted** them to remember – like promising to buy a new part for his bike or whatever – his mum and dad had memories like leaky carrier bags. Not that Norm could actually

**remember** the last time his mum and dad had ever promised to buy him a new part for his bike. Or **anything**, for that matter.

"You in there, Norman?" said a muffled voice.

Norm briefly thought about saying 'no', but didn't. He had quite enough on his mind without getting irritated by one of his brothers. Even the brother who he found fractionally **less** irritating than the other.

"What do you want, Dave?"

"Can I come in?"

"Gordon flipping Bennet," sighed Norm.

"Whatever."

"What are you doing?" said Dave, opening the door and walking in.

"What does it *look* like I'm doing?" said Norm, somehow still managing not to get irritated. But only just.

"Nothing," said Dave.

"Well, that's just where you're **wrong**, Dave," said Norm. "Because it may *look* like I'm doing nothing, but I'm actually very busy."

"Really?" said Dave doubtfully. "Doesn't look like you're busy."

"That's because I'm busy **thinking**."

"Right."

"Was there anything else?" said Norm.

Dave looked at Norm for a moment. "I've been thinking too."

"Really?" said Norm. "Well, congratu-flipping-lations."

Dave looked at Norm for a slightly *longer* moment. "Don't you want to know what I've been thinking **about?**"

Norm shrugged. "Not really, no."

Undeterred, Dave carried on. "I've been thinking about how I'd like to help you."

"What do you mean?" said Norm, suddenly sounding slightly more interested.

"I'd like to..."

"Like to what, Dave?"

"Give you something."

"Give me **what?**" said Norm, finding it harder and harder to keep a lid on his bubbling emotions.

Dave took a deep breath. "All my Lego."

Norm pulled a face. "Uh? What are you on about,
Dave? What would I want all your Lego for?"

"Isn't it obvious?"

"Well, obviously it's **not** flipping obvious, Dave,"
said Norm. "Otherwise I wouldn't be
flipping **asking**, would I?"

Whether Dave chose to
**deliberately** pause for dramatic
effect or not was unclear. But he
paused anyway. "You could...
sell it?"

"What?" said Norm.

"You could **sell** the Lego?" said
Dave. "At the car boot sale?"

"Riiiiiiiight," said Norm,
finally twigging what
his little brother meant.
"I seeeeeeeee."

"Well?" said Dave expectantly. "What do you think?"

Norm thought for a moment. What **did** he think? He thought it was an abso-flipping-lutely **brilliant** idea. Dave had **loads** of Lego. Most of which had actually belonged to Norm once upon a time, in those faraway days before he'd discovered the joys of biking. Brian had never been that bothered about Lego, preferring to play with his stupid **Lord of the Rings** figures instead. So, as soon as Dave had been old enough to hold a little plastic brick without automatically stuffing it in his mouth and trying to eat it, Norm had simply given all his Lego to him. Since then, Dave had steadily added to the collection to the point where it now filled several boxes and he seemed to spend more time tidying it up than actually playing with it. It must be worth a flipping **fortune**, thought Norm. Well, maybe not a **fortune**. But enough to pay the phone bill off at least! Which would be incredible. In fact, it was all Norm could do to stop himself from leaping out of bed and hugging Dave. He didn't though. Partly because, well, Dave was his smelly little brother and Norm didn't know where he'd been, but mainly because there was just one teensy little thing nagging away at the back of Norm's mind, like a bumblebee repeatedly bashing itself against a window.

"Why?" said Norm.

"Pardon?" said Dave, as if he hadn't anticipated that question.

"Why?" repeated Norm.

"Why what?"

"Why do you want to give me all your Lego?"

"I'm getting a bit old for it," said Dave with a shrug of his shoulders.

"Dave?"

"Yeah?"

"You're seven."

"I know," said Dave.

"And you're saying that's **too old** for Lego?" said Norm.

"Dunno. Maybe," said Dave.

"Maybe?" said Norm, fixing Dave with a look. There was more to it than this and he knew it. Not only that, but he was pretty sure that **Dave** knew that he knew that there was more to it than this. But what? thought Norm. That was the question. What?

"What?" said Dave, as if he'd been reading Norm's mind.

"Exactly."

Dave pulled a face. "Pardon?"

"What?" said Norm.

"Uh?" said Dave.

"What's going **on**?" said Norm. "What's the **real** reason you want to give me all your Lego? Come on, Dave. Spit it out. I know you don't **really** think you're too old for it."

Dave hesitated.

"Well?" said Norm.

Dave suddenly let out a huge sob. "I didn't **mean** to, Norman!"

"Didn't mean to what?"

"Borrow your phone!"

Norm heard the words. He just needed a moment or two to actually digest them and make sense of what they actually meant.

"Erm, did you say you **borrowed** my phone, Dave?"

Dave nodded sheepishly.

"Why?" said Norm.

"Because I haven't got one," said Dave. "Mum and Dad say I'm too **young** to have a phone."

Norm sighed. "You know what I **mean**, Dave. I don't have a flipping helicopter. Doesn't mean I'm going to go out and **borrow** one, does it?"

Dave looked puzzled.

"What did you actually **need** to borrow my phone for in the first place?"

"Oh, I see," said Dave. "To phone the number."

"Gordon flipping **Bennet**," said Norm, getting increasingly frustrated. "**What** number?"

"The number of the competition."

Competition? thought Norm. At **last** they were getting somewhere. They might be taking the flipping **scenic** route. But they were definitely getting there.

"Dave?" said Norm.

"Yeah?" said Dave.

"What competition?"

"The one where you can win a holiday," said Dave, as if Norm would know **exactly** what competition he meant.

"Where to?"

"The Caribbean," said Dave.

Norm decided that he needed another moment at least to try and comprehend whatever the heck it was that Dave was saying. It was rather a lot to take in all at once. And Norm's brain was having to work overtime to keep up.

"Can we just rewind a bit, Dave?"

"'Kay," said Dave.

"You **borrowed** my phone so that you could win a competition to win a holiday to the Caribbean?"

"Not just me," said Dave.

"What do you mean?" said Norm.

"Well, it wouldn't just be **me** who'd be going to the Caribbean," said Dave. "It would be **all** of us. Well, apart from John. I suppose Grandpa could look after him. Or we could put him in kennels."

Norm pulled a face. "Why would you put **Grandpa** in kennels?"

"Not **Grandpa**!" said Dave. "**John**!"

"Oh, right," said Norm. "I was going to say."

"I just wanted it to be a nice surprise!" wailed Dave. "I didn't know it was going to cause all this trouble!"

Norm could see that Dave was genuinely upset. Not only that, but Norm was *beginning* to see why Dave had done what he'd done in the first place. He'd basically done it in order to at least *try* and brighten up their drab and dreary, supermarket own-brand Coco Pop-ridden existences. Because there was no flipping *way* they could afford to go on holiday to the Caribbean otherwise. Not unless...unless...unless... Actually, thought Norm, there was no unless. They'd *never* be able to go on another holiday *anywhere*, let alone the Carib-flipping-bean! Wherever *that* was. But that wasn't the point. The point *was*, Dave hadn't done it on purpose. He'd had good intentions. *Really* good intentions, actually. But, well, one thing had led to another – and before he knew it? He'd been up to his neck in brown stinky stuff. And Norm knew *exactly* what *that* felt like, because when it came to being up to your neck in brown stinky stuff, Norm had been there, done that and got the flipping T-shirt!

"How many times?" said Norm.

"How many times what?" said Dave.

"Did you ring the number?"

"Oh," said Dave. "Erm, lots."

"Lots?" said Norm.

"Lots," confirmed Dave with a nod of his head.

"Dave?" said Norm.

"Yeah?"

"How many?"

"About fifty."

Norm was utterly flabbergasted. "Gordon flipping **Bennet**, Dave! Fifty?"

"**About** fifty," corrected Dave.

"Whatever," said Norm.

"Well, I just figured that the more times I did it, the more chance there was of actually **winning**."

Norm thought about this for a moment. "Figures."

They looked at each other.

"So now you know why I want to give you all my Lego," said Dave. "To try and make up."

It was Norm's turn to nod now. Not that they were actually taking it in turns.

Dave looked at Norm. "What are you thinking, Norman?"

Norm wasn't sure what he was thinking. He was still letting it all sink in.

"I suppose you're going to tell?" said Dave.

"What?" said Norm distractedly.

"I said, I suppose you're going to tell?"

"Tell who?"

"Mum and Dad," said Dave. "Obviously."

Norm scratched his head and eyed his little brother for a few seconds. **Was** he going to tell his mum and dad? What would that actually **achieve?** Apart from proving that **he** was totally innocent and had had nothing whatșo-flipping-**ever** to do with racking up the enormous flipping phone bill and that therefore not only did he **not** have to pay anything back, there was no need to ground him eiïher and that therefore he **could** go to the awesome bike park with Mikey that afternoon **after** all? But apart from **that?**

"Well?" said Dave. "Are you?"

"What's it worth?"

"What do you mean?" said Dave.

"If I don't."

Dave stared open-mouthed at Norm, as if he couldn't quite believe what he'd just heard. "Seriously? You'd do that? Or... not do that?"

Norm shrugged. "Maybe. We'll see."

"Whoa," said Dave. "That's..."

"Unexpected?" said Norm.

"Yeah," said Dave. "You could say that."

Norm nodded. He hadn't really been expecting it himself. He still wasn't *quite* sure why he'd even said it. Other than the fact that even though his brothers frequently drove him round the flipping bend,

it had somehow actually upset **him** to see **Dave** so upset and fearful about what might happen if his parents found out the truth. Almost as if he had some kind of gut instinct that he had no control over. Whatever it was, thought Norm, it was a very strange feeling. And not a very comfortable one either. Hopefully it would soon pass.

"So...do you want the Lego, or not?" said Dave.

Norm thought for a moment. "Yeah, all right then."

"'Kay," said Dave, turning to leave before stopping and turning back round again.

"What?" said Norm.

"Can I get a hug?" said Dave.

"Nah, you're all right," said Norm.

"None taken," said Dave, setting off again and disappearing out the door.

# CHAPTER 13

"Morning, love," said Norm's mum as Norm slouched into the kitchen and slumped into the one available chair, like a sack of potatoes.

"Hi," said Norm, helping himself to a bowl of supermarket own-brand Coco Pops and supermarket own-brand milk. Milk which, for all **Norm** knew, had come from a supermarket own-brand **COW**. Not that Norm was particularly bothered about that at that particular moment. All Norm wanted was to fast-forward through the horrors of the morning to get to the afternoon as quickly as possible.

"What have you got on today?" said Norm's dad without glancing up from the laptop.

Norm didn't reply. Partly because he didn't realise his dad was even talking to him. But mainly because he was lost in his own sweet world. A world where he could quite literally do **what**ever he wanted. **When**ever he wanted to flipping well do it. And right now, Norm was hurtling down the side of a hill at mindboggling speed, being cheered on by legions of adoring fans, and about to be crowned World Mountain Biking Champion for the umpteenth time in a row.
Or, at least, in his *imagination* he was, anyway.

"Norman?" said Norm's dad sharply.

"Sorry, what?" said Norm, reluctantly snapping out of his daydream.

"I said, what have you got on today?"

Uh? thought Norm. What kind of weird question was *that?* Surely his dad could *see* what he had on today, couldn't he? Did he need to actually stand up and show him?

"I think Dad means, what are you *doing* today?" said Brian. "Not what are you wearing?"

Dave sniggered.

"Shut up, *Dave*!" hissed Norm. "Unless you want me to... you know?"

Brian looked at Norm. Then at Dave. Then at Norm again. "Unless he wants you to *what*?"

"Nothing," said Norm, exchanging a quick glance with Dave. But not *quite* quick enough for his mum not to notice.

"Yeah, nothing," said Dave.

Brian pulled a face. "How do **you** know, Dave?"

"What?" said Dave.

"How do you know what Norman meant?"

"I dunno," said Dave. "I just..."

"Just what?" said Brian.

"He just **guessed**, Brian," said Norm quickly. "And you can shut up as well, by the way."

"Muuuuum!" said Brian. "Norman just told me to—"

"Yes, I heard," said Norm's mum, holding a hand up. "Now stop it."

"Yeah, Brian," taunted Dave.

"**And** you, Dave," said Norm's mum.

"Yeah, Dave," said Norm.

"*All* of you!" said Norm's mum.

Flipping typical, thought Norm. Getting told off for something he hadn't actually **started**? Now what did **that** remind him of? He had a good mind to grass Dave up after **all**. It still wasn't too late.

"Well, Norman?" said Norm's dad. "Are you going to **tell** me what you're doing today, or am **I** going to have to guess as well?"

"What?" said Norm. "Oh, right. Well, actually, now you come to mention it..."

Norm's dad looked at Norm. "Now I come to mention what?"

"Erm, well...the thing is..."

"Hurry up," said Norm's dad impatiently. "I haven't got all day, you know."

"Really, Dad?" said Brian. "Funny. I thought you **had** got all day."

Norm's mum glared at Brian and shushed him by holding a finger to her nose before Norm's dad could get any crosser. And he was clearly pretty cross already.

"Well, you know how I'm supposed to be grounded?" started Norm.

"What do you mean, **supposed** to be grounded?" said Norm's dad, the vein on the side of his head immediately beginning to throb. "You **are** grounded!"

"Erm, yeah, I know, but..."

"But what?"

"What if I said I might be able to pay the bill off?" said Norm.

Norm's dad couldn't have looked more surprised if Norm had just announced he was about to set off round Belgium on a spacehopper. "Sorry, **what** did you say?"

"What if I was able to raise the money?"

"A hundred and forty-seven pounds and fifty pence?"

Norm nodded.

"How?" said Norm's dad.

"Chelsea's asked me if I want to do a car boot sale with her this morning."

"Ooooooooooh!" squealed Brian. "How **romantic!**"

"Shut up, Brian!" spat Norm.

"What did I just tell you?" said Norm's mum.

"Sorry, Mum," said Norm.

"You can't do it," said Norm's dad emphatically. "It's completely out the question."

Norm stared at his dad pleadingly. "But..."

"Nope," said Norm's dad.

"Why?" said Norm.

"Because you're **grounded**, that's why," said Norm's dad.

"But..."

"No more buts, Norman!" said Norm's dad. "You're grounded. And that's all there is to it!"

It took a few seconds for Norm to actually process what his dad had just said. But when he did, he still couldn't quite **believe** it. He wasn't going to be allowed to do the car boot sale because he was **grounded**? The whole flipping **point** of actually **doing** the flipping car boot sale in the first place was so that he didn't **have** to be grounded! Did his dad honestly think that Norm actually **wanted** to do the car boot sale with Chelsea? Did he honestly think he had nothing **better** to do than do a flipping car boot sale with Chelsea? Because if so, his dad must be going stark raving flipping **bonkers**.

"But..." began Dave.

"That goes for you too," snapped Norm's dad.

"No, let him speak," said Norm's mum.

"Pardon?" said Norm's dad.

"I said, let Dave **speak**."

Everything suddenly went very quiet. The only sound that could be heard was the sound of John crunching supermarket own-brand dog biscuits in the corner. Up until then, Norm had no idea that John was even there. Not that Norm had given much thought to the subject. Or **any** thought to the subject, for that matter.

"What were you about to say, Dave?" said Norm's mum eventually.

Yeah, thought Norm, as all eyes turned towards his little brother. Including his own. What **was** he about to say?

"'S'not fair," said Dave in a barely audible whisper.

"What was that?" said Norm's dad. "Speak up, Dave."

"'S'not fair," said Dave a little louder.

Norm's dad frowned. "**What's** not fair?"

"Nothing!" blurted Norm.

All eyes now turned towards Norm. Including John's. Which Norm found slightly unnerving. But not nearly as unnerving as some of the thoughts currently tumbling around his head like clothes in a washing machine. What did he have to go and say *that* for? It looked like Dave had been on the verge of grassing *himself* up. And he'd just flipping *stopped*  him! What on earth was going on? wondered Norm. It must be his flipping hormones or something. Either that or *he* was going stark raving flipping bonkers as well.

"*Nothing's* not fair?" said Norm's dad incredulously.

"Yeah," said Norm. "I mean, no. I mean..."

"Well, *there's* a first," chuckled Norm's dad, *almost* smiling. But not quite.

"What do you mean?" said Norm. Even though he knew perfectly *well* what his dad meant.

And even though his **dad** knew perfectly well that he knew perfectly well what **he** meant.

"**You** saying nothing's not **fair,**" said Norm's dad raising his eyebrows. "That's a bit like...like...like..."

"Sauron inviting Gandalf round for a cup of tea?" said Brian.

Gordon flipping **Bennet**, thought Norm. Trust Brian to bring **Lord** of the flipping **Rings** into this. At least he **assumed** that's what Brian was on about. And anyway, thought Norm, what was the big deal about him saying nothing wasn't fair? That was **so** unfair.

"What's going on, love?" said Norm's mum, intervening.

"Nothing's going on, Mum," said Norm innocently.

Norm's mum regarded Norm for several seconds, as if **she** was trying to make sense of everything. "You know something, Norman?"

"What?" said Norm.

"I'm proud of you."

Norm's dad turned and stared at Norm's mum as if **she'd** already **gone** stark raving bonkers. "Erm, what did you just say?"

"You heard," said Norm's mum.

Norm's dad pulled a face. "Am I missing something here?"

"I don't know," said Norm's mum. "You tell me."

"And after that, could you tell *me* please, Dad?" said Brian.

"Dave?" said Norm's mum gently.

"Yeah?" said Dave a little uncertainly.

"Something you'd like to share?"

Dave nodded. "I did it."

"Did what?" said Norm's mum.

"Made all those phone calls."

Norm's mum sighed. "I *knew* it."

"Knew what?" said Norm's dad.

"Carry on, Dave," said Norm's mum, ignoring him.

"I saw it on the telly," said Dave, doing what he was told and carrying on.

"Saw **what** on the telly?" said Norm's dad, looking like he was trying to work out a particularly hard sum in his head.

"The competition," said Dave. "For the holiday. To the Caribbean."

"Whoa! The **Caribbean**?" said Brian. "That's full of **pirates**!"

"Yeah, I know," said Dave. "And we haven't been on holiday for **ages**, because we've never got any **money!**"

"Well, we've got **some** money, Dave," said Norm's mum, looking pointedly at Norm's dad. "And we **will** go on holiday again soon, I promise you."

"I thought I was doing a **good** thing," said Dave, suddenly bursting into floods of tears.

"Come here," said Norm's mum.

Dave dutifully got up and trotted round to the other side of the table.

"You **were** doing a good thing, sweetheart," said Norm's mum, enfolding Dave in her arms and giving him a big cuddle.

Gordon flipping **Bennet,** thought Norm. If he'd known things were going to get **this** gross and sloppy, he'd have **definitely** grassed Dave up.

"I didn't know it cost so much," blubbed Dave. "Honest I didn't!"

"I know, I know," cooed Norm's mum soothingly. "But you'll know next time, won't you?"

"No, he **won't!**" barked Norm's dad.

"Why won't he?" said Norm's mum.

"Because there won't **be** a next time. Will there, Dave?"

Dave sniffed. "No, Dad."

"Promise?"

"Promise," said Dave.

"Good boy," said Norm's dad.

*Good boy?* thought Norm. Anybody would think Dave had just rescued a family of flipping kittens from a burning house or something! If it had been the other way round and *Norm* had owned up to 'accidentally' phoning the same

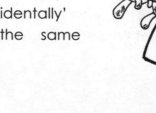

number fifty times, he'd have been grounded for the rest of his *life*, let alone a flipping month! It was ridiculous!

"And so are you, love," said Norm's mum, looking directly at Norm.

"What?" said Norm.

"You're a good boy too. For trying to protect your little brother. That's very... Oh, what's the word?"

"Stupid?" muttered Norm.

"Loyal?" said Brian.

"Loyal, that's it," said Norm's mum.

"Like Sam," said Brian.

"Who's Sam?" said Dave, slowly but surely regaining his composure.

"From *Lord of the Rings*?" said Brian. "Frodo's trusty sidekick? Or to give him his full name, Samwise Gamgee?"

Gordon flipping **Bennet,** thought Norm. If being nerdy was an Olympic event, it would be a waste of flipping time anyone else even *entering*.

"That's really fascinating, Brian," said Norm's dad. "But it doesn't really solve the problem of how we're going to pay that phone bill."

Norm's mum stared at his dad. "Seriously? Is that all you can think of saying?"

"Well, **someone's** got to be practical."

"Yes, and **someone** should give credit where credit's due," said Norm's mum. "So well done, Norman, for doing what you did!"

Norm shrugged nonchalantly. "'S'OK."

"And don't worry, Dave," said Norm's mum. "We'll find the money **somehow**, OK?"

Dave sniffed and nodded. "OK."

Right, thought Norm. Let Dave off, just like that. Forget the whole flipping thing. Carry on as if nothing had happened in the first place. Just because he was seven? Flipping *typical*. Again. Because if it had been the other way round...

Norm's train of thought was abruptly derailed. It had suddenly occurred to him what all this actually *meant*. Not only did he no longer have to somehow find the hundred and forty-seven pounds fifty, he was no longer going to have to spend the morning at some stupid car boot sale, stood next to the most annoying person on the entire flipping planet! And, as if that still wasn't quite amazing enough, he was going to be able to go biking at the awesome bike park with Mikey that afternoon after all! Talk about a win-win situation, thought Norm. This was more like a win-win-*win* situation!

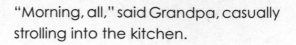

"Morning, all," said Grandpa, casually strolling into the kitchen.

"Oh, hello, Dad," said Norm's mum.

"YEAH, GRANDPAAAAA!!!!!" sang Brian and Dave together.

"Funny," said Norm's dad. "I didn't hear the doorbell."

"Ah, well, you know why that was, don't you?" said Grandpa.

"No. Why?" said Norm's dad.

"I didn't ring it," said Grandpa.

Norm smiled.

"What's so funny?" said Grandpa.

Norm shrugged. "Nothing."

"Good," said Grandpa. "Because we need to talk."

238

"What? All of us?" said Norm.

"No," said Grandpa. "Just you and me."

"'Kay," said Norm, showing no sign of moving.

"***Alone***," said Grandpa.

"'Kay," said Norm, still showing no sign of moving and looking expectantly at the others as if he expected ***them*** to leave the room and not him. "Do you mind?"

"Er, yes. We ***do*** mind actually!" said Norm's dad.

"Come on," said Grandpa, turning round and heading back the way he'd just come.

"'Kay," huffed Norm, getting up and following.

# CHAPTER 14

Grandpa was already out on the drive by the time Norm caught up with him a few moments later. Unfortunately for Norm, he wasn't alone.

"Hello, **Norman**!" said Chelsea from the other side of the fence.

Gordon flipping **Bennet**, thought Norm. It was getting to the stage where she was popping up even **before** he'd appeared. How did she flipping **do** that? He was beginning to suspect that she really **did** have special powers. Other than the power to drive him up the flipping wall, of course.

But that was a given.

"Well, Grandpa?" said
Norm, doing his best to
try and ignore Chelsea. But
it wasn't easy, knowing she
was standing there staring at
him and smiling from one stupid
ear to the other like some
kind of creepy statue or
something.

"What's the use of a well
without a bucket?" said
Grandpa.

Chelsea burst out laughing like
this was by far the funniest thing she'd **ever** heard.
Even **funnier** than Norm's name.

"That's **hilarious**! What's the use of a **well** without
a bucket?"

"Plenty more where **that** came from," said
Grandpa, his eyes crinkling ever so slightly in the
corners.

No, please, thought Norm. This wasn't the time **or** the place. Not that there actually **was** a time or a place for Grandpa to suddenly break into a personal stand-up comedy routine for Chelsea's benefit. But all Norm wanted to do now was find out what Grandpa wanted and then head over to Mikey's as soon as possible.

"Are you ready, **Norman**?" said Chelsea.

"Uh?" said Norm distractedly. "To go biking, you mean?"

"What?" said Chelsea. "No! For the car boot sale, you pilchard!"

"Oh, right," said Norm.

Grandpa frowned until his eyebrows met in the middle. "Car boot sale?"

"Yes," chirped Chelsea brightly. "We're doing it **together**. Isn't that right, **Norman**?"

"Erm, well..." began Norm.

"Why do you always say his name like that?" said Grandpa before Norm had the chance to explain.

Chelsea grinned. "Because it's funny!"

"Oh, you think so, do you?" said Grandpa.

Chelsea continued to grin, but not quite so hard.

"How do you know that's not **my** name?" said Grandpa.

"Pardon?" said Chelsea, starting to look slightly worried.

"There's a fair chance he was named after one of his grandfathers, don't you think?"

By now Chelsea's grin was more of a fixed grimace and, in the unlikely event of Norm getting close enough to find out, he would have noticed that her upper lip had begun to glow with perspiration.

"It's not...***actually*** your name, is it?" said Chelsea tentatively.

Grandpa paused. "No, course not. I was just joking. You pilchard."

Chelsea looked at Grandpa for a couple of seconds before bursting out laughing again. "You are ***so*** funny! You really had me going for a minute there!"

Norm sighed. He wished ***he*** was flipping going. But he had to admit that it ***was*** pretty flipping brilliant seeing Chelsea look so uncomfortable for a few moments.

"What about this car boot sale, then?" said Grandpa.

"Oh, yes," said Chelsea. "We're sharing a table. **Aren't** we, **Nor–**"

Chelsea just managed to stop herself mid-sentence as Grandpa looked at her and raised his cloud-like eyebrows.

"I mean, aren't we, Norman?"

"Yeah, well, **about** that," said Norm.

Chelsea pulled a face. "What do you mean, **about that**? What about it?"

Norm shrugged. "I don't actually need the money any more."

Grandpa turned to Norm. "You don't?"

"Long story," said Norm.

"But..." began Chelsea.

"What?" said Norm.

"You could've said."

Norm shrugged. "Yeah, well I'm saying now, aren't I?"

Norm couldn't tell whether Chelsea was upset or angry. But whichever it was, he was really beginning to enjoy this.

"I didn't know you actually **_needed_** the money," said Chelsea.

"Yeah, well, there's a lot of things you don't know about me," said Norm, hoping to sound vaguely mysterious.

"Yes, and I could tell you a few of them," said Grandpa.

"You could still come," said Chelsea hopefully. "Even though you don't actually **_need_** to."

Uh? thought Norm. Was she **serious**? She honestly thought he'd willingly give up his Saturday morning to spend it with **her?** When he no longer actually **needed** to? He'd sooner give up **pizza**!

"Alternatively," said Grandpa, "you could earn money with **me**."

"What?" said Norm.

"Even though you don't **have** to," said Grandpa. "That's what I came round to tell you."

Of **course**, thought Norm. Grandpa's cunning plan! He'd forgotten all about it. But Grandpa obviously hadn't. And now he was here, he may as well let him explain. It would be rude not to, thought Norm. And since when had he ever turned down an opportunity to make a bit of money? Since **never**. **That** was when! There was **always** stuff he wanted to buy so he could pimp his bike up. Like those new amazing wheels he'd been looking at online. And those really cool extra-grippy knobbly tyres to go with them. That lot would set him back a good... Norm did a quick mental calculation. Two wheels plus two tyres? With maybe a new seat and a pair of pedals thrown in for good measure? About a hundred and fifty pounds.

"Well?" said Grandpa.

"I'm listening," said Norm.

"It's perfectly simple," said Grandpa. "Just help out at the allotment every now and then."

"Aaaaaaah!" squeaked Chelsea. "You've got an **allotment**? That is **SO** sweet!"

Sweet? thought Norm. What was she on about? She did know what an allotment actually **was**, didn't she?

"Maybe give the shed a lick of paint from time to time," said Grandpa.

"A **shed**?" cooed Chelsea. "In your **allotment**? That is literally the cutest thing I've ever **heard**!"

Gordon flipping **Bennet**, thought Norm. It was a **shed**, not a flipping doll's house. There was nothing even **remotely** cute about sheds. What did Chelsea actually think Grandpa **did** in there? Knit fairy hammocks out of flipping spider webs?

"It would take a long time," said Grandpa.

"Sorry, Grandpa. What would?" said Norm.

"To save a decent amount of money," said Grandpa. "Well, depending on how much you were trying to save, of course."

"Oh," said Norm.

"Well, I couldn't afford to pay you very much," said Grandpa. "But it would soon start to add up."

"Alternatively," said Chelsea, "you could do the car boot sale with *me* and earn *loads* of money! In *one* morning!"

Norm screwed his face up in concentration. As if that was somehow going to help him decide.

"Hurry up, *Norman*!" said Chelsea.

Norm immediately looked at *Grandpa* to see that Grandpa was looking at *Chelsea*.

"Oops, sorry," said Chelsea. "It just slipped out."

Grandpa turned to Norm. "Is she *always* this annoying?" he whispered out the corner of his mouth so that Chelsea couldn't actually hear.

"Always," Norm whispered back.

"What was that?" said Chelsea.

"Nothing," said Norm.

"We were talking **about** you. Not **to** you," said Grandpa.

"That is **SO** funny!" laughed Chelsea. "We were talking **about** you. Not **to** you! Brilliant!"

"You decided yet, Norman?" said Grandpa, his cloud-like eyebrows raised as high as he could possibly manage to raise them.

Had he **decided**? thought Norm. Between trying to earn the money more or less **instantly** with

Chelsea, or over a considerably *longer* period of time with *Grandpa*? It was perfectly simple. There was no decision to actually *make*. Norm didn't care if he only earned a pound a week for the next hundred and fifty flipping *weeks*.

"Well?" said Grandpa. "*Have* you?"

Norm nodded. "And?" said Grandpa expectantly.

"When do I start, Grandpa?"

Grandpa's eyes crinkled ever so slightly in the corners. "This afternoon?"

This *afternoon*? thought Norm.

# Gordon flipping Bennet!

Want more Norm?
Read on for an extract from

# CHAPTER 1

Norm knew it was going to be one of those days when he woke up and found himself in the middle of The French Revolution.

"Norman?" said a strangely familiar-sounding voice.

Uh? thought Norm groggily. What was going on?

Had he fallen asleep in front of the telly? And if so, where was the flipping remote control? Because there **had** to be something better on than **this!**

"You haven't been **asleep**, have you?" said the voice.

There was a burst of laughter. Norm looked around to see a sea of grinning faces looking back at him. Suddenly he knew **exactly** what was going on. He **had** fallen asleep. But **not** in front of the telly. He'd fallen asleep in **class!** No flipping wonder the voice had sounded strangely familiar. It was the voice of his history teacher, Miss Rogers!

"Late night, was it, Norman?"

"What?" yawned Norm.

"Pardon," said Miss Rogers.

"What?" said Norm.

"***Pardon!***" said Miss Rogers. "Not ***what!***"

"Oh, right. Sorry," said Norm.

"Late night, was it?"

"Erm, yeah, kind of," said Norm.

"Good," said Miss Rogers. "Pleased to hear it."

Norm was getting more confused by the second. And he'd been pretty confused in the ***first*** place. "What? I mean, pardon?"

"Well I'd hate to think you'd dropped off because of my ***teaching***."

"No, no, course not, Miss Rogers," said Norm quickly.

There was more laughter. As it happened though, the night before had been a late night – most of which Norm had spent Googling around for potential new bikes, what with his current bike being totally past its ride-by date. How was he *ever* supposed to become World Mountain Biking Champion on an ancient wreck like *that?* Not that there was the *remotest* possibility of his skinflint parents buying him another one. Not until his dad got a job and his mum started working more than five minutes a week at the flipping cake shop there wasn't, anyway. And even then they'd probably want to blow all their money on flipping food and clothes and electricity and stuff, claiming that that was somehow more *important.* It was *so* unfair.

"What were you doing?" said Miss Rogers.

Norm shrugged. "Just thinking."

"I meant what were you doing last night?" said Miss Rogers. "Or don't I want to know?"

Norm thought for a moment. How did **he** know whether his teacher wanted to know what he'd been doing last night or not? What was he? Psychic or something?

"Well, Norman?"

"Looking at bikes," muttered Norm.

"Geek," said a voice from the back.

Norm turned around to see Connor Wright, the captain of the football team, smirking at him.

"What was that?" said Norm.

"Er, nothing," said Connor Wright.

"There's nothing geeky about looking at bikes!" spat Norm.

"Whatever," said Connor Wright.

"Better than flipping **football**," muttered Norm.

"You reckon?"

"Yeah, I do actually," said Norm.

"Just 'cos you're rubbish at football," sniggered Connor Wright.

"I'm not rubbish," said Norm. "I'm really good."

"Oh yeah?"

"Yeah," said Norm. "I just don't play, that's all."

"That's quite enough, you two," said Miss Rogers.

Norm sighed. He knew that Connor Wright was right. He really **was** rubbish at football. But Connor Wright wasn't **completely** right. The real reason Norm chose not to play football was that Norm hated football more than just about anything. Well, apart from going for walks. And living in a stupid little house with paper-thin walls and only one toilet. And most vegetables. But apart from that, Norm hated football more than just about anything.

"Open your homework diary please."

Diary? thought Norm. Not *diaries?* He must have misheard. He glanced around the rest of the class. But no one else had made a move.

"Well, Norman?" said
Miss Rogers.

Norm pulled a face.
"Just me?"

Miss Rogers nodded.
"Just you."

"But..."

"I don't see anyone
*else* asleep, do you?"

"Give them a few
more minutes,"
mumbled Norm under
his breath.

"Oh, dear. That's unfortunate," said Miss Rogers.

"What is?" said Norm.

"Well, that's just doubled the size of your punishment exercise."

Norm heard the words, but it was several seconds before he fully comprehended what they actually meant.

"Punishment exercise?"

"Well, of course," said Miss Rogers. "What do you expect?"

Norm opened his mouth to say something – but suddenly thought better of it and closed it again. Miss Rogers clearly wasn't going to change her mind now. Things weren't about to get any better. They could only get worse. Same as flipping usual.

# CHAPTER 2

"You fell **asleep?**" said Mikey in utter disbelief.

"Yes, I fell asleep, Mikey," said Norm.

"You actually fell **asleep?**"

Norm sighed. "Yes, Mikey. I actually fell asleep."

"In **history?**" said Mikey as if that was somehow worse than falling asleep in maths, or geography.

"Yes, Mikey," said Norm, beginning to get more and more exasperated. "In history."

"Whoa," said Mikey.

Gordon flipping Bennet, thought Norm. The way Mikey was going on anybody would think he'd got changed into his flipping pyjamas first – not just accidentally nodded off for a few seconds.

"I didn't **mean** to, Mikey!"

"Well I should hope not," said Mikey.

Norm looked at his best friend. "Have you never fallen asleep, then?"

Mikey looked puzzled. "In school, you mean?"

Norm sighed again. "No, I mean have you ever just generally fallen asleep?"

"What?"

"Of **course** I mean in flipping school, you doughnut!"

"Oh, right," said Mikey. "Erm, no, I don't think so."

Course not, thought Norm. Silly question really. Mikey would *never* do a thing like that, would he? He'd be too busy sticking his hand up and getting every single question right! Just like he used to in primary school. Of course it wasn't Mikey's fault that he was just that little bit better at everything than Norm was. Norm knew that. It was still flipping annoying though. The only consolation, as far as Norm was concerned, was that he and Mikey weren't actually in the same class very often now that they were in secondary school. They were in different classes for nearly all subjects. In fact some days the only time they actually saw each other was at lunch when they walked round the playing field together, chatting. Which was exactly what they were doing now.

"How come?" said Mikey eventually.

"How come what?" said Norm.

"You fell asleep."

Norm looked at Mikey again. For someone who

was supposed to be reasonably intelligent, he didn't half ask some stupid questions sometimes.

"How come I fell **asleep?**"

Mikey nodded.

"Because I was **tired**, Mikey!" said Norm. "Why else do you think I fell asleep?"

"Well, obviously you were **tired**, Norm," said Mikey. "What I meant was **why?**"

"Why was I tired?"

"Yeah."

"Because I didn't go to bed till really late last night."

"Yes, but **why?**" persisted Mikey.

Gordon flipping Bennet, thought Norm. Was Mikey trying to set some kind of new world record for being incredibly annoying, or what? Because if he was, he was going about it the right way.

"If you must know, I was looking at bikes."

Mikey looked confused. "In a shop?"

"ON MY IPAD, YOU DOUGHNUT!"

"All right, all right," said Mikey. "There's no need to shout, Norm."

Straightaway Norm felt bad. It wasn't *Mikey's* fault he'd fallen asleep in class any more than it was Mikey's fault that he was just that little bit better at most things than Norm was. It was still frustrating though, having to explain. Like talking to one of his little brothers.

"Sorry, Mikey," said Norm.

"It's OK," said Mikey. "See anything you like?"

Norm thought for a moment. Had he seen anything he'd liked? Abso-flipping-lutely he had! But before he could reply, something smacked him between the eyes with such force, it felt like he'd been whacked round the head by an elephant's trunk. Not that Norm had ever actually **been** whacked round the head by an elephant's trunk before – but he imagined that's what it would feel like if he had been. It was all he could do to stay on his feet, let alone speak.

"WHAT A GOAL!" yelled a voice.

"You OK, Norm?" said Mikey.

"Uh? What?" said Norm. "What happened?"

"That was **amazing!**"

Norm turned round to see Connor Wright running up to him. "What was?"

Connor Wright laughed. "What do you mean what was? That was the most incredible header I've ever seen!"

Header? thought Norm.

"The keeper never stood a chance!"

Norm suddenly twigged. So **that's** what had hit him. A football! Not only that, but it appeared he'd somehow managed to score a goal!

"I thought you were kidding," said Connor Wright.

"What do you mean?" said Norm, who knew perfectly well what Connor Wright meant. What he'd said earlier about **choosing** not to play football was a load of garbage. He'd only said it to try and shut him up. But there was no way he was going to admit that **now**.

"When you said you were really good at football."

Norm shrugged. "Yeah, well, you know…"

Connor Wright eyed Norm suspiciously for a moment. "You did **mean** to, didn't you?"

"Mean to what?" said Norm.

"Head the ball?"

"Course I did," said Norm nonchalantly. "What? You think the ball just **hit** me or something?"

"No, I just…"

"What then?" said Norm.

"Nothing," said Connor Wright.

"Good," said Norm. "Now if you don't mind, my friend and I are **trying** to have a conversation."

Connor Wright showed no sign of moving.

"Go on," said Norm dismissively. "Run along and play now. There's a good boy."

Connor Wright turned to leave, but stopped again.
"If you ever fancy a kick about...?"

"Yeah, yeah," said Norm.
"I'll let you know."

Norm and Mikey watched
as Connor Wright trotted
off again.

"Can I ask you a question,
Norm?"

Norm shrugged. "I dunno,
Mikey. *Can* you?"

"What was all that about?"

"What was all *what* about?"

"You didn't *really* mean to head the ball, did
you?"

"Are you *serious?*" said Norm.

Mikey nodded.

"Did I *mean* to head the ball?"

Mikey nodded again.

"Mikey?"

"Yeah?" said Mikey.

"There's more chance of me giving up flipping *pizza* than there is of me ever meaning to *head* a flipping football!"

"What?" said Mikey.

"Of *course* I didn't flipping mean to head it! It just flipping hit me!"

"That's what I thought," said Mikey.

"So why flipping ask then?" said Norm.

"Dunno," said Mikey. "I was just checking."

"Doughnut," said Norm as the bell rang signalling the end of lunch and the beginning of afternoon lessons.

# CHAPTER 3

"Feeling all right, Norm?" said Mikey as he waited in the playground for his friend to catch up so that they could walk to the bike shed together.

"What?" said Norm. "Why shouldn't I be?"

"After your amazing 'header'?" said Mikey making speech marks in the air with his fingers.

"Shhhh!" hissed Norm, looking around anxiously. He didn't mind Mikey knowing that the goal he'd scored had been a complete and utter fluke, but he didn't want anyone **else** to know – especially Connor Wright. But there was no danger of being overheard by Connor Wright, or anybody else for that matter. School was over for another day. Kids were pouring out the main doors like a river of excitable ants, all talking and laughing at the tops of their voices.

"You must admit, it was quite funny," grinned Mikey.

"Funny?" said Norm.

Mikey nodded.

"You call being whacked on the head by a flipping football **funny?**"

Mikey stopped grinning and suddenly looked a bit sheepish. "Erm, well..."

"I tell you what's **funny**, Mikey," said Norm.

"What?" said Mikey.

Norm thought for a moment. He couldn't think of anything even remotely funny. It was **SO** flipping annoying.

"I'll get back to you."

"When?" said Mikey.

Norm sighed. "What do you mean, **when?** I don't know **when**, you doughnut!"

They walked on in stony silence for a few moments.

"Sorry, Norm," said Mikey eventually.

Norm shrugged. "It's all right."

"Really?"

Norm shrugged again. "S'pose."

Mikey looked instantly relieved. "Fancy going biking later?"

Norm couldn't help laughing. Did he fancy going biking later? What kind of stupid question was **that?** He **always** fancied going biking! He'd be out on his bike 24/7 if his mum and dad let him. Longer if possible.

"I'll take that as a yes, then?" said Mikey.

"What do **you** think, Mikey?"

"Great," said Mikey. "I'll call round for you once I've done my homework then."

Norm groaned.

"What's up?" said Mikey.

"That's just reminded me."

"What?"

"I've got a punishment exercise," said Norm.

"What for?" said Mikey. "Falling asleep in history?"

Norm nodded.

"What have you got to do, Norm?"

It was a good point actually, thought Norm. What **had** he got to do? It was so boring he'd almost fallen asleep again just writing it down!

"Something about kings and queens, I think. I'm not really sure."

"What about them?"

"I dunno, Mikey, all right?" said Norm irritably.

"All right," said Mikey. "I was just asking."

"Hang on a minute," said Norm. "When have I next got history?"

Mikey pulled a face. "I've no idea."

"I wasn't talking to you, Mikey," said Norm. "I was talking to myself."

Mikey looked concerned. "Are you **sure** you're all right, Norm?"

"YESSS!" said Norm, punching the air.

"What?" said Mikey, who by now was beginning to look genuinely worried.

"Tomorrow's Thursday, right?"

"Right," said Mikey.

"I don't have history tomorrow!" said Norm.

"So that means…"

"I *can* go biking tonight!" said Norm triumphantly.

"Great!" said Mikey.

Norm smiled. Despite the punishment exercise and being hit on the head by a football, today had just got a whole lot better. And it wasn't very often Norm could say *that*.

Norm was still smiling a few moments later when he and Mikey rounded a corner to see the bike shed with only one bike left in it. And it wasn't *his*.

"Now that really is funny, Mikey," said Norm.

"What is?" said Mikey, unlocking his bike.

"Where is it?"

"Where's what?" said Mikey innocently.

"Where's what?" mimicked Norm. "Er, *my* bike?"

Mikey shrugged. "Don't ask me."

"Come on, Mikey, stop mucking about. Where have you hidden it?"

"Why would I hide your bike?" said Mikey.

Norm began to get a horrible feeling in his stomach. Not the kind of feeling he got when he'd eaten too much pizza and he suddenly needed to find a toilet. A whole different *level* of horrible feeling.

"Seriously, Norm, I have no idea where your bike is."

Norm stared at Mikey. It was beginning to look like he was actually telling the truth. In fact in all the years they'd known each other, Norm couldn't recall Mikey ever trying to pull off any kind of stunt or practical joke. Why would he start **now?**

"So that means…"

Mikey nodded. "It's been stolen."

Norm had temporarily lost the power of speech. It didn't really matter though. Even if he **could** have spoken he wouldn't have known what to say. His bike was gone. Someone had taken it. **His** flipping bike! It made no difference that it was a **rubbish** bike. It was **his** rubbish bike! Not someone **else's** rubbish bike!

"I don't understand," said Mikey. "Someone must have known the combination.

Norm didn't reply.

"You **did** lock it, didn't you, Norm?"

But Norm still didn't reply. He felt like he'd just run slap bang into a brick wall. Naked. And with the whole flipping school watching.

**Want more Norm? Then you'll love this flipping brilliant Norm-themed activity book!**

**Packed with loads of great Norm facts, pant-wettingly-hilarious jokes and crazy doodle activities!**

# OUT NOW!

# Just Flipping Say It

Fill in the bubbles with questions, statements or anything else you feel like saying.

# 'Aw, Man!'

**Being forced to visit his perfect cousins at the weekend makes Norm go:**

AW, MAN!

## List the most boring chores you have to do:

-------------------------------------------------

-------------------------------------------------

-------------------------------------------------

-------------------------------------------------

-------------------------------------------------

-------------------------------------------------

-------------------------------------------------

-------------------------------------------------

-------------------------------------------------

# That's My Dog!

Draw your ideal dog.

# THE WORLD OF NORM

## MAY CONTAIN PRIZES

## WANT TO WIN SOME WORLD OF NORM GOODIES? ABSO-FLIPPING-LUTELY!

**WELL, CHECK OUT THE WORLD OF NORM WEBSITE AND ENTER THE COMPETITION ONLINE!**

**www.worldofnorm.co.uk**

**Closing date: 31/12/2015**
**See website for full terms and conditions.**

# Deutsche Dramaturgie der Sechziger Jahre

Ausgewählte Texte

in Zusammenarbeit mit PETER SEIBERT

herausgegeben von HELMUT KREUZER

Max Niemeyer Verlag
Tübingen

ISBN 3-484-19030-2

© Max Niemeyer Verlag Tübingen 1974
Satz und Druck: Bücherdruck Wenzlaff, Kempten

# Inhaltsverzeichnis

Vorwort

Die früheren Bände zur »Deutschen Dramaturgie«, von Benno von
Wiese herausgegeben, hatten noch Bertolt Brecht, Friedrich Dürrenmatt und Max Frisch berücksichtigt. So ergab sich für diesen Band
der Einsatz mit dem »Absurden Theater«, das zu Beginn der 60er
Jahre im Westen als die modernste Form des literarischen Dramas
galt. Seine deutschen Vertreter standen zwar gänzlich im Schatten
Becketts und Ionescos (u. a. m.) und blieben ohne nennenswerte internationale Resonanz und ohne breiten Erfolg in Deutschland
(obwohl die literarische Öffentlichkeit in unermüdlicher Suche nach
dem ›neuen deutschen Drama‹ war, das mit den Werken der Schwei-
zer Frisch und Dürrenmatt oder der dominierenden fremdsprachigen
Dramatik hätte konkurrieren können). Da aber der dramatische
Realismus in der Bundesrepublik als steril und künstlerisch über-
holt galt, wurde keine Alternative zum Absurden Theater entwickelt. Als sich Wolfgang Hildesheimer emphatisch zum Absurden Theater bekannte (Erstdruck 1960), waren wohl dessen
gesellschaftliche Grundlagen international bereits unterminiert. Im
Verlauf der 60er Jahre veränderte sich die gesellschaftlich-politische
Situation (durch das Ansteigen der Befreiungsbewegungen in der
Dritten Welt, die sowjetrussisch-chinesischen Auseinandersetzungen,
die Bürgerrechtsbewegung und die Jugendrevolten im Westen – um
nur einige der internationalen Faktoren zu nennen). Anstrengungen
zur dramatischen Abbildung und Erklärung relevanter gesellschaftlicher Vorgänge erschienen aussichtsreicher, individuelles Engagement oder Gruppensolidarität sinnvoller, die Phantasie utopischer
Entwürfe auch außerhalb ›schwarzer‹ Utopien legitimer als in der
vorangegangenen Periode der Atomkriegsdrohung und des Kalten
Krieges. Mit der neu belebten Hoffnung auf dramatische Darstell-
barkeit unserer Wirklichkeit mußte hierzulande die Figur Brechts
immer unabweisbarer in den Gesichtskreis treten, um so mehr, als
das Berliner Ensemble seit dem Pariser Gastspiel von 1954 ihm und
sich einen stetig wachsenden Weltruhm erspielt hatte und Brecht-
schüler wie Palitzsch und Monk nun im Westen ihre Arbeit fort-
setzten. Die ausdrückliche oder unausdrückliche Auseinandersetzung

mit Brecht ist eine der Konstanten in der dramaturgischen Literatur der 60er Jahre.

Für die Öffentlichkeit signalisierten die leidenschaftlichen Auseinandersetzungen um und der weltweite Erfolg von Hochhuths »Stellvertreter« (1963) den Anbruch einer neuen Periode des literarischen Theaters, in der die Dominanz des ›absurden‹ durch die Dominanz des sogenannten ›Dokumentartheaters‹ abgelöst wurde – mit politisch-moralischer Intention und zeitgeschichtlicher Thematik. Peter Weiss wurde sein bedeutendster Sprecher und Repräsentant. Mit dem Dokumentartheater wurde das deutsche Drama der 60er Jahre schlagartig zu einem Faktor des Welttheaters. Daß es mit ihm (und benachbarten Formen der politischen Show) auch den Anschluß an die Tradition der 20er Jahre wiedergewann, wird sinnfällig an der Rolle Erwin Piscators, der mit seinen Inszenierungen der Dokumentarstücke Hochhuths, Kipphardts und Weiss' erstmals seit der Weimarer Ära wieder zu einem treibenden Faktor der theatergeschichtlichen Entwicklung in Deutschland zu werden vermochte. Auch sprach- und sozialkritische ›Volksstücke‹ der Weimarer Ära gelangten nun zu außergewöhnlichem Ruhm (wie diejenigen Ödön von Horvaths) oder avancierten zumindest (wie diejenigen Marieluise Fleißers) zu Mustern süddeutscher neoveristischer Produktionen aus mittelständischem, bäuerlichem und proletarischem Milieu. Mehr als die Dokumentarstücke eroberten die neuen ›Volksstück‹-Autoren (durch Sperr und Kroetz in dieser Sammlung vertreten) sich auch die Leinwand und den Bildschirm und näherten sich damit den theaterfremden Publikumsschichten, deren Bewußtseinszustände sie thematisierten. Dem Dialekt, über Jahrzehnte hinweg literarisch diskriminiert und in eine schwankhafte ›Trivialdramatik‹ abgedrängt, wandte sich praktisches und theoretisches Interesse der Autoren und Regisseure zu.

Daß der dramaturgische Umschlag im Zeichen Hochhuths sich nicht völlig unvermittelt vollzogen hatte, zeigen in unserem Band die zuvor entstandenen Texte von Dorst und Walser, in denen neben den Wirkungen Becketts und Dürrenmatts auch Wirkungen Brechts sich manifestieren und der Begriff des Realismus bereits eine zunehmend stärkere Valenz gewinnt. Vertreter des Dokumentartheaters erschlossen sich im Laufe der 60er Jahre und später auch die Historie neu (jenseits der Zeitgeschichte), mit Stoffen, Themen und Problemstellungen von aktueller ideologischer Brisanz. (Dieter Forte dient hier als Beispiel.) Andere Werke aus dieser Richtung sprengten die Grenze des Literatur- und Bühnentheaters auf und schlugen die Brücke zu einem agitatorischen Straßen- und Laientheater, das gleichfalls (mit Einschränkungen) an die Weimarer Ära erinnert und bei dem ›Spiel‹ und ›Wirklichkeit‹, Fiktion und Nichtfiktion in Grenzfällen ineinander übergingen oder für den Zuschauer ununterscheidbar werden konnten, um so mehr, als manche politischen, insbesondere anarchistisch gefärbten Aktionen der Zeit – etwa im Bereich der ›außerparlamentarischen Opposition‹ – auch theaterhafte Züge annahmen und von intellektuellen Sympathisanten wie Handke als ›Wirklichkeitstheater‹ interpretiert werden konnten.

Eine Aufhebung der Grenze zwischen Akteur und Publikum, Spiel und Rezeption, Imagination und ›Praxis‹, ja ›Kunst‹ und ›Leben‹ wurde auch aus einer ganz anderen Tradition heraus angestrebt, der des avantgardistischen Experiments und eines ästhetischen Radikalismus mit rebellisch-gegenbürgerlichen Tendenzen und teilweise mit Zügen eines irrationalen Liebeskults, der sich paradoxerweise in provokativen Schocks und sadistisch gefärbten Aktionen artikuliert. Bei aller sonstigen Gegensätzlichkeit gibt es daher (etwa im Hinblick auf die Aktivierung von ›Zuschauern‹) dramaturgische Berührungspunkte zwischen dem intendierten ›Kommunismus‹ mancher Straßentheater und dem intendierten ›Kommunionismus‹ bohemischer Aktionisten (deren Richtung hier durch die Thesen zum Orgien Mysterien Theater – O. M. Theater – vertreten wird). Der zweite Teil dieses Bandes soll das breite Spektrum dialektisch verbundener Tendenzen zwischen formalem Kalkül und spontaner Aktion, artistischem Raffinement und antiartistischer Simplizität, esoterischer Künstler- und naiver Laienkunst widerspiegeln – an Beispieltexten zum »Mitspiel« und zum »Happening«, zu Beuys und Bazon Brock, d. h. zu Produktionen, die großenteils in den Rand- und Überlappungszonen von Theater, bildender Kunst und nichtfiktionaler Wirklichkeit anzusiedeln sind. Zugleich versucht dieser Mittelteil anzudeuten, wie diese deutsche in die internationale Szenerie verflochten ist, in das Spannungsfeld zwischen der Artaud-Tradition des »Theaters der Grausamkeit«, dem »Armen Theater« des Polen Grotowski und den Experimenten und Missionen des »Bread and Puppet«-Theaters, des »Living Theatre« und verwandter Ensembles.

Sowohl die politischen Intentionen der ›Dokumentar‹- und ›Volks‹-Stücke wie die Aktionen des Experimentiertheaters ließen sich, soweit überhaupt, nicht ohne Konflikte in den etablierten

Institutionen des subventionierten Stadt- oder des privaten Kommerztheaters szenisch realisieren. Wie schon beim jungen Brecht verbanden sich daher mit dramaturgischen Überlegungen zum Stückeschreiben die Reflexionen auf die Grenzen des vorhandenen Theaters und die Möglichkeiten seiner Veränderung. Diese Reflexionen wurden in wohl noch stärkerem Maße durch die politischen und sozialen Bewegungen außerhalb des Theaters stimuliert und intensiviert, durch die Mitbestimmungskampagnen in den verschiedensten sozialen Bereichen, die neue Attraktivität des ›Räte‹-Gedankens für die APO und die Studentenbewegung, die praktischen Versuche mit Redaktionsstatuten und Autorenverlagen, die verbreitete Gleichsetzung von spontanistischen, kooperativen und kollektiven Arbeitsformen mit Demokratisierung und Emanzipation. Wie illusionär einzelne ›Modelle‹, Postulate und Erwartungen dieser Diskussion auch anmuten mögen, sie schärfte doch das Bewußtsein für die praktischen Funktionen und sozialen Rollen von Intendant, Regisseur und Schauspieler; sie beleuchtete grell die prekäre Situation des Schauspielers, etwa im ›Theater der Regisseure‹; und sie vermittelte Anstöße sowohl für eine künftige Reform des Theaters überhaupt, dessen Qualitäten nicht unabhängig sein können von der Motivation aller Beteiligten, wie bereits für die gegenwärtige Arbeit einzelner Regisseure (wie Peter Stein) und Theatergruppen (wie der Berliner Schaubühne am Hallischen Ufer), die der Theaterarbeit seit den 60er Jahren ihr historisch signifikantes Gepräge geben und ihre herausragenden Leistungen geschaffen haben.

Die Texte in diesem wie in den anderen Teilen stammen durchweg von Stückeschreibern, Schauspielern und Regisseuren. Sie sind großenteils, als Vorüberlegung oder Rückbezug, mit der Praxis ihrer Autoren verknüpft; den vorgestellten Richtungen innerhalb der Diskussion entsprechen Richtungen der Dramatik oder des Theaters. Texte bloßer Beobachter des Theaters blieben ausgeschlossen; die Herausgeber nahmen diese Lücke in Kauf, da sich die spezifischen Probleme einer Dramaturgie der 60er Jahre auch ohne Kritikertexte verdeutlichen ließen (diese hätten wohl nur die Spiegelungen, aber nicht die Grundfragen vermehrt) und da der Umfang des Bandes nicht noch vergrößert werden sollte. Die Auswahl wurde so getroffen, daß die einzelnen Texte nach Möglichkeit einander ergänzen, aber auch kommentieren und in Frage stellen, so daß der Leser zu eigenem Weiterdenken und eigener Stellungnahme aufgefordert wird. Auf defensive Texte der Mitbestimmungsgegner konnte verzichtet werden, da sich in ihnen keine neuen, gegenüber den 5oer Jahren unterscheidenden Tendenzen zu Wort meldeten; Beispiele finden sich jedoch in der Auswahlbibliographie. Daß sich von manchen Autoren und Theaterleuten, die eine Berücksichtigung verdient hätten, keine geeigneten Texte finden oder im gesetzten Rahmen unterbringen ließen (z. B. von den Autoren Grass, Michelsen, Henkel, Faßbinder, W. Bauer, Enzensberger, Wünsche u. a. m.), ist zwar bedauerlich, hebt aber die Repräsentanz der Textbeispiele (was immer man sonst von manchen von ihnen halten mag) für die zentralen Aspekte der dramaturgischen Diskussion der 6oer Jahre noch nicht auf. Die 7oer Jahre haben meines Erachtens noch keinen wesentlichen Neuansatz gebracht. Die 6oer Jahre sind insofern noch nicht zu Ende; auch diese Auswahl greift daher über sie hinaus. Das schließt nicht aus, daß bestimmte Phänomene der 6oer Jahre (z. B. das Happening, aber wohl auch schon die Straßentheaterdiskussion) bereits ›historisch‹ anmuten (und damit auch insgesamt die hier dokumentierte Konstellation von zeitgleichen Richtungen). Bilderstürmerische Töne werden seltener, desillusionierte Einstellungen (im Hinblick auf Mitbestimmungschancen oder auf die gesellschaftlichen Einwirkungen der Künste) scheinen eher zuzunehmen, Angriffe auf die Institution Theater oder die ›elitäre Kunst‹ überhaupt flauen ab, ohne daß die Probleme gelöst worden wären, die ihnen zugrunde lagen. Eine ›Ästhetik des Schönen‹ wird (wie im Schlußsatz Bruno Ganz') neu integriert, auch im dezidiert politischen und politisch ›linken‹ Theater.

Von vornherein blieb die Dramaturgie der DDR von den Überlegungen zu diesem Band ausgeschlossen (so daß wir hier nicht in ›die‹ deutsche Dramaturgie der 6oer Jahre einführen). Sie ist im Rahmen eines eigenen Bandes zu präsentieren, da sie bereits in den 5oer Jahren einen ganz anderen Weg ging, der durch die Kulturpolitik der SED bestimmt und an der Norm des »sozialistischen Realismus« gemessen wurde. So basiert die Dramaturgie der 6oer Jahre in der DDR (wo das Absurde Drama von den Bühnen fern gehalten wurde) auf anderen Voraussetzungen als im Westen, auch wenn sich nach dem Durchbruch des Dokumentartheaters das Interesse des Ostens am westlichen deutschen Drama verstärkte, was sich in unserer Zusammenstellung wenigstens in dem Interview niederschlägt, das der Ostberliner Theaterwissenschaftler und Brecht-Forscher Ernst Schumacher mit Peter Weiss geführt hat.

Ebenfalls von vornherein schlossen die Herausgeber Beiträge zu den Problemen aus, die sich den Funk-, Film- und Fernsehautoren der 6oer Jahre stellten. Soweit sie von dem hier Erörterten abweichen, lassen sie sich besser im Rahmen eines eigenen medientheoretisch, medienhistorisch und mediensoziologisch orientierten Zusammenhangs verständlich machen. Dagegen sind der Begrenzung des Umfangs Beiträge zum Kinder- und zum Musiktheater der 6oer Jahre zum Opfer gefallen. Es muß genügen, hier für das letztere auf die Überlegungen und Experimente etwa von Dieter Schnebel und Hans G. Helms hinzuweisen, für das erstere auf den Weg vom unterhaltsam-pädagogischen Theater *für* Kinder zum (emanzipatorisch gemeinten) Theater *von* Kindern. Beide Tendenzen gehören in den Zusammenhang unseres Themas; der Verzicht auf sie wurde dadurch erleichtert, daß leicht greifbare, weitverbreitete Taschenbücher über sie informieren.

HELMUT KREUZER

*I*
*»Soll das Theater die heutige Welt*
*darstellen?«*

## Über das absurde Theater. Eine Rede
[1960]

Der Planungsausschuß der Erlanger Theaterwochen hat mich eingeladen, hier vor Ihnen über das absurde Theater zu sprechen. Ich bin dieser Einladung gern gefolgt, habe jedoch die Einladenden darauf hingewiesen, daß meine Darstellung unakademisch und einseitig ausfallen würde. Unakademisch, da ich nun einmal – und vor allem auf diesem Gebiet – weder ein Theoretiker noch ein Systematiker bin. Einseitig, weil ich selbst »absurdes« Theater schreibe, und zwar aus solch tiefer Überzeugung, daß mir nicht-absurdes Theater mitunter absurd erscheint.

Vielleicht hätte Ihnen ein Theaterhistoriker einen sachlicheren und kritischeren Vortrag halten können, als ich es kann. Vielleicht wäre dieser Vortrag auch fundierter und kenntnisreicher gewesen. Gewiß hätte er Ihnen einen größeren Überblick vermittelt. Denn mir sind viele Stücke des absurden Theaters unbekannt. Auch habe ich noch nie etwas über das absurde Theater gelesen. Von mir haben Sie nicht viel mehr zu erwarten als eine Rechtfertigung eines, der im sogenannten »Absurden« heimisch ist, und einen Versuch über die Motive, die einen Autor veranlassen mögen, darin heimisch zu werden und absurde Stücke zu schreiben. Zudem – so fürchte ich – werden meine Ausführungen streng subjektiv sein. Aber das halte ich eher für ein Verdienst. Ich hege ein tiefes Mißtrauen gegen all die, welche ihre Objektivität beteuern, wenn es um die Verteidigung ihrer eigenen Sache geht.

Die erste Frage, die sich stellt, ist: was ist absurdes Theater? Ist es Theater, das durch die Darstellung eines scheinbar irrealen Geschehens vom Publikum als absurd aufgefaßt wird? Oder ist es Theater, das den ontologischen Begriff des Absurden – wie Camus ihn versteht – in ein Geschehen kleidet, um das Publikum damit zu konfrontieren? Zwei Möglichkeiten. Betrachten wir diese beiden Möglichkeiten genauer, so verschmelzen sie zu einer einzigen. Das absurde Theater dient der Konfrontation des Publikums mit dem Absurden, indem es ihm seine eigene Absurdität vor Augen führt. Da jedoch das Publikum im allgemeinen nicht ohne weiteres gewillt ist, die Philosophie des Absurden hinzunehmen, geschweige denn, auf sich selbst zu beziehen und sich selbst als absurd zu betrachten, so betrachtet es die Konfrontation auf dem Theater als absurd. Es entsteht alo eine anregende Wechselbeziehung. Theater und Publikum erscheinen einander gegenseitig als absurd.

Aber diese Überlegung hätte ich vermutlich niemals angestellt, hätte ich nicht einen Vortrag zu halten. Ich gebe zu, daß es von meiner Seite einen gewissen Willensakt erfordert hat, mir den Begriff des Absurden so wie der von außen Betrachtende – also des Publikums – ihn versteht, zu eigen zu machen. Ich habe es im Interesse meiner Erläuterungen getan. Und wenn ich ihn im folgenden gebrauche, so tue ich das zunächst quasi als das »Gegenüber«. Und für mein Gegenüber ist ja auch mein rechtes Auge links.

Indessen, auch für das Publikum ist der Begriff des »absurden Theaters« viel weniger erprobt und umrissen, als etwa die Begriffe des »epischen« oder des »poetischen« Theaters. Er bezieht sich auch weniger als diese Begriffe auf die Form. Er bezieht sich mehr als diese Begriffe auf den Stoff, oder, wenn man so will, den Inhalt. Ein Stück kann »absurd« und »poetisch« sein. Vielleicht könnte es sogar »absurd« und »episch« sein – es käme auf einen Versuch an. Jedenfalls scheint es so viele Formen des absurden Theaters zu geben, wie es Vertreter dieser Gattung gibt. Die Skala ist sehr groß, wenn man sich innerhalb ihrer Reichweite zu Hause fühlt. Daß sie freilich von außen gesehen nicht so groß ist, das beweist die Tatsache, daß von der konservativen Kritik Ionesco und Beckett immer in einem Atemzug genannt werden, während mir ihre Gemeinsamkeit vornehmlich darin zu liegen scheint, daß beide anders schreiben als Schiller. Es erinnert mich an die Anekdote, die man über den ersten japanischen Botschafter in Berlin erzählt. Nach einer kurzen Probeperiode bat er abberufen zu werden, denn erstens hätten Europäer einen unangenehmen Geruch, und zweitens sähen sie alle gleich aus.

Damit wollte ich sagen, daß Beckett und Ionesco wenig gemeinsam haben. Wenig mehr als die gemeinsame Heimat im Absurden. Aber da hier – der Ansicht des absurden Dramatikers nach – ohnehin alle Menschen heimisch sind, die meisten ohne es zu wissen, besteht darin kaum eine Gemeinsamkeit. Gemeinsamkeit besteht also nur von außen betrachtet. Bleiben wir also bei dem »Außen«, bei der Betrachtungsweise des Publikums, das sich selbst nicht für absurd hält. Als was offenbart sich ihm das absurde Theater? – Denn es wäre unrichtig, wollte man behaupten, für das Publikum bestehe das Hauptmerkmal des absurden Theaters lediglich darin, daß es sich ihm als »aufrührerisch« oder »anti-aristotelisch« offenbarte. Es weiß, daß Auflehnung gegen eine hergebrachte Kunstform kein schöpferisches Motiv ist. Wenn es als solches auftritt – wie etwa der Dadaismus – so ist es gewöhnlich so komisch wie kurzlebig. Auflehnung gegen eine Form ist nur dann ein schöpferisches Motiv, wenn die hergebrachte Form für das Darzustellende nicht mehr ausreicht. Das »absurde Theater« aber ist philosophisches Theater, es ist demnach weniger eine Rebellion gegen eine hergebrachte Form des Theaters als gegen eine hergebrachte Form der Weltsicht, wie sie sich des Theaters bedient und sich auf ihm manifestiert.

Wie erkläre ich mir aber das, was sich im absurden Theaterstück vor mir abspielt, und in was liegt das Gemeinsame der Theaterstücke dieser bestimmten Gattung?

Stellen wir eine Arbeitsthese auf. Sie lautet: Jedes absurde Theaterstück ist eine Parabel! Nun ist aber auch die »Geschichte vom verlorenen Sohn« eine Parabel. Sie ist jedoch eine Parabel ganz anderer Art. Analysieren wir den Unterschied: die »Geschichte vom verlorenen Sohn« ist eine bewußt auf ihre indirekte Aussage – das heißt auf die Möglichkeit ihre Analogieschlusses – hin konzipierte Parabel, während das absurde Theaterstück eben durch das absichtliche Fehlen jeglicher Aussage zu einer Parabel des Lebens wird. Denn das Leben sagt ja auch nichts aus. Im Gegenteil: es stellt eine permanente, unbeantwortete Frage, so würde der Dramatiker des Absurden argumentieren, zöge er es nicht vor, sein Argument in die Parabel eines Theaterstückes zu kleiden, das die Konfrontation des Menschen mit der ihm fremden Welt – also mit der Frage – zum Thema hat.

Dieses vom Dramatiker des Absurden vertretene Argument, daß das Leben nichts aussagt, läßt sich gleichnishaft in den verschiedensten Formen und auf den verschiedensten Ebenen darstellen. Aber in keiner Form und auf keiner Ebene liegt die Möglichkeit des Analogieschlusses so offen zutage wie in der einfachen direkten Parabel. Die Parabel vom verlorenen Sohn analogisiert vom Aspekt des Glaubens aus gesehen ein bestimmtes menschliches Verhalten durch ein fiktives Parallelgeschehen. Dieses soll das wirkliche Geschehen symbolisch darstellen. Das absurde Stück aber kann nicht ein der Aussagelosigkeit und der Fragwürdigkeit des Lebens analoges Geschehen darstellen, denn für etwas, das fehlt, das also nicht *ist,* läßt sich schwerlich ein Analogon finden. Wohl ließe sich ein

Analogon dafür finden, *daß* etwas nicht ist, also für die Tatsache des Fehlens, aber eben nur durch die Demonstration eines Parallelzustandes auf symbolischer Ebene. Symbolik jedoch kennt das absurde Theater nicht, oder es verachtet sie; das absurde Theater stellt nichts dar, was sich im logischen Ablauf einer Handlung offenbaren könnte; es identifiziert sich vielmehr mit dem Objekt – dem Absurden – in seiner ganzen, ungeheuerlichen Unlogik, indem es in Form von Darstellungen bestimmter absurder Zustände, vor allem aber durch sein eigenes absurdes Gebaren, jähe Blicke auf die Situation des Menschen freigibt. Erst die Summe der Darstellungen ergibt das ganze Bild. Und erst die Summe der absurden Stücke – also die Existenz des absurden Theaters als Phänomen – wird zum Analogon des Lebens. Ich modifiziere also die vorhin aufgestellte These, daß jedes absurde Theaterstück eine Parabel sei, dahingehend, daß erst das absurde Theater als Ganzes die didaktische Tendenz der Parabel offenbart. Die Gemeinsamkeit der absurden Stücke besteht also in der Affinität ihrer Verfasser, die ja, wie gesagt, die gleiche Heimat haben. Sie besteht aber nicht in der Gleichheit des Blickwinkels oder der Gleichheit des Erblickten.

Das absurde Theater eröffnet demnach die verschiedensten Sichten. Manchmal ein großartiges Panorama, wie in Ionescos *Stühlen*. Oder einen winzigen Schnappschuß, eine kleine diabolische Beunruhigung, quasi als Botschaft von der Instabilität der Welt, wie zum Beispiel in Günther Grass' *Noch zehn Minuten bis Buffalo*.

Und damit habe ich bereits zwei Stücke genannt, ein Drama und eine Burleske, die für mich Prototypen und daneben auch glückliche Realisationen absurder Dramatik sind.

Zu den *Stühlen* nun hat Ionesco eine kleine Vorrede geschrieben, die ich Ihnen – obgleich ich annehme, daß die meisten unter Ihnen sie kennen – vorlesen möchte:

»Die Welt erscheint mir mitunter leer von Begriffen und das Wirkliche unwirklich. Dieses Gefühl der Unwirklichkeit, die Suche nach einer wesentlichen, vergessenen, unbenannten Realität, außerhalb derselben ich nicht zu sein glaube, wollte ich ausdrücken – mittels meiner Gestalten, die im Unzusammenhängenden umherirren und die nichts ihr eigen nennen, außer ihrer Angst, ihrer Reue, ihrem Versagen, der Leere ihres Lebens. Wesen, die in etwas hinausgestoßen sind, dem jeglicher Sinn fehlt, können nur grotesk erscheinen, und ihr Leiden ist nichts als tragischer Spott. Wie könnte ich, da die Welt mir unverständlich bleibt, mein eigenes Stück verstehen? Ich warte, daß man es mir erklärt.«

Was den letzten Satz betrifft, so nehme ich an, daß Ionesco sein Stück von manchem deutschen Kritiker ausführlich erklärt bekommen hat. Ob ihm freilich die Erklärung eingeleuchtet hat, das ist eine Frage, die ich Gott sei Dank nicht zu beantworten brauche. Jedenfalls unterstützt dieser Satz, wie auch die ganze Vorrede – abgesehen davon, daß sie mir eine konzise Erklärung absurden Theaters überhaupt zu sein scheint – meine These, insofern sich das Folgende aus ihr ergibt: das absurde Stück konfrontiert den Zuschauer mit der Unverständlichkeit, der Fragwürdigkeit des Lebens. Die Unverständlichkeit des Lebens kann aber nicht durch den Versuch einer Antwort dargestellt werden, denn das würde bedeuten, daß sie interpretierbar, das Leben also verständlich wäre. Sie kann nur dadurch dargestellt werden, daß sie sich in ihrer ganzen Größe und Erbarmungslosigkeit enthüllt und quasi als rhetorische Frage im Raum steht: Wer auf eine Deutung wartet, wartet vergebens. Er wird sie nicht erhalten, bis er von kompetenter Seite den Sinn der Schöpfung erklärt bekommt, also nie. Das absurde Stück stellt daher einen Zustand dar, der, wie immer er auch auf der Bühne enden mag, in der Frage verharrt. Und darin liegt einer der wesentlichsten Unterschiede zum aristotelischen und zum epischen Theater, die stets die Antwort geben oder zumindest nahelegen. Unter den rezeptiven Fähigkeiten, die das absurde Stück beim Publikum voraussetzt, ist demnach die elementarste: daß es – das Publikum – den Schritt von der Antwort zur Frage dem Autor nachvollziehe.

»Das Absurde«, so sagt Camus, »entsteht aus der Gegenüberstellung des Menschen, der fragt, mit der Welt, die vernunftwidrig schweigt.«

So wird das Theater des Absurden quasi zur Stätte eines symbolischen Zeremoniells, bei dem der Zuschauer die Rolle des Menschen übernimmt, der fragt, und das Stück die Welt darstellt, die vernunftwidrig schweigt, das heißt in diesem Falle; absurde Ersatzantworten gibt, die nichts anderes zu besagen haben als die schmerzliche Tatsache, daß es keine wirkliche verbindliche Antwort gibt.

Denn das absurde Stück fordert von seinem Publikum – wie ja jede Kunst – aktiven Mitvollzug. Das Publikum indessen ist selten gewillt, dem Autor bis zu diesem Nachvollzug zu folgen. Das Bühnengeschehen erscheint ihm zusammenhanglos und unlogisch. Der Tatsache, daß das Leben selbst zusammenhanglos und unlogisch ist, wird sich der Zuschauer nicht bewußt, da sich vielleicht sein eignes Leben innerhalb der Grenzen eines logischen Systems vollzieht, er daher größerer Zusammenhänge nicht bedarf und sie infolgedessen nicht sucht. Im Theater erwartet er Ausschnitte aus seinem System: Probleme der Zeit, Menschen in der Zeit, historisches Geschehen, Beziehungen zwischen Menschen. Er belächelt mitunter auch gern eine Satire. Selbst einen fantastischen Bühnenablauf mag er goutieren, wenn er sich scharf und entschieden von der Wirklichkeit – wie sie ihm erscheint – distanziert. Das Absurde aber steht für ihn außerhalb seiner gewohnten Begriffswelt. Das Absurde ist für ihn absurd. Wobei er das Wort »absurd« als Synonym für »verrückt« oder »unzumutbar« gebrauchen würde. Jeden Berührungspunkt, jeden Anhaltspunkt einer Analogie oder gar einer Identifikation weist er entrüstet von sich.

Wird ihm die Sache allzu absurd – zum Beispiel wenn zwei menschliche Wesen aus dem Mülleimer hervorkommen –, so fühlt er sich verspottet. Und gerade das völlig zu unrecht. Denn das Gegenteil ist beabsichtigt. Er, der Zuschauer, soll das Bühnengeschehen verspotten – es mit dem »tragischen Spott« belegen, von dem Ionesco spricht –, das heißt: nicht das Bühnengeschehen selbst – nicht die Parabel, sondern ihr Objekt: das Leben. Und damit freilich auch sich selbst, als einen, der fragt und keine Antwort erhält. Aber er schafft es nicht, die verschiedenen Ebenen der Transposition zu erklimmen. Er stößt sich schon am scheinbar Vordergründigen, etwa den auf der Bühne geäußerten Banalitäten in Form von Sprachklischees. Er merkt nicht, daß es sich bei ihnen mitunter um künstliche Sprachgebilde handelt, um kunstvolle Vortäuschungen, die nur auf denjenigen als Gemeinplatz wirken, der selbst auf den Gemeinplätzen des Lebens zu Hause ist.

Nun gibt es aber auch unter den Stücken des absurden Theaters manche, die populär geworden, ja zu großem Publikumserfolg gelangt sind. Das scheint mir aber in jedem Fall auf einem Umstand zu beruhen, der mit ihrer Absurdität nichts zu tun hat. Ich habe *Warten auf Godot* im Londoner Phoenix Theatre gesehen, wo es monatelang en suite lief. Immer verließ etwa ein Fünftel des Publikums in der Pause das Haus – eine Tatsache übrigens, die vornehmlich unter den Taxichauffeuren bald bekannt wurde, die zur Zeit der Pause in Schlangen vor dem Theater auffuhren. Der Rest des Publikums aber blieb bis zum Ende und applaudierte herzhaft, ja für Londoner Verhältnisse beinahe frenetisch. Und warum? Nicht, weil sich ihm da von der Bühne her eine Wahrheit gleichnishaft mitgeteilt hätte. Sondern weil er einer faszinierenden Interpretation eines faszinierenden Kunstwerks beigewohnt hatte. Einer Aufführung, die durch eine Art Musikregie das stichomythische Spiel zwischen zwei irischen Landstreichern zu voller, großartiger Geltung brachte. Auch der Gegner des absurden Theaters, soweit er nicht jeglichen rezeptiven Talents für Sprache und Rhythmus entbehrt, müßte bestätigen, daß Beckett ein legitimer Dichter ist. Und daß er es sogar dort ist, wo sein Stoff ihn ins Monomanische zu führen scheint.

Ein weiterer großer Erfolg ist Ionescos Stück *Die Nashörner*. Dieser Erfolg beruht aber darauf, daß das Stück kein absurdes Stück ist. Zwar enthält es in seinen – oft prächtigen – Dialogen ein Element des Absurden, aber sonst hat sein Autor hier mit den Mitteln einer ganz vordergründigen Parabel gearbeitet, die an Deutlichkeit der vom verlorenen Sohn in nichts nachsteht.

Verweilen wir einen Augenblick bei diesem Stück! Die Demonstration dessen, was ein absurdes Stück nicht ist, wirft ein zusätzliches Licht auf die Gattung des absurden Theaters.

Der Inhalt dürfte den meisten von Ihnen bekannt sein. In einer Provinzstadt werden die Bürger – einer nach dem anderen – zu Nashörnern. Die Deutung drängt sich auf. Die Provinzstadt ist unsere Welt. Die Bürger sind wir. Die Metamorphose ist der Verflachungs- oder der Vermassungs- oder der Verdummungsprozeß – wie man es gerade nennen möchte –, dem wir bekanntlich alle unterworfen sind. Die Nashörner also sind wir, in eine nicht allzu ferne Zukunft projiziert. So einfach ist das alles. Ein Zeitstück also, das sich des Symbols bedient. Leider nur ist die Prognose selbst inzwischen zum Gemeinplatz geworden, da sie uns ad nauseam vorexerziert wird. Schöner wäre es gewesen, hätte Ionesco über den Klischeegehalt dieser Prognose ein Stück geschrieben. Aber nicht darüber wollte ich sprechen.

Einer dieser Bürger bleibt von der Verwandlung verschont. Wir gehen nicht fehl in der Annahme, daß dieser eine Bürger das positive Prinzip des Stückes verkörpert. Dieses positive Prinzip verficht aber nichts in sich selbst, sondern existiert einzig und allein im und als Gegensatz zum negativen Prinzip, an dem es sich entzündet hat. Es sagt nichts aus als den kategorischen Imperativ: man soll nicht zum Nashorn werden. Damit wiederum wird das Stück zum moralischen Lehrstück. Fragen wir uns nun, wie man es schafft, nicht zum Nashorn zu werden, so erhalten wir durch das Stück nur die Antwort: indem man sich dagegen wehrt. Aber diese Antwort ist nicht eindeutig. Denn es wird nirgends völlig klar, ob diese Verwandlung Willensakt, stille Ergebung, Schicksal oder Strafe ist. Auf jeden Fall wird sie durch eine höhere Autorität ausgelöst (die allerdings anonym bleibt und von deren Wesen wir in den fünf Akten nicht das geringste erfahren). Also stellt das Spiel den erfolgreichen Kampf des einzelnen gegen das Schicksal dar und ist ein klassisches Schauspiel. Aber auch das ist es nicht. Denn es bleibt durchaus offen, ob nicht unser Held, eine Sekunde nachdem wir ihn applaudierend zu seiner Standhaftigkeit beglückwünscht haben, auch noch zum Nashorn wird. Die Möglichkeit wäre immerhin gegeben. Wüßten wir es, so stellte das Stück die Machtlosigkeit des Menschen gegen den Willen höherer Instanzen dar und wäre eine Tragödie nach antikem Muster. Das ist es jedoch nicht, denn dann hätte das Resultat des Kampfes rückwirkend den Lauf des Bühnengeschehens bestimmen müssen. Aber das Stück hat kein Resultat außer der Prognose. Ob der Held sich verwandelt oder nicht, ist für den didaktischen Wert der Parabel gleichgültig. Die Aussage bleibt die gleiche, nämlich: wir werden alle zu Nashörnern. Und damit sind wir wiederum am Anfang.

Nun bedeutet aber der Umstand, daß ein Stück absichtlich und scheinbar schematisch gegen herkömmliche dramatische Regeln verstößt, eben noch nicht, daß es ein absurdes Stück ist, auch dann nicht, wenn es die sekundären Merkmale des Absurden aufweist. Auch eine Metamorphose ist kein Element des Absurden, sondern das eines Märchenspiels. Wir haben es hier also mit einem seltsamen Produkt der Konzession zu tun: einem Zwitter. Das Stück stellt eine Katastrophe dar, die, umrankt von kommentierendem, konstatierendem Dialog, unbeeinflußt von menschlichen Worten oder Taten ruhig und träge vorwärts schreitet wie ein sattes Nashorn, durch vier Akte, ohne den agierenden Personen eine Möglichkeit des Eingriffs zu gewähren. Zwar mag der einzelne in der Lage sein, sich selbst vor der Verwandlung zu schützen – einer tut es auch –, aber den anderen kann er nicht retten. Das Stück ist also deutlich wie ein Kindermärchen, deutbar wie eine Allegorie, aber in seiner Deutung enthüllt sich eine innere Unlogik.

Man hat gesagt, Ionescos Stärke läge darin, daß er eine ganz alltägliche, banale Ausgangssituation quasi durch Steigerung ihrer selbst ad absurdum führen könne. Nun, etwas derartiges tut er in den *Nashörnern,* denn in jeder einzelnen Figur des ersten Bildes steckt ja schon ein kleines Nashorn, – aber es scheint mir unrichtig zu behaupten, daß in diesen Inventionen Ionescos Stärke läge. Sein stärkstes Stück – ich selbst halte es für eines der Meisterwerke des modernen Dramas – *Die Stühle* beginnt bereits im Raum des Fantastischen. Figuren, Konstellationen und Situationen sind fantastisch oder doch zumindest surreal. Und gerade dieses Stück gibt gleichnishaft einen großartigen Blick auf bestimmte Aspekte einer inneren Welt frei. Die Kunst des absurden Theaters liegt ja nicht darin, dem Publikum den Weg zu ebnen, ihm eine Eselsbrücke von der Wirklichkeit hinüber ins Unwirkliche, Surreale, Groteske zu bauen, indem sie die Wirklichkeit behutsam und allmählich abwandelt. Sie liegt vielmehr darin, den Zuschauer sofort, gleich bei Aufgang des Vorhangs, im Bereich des Absurden anzusiedeln, ihn dort heimisch werden zu lassen, wo er ja bereits – der Ansicht des Autors nach – ohne es zu wissen heimisch ist: in der Fragwürdigkeit des Lebens, das nichts aussagt. Er soll sich so heimisch fühlen, daß, hat er einmal die Ausgangssituation akzeptiert, ihn auch das absurdeste Element nicht mehr aus dem Gleichgewicht bringen kann, da ja auch dieses nur eine logische Folgerung der Ausgangssituation ist. Nur auf diese Art und auf dieser Ebene kann die absurde Parabel sich vollziehen.

Die Entwicklung unserer Weltsicht hat es mit sich gebracht, daß der Künstler heute die größten Freiheiten des Ausdrucks für sich beanspruchen darf: aber nur, solange er – zumindest innerhalb eines Werkes! – den Ausdrucksmodus, das heißt den Stil, nicht wechselt. Ein tachistisches Gemälde kann ein großes Kunstwerk sein, aber es ist gewiß dann kein Kunstwerk, wenn auf ihm irgendwo ein untransponierter Blumenstrauß erkenntlich wird. Denn das verstößt gegen die innere und damit elementare Gesetzlichkeit des Stils. Ebenso verstößt es gegen jede innere Gesetzlichkeit des Theaters, auf zwei verschiedenen Ebenen wirken zu wollen, wo Ionesco in den *Nashörnern* es zu tun scheint: nämlich einerseits auf der Ebene der vorexerzierten Parabel, die vier Akte lang eine Katharsis vorbereitet, und andrerseits durch den Parabelgehalt des absurden Theaters als solchen, das die Katharsis verschmäht. Ich kann nicht durch eine Demonstration auf der Bühne eine Katharsis auslösen wollen, indem ich mich der Mittel des Absurden bediene. Denn der Wille zur Katharsis bedeutet: Glaube an die Sendung des Theaters. Absurdes Theater aber bedeutet: Eingeständnis der Ohnmacht des

Theaters, den Menschen läutern zu können, und sich dieser Ohnmacht als Vorwand des Theaterspiels zu bedienen. Ohnmacht und Zweifel, die Fremdheit der Welt, sind Sinn und Tendenz jedes absurden Stückes, das somit ein Beitrag zur Klarstellung der Situation des Menschen wird. Es verschmäht die Darstellung der Realität, da auf dem Theater ohnehin nur ein winziger Teil der Realität dargestellt werden kann, der niemals stellvertretend für ihre Gesamtheit steht, und naturgemäß in keinem Verhältnis zur Stellung des Menschen in der Welt. Es will daher nicht mit verteilten Rollen eine Geschichte erzählen oder eine These belegen. Es will nicht anhand eines historischen oder fiktiven Einzelfalles etwas Typisches demonstrieren. Es liegt ihm nichts an der Verfechtung eines Prinzips, das durch Helden vertreten oder – schlimmer noch – symbolisiert wird. Der absurde Dramatiker vertritt die Ansicht, daß kein Kampf der Welt jemals auf dem Theater ausgefochten worden ist. Daß das Theater noch keinen Menschen geläutert und keinen Zustand verbessert hat, und sein Werk zieht – je nach Veranlagung seines Autors – bittere oder komische Konsequenz aus dieser Tatsache. Erfahrung hat ihn gelehrt, daß etwa der Politiker A sich im Theater selbst unter dem Holzhammer nicht erkennen und meinen wird, es handle sich um den Politiker B, den er für korrupter hält als sich selbst, und daß beide Politiker vor allem dort herzlich lachen werden, wo ein Autor bitter wird oder gar – wie man es nennt – mit Herzblut schreibt.

Der absurde Dramatiker mag – so denke ich – im Leben bereit sein, sich für eine gute Sache einzusetzen, auch wenn sie, wie gute Sachen es nun einmal an sich haben, verloren ist. Im Theater aber sind weder die gute Sache noch sein Einsatz am Platz. Im Theater will er sein absurdes Beweis-Spiel spielen, wobei er sich darauf verlassen muß, daß seine Moral, da sie ja nun einmal Bestandteil seines persönlichen Mikrokosmos ist, auch in diesem Spiel transparent wird: auch im Absurden, ja, für den Autor des Absurden ausschließlich im Absurden.

Während der Niederschrift meines Vortrages stellte ich fest, daß diese Notizen in zunehmender Weise manifestativen Charakter annahmen. Daß ihnen sogar ein gewisses Pathos innewohnt, das ja ihrem Objekt, dem absurden Theater, fremd ist. Das liegt aber wohl an der anomalen Position, in der man sich befindet, wenn man etwas, mit dem man sich selbst identifiziert, von außen zu analysieren sucht. Der Dramatiker des Absurden, der kein Referat zu halten hat, analysiert ja nicht, sondern schreibt Stücke und wartet höchstens – wie Ionesco – darauf, daß man sie ihm erkläre. Aber er wartet – wenn ich ihn richtig einschätze – nicht allzu sehnlich. Er weiß, daß es für das einzelne Stück keine Erklärung gibt, und daß es auch für sein Theater dann keiner Erklärung mehr bedarf, wenn das Publikum die Existenz – oder vielmehr das Walten – des Absurden anerkannt, das heißt: erkannt hat. Das Absurde ist sein einziger Orientierungspunkt. Er hat sich dafür entschieden. Und das vielleicht noch nicht einmal bewußt. Es mag sich in ihm entschieden haben. Denn das ihm inhärente Gefühl für das Absurde ist tiefer verwurzelt als sein bewußtes Entscheidungsvermögen. Jedenfalls hat er seine Entscheidung aus sich selbst getroffen. Und keinerlei Propaganda – und sei sie auch noch so subtil – hat ihn darauf aufmerksam gemacht. Denn für das Absurde gibt es keine Propaganda als die Existenz des Menschen. Wohl gab es eine Vorstufe zur Erlernung seiner Ausdrucksmöglichkeiten: den Surrealismus, der der Erkenntnis des Absurden vorgearbeitet hat. Aber darüber zu sprechen würde zu weit führen.

Nur wer im Absurden lebt, das heißt die Absurdität des Lebens, seiner Situation und seiner Requisiten erlebt, kann sie in eine künstlerische Form bringen, womit ich selbstverständlich nicht sagen will, daß allein die absurde Sicht zu einer solchen Tätigkeit befähige. Das Experimentieren mit dem Absurden ist so unmöglich, wie wenn ein atheistischer Dramatiker ein religiöses Stück schreiben würde. Ebenso unmöglich bleibt dem Dramatiker des Absurden die Umstellung auf eine andere Form, es sei denn, es vollziehe sich in ihm eine radikale innere Abkehr.

Den absurden Dramatiker interessieren die »brennenden Fragen« des Theaters nicht. Es ist ihm gleichgültig, ob das Theater als Institution noch eine Zukunft habe oder nicht; er weiß, daß das Theater genauso zukunftsreich oder zukunftsarm ist wie der Mensch. Er gibt sich gern mit der Bühne zufrieden, wie er sie vorfindet: dem Guckkasten. Er baut keine falschen Proszenien, läßt keine Schauspieler aus dem Zuschauerraum auftreten, ihm genügt die Bühne, Holz, Leim und Staub. Experimente sind – entgegen der allgemeinen Ansicht – seine Sache nicht.

Was es für ihn darzustellen gibt, hat zwar keine dramaturgische Regel – wohl aber vollzieht sich sein Spiel nach einem bestimmten Gesetz. Um sich voll entfalten zu können, darf es sich nicht allein auf das Wort verlassen. Die Ebene, auf der das Absurde sich voll-

zieht, bleibt nicht auf die Sprache beschränkt. Die absurde Figur »funktioniert«, sie bedient sich der Gestik, des Mimus und wo das nicht ausreicht, tritt das Requisit hervor, spielt sogar mit, als Partner oder Gegenspieler. Jede auftretende Figur ist gewissermaßen ein deus ex machina, der gebraucht wird, aber nicht erwartet wurde. Daher setzt das Stück auch kein Wissen voraus. Man braucht kein Programm gelesen zu haben, in dem bereits steht, daß – sagen wir – Karl Rösler pensionierter Bahnbeamter, achtundvierzig Jahre alt und Klaras verflossener Geliebter ist. Die Anfangssituation wird sofort erfaßt, da vor Aufgang des Vorhangs noch keine anderen Beziehungen zwischen den Figuren bestanden haben, als die, welche sich sofort offenbaren. So braucht kein vorgegangener Umstand erklärt zu werden, etwa daß A der Schwager von B ist, der als Spätheimkehrer den Ehebruch nicht mehr verhindern kann, da er stattfand, als der Zuschauer noch ahnungslos beim Abendessen saß. Jede Erwähnung der Vergangenheit im absurden Stück meint eine kollektive Vergangenheit, und jede Erwähnung der Zukunft tritt als Frage auf. Und im Ende steckt auch wieder der Anfang.
[...]

Das absurde Theater ist eine Parabel über die Fremdheit des Menschen in der Welt. Sein Spiel dient daher der Verfremdung. Es ist ihre letzte und radikale Konsequenz. Und Verfremdung bedeutet Spiel im besten, wahrsten und – nebenbei bemerkt – im ältesten Sinne.

TANKRED DORST

## Die Bühne ist der absolute Ort
[1962]

Ich meine, daß das Theater im Grunde eine Sache für wenige ist, und ich ziehe deshalb die kleinen Theater vor. Sie fordern vom Zuschauer nicht den neutralisierenden Respekt vor der Kunst: er sitzt näher dran, sieht wie's gemacht wird, sitzt auch meist nicht so bequem und ist nicht ganz so gut angezogen. Er will nicht unbedingt erhoben sein: Interesse zieht ihn an. Daß dies nun keine echte definierbare Gesellschaft ist, und daß wir in unserem Lande offenbar gänzlich auf sie verzichten müssen, ist das wirklich so schlimm? Hier sitzen Leute, irgendwelche, und das ist mir recht. Ich schreibe nicht für und nicht gegen eine bestimmte Gesellschaft, also brauche ich auch nicht so zu tun, als gäbe es sie. Ich denke mir, mein Publikum bringt ebensowenig Voraussetzungen mit ins Theater, wie ich, es ist unsicher, skeptisch, vielleicht sogar ein bißchen mißtrauisch. Es stellt Fragen, aber es erwartet vom Autor keine Antworten, denn wie, wenn er sich nicht einem der großen materialistischen oder metaphysischen Weltentwürfe zuordnet, kann er sie geben?

Theater ist für mich eine Art Experiment: der immer wieder unternommene Versuch, den jetzt lebenden Menschen mit dem, was ihn bewegt, was ihn ängstigt, was er schafft und was ihn begrenzt, auf der Bühne sichtbar zu machen. Die Mittel, deren ich mich bediene, sind, glaube ich, so alt wie das Theater selbst: die der Maske, der Verwechslung, der Vorspiegelung, des Spiels im Spiel – sie alle dienen dazu, die Bühnenexistenz des Schauspielers großartig und fragwürdig zugleich erscheinen zu lassen und damit, denn wir sind an dem Experiment beteiligt, uns selbst, unsere Wertsetzungen, unsere gesellschaftlichen Normen, unsere Moral in Frage zu stellen.

*Gesellschaft im Herbst,* mein erstes Stück, brachte auf der Suche nach einem bloß vermuteten Schatz eine immer größer werdende groteske Marionettengesellschaft von Spekulanten in der Halle eines alten Schlosses zusammen, die sich, immer mehr verfallend und durch Verschläge unterteilt, allmählich in eine Art Notaufnahmelager verwandelte. – *Freiheit für Clemens:* ein junger Mann, den man in ein Gefängnis gesperrt hat, lernt unter Aufsicht und Anleitung seines Aufsehers gewisse Formen des Gehens, des Reagierens, des Sprechens, die ihm den Aufenthalt auf engstem Raum allmählich erträglich, schließlich angenehm machen; er schrumpft auf die Bedingungen der Zelle zusammen und verzichtet deshalb am Ende darauf, die Tür, die ihm geöffnet wird, zu benutzen. Das Stück war für mich der Versuch, einen zunächst konturlosen Menschen auf der Bühne, im Spiel zu formen und mehr und mehr festzulegen: ein artistischer Balanceakt, ein Spielstück vor allem, in dem der Dialog dazu diente, die Figuren im richtigen Verhältnis und im Gleichgewicht zu halten. – In der *Kurve* sitzen zwei Brüder, ein Bastler und ein Verfertiger von Reden, in idyllischer Landschaft. Sie warten darauf, daß an der gefährlichen Kurve über ihnen Autos abstürzen, und sie töten einen Verunglückten, der die Straße absichern lassen will, denn sie wollen weiter basteln und Leichenreden halten. Die genaue Logik des Handlungsablaufs sollte hier in einem grotesken Mißverhältnis zum moralischen Leerlauf der Dialoge stehen: die Rede, das Engagement, bedarf des Opfers. – Die *Große Schmährede an der Stadtmauer* benutzt eine Situation aus einem chinesischen Schattenspiel: am Fuß der riesigen Mauer steht eine Frau und fordert vom Kaiser ihren Mann, der zu den Soldaten ging. Daraus ergab sich das Spiel: Mann und Frau, die sich in Wahrheit nicht kennen, müssen sich einer Prüfung unterziehen, sie müssen zeigen, daß sie zueinander gehören und wie sie zusammen gelebt haben. Der Mann jedoch besteht die Prüfung nicht, er verschwindet wieder hinter der Mauer. – Ein Stück muß »stimmen« – was nicht einfach eine Frage des Kostüms oder der politischen Richtung ist, im Gegenteil, es haben häufig genug gerade die Stücke versagt, die ihren Effekt von der Aktualität und von der Alltagskleidung erhofften. Auf der Suche nach Figurationen für unser nachpsychologisches Zeitalter scheinen mir die kühle Allegorie, die distanzierende Historie, ja selbst die vielverachteten Klischees, wenn sie richtig verwandt werden, brauchbarer zu sein als die genauen Porträts unserer Zeitgenossen mit allem, was ihnen privatim in den Kleidern hängt. Denn es soll ja nicht ein Ausschnitt aus der Wirklichkeit gegeben werden, sondern eine Übersetzung, und ihr Leben müssen die Figuren auf der Bühne aus sich selbst heraus neu erschaffen. Daß ein Stück »stimmt«, hängt für mich davon ab, ob es sich auf dem schmalen Grat zwischen dem Artistischen und dem Wirklichen, ohne dem einen allzugroße Freiheit ins Unverbindliche zu lassen und ohne dem andern Gewalt anzutun, aus eigenem Gesetz mühelos bewegen kann.

Die Fabel: für mich ist eine gute, erzählbare story wichtig. Genau besehen entscheidet sie schon fast alles. Sie formt die Charaktere, sie bringt sie in die Situationen, in denen sie sich entfalten, in denen sie aus sich herausgehen und in denen sie sich verbergen – sie entfernt die Figuren immer mehr von mir und von dem, was ich ihnen anfangs gelegentlich als »persönliches Anliegen« gern mit auf den Weg gegeben hätte, und macht sie zu selbständigen Wesen innerhalb dieser Gemeinschaft, die ich erfunden habe. Das ist nützlich. Ich habe eine ganze Liste solcher Fabeln, Szenen, Konstellationen gefunden im Alltag oder in Zeitungen, auch in Büchern – etwa unter den Fabeln Saltykows oder im Londoner Skizzenbuch von Dickens – oder von Fotos abgelesen, brauchbar oder unbrauchbar, auf jeden Fall wohl anders als die Stoffe früherer Dramatiker, etwa der

Sudermannzeit. Einmal natürlich liegt das daran, daß eine gute story nicht *absolut* gut ist, sie muß – ganz abgesehen davon, was ich »damit sagen will« mir liegen, ich muß damit umgehen können. Zum andern scheint mir das, was *unsere* Zeit treffen soll, nicht recht in eine story faßbar, deren Gültigkeit noch vor vierzig Jahren unbestritten gewesen wäre. Die unzähligen dramatischen Versuche mit Atomforschern, denen das Gewissen schlägt, oder etwa die fortschrittlichen Stücke östlicher Färbung, in denen sich Bauern zuerst gegen die Entwicklung stemmen, schließlich aber doch zur sozialistischen Einsicht gelangen, geben darüber Auskunft. [...]

Was meinen Stücken und, wie ich meine, einigen Stücken meiner Zeitgenossen einen kennzeichnenden Akzent gibt, ist vielmehr ein Gefühl der Ortlosigkeit. Sie versuchen ohne ein festes Wertsystem auszukommen, sie wissen, daß sie die Welt nicht bessern, ja sie bauen nicht einmal auf die Sicherheit der Wahl zwischen Gut und Böse, Freiheit und Unfreiheit – also auch nicht auf den positiven Helden und den sonst immer wirksamen Durchbruch von Nacht zu Licht. Welches Licht denn? Eine Dramatik der Absage also, des »Ich-weiß-nicht«, des absoluten Scheins, der vorgetäuschten Haltung statt des metaphysischen Halts: keine Tragödien, sondern Farcen, Grotesken, Parabeln, keine geistigen Auseinandersetzungen – Argumente sind vertauschbar, Rhetorik ist bloßes Schönsprechen – sondern *Auswirkungen*: kleine Leute, nicht große. So fällt vielleicht bei einer Reihe dieser erfundenen Figuren ein gewisser exzentrischer Zug auf: der Drehpunkt ihrer Bewegung liegt sozusagen nicht in der Mitte, ja er ist auf der Bühne nicht findbar, jedenfalls nicht mit den Mitteln der Psychologie. Denn diese Figuren, deren Konstellation mich interessiert, deren Bewegungen ich fixiere, haben, so scheint es, kein bemerkenswertes Innenleben, ihre Seelenkämpfe sind nicht echt, sie funktionieren oder sie gehen kaputt, nichts anderes. (Ausgenommen zwei Personen: die alte Gräfin in *Gesellschaft im Herbst* und die junge Fischersfrau in der *Schmährede*: beide versuchen, durch einen puren Akt der Imagination die anonyme, bloß funktionierende Automatenwelt zu überwinden.) Aber dies alles ist vielleicht schon zu weit gedacht: mir kommt es vor allem darauf an, die Handlung auf das Äußerste und Sichtbarste zu treiben, damit sich ihre Akteure nicht in die Reflexion oder in die Idee oder in Erklärungen verlieren können: da nämlich, wo das Spiel nicht mehr hinreicht, wären sie nichts mehr, verlören sie ihre Wahrheit.

Diese Figuren – um sie noch einen Augenblick zu betrachten – sind nur manchmal bunt ausstaffiert, und sie haben, das macht sie erkenntlich, einen großen Bruder, den Clown; nicht den melancholischen oder sentimentalen, sondern den dummen, der meint, er machte alles richtig, und doch macht er alles falsch; der das Schreckliche schön findet, weil er es nicht versteht; der betrogen wird, wenn er betrügen will. Ich muß gestehen, diese Bruderschaft ist mir jetzt ein klein bißchen verdächtig, sie wirkt, wenn sie nicht einen echten sozialen Untergrund hat, leicht literarisch, unverbindlich. Trotzdem: der Clown, eine Fiktion, um sich verständlich zu machen – immerhin unter dem Arsenal von Figuren, die sich für mein Theater anbieten, die legitimste; denn unsere Könige und Narren sind tot, die Teufel und Erzengel haben sich verflüchtigt, die Dirne, der Bettler waren schon seit jeher poetische Treibhauspflanzen ohne Theaterblut; der Arbeiter, der Offizier, der Beamte, der Bürger – das Kabarett hat sie zu Pappzielscheiben gemacht. [...]

Aber Theater kann nicht im leeren Raum spielen. Ich glaube, daß ein Autor, der für die Bühne schreibt und der sein Metier ernst nimmt, ohne das, was man ungefähr mit dem Wort Realismus bezeichnet, nicht auskommt. Sicher, es gibt da Ausflüchte, etwa im Dialog die Methode, törichte Fragen zu stellen, um geistreiche Antworten zu erhalten, auf diese Weise kann man ein ganzes Stück an Pointen entlang abhaspeln; erprobt ist auch das Milieu »bessere Gesellschaft«, es enthebt den Autor der Bemühung um Details, weil man übereingekommen ist, daß in diesem Genre vornehmlich heiter und angenehm geplaudert wird; und es gibt eine Reihe von avantgardistischen Turnübungen, für die sich die Akteure wie von ihren Kleidern so auch von jeder Art Realität freimachen. Auch das ist Theater, gewiß. Und manchmal macht es auch Spaß. Für mich aber ist es nun wichtiger geworden, meine Handlung gesellschaftlich zu determinieren, gerade dann, wenn sie sich ins Phantastische, ins Überdimensionale oder ins Groteske bewegt. Denn es ist ja auch nicht »der Mensch« auf der Bühne, ihn gibt es nicht, sondern ein *bestimmter* Mensch, und er kann keine vier Schritte machen, keinen Schuh ausziehen und kein Bonbon lutschen, ohne die Frage an den Autor zu stellen: warum so und nicht anders? [...]

Und das Milieu natürlich gehört dazu – aber nicht das »interessante Milieu«, das bisweilen einem Roman auf die Sprünge hilft; es soll keinen besonderen Reiz haben, das einfachste, am leichtesten Begreifbare ist am besten: kleinbürgerlich-bundesdeutsch – man

17

weiß Bescheid; China – man versteht sich; antikes Rom – längst bewährt. Damit ist der Bühnenrahmen gegeben, die Bühne geschaffen,
konkret genug, um meine erfundene Wirklichkeit Zug um Zug kontrollierbar zu entfalten, in Spiel zu verwandeln und, wenn es gut
geht, als Wahrheit sichtbar werden zu lassen.

MARTIN WALSER

## Vom Theater, das ich erwarte.
## Was nötig ist: Nicht die elfenbeinerne, sondern die aktive Fabel
[1962]

Ich weiß nichts Allgemeines über das Drama. Und im einzelnen sind
die Schwierigkeiten groß. Nicht umsonst heißt es, das zeitgenössische deutsche Drama gibt es nicht. Ich nehme, wie jeder, brennend
neugierigen Anteil an diesem nicht existierenden deutschen Drama.
Soviel Interesse haben wir einem halbwegs blühenden Literatur-
zweig selten entgegengebracht. Manchmal fürchte ich, unser Drama
könnte seinen Dornröschenschlaf noch später beenden, weil jeder
der um den Erweckungskuß bemühten Prinzen spürt, daß ihm ein
ganzes Land auf den Mund schaut, den er dem gipsblassen Dorn-
röschen nähert. Mein Gott, so eine Verantwortung, denkt er. Was
passiert dir, wenn du jetzt küßt und die schläft weiter.
   Wie schön haben es doch die Schreiber anderswo. Die schreiben
ein Stück, ein gutes oder ein schlechtes. Bei uns ist es entweder endlich *das* deutsche Stück, oder es ist eben wieder einmal nicht *das*
deutsche Stück. Gierig wendet sich das liebenswürdige Interesse
dem nächsten Versuch zu. In Amerika, in einem Kreis von Studenten, fragte ich einmal einen, was er treibe. Ich schreibe, sagte er,
*the GAN. GAN*, erklärte er mir, heißt *Great American Novel*. Das
sei eine Routineantwort. Wer gefragt wird, was er tut, der sagt
eben, er schreibe gerade den Großen Amerikanischen Roman. Vielleicht könnten wir, um etwas Beruhigung zu stiften und die Geduld
zu nähren, diese Formel importieren und auf das deutsche Drama
anwenden.

Wenn also demnächst ein Schriftsteller sagt, er schreibe gerade das GDD, das Große Deutsche Drama, so halte man nicht für Unbescheidenheit, was man, ohne ihn gefragt zu haben, doch längst von ihm erwartet hat.

Ich glaube übrigens, daß wir die Durststrecke unnötig verlängern, wenn wir hartnäckig auf ein »Drama« warten. Gute Theaterstücke würden genügen. Die Konflikte, die das Drama fundierten, die es hervorbrachten, sind heute keine mehr. Die Wirklichkeit wimmelt nach wie vor von Fabeln, aber das sind keine Dramenfabeln mehr. Die Antinomien liegen nicht mehr auf der Straße. Die gesellschaftlichen Brutalitäten sind auf eine Weise verfeinert, daß das Drama bei deren Abbildung zugrunde gehen muß. Also wird eine neue Abbildungsmethode nötig. Das ist schon fast eine Epoche lang bekannt. Brecht wich nach China und sonstwohin aus, um die Spannung zwischen Moabit und Dahlem so recht zum Ausdruck zu bringen. Die lokale Wirklichkeit war doch offenbar damals schon mit zuviel Zwischentönen belastet, als daß sie zum einfach-demonstrativen Bild getaugt hätte.

Neuerdings katapultiert man die Fabeln ins Absurde und weiß Gott wohin, weil man an der Abbildbarkeit wirklich bewohnter Gegenden verzweifelt. Hat ein Autor etwa den Eindruck, die Welt sei nach wie vor doch recht grausam oder scheußlich, und rundherum sieht er nur kassenärztlich wohlversorgte Staatsbürger, denen kein unbehebbarer Gram das Gesicht verzerrt – was soll dieser Autor tun? Entweder mißtraut er seinen Antennen (das wird er schön bleiben lassen), oder er gibt sich seiner schwarzgetönten Empfängnis hin und erfindet aus dem Material seiner persönlichsten Niedergeschlagenheit eine Spielwelt, in der er jene Grausamkeit abbildet, die er in seiner Umwelt vermutet, ohne sie im Material dieser Umwelt und Wirklichkeit abbilden und beweisen zu können.

Wir werden es also immer mehr mit sozusagen erfundenen Fabeln zu tun haben. Aber soll man deswegen jedes Stück, das nicht in Bonn spielt, gleich ein absurdes Stück nennen? Es werden eingebildete Stücke sein. Phantasiestücke. Aber die Verhältnisse der erfundenen Fabel geben deutlich Auskunft über die Beziehung zur Wirklichkeit. Wo allerdings diese Beziehung schlechterdings unauffindbar ist, da könnte man von absurdem Theater sprechen. Deshalb möchte ich auch halb zurücknehmen, daß es sich bei den nichtabsurden Stücken um erfundene Fabeln handeln wird. Man kann nichts erfinden. Die Phantasie ist eine Produktionskammer, in der nichts geschieht, was nicht außerhalb ihrer einen Grund hat. Und an diesem Grund muß das Phantasieprodukt meßbar sein. Von dort hat es Notwendigkeit und Verständlichkeit. Und die Willkür des Autors hat spätestens dort ihre Grenze, wo die Fabel Szenen hervorbringen, also immerhin Menschen zum Reden und Gehen veranlassen muß.

Nehmen wir an, ein Arbeiter streicht mit Ölfarbe ein riesiges und irr verästeltes Geländer, das sich um eine fast unendliche Terrasse eines alten Landhauses zieht. Wir erfahren: der streicht schon seit 1918 an diesem Geländer. Der Hausherr hat ihm die eigene Tochter versprochen, wenn das ganze Geländer in makellosem Lindgrün strahlen wird. Aber die Ausmaße des Geländers sind derart, daß an der einen Seite schon wieder Rostflecken nagen, wenn der Arbeiter an der anderen Seite seine Farbe aufgestrichen hat. Also muß er wieder und wieder von vorn anfangen.

Ist so eine Situation einmal gegeben, müssen die Dialoge zwischen Hausherr, Tochter und Arbeiter natürlich mit allen Finten und Finessen ausgestattet sein, deren Menschen, die gegeneinander streiten, fähig sind. Die allerfeinste Psychologie ist notwendig, um diese nur scheinbar erfundene Szene zu einer wirklichen zu machen. Zur absurden Szene würde sie vielleicht, wenn der Hausbesitzer keine Tochter hätte und das Stück nicht bei uns zwischen 1918 und heute, sondern überall und nirgendwo spielte. Gar nicht absurd empfände ich es aber, wenn der Arbeiter allmählich vergäße, warum er zu streichen begann. Der Hausbesitzer weckt im Arbeiter die Lust an Umgangsformen, der läßt sich gern erziehen, und am Ende sprechen beide in Formeln. Aus einem ursprünglich sinnvollen Kontakt wird eine für die Ewigkeit ausgerüstete Zeremonie, die alles beim alten läßt.

Natürlich kann eine Fabel noch in ganz andere Himmelsrichtungen fortblühen, als diese flüchtig umrissene Szene andeutet. Aber eines kann sie nur mit Verlust aufgeben: unseren Schicksalsstoff. Das halte ich für einen Vorteil des Theaters: daß die Zuschauer, die das Geschichtliche miteinander und gegeneinander erlebt und bewirkt haben, als Zuschauer nun eine Version ihres Schicksals gemeinsam beurteilen. Die Fabel hat jetzt zwar alle möglichen Lizenzen zwischen Märchen und Algebra, aber die Möglichkeit, so ein Verhältnis von 1918 bis in die Gegenwart vor Zeitgenossen durchzuspielen, sollte sie nicht verlieren, auch wenn sie sich sonst an keinen rechten Winkel mehr hält.

Die freischwebende Fabel, dieser absurde Vogel, ist entstanden aus der Einsicht in die Unbrauchbarkeit überlieferter Abbildungsverhältnisse. Das aufklärerische Quantum des bürgerlichen Dramas wie des gleichnamigen Romans ist aufgezehrt. Nachdem der Abschied vom alten Abbildungsverhältnis so stürmisch vollzogen wurde, daß der Sprung ins Unverbindliche führte, nachdem sich nun die Fabel dort im Beziehungslosen getummelt und geübt und doch auch ihre rasche Erschöpfbarkeit erfahren hat, jetzt wäre sie reif, halbwegs zurückzukehren, so daß mit ihr bewirkt werden könnte, was ihr möglich ist: das exakte Bild.

Es ist schwer, das neue, notwendig gewordene Abbildungsverhältnis gleich mit einem richtigen Wort zu bezeichnen. Das Ziel ist, die unauffällig gewordenen Spannungen auffällig zu machen, die nach innen gekrochenen Tragödien ins Sichtbare zu locken. Das Ziel ist: exaktes Theater. Die Fabel muß also aktiv sein, wie ein Magnet aktiv ist, wie ein Katalysator aktiv ist, wie ein Isotop. Sie muß in eine wirkliche Situation ein Element einführen, das die Wirklichkeit zwingt, sich preiszugeben. Und dieses Element muß alle Willkürlichkeit unmöglich machen. Daß exaktes Theater entstehen kann, setzt voraus, daß dieses Element berechenbare Wirkungen zeitigt.

Nehmen wir an: ein Camping-Stück. Zwei Zelte, zwei Ehepaare. Der Zeltplatz ist eigentlich schon geschlossen. Der Sommer ist vorbei. Aber diese zwei Ehepaare können nicht abreisen. Sie haben nicht gehabt, was sie sich von diesem Sommer versprochen hatten. Und jetzt das Element, das die Glücklosigkeit dieser Paare zum Ausdruck bringt: ein einzelner junger Mann, der nie auftaucht, den die Paare aber immer sehen. Um abreisen zu können, beschließen sie, diesen jungen Mann zum Tode zu verurteilen. Der Prozeß, in dem die zwei Paare den jungen ungebundenen Mann zum Tode verurteilen, ist gleichzeitig der Prozeß, den sich diese vier Glücklosen selber machen. Durch den jungen Mann werden sie zur Preisgabe ihrer eigenen Verborgenheiten gezwungen. Der junge Mann ist das aktive Element. Der Katalysator, der Magnet, das Isotop. Die zwei Männer vollziehen die Exekution. Die Frauen schauen zu. Dann erst können sie abreisen, zurück in ihre Wohnungen.

Aus eigener Erfahrung weiß ich, daß Kritiker einen Prozeß, der im Justizpalast um die Ecke nicht stattfinden könnte, bloß seiner Ungewöhnlichkeit wegen gern absurd oder wenigstens grotesk nennen. Warum ihn mit solchen Adjektiven verdecken, anstatt zu untersuchen, ob er seine Funktion erfüllt, das heißt, ob er getaugt hat als Ausdrucksmittel, ob es also durch diesen scheinbar so willkürlich arrangierten Prozeß möglich geworden ist, eine irdische Situation exakt darzustellen. Exakter, als es ohne ihn möglich gewesen wäre. Die Funktion der ins Unwirkliche katapultierten Fabel, damit sie aktiv werden kann, für die Wirklichkeit, darauf kommt es an. Es genügt nicht, sie als absurd oder grotesk zu bezeichnen. Damit ist weniger als nichts gesagt. Absurd und grotesk, das sind Ladenglocken, es läutet, aber man weiß nicht, wer eintritt; Verteilerstempel oder sonst was sind das, bloß keine ausreichenden Wörter. Wozu ist die Fabel gut. Wozu nicht? Hat sie mehr Federn als Krallen? Und wie werden Federn und Krallen bedient?

Die Schwierigkeit ist tatsächlich groß. Die exakte Balance. Der Fabel einprägen, daß sie nicht unterwegs ihren Auftrag vergißt, ihre Funktion. Sie verspielt sich gern. Dann endet sie als unterernährte Metapher. Sie hat ja momentan diesen Hang, sich hermetisch zu gebärden. Es läßt sich nicht verschweigen, wie schwierig es ist, eine durchwachsene Fabel zu erzeugen, sie so auszustatten, daß ihr die Versöhnung der poetischen Lizenzen mit unserer Geschichte und Wirklichkeit gelingt.

Zur Zeit wachsen unseren Fabeln Federn leichter als Krallen. Und sie lassen sich natürlich um so leichter ins Poetische katapultieren, je weniger sie mit irdischem Stoff in Berührung gebracht wurden. Daher das schöne Angebot an elfenbeinernen Einaktern.

Unsere Wirklichkeit hat sich nicht nur in einem Ausmaß der direkten Abbildbarkeit entzogen wie irgendwo sonst auf der Welt. Ein deutscher Autor hat heute ausschließlich mit Figuren zu handeln, die die Zeit von 33 bis 45 entweder verschweigen oder zum Ausdruck bringen. Die die deutsche Ost-West-Lage verschweigen oder zum Ausdruck bringen. Jeder Satz eines deutschen Autors, der von dieser geschichtlichen Wirklichkeit schweigt, verschweigt etwas.

Da haben wir also wie überall die neuen aktiven Fabeln, die zur exakten Abbildung taugen könnten, die ein Vehikel sein könnten, schwierige Wirklichkeiten ins Spiel zu bringen, aber wenn so eine aktive Fabel bei uns der Wirklichkeit das Gesicht aufblättert, dann stößt sie auf andere Züge als in England und Amerika. Wie sie diese Züge ins Spiel bringen soll, weiß sie immer noch nicht. Ich glaube, diese Schwierigkeit hat schon manchen Autor abgedrängt in den Leitartikelrealismus; da ist ein unproblematischer Ernst leicht herstellbar, die Verdünnung des fürchterlichen Stoffs ist gleichzeitig seine ausdrucksschwache Aufhebung im Diskussionsmilieu. Und wer so etwas nicht schreiben mag, der wendet sich dann lieber ganz weg und bastelt subtile Beziehungslosigkeiten in Elfenbein.

Ob verschwiegen oder vorsichtig entschärft, diese unsere Wirklichkeit spielt die Hauptrolle im Arbeitsprozeß. An ihr sterben die Fabeln, wird die Spielfreude irritiert. Die Vermittlung aktiver Fabeln mit dieser gegebenen Brutalität ist ein Geschäft, das man nicht einer Trance-Sekunde anvertrauen kann. Es wird sicher noch vieler Arbeitsläufe bedürfen, um die ganze Geschichte ins Bild zu bringen. Oder sie wenigstens auf eine Weise auszusparen, daß man nicht mehr sagen muß: hier wird etwas verschwiegen. Bloß, man erwarte nicht, daß sich Verwüstungen des Bewußtseins überwinden lassen, wie man Baulücken schließt. Die unsere neuen Theater bauen, können bei ihren Neubauten absehen von dem, was aus feuerfesten Steinen hierzulande schon konstruiert wurde. Die Autoren können das nicht.

Martin Walser

Der Realismus X
[1964]

Ich gehe immer noch davon aus, daß der Zeitgenosse, der abends ins Theater kommt, an sich selber am meisten interessiert ist. Ich vermute, daß außerhalb des Theaters ein Ansturm auf sein Bewußtsein herrscht. Vielfach konditioniert setzt sich der Zeitgenosse auf seinen Platz. Ich hoffe, es freut ihn, wenn er auf der Bühne seine Sache dargestellt sieht. Oder ist er bereits so zugerichtet, daß er nur noch Könige und Helden, also Übergrößen sehen will? Möchte er sich lieber als was Ewiges sehen als ewig sich selbst? Bei dem Interesse, das jeder für sich mühelos aufbringt, darf angenommen werden, der Zeitgenosse sähe sich auch gern selber. Ab und zu. Jetzt müßte man ihn noch dazu bewegen, daß er ein Abbild als das seine akzeptierte, das durch keine Undeutlichkeit geadelt und durch keinen Adel verundeutlicht ist. Das allerdings ist schwer. Schöner wirkt immer, was älter ist. Durch deutbare Undeutlichkeit. Durch bloß entfernte Ähnlichkeit.

Dafür bietet ein neuer Realismus an: Wir sähen uns selbst wieder. Und wir sähen uns nicht imitiert von Sekretär Wurm oder von Gyges. Also würden wir, imitierten wir Bühnenhaltungen, auch nicht mehr Orest imitieren, sondern uns selbst: dadurch kämen wir womöglich auf manche Bewandtnis, die es mit uns hat.

Der Realismus X, der noch nicht ganz bekannte, jetzt aber fällige Realismus, muß dem Zeitgenossen beweisen, daß alles Bisherige Idealismus war. So war das immer. Je älter die Autoren werden, desto mehr gewinnt *eine* Idee die Herrschaft über ihr Bewußtsein. Sie geben allmählich *einer* Art, die Welt zu erklären, den Vorzug. Eigentlich genügte es dann, einen Monolog zu schreiben. Der Dialog, auf jeden Fall, ist dann eher ein pädagogisches Vehikel, als ein Dialog. Allerdings: in dem Alter, in dem der menschliche Stoff jener Frequenz des Stoffes, die man Idee nennt, zu sehr nachgibt, hat der Autor schon eine so große Fertigkeit im Dialogschreiben, daß er, obwohl er nur noch selber recht hat, auch die Gegner mit Antworten ausstaffieren kann. Im Grunde aber ist die Auseinandersetzung schon zu Gunsten *einer* Stimme entschieden. Er sieht dem Augenblick entgegen, da sich Welt auf Bewußtsein reimen soll. Also ein Realist ist er nicht mehr. Da bis jetzt noch jeder exklusive Erklärungsversuch zum Idealismus geworden ist, wird nach jedem solchen Erklärungsversuch auch jedes Mal ein neuer Realismus fällig. Ganz von selbst. Jetzt also der Realismus X. Ich weiß nicht, der wievielte es ist. Man sieht ihn kommen. Aber was sieht man ihm schon an? Da dieser Realismus ja keine Erfindung der Willkür ist, sondern eine einfach fällige Art, etwas anzuschauen und darzustellen, kann man sagen: er wird einen weiteren Schritt ermöglichen zur Überwindung ideenhafter, idealistischer, ideologischer Betrachtungsweisen.

Ich will nicht den Philosophen spielen; auch dem Zuschauer zeigt sich, daß die Hauptstraße unserer Entwicklung, gesäumt von für immer schönen Idealismus-Ruinen, eine Richtung hat ins immer Irdischere, Realistischere. Die Rehabilitierung des Stoffs steht bevor. Materie wird wieder ein mütterliches Wort. Der Stoff, der Stoff, aus dem wir sind, wird nicht für immer als Dualismus-Partner eine Aschenputtelrolle spielen müssen, weil man allmählich einsieht, wozu er im Stande ist, etwa in seiner feinsten Organisationsform, die man menschliches Bewußtsein nennt. Naturwissenschaft ist für diese Rehabilitierung zuständig, da sie mit der geringsten Portion Ideologie auskommt.

In eigener Notwendigkeit findet dieser Prozeß in den Künsten statt, sichtbar in der Folge immer stoffnäherer Realismen. Im Theater hat dieser Prozeß seine deutlichste Dokumentation erfahren. Da wurde zu jeder Zeit der gesellschaftliche Prozeß gezeigt, als der Streit eines neuen Realismus gegen einen zum Idealismus erstarrten Realismus. Und vorzüglich wurde dieser Streit ausgetragen in seiner wichtigsten Zuspitzung, nämlich in der Frage nach der Willensfreiheit. Ob wir einen freien Willen haben, das ist die Frage nach unserer stofflichen Beschaffenheit in dramatischer Version. Daran hat sich der Dialog entzündet. Und die größten Dramatiker haben, mit welchen Mitteln auch immer, den Menschen lieber unfrei dargestellt. Es gibt tausend Bühnennamen für Notwendigkeit, in idealistischen Gesellschaften oft recht entlegene Namen, hilfreiche Einbildungen. Als Göttername, Astrologie oder blinde Schicksalslenkung mußte unsere stoffliche Bestimmtheit auftreten, oft auch als einfach schlimme Unterwelt. Der junge, der realistische Goethe hat den »geheimen Punkt«, um den sich alle Shakespeare-Stücke drehen, großartig benannt, diesen Punkt, »in dem das Eigentümliche unseres Ichs, die prätendierte Freiheit unseres Willens, mit dem notwendigen Gang des Ganzen zusammenstößt.« Inzwischen ist diese uns eigentümliche Prätention geschrumpft. Und man begreift jetzt leicht, daß die Prätention auf Willensfreiheit um so heftiger erhoben wurde, je unfreier der Mensch in der Gesellschaft war. Man postulierte Willensfreiheit und leitete daraus auch das Recht auf gesellschaftliche Freiheit ab. Sicher war die Behauptung von der Willensfreiheit nicht bloß eine Kampfmeinung.

Für den gesellschaftlich Unterdrückten war sie auch eine Zuflucht. Sich überhaupt gegen Unterdrückung und Bevormundung wenden zu können, allein schon das eingeborene Bedürfnis nach angemessener, von der Gesellschaft zu verbürgender Freiheit, machte es nötig und möglich, die Freiheit des Willens zu behaupten. Wir nähern uns einem Zustand, der uns einsehen läßt, daß unsere gesellschaftliche Freiheit größer ist als unsere Willensfreiheit. Je freier wir als Glieder der Gesellschaft werden, je mehr Möglichkeit erscheint, desto mehr erfahren wir über unsere eigene Unfreiheit. Vielleicht stellt sich eines Tages heraus, daß sich ein Gefangener befreit hat. Ihm wird mehr Möglichkeit geboten als er gebrauchen kann. Also wäre Goethes Satz realistisch jetzt so zu fassen: die Stücke zeigen, wie die vermutbare Notwendigkeit unserer Handlungen zusammenstößt mit dem als Willkür erscheinenden Gang des Ganzen. Man kann ja kaum annehmen, daß ein Ganzes, das aus so vielen einander entgegengesetzten, aber gleichberechtigten Unfreiheiten besteht, etwas ergeben könnte, was nicht aussieht wie Willkür; selbst wenn es einer utopisch vollkommenen Einsicht sich als Gesetz erschließen müßte*. Das hat schöne Folgen für die Dramaturgie. Wie wir heute handeln, so möchten wir morgen lieber nicht gehandelt haben. Von jeweils neuer Gegenwart provoziert, entfaltet sich der widerspruchsvolle Reichtum unseres Charakters. Jeder erscheint als ein schwer überschaubares Ensemble von Eigenschaften, das niemals zusammen erklingt: Zeit und Welt rufen die Instrumente nacheinander ab. Unser Lieblingsinstrument wird vielleicht überhaupt nicht verlangt. Das spielen wir dann heimlich zu unserem Kummer. Der Zeitgenosse, der mit vielfach überlagertem Bewußtsein im Theater Platz nimmt, der interessiert wäre an sich selbst, würde sich selber sehen als eine Person, die sich nicht in zwei Abendstunden durch gewaltige Entscheidungen turnt. Da wird nicht mehr vorgetäuscht, Personen könnten sich wandeln, ändern usw. Den Reichtum eines Charakters wird man zeigen dadurch, daß man ihn sehr verschiedenen Situationen oder Provokationen aussetzt. Dafür ein Beispiel, das zur Zeit beobachtet werden kann: Wenn wir unsere jüngste Vergangenheit heute dargestellt sehen in Prozeßberichten, auf der Bühne, auf dem Bildschirm, dann fällt auf, daß der Prozeßbericht schaudernd und staunend eine ungeheure Frage formuliert, die dann auf der Bühne und auf dem Bildschirm in gut gemeintem moralischem Idealismus verschwiegen wird, die Frage nämlich: wie kann Herr Soundso, ehemals vielfacher Mörder, jetzt lammfromm in seiner Familie und Gemeinde dahinleben? Oder wie kann der Schriftsteller Soundso, der Professor Soundso, wie können sie jetzt ganz anders urteilen und schreiben als damals? Wie ist dieser Wandel möglich für ein ganzes Volk? Der Prozeßbericht bringt es lediglich zur Formulierung der Frage, zum erschütterten Staunen. Die Darstellungen aber retten sich gern aus der Gegenwart und sorgen dafür, daß die Fabel nicht über 1945 hinausreicht. Sie bewerten die sauber von der Gegenwart getrennten nationalsozialistischen Vorgänge nach heutigen Maßstäben. Das heißt: sie zeigen, wie man sich nach den Einsichten des Jahres 1964 im Jahre 1942 hätte benehmen

---

* Dieser Satz ist nach der Fassung in: Walser, Erfahrungen und Leseerfahrungen, ed. suhrkamp 109, Frankfurt/M. 1965, S. 86, zitiert, da hier der Erstdruck sinnentstellende Druckfehler aufweist.

sollen. Das ist so leicht wie sinnlos. Da sind die Moralen schnell gefunden. Ich glaube, jede realistische Darstellung des Dritten Reiches *muß* bis in unsere Zeit hineinreichen, sie *muß* die Charaktere den historischen Provokationen von damals aussetzen, zeigen, wie diese Charaktere damals handelten und wie sie heute handeln. Man kann nicht annehmen, ein Volk ändere sich, bessere sich gar, wie ein Schüler sich in Latein bessern kann. Wer im »Völkischen Beobachter« schrieb und heute wieder schreibt, nur jetzt ganz anders, das ist doch ein und derselbe Mann, aber er ist anderen Situationen ausgesetzt, er kann eine andere Seite seines Charakters zeigen, eine damals verschüttete, damals nicht gefragte oder sogar verbotene. Der jetzt allem enthobene Autor kann dann immer noch fragen, ob man sich, menschlich zu handeln, verbieten lassen darf oder kann. Aber wenig sinnvoll ist es, die blutige Epoche zur nachträglichen Befriedigung so darzustellen, daß eine wünschbare Handlungsweise sichtbar wird. Zeigen wir doch lieber, wie damals wirklich gehandelt wurde, und warum! *Und* zeigen wir, wie derselbe Mann heute handelt, und warum! Stücke sind doch eher dazu da, daß man in ihnen etwas über menschliches Handeln erfährt, als daß sie zeigen, wie die Geschichte hätte verlaufen sollen. Darzustellen, daß einer sich besonders schlecht benommen hat, ist auch nur halb wahr, wenn nicht gezeigt wird, daß er sich unter anderen Bedingungen besser bewährt. Soll ein »Impuls« ausgehen von der Darstellung, dann müssen die Bedingungen des Handelns realistisch gezeigt werden. Die Erfindung eines Wunschwertes täuscht eine Möglichkeit vor, die es nicht gab. Wir werden verführt, uns auf subjektive Glanzleistungen zu verlassen, und sollten doch empfindlich werden für die gesellschaftlichen Bedingungen, die uns zum Schlechteren oder Besseren provozieren. Ich finde nichts glaubwürdiger als etwa die Auskunft, daß einer jetzt nicht mehr begreift, was er damals tat, oder daß er es begreiflich zu machen versucht bloß durch Schilderung aller Umstände.

Die Entwicklung des Strafrechts übrigens zeigt heute, wie schwierig es ist, die realistische Auffassung vom Menschen gegen idealistische Traditionen durchzusetzen. In der Ästhetik des Dramas scheint das noch schwieriger zu sein. Dort spricht man von Schuld, hier immer noch vom Drama, von Katharsis, von Entscheidung, von idealistischen Formschablonen. Man trägt mit sich Normvorstellungen, an denen man messen kann, wann eine Bühnenfigur ein lebenswahrer Mensch ist usw. Wenn ich mir die Hersteller von ästhetischen und literaturkritischen Urteilen als Richter oder Ärzte vorstelle, dann sehe ich sie dem Dieb die rechte Hand abhacken, und den Apoplektischen lassen sie zur Ader. Gerade sie, die sich so wenig ändern, erwarten auf der Bühne eine quicke Veränderungsgymnastik. Und handelt einer in ähnlichen Situationen immer nur ähnlich, dann findet für ihre wechselbalghaften Vorstellungen vom Menschen überhaupt keine Handlung statt. Oder: zeigen wir etwa, wie die ehemaligen Träger des Klassen-Kampfes sich heute in einem glockenspielhaften (Tarif-)Zeremoniell umeinander herumdrehen, dann vermissen die Hohen Priester der Dramen-Tradition die Handlung. Nun findet in dieser Wirklichkeit tatsächlich nichts mehr statt, was die Handlung eines *Dramas* nähren könnte. Erfände man eine dramatische Handlung, verfälschte man also die gegenwärtige gesellschaftspolitische Lethargie um des Dramas willen, dann wären die Hohen Priester schon eher zufrieden. Noch zufriedener wären sie vielleicht, wenn man dieses Gesellschaftliche, das kein Drama mehr hergibt, erst gar nicht mehr auf die Bühne brächte und sich irgendwelchen Innenwelten zuwendete. Da darf es dann sogar absurd und handlungslos zugehen. Aber das Soziale selbst im Leerlauf zu sehen, wo doch vom sozialen Konflikt soviel Dramatisches schön lebte, das widerspricht der ästhetischen Erwartung zutiefst. Wahrscheinlich ist das der Ausdruck einer unbewußten politischen Zustimmung, die sich ästhetisch formuliert. Manchmal kommt es mir vor, eine so schöne Zusammenarbeit bei der Herstellung eines guten Gewissens habe bei uns selten geherrscht. Von der Universität bis in die Redaktionen, jeder leistet seinen höchst unabhängigen und höchst sublimen Beitrag, einen allgemeinen brüchigen Idealismus vor realistischen Anfechtungen in Schutz zu nehmen.

Man müßte jetzt politisch oder naturwissenschaftlich weitersprechen, um die herrschende ungeheuer bunte Idealismusfassade unserer Gesellschaft zu beschreiben. Hier soll aber lediglich von einem realistischen Theater gesprochen werden, von einem Realismus, der sich da und dort zeigt, der noch nicht wie ein Insekt beschrieben werden kann. Wir haben ihn noch nicht. Deshalb Realismus X. Aber vielleicht darf man sagen: jede Betrachtungsart, die durch Umgang mit der Tradition auch nur um ein einziges Vorurteil ärmer geworden ist, verdient, ein neuer Realismus genannt zu werden. Unser Realismus steuert das ideologische Minimum an. Wir nennen die Gesellschaft die beste, die die sozialen Fähigkeiten unserer Natur provoziert. Kant hat die Verfassung als die beste bezeichnet, die noch eine Gesellschaft von Teufeln dazu brächte, einander Gutes zu tun. Auf der realistischen Bühne können die zeitgenössischen Konditionierungen gezeigt werden. Der Zuschauer sieht, es geht um seine Sache, denn die Bühnenfigur hat, wie er, immer mehr Möglichkeiten, als sie in der jeweiligen Situation realisieren kann. Sie ist nicht willensfrei, sie kann nicht unbedingt entscheiden, aber sie ist doch reich. Die Gesellschaft selektiert diesen Reichtum, sie ruft ab, was sie braucht, sie befördert oder hemmt, macht uns zu Mördern und dann zu bewußtlosen Wirtschaftsbürgern, die vor der drohenden Konkurrenz die Vergangenheit wirklich vergessen können. Sicher ist jeder Charakter auch eine spezielle Fügung von Möglichkeiten, nicht jeder ist zu allem zu bringen, aber es darf angenommen werden, daß jeder reicher ist, als er weiß, sozusagen im Guten und im Bösen. Und was er für Entscheidung hält, ist ein euphemistischer Name dafür, daß ihm etwas Mögliches abverlangt wird.

Es gibt schon Beispiele, in denen lehrhaft deutlich dargestellt ist, auf welche Weise unser Handeln heute bloß eine Antwort ist auf Provokation. Becketts eingeengte Figuren sind fast schon die Darstellung der Darstellungsgesetze dieses Realismus, weniger seine Anwendung. Zuletzt sind uns diese eingeengten Figuren vorgeführt worden in beklemmenden Gefäßen, jede Figur geladen mit einer bestimmten Portion Text, der dann von außen abgerufen wird.

Ich glaube allerdings, daß Beckett die Gewalt dessen, was außer uns ist, übertreibt. So absolut ist die Umwelt (zu der ja auch jener deus absconditus gehört, denn leider bin ich mir näher als Gott) noch nicht, daß sie stumm erscheinen dürfte. Daß sie so stumm, so übermächtig erscheint als Scheinwerfer oder Wüste, das ist Parodie, realistische Parodie auf unsere Gefangenschaft in Freiheit. Parodie auf den Reichtum unseres Charakters, der durch Konditionierung, also durch Zurichtung und Abrichtung, zu einem Papagei wird.

Es hat sich herumgesprochen, daß wir in einer ausgeräumten Kirche leben. Aber ich frage mich: soll man die Leere der ausgeräumten Kirche gleich wieder verabsolutieren wie ehedem die darin erschienene Fülle? In Becketts parodistischer Chiffre tauchen nicht mehr auf die Ersatz- und Versatzstücke, mit der wir unsere leere Kirche inzwischen komisch vollgestopft haben. Von Gott verlassen, ist Beckett alles übrige wurscht. Gott, das war die wichtigste Konditionierung. Jetzt, da sie ihm fehlt, ist alles gleich gültig: die gesellschaftlich angebotene Freiheit und die Aufhebung dieser Freiheit dadurch, daß alle Freiheiten miteinander konkurrieren und einige brutal konkurrenzfähiger sind als andere. Man kann sich vorstellen, daß der Schmerz darüber, daß die Kirche leer ist, noch lange anhält. Wir werden uns immer daran erinnern, wenn wir Musik hören oder wenn wir die inflationistische Wendung unserer Entwicklung zur Freiheit zur Sprache bringen; diese Midaskurve unserer Entwicklung. Wir, die Gefangenen, denen alles zur Freiheit wird, und wir können nichts anfangen damit.

Bevor wir aber Beckett endgültig zum Kirchenvater der leeren Kirche und des neuen Realismus machen, sollten wir bedenken, daß er und die zwei anderen Realisten Adamov und Ionesco, daß diese drei unterschiedlichen Realisten eines gemeinsam haben: sie leben in der Fremde. Das mag sich ausgewirkt haben in ihrem Dialog und in der Verabsolutierung der Umwelt. Der Stoff kommt bei ihnen nicht mehr in der Muttersprache vor.

Auffallend ist, mit welchen Namen man diese drei Realisten überschüttet hat. Die Kritik, von Idealisten gemacht und immer noch im Bann einer historischen Abbildungsideologie, möchte den Realismus für immer auf sekundäre Merkmale reduzieren, auf Oberflächenähnlichkeit und eine eher dümmliche Art Psychologie. Realismus ist aber immer zuerst eine Auffassungsart und dann erst eine Art der Darstellung. Es ist natürlich, daß ein konservativer Idealismus Beckett lieber absurd und sonstwas nennt als realistisch. Dadurch kann man die ganze Produktion dieses Autors ins Subjektive und fast ins Beliebige abdrängen.

Zweifellos wird sich ein neuer Realismus nicht darin erschöpfen, diese drei Autoren nachzuplappern. Die parodistische Chiffre ist nicht das neue Evangelium. Die Umwelt kann immer noch erscheinen. Der Dialog ist immer noch möglich. Man muß den Unterliegenden nicht darauf beschränken, den Jargon des nicht auftretenden Siegers nachzuplappern. Die realistische Fabel kann ganz im engen Diesseits spielen, aber sie ist jetzt von aller Oberflächenähnlichkeit entbunden. Sie zeugt von einer Auffassung, die sich nicht in der Abbildung der Oberfläche als realistisch beweisen muß, sondern in der Beurteilung jenes »geheimen Punktes«, der zu jeder Zeit das Freiheitsschicksal markierte. Diese Beurteilung kann um ein Vorurteil ärmer sein, stoffnäher, und deshalb realistischer. Die realistische Fabel kann sich also freimütig wundern über die Wirklichkeit, zu deren Nachäffung man sie gern verpflichtete. Sie kann so tun, als sei sie erfunden. Sie kann deutlicher sein als jede wirkliche Begebenheit. »Wirklich«, dieses Wort heißt doch: vorhanden, existent, aber noch unangeschaut. »Realistisch« dagegen bezeichnet das Verhältnis des Anschauenden zu seinem Gegenstand. Der optimale Ausdruck dieses Verhältnisses grenzt an Wahrheit. Da die Wirklichkeit immer konservativ ist, also verbirgt, oder unterdrückt, was ihrer Erhaltung nicht dient, wirkt realistische Anschauungsweise von selbst kritisch. Deshalb nennen die konservativen Beobachter lieber das realistisch, was der erscheinenden Wirklichkeit ähnelt, was also in ihrem Dienst steht. Die von realistischer Anschauung zeugende Fabel läßt sich von der Wirklichkeit nichts vormachen, sie macht vielmehr der Wirklichkeit vor, wie die Wirklichkeit ist. Sie spielt mit der Wirklichkeit, bis die das Geständnis ablegt: das bin ich. Die realistische Fabel hat eine utopische Tendenz: sie möchte ein exaktes Bild liefern, sie möchte selber exakt sein. Also hat sie eine Tendenz zur Musik und zur Naturwissenschaft. Die Tendenz, Stoff und Formel des Stoffs zu sein. So lange als möglich wird sie sich des irdischen Jenseits enthalten. Kein exklusiver Erklärungsversuch der Welt soll ihr den Dialog zerstören. Die ringsum erscheinende Welt ist ihr Widerstand, den sie vorzieht jedem präparierten Abbildungsgelände. Ihre Exaktheit möchte sie aus den verschütteten Sachverhalten der nächsten Umgebung gewinnen, und ihr Musikalisches auch.

Weiter will ich die andeutende Schwärmerei über den Realismus nicht treiben. Selbstverständlich können gleichzeitig Darstellungen passieren – und heute beherrschen sie sogar das Feld –, die den Menschen lieber so zeigen, wie sie ihn gerne hätten, und nicht so, wie er ist. Das ist jedes schönen Namens würdig, bloß Realismus sollte man das nicht nennen. Die pseudowirklichen Figuren, die da in konfliktgeschwängerter Sphäre moralische Schaugymnastik machen, sich über Revolution und Politik und sonstwas meistens auf höchster oder niederster, nie aber auf wirklicher Ebene unterhalten, verdienten eher andere Namen. Meinem Eigensinn erscheinen sie als idealistische Marionetten.

Die Frage, die gestellt wird, ist allerdings überall dieselbe: wie kann man überhaupt leben, und dann auch noch mit anderen. Die Antworten – und da ist der Unterschied – werden in realistischen Stücken nicht auf den Schluß hin formuliert. Das sogenannte Positive erscheint nicht im realistischen Stück. Nicht als Gegenfigur und nicht als manipulierte Schlußkurve. Im realistischen Stück sind buchstäblich alle Figuren aus dem gleichen Stoff. Das Stück selber ist das Positive. Das Positive liegt nicht in Antworten, die privilegierte

Figuren geben könnten, sondern darin, daß unser momentanes Geschick gezeigt wird. Jetzt also, zum Beispiel, jene inflationalistische Wendung unseres Freiheitsschicksals: jeder von uns, mit dem Willen begabt, ein Fixstern zu sein, und in Wirklichkeit doch der Trabant streitender Systeme. Das ererbte Vokabular hat für dieses Verhältnis ein Wort bereit, das den Realismus heimlich begleiten wird: Tragikomödie.

ERWIN PISCATOR

## Vorwort zu ›Der Stellvertreter‹ von Rolf Hochhuth [1962]

I

Hochhuths Stück ›*Der Stellvertreter*‹ ist einer der wenigen wesentlichen Beiträge zur Bewältigung der Vergangenheit. Es nennt schonungslos die Dinge beim Namen; es zeigt, daß eine Geschichte, die mit dem Blut von Millionen Unschuldiger geschrieben wurde, niemals verjähren kann; es teilt den Schuldigen ihr Maß an Schuld zu; es erinnert alle Beteiligten daran, daß sie sich entscheiden konnten, und daß sie sich in der Tat entschieden haben, auch dann, wenn sie sich nicht entschieden.

›*Der Stellvertreter*‹ straft alle die Lügen, die meinen, ein historisches Drama als ein Drama der Entscheidungen sei nicht mehr möglich, da dem Menschen Entscheidungen an sich nicht mehr möglich seien in der Anonymität, in der Gesichtslosigkeit der gesellschaftlich-politischen Vorkehrungen und Zwänge, in der absurden Konstruktion des menschlichen Daseins, in welchem alles im vorhinein entschieden sei. Eine solche Theorie der Auslöschung geschichtlichen Handelns kommt allen denen entgegen, die sich heute vor der Wahrheit der Geschichte, vor der Wahrheit ihrer eigenen geschichtlichen Handlungen drücken möchten.

Dieses Stück ist ein Geschichts-Drama im Schillerschen Sinne. Es sieht, wie das Drama Schillers, den Menschen als Handelnden, der im Handeln »STELLVERTRETER« einer *Idee* ist: *frei* in der Erfüllung dieser Idee, frei in der Einsicht in die Notwendigkeit »kategori-

32

schen«, das heißt: sittlichen, menschenwürdigen Handelns. Von dieser Freiheit, die jeder besitzt, die jeder besaß auch unter dem Nazi-Regime, müssen wir ausgehen, wenn wir unsere Vergangenheit bewältigen wollen. Diese Freiheit leugnen, hieße auch: die Schuld leugnen, die jeder auf sich genommen hat, der seine Freiheit nicht dazu benutzte, sich *gegen* die Unmenschlichkeit zu entscheiden.

## II

Es gibt fast schon ein literarisches Genre von Stücken, die sich mit unserer jüngsten Vergangenheit befassen. Das beste, was man über den Großteil dieser meist in den dramaturgischen Büros verstaubenden Stücke sagen kann, ist: daß sie – alles in allem – gut gemeint sind. In vielen dieser Stücke haben sich die Autoren von ihren eigenen Erlebnissen befreit. Das ist – als eine Art Beichte – anzuerkennen. Aber es zeigt sich, daß das Leben allein keine Stücke schreibt, zumindest keine guten. Nur in seltenen Fällen ist die Sicht auf ein Einzel-Schicksal umfassend genug, daß es gleichnishaft, exemplarisch, »stellvertetend« für die Allgemeinheit sein könnte. Dazu dann die rein handwerklichen Unzulänglichkeiten ...

Hochhuth gibt kein Erlebnis; er gibt einen Stoff, der sich hinter verschlossenen Türen abgespielt hat, und dessen er nur durch langjährige, ausdauernde historische Recherchen habhaft werden konnte. Selbst in der so »stoffreichen« Geschichte der Nazi-Zeit ist dieser Stoff ungewöhnlich. Er konfrontiert die Gesellschaft – als Theater-Publikum – mit einem der radikalsten Konflikte aus der Geschichte nicht nur des Hitler-Regimes, sondern des Abendlandes überhaupt. Er provoziert die Beschäftigung mit einem Sachverhalt, der mehr als jeder andere bisher mit sorgfältig gehütetem Schweigen verhüllt wurde.

Als man mich im Frühjahr 1962 zum künstlerischen Leiter der Freien Volksbühne in Berlin wählte, hatte ich mir vorgenommen, gerade mit dem Instrument der Volksbühne, mit einem Volksbühnen-Spielplan, die allgemeine Vergeßlichkeit, das allgemeine Vergessen-Wollen in Dingen unserer jüngsten Geschichte aufzuhalten. Mitten in meinen Überlegungen, wie ich einen solchen Spielplan gestalten könne (Gerhart Hauptmanns ›Atriden-Tetralogie‹ – eine mythologisch verschlüsselte Beschwörung der Hitler-Barbarei – hatte ich als Ausgangspunkt gewählt), – mitten in meinen Überlegungen erreichte mich ein Telefonanruf von Herrn Ledig-Rowohlt:

er habe da von seinem Freund Karl Ludwig Leonhardt ein Stück vermittelt bekommen, das Erstlingswerk eines jungen deutschen Autors, mehr eigentlich als »nur« ein Stück ... es habe jeden, der es im Verlag gelesen habe, gewaltig aufgewühlt ... man wisse zwar nicht, wie das Stück, da es alle Dimensionen sprenge, auf die Bühne zu bringen sei ... aber – falls ich Lust und Zeit zu lesen hätte, wolle man es mir nicht vorenthalten ...

Man schickte mir das Stück zu, nicht im Manuskript, wie üblich, sondern im Umbruch, umbrochen aber nicht vom Rowohlt Verlag, sondern von einem Verlag, der sich nach der Drucklegung des Textes eingestehen mußte, er habe nicht den Mut zur Veröffentlichung ... Rowohlt aber, dem das Stück daraufhin angeboten wurde, hatte den Mut, hatte die Kühnheit – wie eh und je; er war entschlossen, das Stück herauszubringen.

Ungewöhnliche Umstände, bestürzend, erregend. Ein ungewöhnliches, bestürzendes, erregendes, großes und notwendiges Stück – ich fühlte es schon nach der Lektüre der ersten Seiten. Gewiß: das Thema – das Schicksal der Juden während des Faschismus – war an und für sich nicht neu. Wir kannten – beispielsweise – das ›Tagebuch der Anne Frank‹, hatten seine große Wirkung auf unser Gefühl gespürt, eine Wirkung, die selbst noch von der amerikanischen Dramatisierung des Buches ausgegangen war. Wir hatten gerade ›Andorra‹ auf der Bühne gesehen, ein wichtiges, »fälliges« Stück, wenngleich in den kritischen Urteilen – vielleicht nicht zu Unrecht – angemerkt worden war, es habe sich in der Konstruktion seiner Fabel verfangen und komme, trotz einiger aufgesetzter »epischer« Lichter, nicht aus dem Bereich des »Novellistischen« heraus.

Gerade aber die Überwindung des »Novellistischen«, des Unerhörten, Einmaligen, des »Sonderfalls« ist Hochhuths große Leistung. Sein Stück zielt nicht auf das »Interessante«, auf die Pointe, auf den *plot* – wie es das Kennzeichen des Novellistischen, des Storyhaften ist und wie es bei diesem ungewöhnlichen, »besonderen« Stoff gefährlich nahe lag – es zielt vielmehr auf eine objektivierende, die Totalität menschlichen Verhaltens untersuchende Geschichts-, nicht Geschichten-Schreibung. Hochhuth breitet wissenschaftlich erarbeitetes Material künstlerisch formuliert aus, er ordnet, er gliedert sein Material mit den Mitteln eines – ich sage das mit vollem Bewußtsein – bedeutenden Dramatikers.

Wenn ein Stück geeignet ist, zum Mittelpunkt eines Spielplans zu werden, der sich mit politisch-geschichtlichen Tatbeständen beschäftigen will: hier ist das Stück! Dieses Stückes wegen lohnt es sich, Theater zu machen; mit diesem Stück fällt dem Theater wieder eine Aufgabe zu, erhält es Wert und wird notwendig.

III

Das Epische im Drama, das epische Drama existiert nicht erst seit Brecht. Shakespeares Königsdramen sind im Grunde *ein* einziges episches Drama. Schiller nennt seine ›*Räuber*‹ einen »dramatischen Roman«, und wenn er beispielsweise Wallensteins Lager auf die Bühne bringt, so tut er das als Epiker (Historiker!), der auch das gewissermaßen »Peripherische«, das oft genug das Zentrale ist, der Nukleus, nicht unterschlagen will. Dazu gehört die legitime Mißachtung des angeblich »genormten« Dramen-Umfangs. Es ist doch vollkommen gleichgültig, wie lang ein Stück ist, wenn es ein gutes, ein notwendiges Stück ist. Nicht wie lang ein Publikum zuhören kann, ist entscheidend, sondern wieviel ein Autor dem Publikum zu sagen hat. Nach diesem einzig anwendbaren Maßstab ist der Umfang des ›*Stellvertreters*‹ völlig gerechtfertigt. Ein episches Stück, episch-wissenschaftlich, episch-dokumentarisch; ein Stück für ein episches, »politisches« Theater, für das ich seit mehr als dreißig Jahren kämpfe: ein »totales« Stück für ein »totales« Theater ...

Was ist damit gemeint?

Bereits der Expressionismus war von der Erkenntnis ausgegangen, daß die Realität unseres Jahrhunderts nicht mehr in »privaten« Situationen und Konflikten wiederzugeben sei; er strebte zu einer Ausweitung seiner Gegenstände ins »Typische«, gewissermaßen Allegorische (*der* Mann, *die* Frau etc.), wobei er nur zu Teilwahrheiten kam und ungenau, lyrisch in der Untersuchung historisch-politischer Vorgänge blieb. Der Expressionismus duzte alle Menschen, ohne sie zu kennen, was nach und nach phantastische, irreale Züge annahm. Mir hat man immer wieder Expressionismus vorgeworfen – unsinnigerweise, denn ich setzte da an, wo der Expressionismus zu Ende war. Mich hatten die Erfahrungen des Ersten Weltkrieges gelehrt, mit welcher Realität, mit welchen Realitäten ich zu rechnen hatte: politische, wirtschaftliche, gesellschaftliche Unterdrükkung; politischer, wirtschaftlicher, gesellschaftlicher Kampf. Theater galt mir als die Stätte, an der diese Realitäten unter die Lupe zu nehmen waren. Damals – in den zwanziger Jahren – gab es nur wenige Autoren: Toller, Brecht, Mehring und einige andere, die sich um die Einbeziehung dieser »neuen« Realitäten in ihre Stücke bemühten. Ihre Bemühungen reichten nicht immer aus. Was in den Stücken selbst nicht enthalten war, mußte ich hinzutun.

Durch Ausweitung und Veränderung der dramaturgischen Formen, durch Verwendung neuer technischer und inszenatorischer Mittel habe ich versucht, die Weitläufigkeit und Kompliziertheit, die Totalität unserer grundsätzlichen Lebensprobleme (die immer Konfliktstoffe sind, »Kriegsanlässe«, wenn man so will) auf dem Theater sichtbar zu machen. Mittel wie Projektionen, Filme, laufende Bänder, Kommentare etc. nannte ich, noch bevor Brecht *seinen* Begriff des »Epischen« formuliert hatte, epische Mittel. Sie durchsetzten die Aufführung mit wissenschaftlichem, dokumentarischem Material, analysierten, klärten auf.

Hochhuths Stück ›*Der Stellvertreter*‹ ist bereits in seiner literarischen Fixierung vollgültig episch. In den Dialog sind die äußerst wesentlichen Szenen- und Regie-Anweisungen, die Personen-Charakteristiken etc. eingeblendet als unauflöslicher Bestandteil des Stückes selbst. (Dazu gehört auch der dokumentarische Anhang.) Die Tatsachenfülle des Stoffes wird gehalten durch die versifizierte Sprache. Hochhuth selbst sagte mir, er habe des erdrückenden Materials nur Herr werden können durch die Umwandlung desselben in eine frei-rhythmische Sprache; so sei die Gefahr vermieden worden, »in einen stillosen dokumentarischen Naturalismus à la Wochenschau abgedrängt zu werden . . .« Dokumentarisches und Künstlerisches sind untrennbar ineinander übergegangen.

Natürlich ist es schwer, aus diesem »totalen« Stück eine Bühnenfassung herzustellen, ein Stück aus dem Stück zu schneiden, nicht weil es für das Theater zu groß, zu massig, sondern weil das Theater, weil die Sicht der Gesellschaft und ihre Einstellung zum Theater für dieses Stück zu begrenzt ist, zumindest noch im Augenblick. »Zu lang, um gut zu sein« – las ich jüngst als Schlagzeile über der Besprechung einer Aufführung, die dreieinhalb Stunden dauerte! Ich möchte lieber, was Hochhuths Stück betrifft, sagen: »Zu gut, um lang zu sein!« Trotzdem – wiewohl eine Aufführung an etwa zwei oder drei Abenden das einzig Angemessene wäre – werden Striche vorgenommen werden *müssen*, um das Publikum, wenn es schon nicht das ganze Stück will, mit den wesentlichen Teilen bekannt zu machen. (Vielleicht, daß ich die gestrichenen Szenen in Sonderveranstaltungen, Matineen etc. »nachliefere« . . .) Jedenfalls habe ich mit dem Rowohlt Verlag vereinbart, daß gleichzeitig mit der Berliner Uraufführung die Buchausgabe an die Öffentlichkeit gelangt als notwendige Unterstützung und Ergänzung.

Ich hoffe, daß Anklage *und* Verteidigung dieses Stückes, so wie sie die wenigen, die es bisher lasen, erreichten, *alle* erreichen; ich hoffe, daß der Wert einer solchen Arbeit nicht allein im Künstlerischen, im Formalen, im Ästhetischen wirksam ist, sondern zuerst und zuletzt in dem ins Leben Gesprochenen, ins Leben Eingreifenden; ich hoffe auf die verändernde Kraft dieses Stückes. Mein Anti-Schopenhauer'scher »verruchter« Optimismus ist – trotz natürlich erscheinender Abnutzung durch Resignation – immer noch stark genug, an eine Veränderung der Geschichte des Menschen durch *Erkenntnis* zu glauben, an eine friedliche Veränderung, und nicht an eine ungeistige, gewaltsame, die *Entwicklung* nurmehr als Entwicklung zur Katastrophe anerkennt. Aus einer objektiven Erkenntnis allein aber kann ein leidenschaftliches Bekenntnis zu den Werten entstehen, deren Neuformulierung Hochhuth in diesem Stück versucht. Dieser neue Autor Rolf Hochhuth erscheint mir nicht nur als ein guter Stücke-Schreiber und Dichter: er ist ein Bekenner! Die Entdeckung aber eines solchen Bekenners ist wohltuend und tröstlich in einer Welt des Schweigens, eines Schweigens, das leer ist, inhaltlos, nutzlos.

Berlin, den 6. November 1962

ROLF HOCHHUTH

## Soll das Theater die heutige Welt darstellen?
[1963]

### 1. Soll das Theater die heutige Welt darstellen?

Den heutigen Menschen soll es darstellen, ja – und soll damit, ohne diese Zielsetzung als grob verpflichtendes Engagement mißzuverstehen, ankämpfen gegen die bis zum Gähnen wiederholten Redensarten vom »Untergang des Individuums, als einer Kategorie der bürgerlichen Ära, in der durchorganisierten Industriegesellschaft« (Adorno).

Das Theater wäre am Ende, wenn es je zugäbe, daß der Mensch in der Masse kein Individuum mehr sei – eine unannehmbare Formel, so stereotyp sie uns auch seit Jahrzehnten von Schablonendenkern in jedem zweiten Feuilleton vorgebetet wird. Es ist so inhuman wie die per Fernschreiber verordneten Ermordungen selbst, zu ignorieren, daß der einzelne heute wie immer individuell *sein* Leid, *sein* Sterben ertragen muß, gerade auch dann, wenn er keine Wahl hat und keine Waffe, und wenn er nicht mehr allein stirbt, sondern gleichzeitig mit achthundert Menschen, die er nicht kennt, in der gleichen Gaskammer, wo er seinem Mörder sowenig ins Auge sehen kann wie der Städter dem Bomberpiloten – wie aber schließlich auch schon vor dreitausend Jahren der Galeerensklave dem Kapitän des Schiffes, das seines in den Grund gerammt hat. Natürlich kommt der Tod im technischen Zeitalter oft in anderer Gestalt als im Biedermeier. Und doch stirbt jeder Mensch als Individuum ›seinen‹ Tod im Sinne Rilkes, so wie er dazu verurteilt war, ›seinen‹ Partner zu lieben oder nicht zu lieben, sein Leben hinzuschleppen, sei es als Unternehmer oder als Ausgenommener, als Verwalter oder verwaltet. Ein Snob, der übersieht, daß auch die Fabrikarbeiterin und ihre Geschwister, die nie ein Buch lesen, mehr sind und bleiben als ein großgezogener Wurf aus der Mietskaserne, nämlich Menschen mit ganz persönlichen Konstellationen, der soll nicht lamentieren, wenn er selbst von jenen, die den Terror durch Megaphon anweisen, eines Tages der Anonymität und Numerierung überantwortet wird, weil die Schurken sich nur zu gern einreden ließen, ihre Opfer hätten kein Gesicht mehr, sie seien nur Stimmvieh und in geringerem Maße noch Einzelwesen als etwa die Städter des Mittelalters, denen nicht das Fernsehen, sondern der Pastor alltäglich in den Ohren lag. Ob das lähmendste Verbrechen, das Menschen je begingen, ob Auschwitz – oder ob eine Naturkatastrophe, die ganze Länder ersäuft, in einem Drama wenigstens erwähnt werden sollen, denn über die bloße Erwähnung solcher undarstellbaren Katastrophen kommt kein Stück, kommt kein Dichter hinaus – selbst diese Berührung des entsetzlichsten *Massen*schicksals in einem Drama kann nur geschehen unter dem ewig wahren ästhetischen Gesetz Schillers:

Ehret ihr immer das Ganze, ich kann nur einzelne achten,
Immer im einzelnen nur hab ich das Ganze erblickt.

[...]

*Das* ist doch die wesentliche Aufgabe des Dramas: darauf zu bestehen, daß der Mensch ein verantwortliches Wesen ist. Oder trug

Truman keine Verantwortung für die Vernichtung Hiroshimas? Das Atomzeitalter war angebrochen, gewiß. Ob der Präsident Truman hieß oder Smith, ob er ein Kleinbürger war oder der geborene Condottiere: er hatte dieses Zeitalter nicht heraufgeführt, selbst Roosevelt hätte dessen Anbruch nur verzögern – aber niemals verhindern können, würde er nicht auf Grund des Briefes von Szilard, der ihm mit Einsteins Unterschrift am 11. Oktober 1939 überreicht worden war, den Bau der Bombe angeordnet haben. Einstein selbst wurde nie müde, später zu beteuern, er habe »eigentlich nur als Briefkasten gedient« – mit solchen und ähnlichen Wendungen haben stets entscheidende einzelne ihre Mitwirkung an historischen Ereignissen zu bagatellisieren gesucht, haben sich Treiber als nur Getriebene kleingemacht. Und zweifellos trifft auf sehr viele zu, was einmal Burckhardt sagt: »Eitle und Ehrgeizige, wie Peter von Amiens und Konsorten am Anfang des ersten Kreuzzuges; sie hielten sich für Urheber und waren nur armselige Phänomene oder Symptome... Das bunte und stark geblähte Segel hält sich für die Ursache der Bewegung des Schiffes, während es doch nur den Wind auffängt, welcher jeden Augenblick sich drehen oder aufhören kann.« Und schrieb auch der Mathematiker Whitehead über jene Sitzung der *Royal Academic Society* am 6. November 1918, als zuerst die experimentelle Bestätigung der Einsteinschen Theorie vom »gekrümmten Raum« erfolgt ist: »Die Gesetze der Physik sind die Sprüche des Schicksals« – so ist doch dieses Schicksal: im Atomzeitalter und nicht im Rokoko, in Indien und nicht in Bolivien geboren zu sein, kein Notausgang zur Verantwortungsflucht: Nachweisbar hatten Truman und seine intellektuellen Hiwis von Stimson bis Oppenheimer *die absolute Freiheit,* zu entscheiden, ob sie den geschlagenen Japanern, genauer: deren Frauen und Kindern die zwei A-Bomben noch ›antun‹ – oder ob sie ihnen die ersparen wollten! Man lese doch nach in den Geheimakten der Potsdamer Konferenz, die zuerst Julius Epstein einsah (*Spiegel,* 22. März 1961), oder im Tagebuch des britischen Marschalls Lord Alanbrooke. Drei Männer oder fünf besaßen *die volle Freiheit* der Entscheidung – und entschieden sich für den Massenmord, der militärisch so zweckvoll war wie die Enthauptung eines Säuglings. Kriegsverbrecher *leben* geradezu von der Auffassung unserer Modephilosophen, nicht Menschen, sondern »anonyme Instanzen« machten Geschichte – und sprächen *sie* also frei von ihren Verbrechen!

[...]

2. Ist die heutige Welt auf dem Theater überhaupt darstellbar?

Nicht alle ihre Bereiche. Es gab aber stets unüberschreitbare Grenzen.
Klopstock, im 2. Gesang des Messias, bezeichnet die Hölle als das
Unbildsame: »Ewig unbildsam, unendlich lange Gefilde voll Jam-
mer.« Das bestätigt sich, wenn wir an Auschwitz denken – und auf
der Bühne nur seine Bahnsteige andeuten können, die vergleichs-
weise noch humane Vorhölle, deren Personal bekanntlich gute
Durchschnitts-Deutsche stellten. Man kann sagen: wo das Humane,
auch in reduzierter Form, nichts mehr zu suchen hat, hat auch das
Theater sein Recht verloren. Daher seine durchaus legitime Ohnmacht vor der technischen Welt, die völlig inhuman ist, schon
äußerlich betrachtet: ohne Gesicht, weil sie den Menschen, der einmal Maß aller Dinge war, aus ihren Bereichen verbannt hat. Weder
ein Geschwindigkeitsrekord noch industrielle Kapazität sind meßbar an menschlicher Kraft oder auch nur dem Verstande noch begreiflich; sowenig wie das unübersehbare Meer oder Naturkatastro-
phen oder das Schlachtfeld und seine Abfälle, die Verstümmelten
in ihren geschlossenen Baracken: inhumane Wüsten, deshalb auch
der Kunst verschlossen. (Man weiß schon von Schillers Kummer, die
Armee als Basis des Ganzen nicht zeigen zu können.)
   Manches können andere Gattungen leisten, die Epik vor allen,
was das Theater nur unzulänglich andeuten kann: die Liebe, zum
Beispiel. Ist ein Drama denkbar, das sie so gründlich auslotet wie
einige Kapitel in Musils ›Mann ohne Eigenschaften‹ oder in Flakes
›Fortunat‹ oder in Ludwig Marcuses ›Nachruf‹?


3. Ist sie noch oder wieder mit realistischen Mitteln darstellbar?

Realismus – bezeichnet man mit diesem Etikett die denkbar exak-
teste Darstellung der inneren und äußeren Situation des Menschen:
so kommt die Bühne, meine ich, heute sowenig wie jemals ohne
›realistische Mittel‹ aus. [...]
   Es ist mir oft geraten worden, mein Stück, da es manche Elemente des Realismus enthält, durch Versetzung seiner Fabel in eine
surrealistische Welt oder in eine absurde zu modernisieren. »Das
Absurdeste, was es gibt« aber ist – nicht das absurde Theater, sondern, laut Goethe, die Geschichte. Er nannte sie voller Ekel einen
»verworrenen Quark« und lehnte in höheren Jahren ab, sie über-

haupt zu betrachten. Und wahrhaftig, ihre Wirklichkeit, die bethlehemitische oder Nürnberger Kindermord-Gesetze immer wieder auf die Speisekarte des Tatmenschen setzt, läßt sich nicht steigern durch Verlagerung in eine absurde Welt. Ermächtigungsgesetz oder der Verkauf Alaskas, der 20. Juli oder der Verrat des Christentums an den Staat unter Konstantin, das war absurdes Welttheater. Trotzdem ist die Versuchung, ins Surrealistische auszuweichen, für den Anfänger fast zwingend, schon deshalb, weil er dann vor Schereien mit hochdotierten Feiglingen der Kulturindustrie sicher wäre, die ja seit Hitlers Ende noch niemals ein Produkt der Gegenstandslosen oder Absurden angeklagt haben, da es auch keinem ein Auge ausschlägt. Empören kann es den Konsumspießer, der längst seinen gegenstandslosen Kunstdruck von Neckermann oder Piper über sein ›Nierentischchen‹ gehängt hat, schon deshalb nicht mehr, weil eine ganze Landplage von genormten Meinungsverkäufern ihm eingedrillt hat, er mache sich durch Achselzucken gegenüber der sogenannten Moderne völlig unmöglich – etwa wie ein Bürger bei Andersen, der gewagt hätte, über des Kaisers neue Kleider zu lachen.

Und wer nicht den Papst auftreten läßt und nicht einen Krupp-Ingenieur, sondern vorsichtshalber und ›hintergründig‹ sagen würde: »Der Herr des Orakels« und: ein »Ephore der Heloten« – der dürfte nicht nur den Beifall der Würzburger Sonntagszeitung und der Arbeitgeberverbände, der Züricher *Weltwoche* und der CDU-Fraktion einstreichen, sondern er hätte auch noch eine metapherngesättigte – wie man gern sagt: dichterische Sprachvorlage übernehmen können, etwa aus dem ›*Turm*‹. Es ist kein Spaß, sich jahrelang damit zu plagen, aus Diplomaten-Rotwelsch und Tagesbefehlen, aus medizinischen Folterprotokollen und aus den Selbstgesprächen der Hoffnungslosen selber eine Sprache, einen Rhythmus herauszumendeln, Dialoge, die stellenweise dem stumpfsinnigen Vokabular der Fakten bewußt verhaftet bleiben und es ökonomisch einsetzen, ebenso wie das anheimelnde Platt im Munde eines Genickschuß-Spezialisten oder wie alttestamentliches Pathos im Monolog eines Geschändeten.

Auch wäre man dann dem Vorwurf entgangen, »nur eine Reportage« zu liefern, den der Verfasser eines historischen Dramas schon deshalb von jedem drittklassigen Feuilletonisten hinnehmen muß, weil er pedantisch Quellen studiert und Dokumente eingeblendet hat, ›Wirklichkeiten‹ also, die er – um Goethe noch einmal zur Hilfe zu holen – wahrhaftig für ›genialer‹ hält als jedes Genie.

(Wenn Reportage heute noch Bericht heißt, wie ich dem Lexikon immer geglaubt habe, so werde ich nie begreifen, wieso Reportage nicht mehr sein soll, was sie seit Herodot und Sophokles stets gewesen ist: ein nicht nur legitimes, sondern unentbehrliches Grundelement aller nicht-lyrischen Dichtung.)

Solche ›Wirklichkeiten‹ wie das Gutachten eines britischen Luftmarschalls über den Effekt von Flächenbränden in Wohnquartieren; wie Stalins Dialog mit Sikorski über das hokuspokushafte Verschwinden von achttausend polnischen Offizieren; wie der Orgasmus der Wiener beim Einzug ihres Hitler 1938 – und ihre Ernüchterung: sind das nicht Angstträume, Volksmärchen und Parabeln, schon als Rohmaterial so beklemmend wie alles, was wir bei Poe, Grimm und Kafka durchgeschwitzt haben?

[...]

Wer einen Rechtshüter der Hitlerzeit zeigen will, der elf Menschen köpfen ließ und 1950 als Oberregierungsrat Rentenanträge von Opfern des Faschismus begutachtet – eine absurde und deshalb typische Situation in unserer realen Welt –, der täte sicherlich gut daran, diesen Zeitgenossen samt seinen Träumen, Verdrängungen, Schwiegersöhnen, Haustieren und seinem Weihnachtsbaum mit geradezu fotografischer Perfidie zu modellieren, ohne ihn auch nur zu karikieren; die Komik wäre hier, wie meist, ein versöhnliches, also abschwächendes Surrogat. Denn wenn vor dieser Figur dem Betrachter nicht das Lachen vergeht; wenn er nicht so erschrickt, daß er sich das Auge ausreißen möchte; wenn er in diesem Rechtshüter nicht seinen Vorgesetzten, seinen Bruder, Vater oder sich selber erkennt: dann könnte man ebensogut einen Affen in der Manege zeigen.

ROLF HOCHHUTH

## Aus: Vorwort zu ›Guerillas‹
[1970]

Piscator hielt seinem Freund Brecht vor, politisch gemeinte Stücke in Zonen und Zeiten zu verräumen, deren Ferne keinen Vergleich mit den Zuständen der eigenen Umgebung provoziert: die Not der

Arbeitslosen vom Alexanderplatz – nach Chicago (wo die Johanna der Schlachthöfe keiner kennenlernte); das Dilemma des Wissenschaftlers – ins 16. Jahrhundert. Und es ist aufschlußreich, daß stets nur an politisch engagiertes Theater die immer schlau als ästhetisches Argument getarnte Forderung gestellt wird, das Darzustellende zu ›verfremden‹, bis es kostümballvergnügt daherkommt wie eine Parabel aus Sezuan. Neu ist das nicht. Bereits Exzellenz von Dalberg ließ 1781 die ›Räuber‹ nur unter der Bedingung auf seine Bretter, daß man die Handlung aus dem gegenwärtigen Jahrhundert wegschob ins Mittelalter. Gleichzeitig öffnete Kaiser Joseph in Wien und Prag nicht das Theater, wo man den Text versteht, sondern nur die Oper, wo man ihn zersingt, für die aufhetzende ›Hochzeit des Figaro‹. Verdis ›Opernball‹ wurde 1859 vom königlichen Zensor erst herausgelassen, nachdem das zeitgenössische politische Drama des Librettos – der Mord an Schwedens Gustav III. – ›verpflanzt‹ worden war in den noch heute Wilden Westen, nach Boston: nicht die Tötung eines Königs erlaubte man Verdi in Musik zu setzen, wohl aber die eines Gouverneurs. Und was in Kenntnis der Nazi-Zensur im okkupierten Paris Anouilh und Sartre aus ihren Tragödien machten, die sie dann ›Antigone‹ und ›Fliegen‹ nannten, ist noch in Erinnerung. Momentan ist es schick, solche Themen, die Stadtverordnete zur Nicht-Verlängerung der Intendanten-Verträge aufreizen könnten, zu ästhetisieren bis zur politischen Anästhesie. Dagegen können Stücke, die nicht struktursezierend sind, sondern die nur die Meinung derer, die Theaterkarten für 15 Mark kaufen, bestätigen, diesen Sperrsitz-Insassen und denen, die ihnen die ästhetischen Ansprüche formulieren, gar nicht kraß katastrophal und naturalistisch genug sein: seht, diese Rowdies da gehören doch mit Recht nach Whitechapel oder ins Zuchthaus, denn seit man ihnen auch den Samstag noch frei gibt, steinigen sie sogar Babies in Kinderwagen! Nichts, was Edward Bonds Meistergriff in ›Gerettet‹ auf die Bühne zwingt, ist annähernd so beklemmend wie die spontane Übereinstimmung aller Arbeitgeber im Parkett mit Bonds Zeichnung der ›Proleten‹. Und nichts seit Erfindung der Oper hat jemals die staatlich-wirtschaftlichen Zensoren derart erleichtert wie die Entdeckung der Kassenbesitzer des Broadways, daß nicht mehr, was der Kopf, sondern was die Unterwelt zwischen Nabel und Knie ›aussagt‹, die vitalsten und renditesichersten Vorstellungen garantiert. Denn was lenkte sicherer von Börse und Kampfgasen ab als der durch Öffentlichkeit ohnehin lendenlähmende Gemeinschaftsblick in einen Reigen hosenloser Schöße? Die Sex-›Revolution‹ ersetzt Ausbeutern, Polizisten und Zwangsrekrutierern die früher von den Kirchen geleistete Domestizierung der Massen; und Haschisch ist säkularisierter Weihrauch – wie der Beichtstuhl von gestern der Couch des Psychiaters entspricht. Selbst wöchentlich 980 Straßentote (Durchschnitt 1968) garantieren den USA nicht mehr, daß bei der flackernden Revolutionsstimmung das Auto neben seiner Funktion als profitabelstes Verschleißgut künftig seinen zweitwichtigsten gesellschaftlichen Zweck noch erfüllt: Aggressionen auf jene abzuleiten, die nur – sozial gesehen harmlos – im Straßenverkehr Vordermänner sind ...

Wie der Roman alle fünfzehn Jahre für tot erklärt wird, so auch das politische Drama, das es gibt, mit Pausen, seit der Salamis-Veteran Aischylos sein Zeitstück ›Die Perser‹ schrieb. Richtig an den neuerlichen Todesanzeigen ist aber zweifellos, daß politisches Theater nicht mehr sein kann – wenn es das jemals war –, was jetzt wieder auf der Straße praktiziert wird wie bisher nur im Film und auf der Bühne: der Versuch, die Realität abzubilden und einzuholen. Der Quirl, der Personen und Ereignisse in der Zentrifuge, die man subsumierend Geschichte nennt, zerlegt und vermatscht, mag die Machart von Wochenschauen bestimmen. Aber eine Bühne, die ihren Stil daraus entwickeln wollte, würde nicht viel mehr ›dokumentieren‹ als ihre eigene technische und räumliche Unzulänglichkeit. Wochenschauen unterhalten mit dem eingängigen Irrtum, der fotografierte Ausschnitt der Realität sei realistisch.

Um beim Beispiel zu bleiben: die für hundert Millionen Fernseher bestellte Ermordung des angeblichen John Kennedy-Erschießers Oswald sei aufschlußreicher als eine Fünf-Zeilen-Notiz ein Jahr später, vierzehn Personen könne man benennen, die zu Dallas Aussagen hätten machen können, gäbe es einen Prozeß, und wären die nicht gewaltsam oder mindestens sehr termingerecht gestorben. Kann man vierzehn *nennen*, wie viele starben dann wie diese vierzehn, die nur jene nennen könnten, die sie sterben machten? Es ist eine große Verbeugung vor der Geschichte-Schreibung, wenn man unterstellt, es sei ihr geglückt, von der Wirklichkeit – auch so ein Wort, das nur verbirgt, was es erhellen sollte – selbst der jüngeren Vergangenheit so viel sichtbar zu machen wie das Meer vom Eisberg zeigt, ein Siebentel.

Politisches Theater kann nicht die Aufgabe haben, die Wirklichkeit – die ja stets politisch ist – zu *reproduzieren*, sondern hat ihr entge-

44

genzutreten durch *Projektion* einer neuen. Und nur dort, wo es moralisch, anstatt politisch agitiert, trifft es den Zuschauer und bewahrt es seinen eigenen Raum, der nicht jener des Wahlredners ist. Mag es für den Film legitim sein, Geschichte zu reproduzieren – eine Aufgabe des Dramas ist, sie als *Idee* vorwegzunehmen, abstrahiert. Zu viele Stücke suchen Geschehnisse nachzuspielen; dies spielt eines vor. Es verhält sich zu einer Revolution wie zu einem fertigen Gebäude die früheste Skizze des Architekten.

HEINAR KIPPHARDT

Wahrheit wichtiger als Wirkung
[1964]

Ich kann das Unbehagen, in das eine historische Persönlichkeit gerät, wenn sie sich auf dem Theater dargestellt sieht, sehr wohl nachfühlen. Es ist für den historisch Beteiligten besonders schwer, aus dem Gestrüpp der tausend miteinander verfilzten Details der Wirklichkeit die objektive Distanz zu gewinnen, die gebraucht wird, um den innersten Kern und Sinn einer historischen Begebenheit von den umherspielenden Zufälligkeiten zu befreien, um sie der Zeitgenossenschaft als ein bedeutendes Exempel darzustellen.

Indem der Bühnenschriftsteller den Boden der Zeitgeschichte betritt, ist sein Geschäft diese Umwandlung, auch wenn er sich, wie ich, an alle wesentlichen historischen Tatsachen gebunden sieht. Wenn wir ihm dieses Recht bestreiten würden, dann würden wir der Bühne das Recht auf die Behandlung der Zeitgeschichte bestreiten.

Es ist aber natürlich die Pflicht des Bühnenschriftstellers, das Verhältnis des Stücks zu den Dokumenten genau zu beschreiben, damit niemand irregeführt wird und jedermann die Möglichkeit erhält, an Hand der historischen Dokumente zu überprüfen, ob der Schriftsteller mit seiner Arbeit die historische Wirklichkeit getroffen hat und ob er die für seine Zeitgenossenschaft wesentlichen Bedeutungen des historischen Falls zur Darstellung bringt oder nicht.

Ich habe mir bei meiner Arbeit Beschränkung auferlegt, alle im Stück erscheinenden Tatsachen der historischen Wirklichkeit zu ent-

nehmen. Meine Freiheiten liegen in der Auswahl, in der Anord-
nung, in der Formulierung und in der Konzentration des Stoffes.
Um die Form eines sowohl strengeren als auch umfassenderen Zeit-
dokuments zu erreichen, das mir für die Bühne wünschenswert
schien, waren einige Ergänzungen und Vertiefungen erforderlich.
Ich verfuhr dabei nach dem Prinzip sowenig wie möglich und soviel wie notwendig. Wenn die Wahrheit von einer Wirkung be-
droht schien, opferte ich eher die Wirkung. Ich stützte mich bei meiner Arbeit nicht nur auf das 3000 Maschinenseiten lange Protokoll
des historischen Hearings, sondern auch auf eine Fülle von anderen
Dokumenten und Beschreibungen zur Sache. Die für die Bühne un-
vermeidlichen Abweichungen in einzelnen Details beschrieb ich nach
meinem besten Wissen.
[...]


Gespräch mit PETER WEISS
[1965]


*Herr Weiss, zunächst herzlichen Dank, daß Sie bereit sind, sich mit
mir über aktuelle Fragen der Dramaturgie zu unterhalten. – Ich
hatte vor ungefähr fünf Jahren die Gelegenheit, mit Friedrich Dürrenmatt über das gleiche Problem zu diskutieren, und wir kamen
auch auf die Frage, ob das sogenannte historische Drama, das Ge-
schichtsdrama, noch eine Chance in unserer Zeit habe. Dürrenmatt
gab sich sehr skeptisch und äußerte damals unter anderem: »Das
historische Drama ist nur in einer naiven Zeit möglich gewesen.
Die erdichtete Welt, das ›Modell‹ in Parabelform, hat heute viel
größere Möglichkeiten, ›verpflichtend‹ zu sein, zu stören. Ja, nur sie
kann, als Umänderung der Wirklichkeit, die Veränderungen der
Wirklichkeit deutlich machen...« Und in seinem Buch* Theater-
probleme *schrieb er: »Cäsar ist für uns kein reiner Stoff mehr, sondern ein Cäsar, den die Wissenschaft zum Objekt ihrer Forschung
gemacht hat. Es ist nun einmal so, daß die Wissenschaft, indem sie
sich und immer heftiger nicht nur auf die Natur, sondern auch auf
den Geist und die Kunst stürzte, Geisteswissenschaft, Literaturwissenschaft, Philosophie und wer weiß was alles wurde, Fakten schuf,*

*die nicht mehr zu umgehen sind (denn es gibt keine bewußte Naivi-*
*tät, welche die Resultate der Wissenschaft umgehen könnte), dem*
*Künstler aber dadurch die Stoffe entzog, indem sie selber das tat,*
*was doch Aufgabe der Kunst gewesen wäre.« Er meinte: »Hätte*
*Shakespeare Mommsen gekannt, hätte er den Cäsar nicht geschrie-*
*ben, weil ihn in diesem Augenblick notwendigerweise die Souverä-*
*nität abhanden gekommen wäre, mit der er über seine Stoffe schrieb.«*
*Über einen wissenschaftlich geklärten und beschriebenen Stoff ein*
*Drama schreiben zu wollen, wäre nach Dürrenmatt »eine Tautolo-*
*gie, eine Wiederholung mit untauglichen Mitteln, eine Illustration*
*zu wissenschaftlichen Erkenntnissen: gerade das, was die Wissen-*
*schaft in ihr sieht«. Mir will das als eine ziemlich schroffe, um nicht*
*zu sagen zu schroffe Ausschließung der Möglichkeit erscheinen, histo-*
*rische Stoffe mit Bedeutung für unsere Gegenwart dramatisch zu*
*adaptieren. – Sie, Herr Weiss, haben den Gegenbeweis zu Dürren-*
*matts Ansicht mit Ihrem zweiaktigen Drama* Die Verfolgung und
Ermordung Jean Paul Marats, *dargestellt durch die Schauspiel-*
gruppe des Hospizes zu Charenton unter Anleitung des Herrn
de Sade *geliefert. Jetzt haben Sie den Bühnen ein Drama vorgelegt,*
Die Ermittlung, *das einen Vorgang von schrecklicher Bedeutung aus*
*der jüngsten Geschichte, die Massenvernichtung der Juden durch die*
*Nazis, zum Gegenstand hat. Vielleicht können Sie erläutern, wie Sie*
*mit diesem Thema fertig geworden sind; also, wie nach Ihrer Mei-*
*nung vergangene Geschichte für die Bühne der Gegenwart adaptiert*
*werden kann.*

Wenn ich geschichtliche Themen aufgreife, dann interessiert mich
vor allem daran die Bezogenheit zur Gegenwart. Beim *Marat*-Stück
gab es für mich in der Auseinandersetzung mit dem Stoff sehr starke
Anklänge, die aktuell sind und noch stärker aktuell waren, als ich
das Stück vor zwei Jahren schrieb; die ganze Problematik der Auseinandersetzung zwischen diesen beiden historischen Figuren des
Marat und des de Sade war eigentlich eine gegenwärtige Auseinandersetzung. Im neuen Auschwitz-Stück ist es ein ganz klar historischer Prozeß. Es ist die deutsche Geschichte, die im Drama lebendig
und aus heutiger Sicht beurteilt wird, es ist also auch nicht Schilderung der Vergangenheit, sondern Schilderung der Gegenwart, in der
die Vergangenheit wieder lebendig wird. Ich glaube, wenn ich mir
einen historischen Stoff suche, dann bemühe ich mich vor allem darum, ihn zu aktualisieren, in meine Gegenwart zu versetzen und
vielleicht auch zu revidieren. Ich habe auch Theaterpläne, indem ich

einen Stoff von Dante, die *Göttliche Komödie*, bearbeite, wobei es sich ausschließlich um eine Revidierung des Dante handelt. Ich glaube, da taugen die geschichtlichen Themen immer sehr gut als typische Grundlage für einen aktuellen Konflikt.

*Sie wollen sagen, daß Sie – zumindest bei Marat – die Geschichte als Medium für die Gegenwart genommen haben?*

Ja, um auch zu zeigen, wie die Ideen der Revolution, wenn sie in einer Gesellschaft auftauchen, die dieser Revolution entgegengesetzt ist, erdrückt werden, und wie die Diskussion verläuft zwischen dem Revolutionär, der die Gesellschaftsordnung, heute also die bürgerliche, verändern will und dem Repräsentanten dieser bürgerlichen Gesellschaftsordnung, der auch nicht einseitig, aber immerhin in dieser Gesellschaftsordnung völlig zu Hause ist.

*Vorwärtstreibend scheint mir die Frage zu sein, ob die Wissenschaft Ihnen genützt oder Sie behindert hat. Dürrenmatt zweifelt, ob man im »Zeitalter der Wissenschaft«, um eine Formulierung von Brecht zu gebrauchen, überhaupt noch historische Stoffe bearbeiten kann. Ihre Lösung hat nach meiner Meinung bewiesen, man kann es, allerdings, man muß zu neuen Formen greifen.*

Im *Marat* habe ich zu theatermäßig ganz modernen Formen gegriffen, in denen der geschichtliche Stoff ständig transponiert wird und ständig Einflüssen von verschiedenen Richtungen her ausgesetzt ist; die gegenwärtigen Aspekte dringen immer wieder ein. Aber ich glaube, daß im Grunde genommen die Art, wie auch Brecht mit geschichtlichen Stoffen gearbeitet hat, auf eine ganz aktuelle Aussage abzielt; denn Brecht schreibt ja nicht den *Coriolan*, um nur alte römische Geschichte darzustellen, sondern um eine moderne Welt darin widerzuspiegeln.

*Die Schwierigkeit scheint mir darin zu liegen, daß man mit dem »Komplex« Geschichte auf der Bühne fertig werden muß. Dabei sind nach meiner Meinung ganz bestimmte dramaturgische Mittel notwendig geworden. Das Marat-Stück ist vor allem deshalb interessant, weil es die »vierte Dimension«, die Zeit in einer neuen Form bewältigt. Sie arbeiten mit mehreren Brechungen der Zeit. Sie unterbrechen auch die »Zeit in der Zeit« wiederum. Das vermittelt dem Zuschauer eine ganz neue Durchdringung des Stoffs. Hier sehe ich eine exemplarische Lösung für das Herangehen an geschichtliche Stoffe.*

Das glaube ich auch, und das beschäftigt mich immer wieder: diese Zusammenhänge zwischen Themen, die schon früher ausgesprochen worden sind, mit Themen, die heute aktuell sind, so darzustellen, daß man eine Einheit der Geschichte sieht. Man sieht die Anlässe von Sachen, die sich vor langen Zeiten angebahnt haben, und man sieht, wie sie sich weiterentwickelt haben. Aus heutiger Sicht können wir also die Geschichte, die Vergangenheit, immer wieder kontrollieren, immer wieder revidieren. Das finde ich so sehr interessant. Wenn ich einen Stoff nehme, der ganz im Gegenwärtigen spielt, ist er oft sehr einseitig, denn ich habe nur die Welt, die ich gerade heute um mich herum habe, und das beschränkt mich. Natürlich ist aber auch das dramatisch sehr gut möglich.

*Ich weiß nicht, ob es »sehr gut« möglich ist. Der Stellvertreter von Hochhuth scheint mir eigentlich das Gegenteil zu beweisen. Hier haben Sie eine Fabel im alten Sinne, ein Theater, das Schillerschen Tenor besitzt, nicht nur Duktus in der Dramaturgie. Trotzdem wird gerade durch den Stellvertreter das Prinzip der Wahrscheinlichkeit, eines der ästhetischen Grundprinzipien der aristotelischen Dramatik, in sehr starkem Maß in Frage gestellt. Sie erinnern sich, daß Hochhuth in seinen geschichtlichen Anmerkungen selber sagte, es wäre an sich in der Wirklichkeit gar nicht möglich gewesen, den »protestierenden« Pater überhaupt vor den Papst kommen zu lassen. Damit er aber den klassischen »Helden« wiedergewinnt, für unsere Zeit rezipiert, muß er hier die Wirklichkeit beschönigen, die im Grunde viel härter war. Er selber gibt in seinem geschichtlichen Anhang praktische Beispiele, wie hart die Wirklichkeit dieses Papsttums ausgesehen hat. Hier, glaube ich, stößt die Dramaturgie notwendig auf Grenzen. Sie hat natürlich einen Vorteil, daß der klassische »Held« in einem gewissen Sinn erhalten bleibt, mit dem sich der Zuschauer in einem stärkeren Maß identifizieren, mit dem er seine Gefühle für die positive Haltung des Protestierenden, die moralische Verantwortung stärker teilen kann, als es bei »montierten« Stücken Ihrer Art möglich ist. Aber wenn man wirklich die Zusammenhänge herausarbeiten, die Simultaneität der Zeiten erfassen will, die sich in unserem Kopf in immer stärkerem Maß vollzieht, dann scheinen mir gewisse Prinzipien der alten Dramaturgie in Frage gestellt.*

Mir auch. Ich glaube, gerade wenn man einen umfassenden Stoff aufgreift für ein Drama, muß man vereinfachen, konzentrieren und dann die Wirklichkeit natürlich auch nach seinem dramatischen Schema ganz stark verändern. Das hat Hochhuth gemacht, und ich glaube, man kann gar nicht anders arbeiten, wenn man nicht völlig davon überzeugt ist, daß dieser Grundstoff, der in unserer heutigen

Welt so ungeheuer kompliziert ist, nur in geordneten, wenn Sie so wollen »montierten« Stücken dargestellt werden kann.

*Wenn Sie mir in diesem Zusammenhang ein Stück weiterzugehen erlauben. Ihr neues Stück,* Die Ermittlung *– Sie nennen es ein »Oratorium in 11 Bildern« –, besitzt praktisch keine Fabel im alten Sinne mehr. Es gibt dort das Dokument auf der Bühne, die Darstellung dieser ungeheuerlichen Fakten der Massenvernichtung. Und trotzdem bestehen auch dort neue Möglichkeiten der Identifizierung. Auch Sie haben, indem Sie scheinbar nichts anderes tun als Fakten auf der Bühne berichten zu lassen, gleichzeitig große Beispiele geschaffen für Heldentum, Heldentum in einem wirklichen Sinne, ohne den Beigeschmack des Pathetischen, Verlogenen, Falschen, der ja diesem Begriff in unserer Zeit sehr stark anhaftet. Gerade im Dokumentarischen offenbaren sich da ganz neue Möglichkeiten des Emotionalen, des Berührtseins dessen, der unten sitzt.*

Die Figuren auf der Bühne selbst sprechen scheinbar frei von Emotionen, sie machen nur ihre Aussagen, die direkt dem Wort entnommen sind, dem faktischen Wort, das in diesem Prozeß geäußert wurde. Aber der Inhalt dieser Worte ist so stark und enthält so viele gefühlsmäßige Werte, daß sich die natürlich auf den Zuhörer verpflanzen. Theater, in dem die Figuren auf der Bühne so sein müssen, daß der Zuhörer sich mit ihnen identifiziert, ist für mich fremd. Ich glaube, daß es viel stärker ist, wenn man die Figur, wie's Brecht beschrieben hat, auf der Bühne darstellt als Figur, die eine ganz bestimmte Aussage tut, und daß der Zuhörer diese Aussage entgegennimmt, bewertet, auch kritisiert.

*Und Sie verzichten auch völlig darauf, Charaktere im herkömmlichen Sinne abbilden zu wollen. Sie lassen Zeugen auftreten, die keinen Namen besitzen, stellvertretend für die vielen Vernichteten, die nicht mehr sprechen können, und nennen andererseits die Angeklagten bei ihrem Namen, aber auch diese »Benamung« ist im Grunde nur ein Zeichen für die Anonymisierung dieses Apparates. Das ist doch etwas ganz Neues, was es im Drama bisher nicht gegeben hat: daß die Charaktere sozusagen völlig »verschwinden« angesichts des ungeheuerlichen Vorgangs.*

Es ist hier die Schwierigkeit, aus großen Massen einzelne Stimmen herauszuheben und diese einzelnen Stimmen symbolisieren zu lassen, was Millionen geschah. Da muß man Mittel suchen, in denen das klar wird. Ich habe es so gemacht, daß die Zeugen keinen Namen haben, weil sie im Lager auch keinen hatten, nur Nummern waren, und habe diese Zeugen aus zahlreichen anonymen Stimmen zusammengesetzt. Die Angeklagten waren im Lager sehr stark an ihrem eigenen Namen haftend, und deshalb haben sie ihn auch heute noch.

*Das Eigentümliche liegt für mich eben darin, daß diese scheinbar reine Dokumentation doch ungeheuerliche Gefühlswerte beim Aufnehmen auslösen muß, und hier haben Sie einen sehr geschickten dramaturgischen Weg gefunden. Sie stellen der Schilderung der Massenvernichtung gleichzeitig Beispiele »individueller« Vernichtung gegenüber. Ich erinnere an den Gesang über Lili Tofler. In diesem Gesang tritt das Individuelle in seine Rechte und ist trotzdem gleichzeitig wiederum repräsentativ für das Schicksal von Tausenden, die sich ebenso heroisch benommen haben, auch auf die Gefahr des Vernichtetwerdens hin. Gerade hierin erweist das objektivierende dramatische Dokument seine ungeheure Kraft, auf heutige Menschen eine emotionale Wirkung auszuüben.*

Ja, das ist gerade so im Fall Lili Tofler, die hier als Einzelmensch erscheint in einem Gesang, in dem als Gegenspieler eigentlich die große Vernichtungsindustrie steht. Dieses Mädchen hatte einem Mithäftling, mit dem sie ein Liebes- oder jedenfalls ein Freundschaftsverhältnis hatte, einen Brief zugeschmuggelt; sie wurde deshalb zum Tode verurteilt. Dieses System um sie herum, das sie dann ausstößt und verleugnet, ihre Vorgesetzten, die sie plötzlich fallen lassen, und dann die Industrie, die um das Lager herum aufgebaut war und Lili Tofler beschäftigt hatte, ist eigentlich jetzt der Partner dieses ganz kleinen isolierten Einzelwesens. Dagegen bekommt Lili Tofler eine ganz starke, menschliche Qualität, gerade das Heroische oder sagen wir nur: das Anständig-Menschliche; sie hat eine Anständigkeit bewahrt in dieser Entmenschlichung. Sie verrät ihren Freund nicht, als sie an den Reihen der Mithäftlinge vorbeigeführt wird. Es wird nur ganz wenig darüber gesagt und auch nur von Zeugen, die das gesehen haben. Mit ganz kurzen, mangelhaften Worten wird das alles beschrieben, und da kommt dann ziemlich klar heraus, wie so ein einzelner Mensch plötzlich zwischen Hunderttausenden zermahlen wird.

*Den Gesichtspunkt der »Vernichtungsindustrie«, den Ihr neues Drama aufwirft, halte ich für die Dramatik, die sich mit der Bewältigung dieses ungeheuerlichen Geschehens auseinandersetzt, für wichtig. Sie sind meiner Meinung nach der erste, der nicht nur die Mitverantwortung der deutschen Industrie an diesem Verbrechen aus-*

spricht, wie das ja auch Hochhuth tut, sondern der den verallgemeinernden Schritt weitergeht und sagt: Dieses System der Vernichtung war im Prinzip nur die letzte Konsequenz des Systems der Ausbeutung.

Es ist natürlich wichtig, in so einem Stoff nicht nur die Tatsachen zu geben, auch die Ursprünge aufzuzeigen und Hinweise zu geben, wie diese Ursprünge sich weiterentwickeln und wohin sie führen, um einen geschichtlichen Rahmen zu erhalten. Und das läuft durch das ganze Stück als Faden: wie dieses System sich entwickelt hat, was es für Menschen erzeugte, mit welchen Mitteln diese Menschen auf der einen Seite zu den Henkern und auf der anderen Seite zu den Häftlingen geworden sind, und wie da manchmal die Grenzen zwischen diesen beiden Menschentypen verfließen, wie auch viele von den Häftlingen durch Not und Selbsterhaltungstrieb gezwungen werden, kleine Handlangerdienste zu leisten, um überhaupt zu überleben. Das ist die eine Seite. Dann gibt es natürlich auch wieder einzelne, die auf Grund einer politischen Überzeugung und Solidarität überlebten oder sich zumindest etwas länger am Leben erhalten konnten, während die Masse dieser Menschen ja überhaupt nicht wußte und auch nicht bis ins letzte verstand, was mit ihr geschah, und das ist das eigentlich Tragische. Das Furchtbare sind doch diese Menschenzüge, die da ankamen und sogar noch glaubten, sie würden irgendwo angesiedelt, um dann plötzlich in die Gaskammern zu kommen. Das alles ist drin, aber das alles, dieser riesige Stoff, will natürlich geordnet sein, und da muß ungeheuer stark geschnitten werden.

*Damit sind wir wieder beim Ausgangspunkt unseres Gesprächs: Wie kann man solche gewaltigen, für alle bedeutsamen, jeden berührenden Stoffe, die die Geschichte aufgeworfen hat, in eine Form bringen, die Komplexität ausdrückt und gleichzeitig den Menschen etwas besagt, auch vom Theatralischen her. Ich glaube, daß Sie eben mit Ihren beiden Dramen zwei zukunftsträchtige Formen wieder aufgenommen oder herausgearbeitet und vorbildlich gestaltet haben. Das eine ist das »totale« Theater, in dem alle Mittel Verwendung finden, die aus der Geschichte des Theaters und der Dramaturgie bekannt sind, und das andere ist die »reine Dokumentation«, das reine »epische Theater«, episch im Sinne von Bericht, im Sinne der Urform der klassischen Tragödie.*

Es sind natürlich jedesmal neue Versuche. Beim *Marat* ging es für mich darum Theaterformen überhaupt wieder neu zu entdecken. Ich war ziemlich lange der Ansicht, daß das Theater mir als Ausdrucksmittel nichts Neues geben könne. Ich glaubte, Film wäre das eigentliche Ausdrucksmittel für unsere Zeit und für meine Generation, daß wir uns dabei ganz unbeschränkt bewegen und damit alles aussagen können, während die Bühne nur noch ein ganz beschränkter Raum ist, in dem es nicht mehr gibt als diesen Kasten, auf dem die ganze Welt dargestellt werden muß. Dann kam ich aber auf diesen Umwegen über den Film doch wieder dazu, es mit dem Theater zu versuchen. Nach ein paar Vorübungen, Einaktern und so, kam dann dieser Stoff. Der Bühnenapparat dazu, die bühnentechnischen Mittel, die Bewegungen auf der Bühne, das Gestische, die Tänze, Chöre, Pantomimen – alles das war es eigentlich, was in mir selbst den Spaß am Theater wieder weckte. Das ist natürlich sehr entwicklungsfähig, nach dieser Richtung hin kann ich auch weiterarbeiten. Aber in der *Ermittlung* ist es ganz anders. Da ist überhaupt keine, jedenfalls kaum Bewegung auf der Bühne, der Raum ist eigentlich statisch, besteht aus großen statischen Gruppen, Chor und Gegenchor und Vorsänger, und da ist nichts vorhanden, was dem Regisseur die Möglichkeit gibt, theatralische Mittel einzusetzen. Dieses Stück baut nur auf der Dimension der Sprache auf, mit ganz geringen Bewegungen, indem Personen voreinander hintreten und zueinander sprechen, und das ist auch alles.

*Keines der Stücke, die das, was in diesen Lagern geschehen ist, zu gestalten versuchten, hat einen wirklich überzeugenden Beweis zu liefern vermocht, daß mittels der alten Dramaturgie, einer Fabel mit individuellen Verwicklungen, der Ungeheuerlichkeit des Vorgangs, der neuen Dimension in der Systematik der Vernichtung, beizukommen wäre. Ich muß nochmals auf den* Stellvertreter *von Hochhuth zurückkommen. Nehmen Sie die zweite Szene des fünften Aktes: dieser dämonisierte Doktor, das Weltanschauungsgespräch zwischen ihm und dem Pater Riccardo vor dem Feuerschein der Krematorien, schließlich die letzte Szene, das Zusammentreffen des Paters mit Carlotta, der römischen Jüdin, die Ermordung Carlottas und Riccardos – das hat alles melodramatische Züge, es steckt voller Unwahrscheinlichkeit. Um dieses System der Vernichtung auf die Bühne zu bringen, gibt es wahrscheinlich nur diese letzte Konsequenz, die Sie gezogen haben, nämlich »nur« berichten zu lassen und auf die Assoziations- und Konkretionsfähigkeit der Zuschauer zu vertrauen, daß damit die Ungeheuerlichkeit des Vorgangs rational und emotional bewältigt werden kann.*

Es ist vielleicht möglich, daß man das auch mit traditionellen Mitteln darstellen kann. Aber mir ist keine Lösung dafür eingefallen, und alles, was ich gesehen habe, auf dem Theater, im Film, der doch viel größere Möglichkeiten hat, das Lager authentisch darzustellen, hat mir da keinen Hinweis gegeben. Denn selbst im Film sind die Menschen, die KZ-Häftlinge darstellen, Menschen aus der heutigen Gesellschaft, und die sehen nicht so aus, wie diese Menschen ausgesehen haben. Es bleibt Spiel, und so wie man es vergleicht mit einem einzigen Bild aus einem wirklichen Dokumentarfilm aus jener Zeit, ist sofort ein solch ungeheurer Unterschied, daß es kaum noch miteinander zu vereinen ist.

*Dieser Überzeugung bin ich auch. Aber lassen Sie uns vielleicht noch über eine andere Frage diskutieren. Sie haben weitere Pläne, und die Dramatik ist ja insgesamt – möchte ich behaupten – in einer gewissen Krise. Die Krise führe ich darauf zurück, daß die gesellschaftliche Entwicklung große bedeutsame Konflikte aufzuweisen hat, die aber für die Dramatik schwer zu fassen sind, besonders auf dem Theater. Nehmen wir die weltweite Auseinandersetzung zwischen Kapitalismus und Sozialismus, die sich zuspitzt in solchen Krisen wie um Kuba. Viele wissen, an diesem Oktobertag des Jahres 1962 wird eigentlich auch über dein Leben entschieden. Millionen aber leben nur so dahin, sie haben keine Ahnung, was da geschieht, aber auch über ihnen hängt diese Gefahr eines neuen Weltkrieges, der höchstwahrscheinlich mit der Vernichtung eines großen Teils der Menschheit identisch wäre. Ich meine, das sind große Konflikte, die auf ganz neuer Stufe solche Konflikte wiederholen wie den Kampf zwischen England und Frankreich, den Shakespeare aufgegriffen hat. Wie kann man heute diese weltgeschichtlichen Prozesse auf dem Theater noch gestalten?*

Für mich ist das eigentlich das einzige, was Wert hat, auf der Bühne – übrigens auch in der Prosa dargestellt zu werden. Ich meine das nicht im beschränkten Sinne, daß man jetzt nur noch über den Konflikt Ost–West schreiben soll, sondern daß man in allem diesen Konflikt sehen muß. Besonders in den letzten Jahren habe ich immer mehr und mehr gelernt, daß alles, was ich schreibe, in diesem Konflikt eine Stellung ergreift. Deshalb wird man als Schreiber, wenn man überhaupt bewußt schreibt und nach der – gebrauchen wir das Wort – Wahrheit sucht, gezwungen, sich damit zu befassen. Ein Thema, das nur einen internen Konflikt hergibt, interessiert mich also überhaupt nicht. Ich finde, alles, was auf der Bühne dargestellt wird, die Ehegeschichten, die Liebesgeschichten und was überhaupt so die bürgerlichen Bühnen überschwemmt, das ist aus der Steinzeit – so ungefähr. Was heute wesentlich ist, das ist der Versuch, sich zurechtzufinden in dieser Masse von gegensätzlichen Strömungen. Man muß da irgendwo eine Spur finden, auf der man weitergehen kann, und man muß wissen, wohin man gehen will.

*Aber es scheint schwierig zu sein, Fabeln zu finden, die diesen großen Aspekt, diesen großen Horizont aufweisen. Das Schicksal der Bühne besteht nun einmal darin, daß dort in sehr starkem Maß das Individuum die Szene beherrscht. Wir wissen aber andererseits, daß das Individuum immer weniger die weltgeschichtliche Szene beherrscht, sondern dort eher große Kollektive, also »kollektive Helden«, in letzter Instanz entscheidend sind. Und hier eine Form zu finden, die der Bühne gerecht wird und gleichzeitig diese neue Dimension zur Anschauung bringt, das scheint den Dramatikern eine große Schwierigkeit zu bereiten.*

Was Sie mit der »Fabel« meinen, verstehe ich nicht recht. Für mich ist da ein Geschehnis auf der Bühne, das braucht gar keine Fabel zu haben, sondern das kann auch ein Zustand sein. Es braucht nicht von einem Punkt auszugehen und sich zu einem ganz bestimmten Ziel, zu einem Ende hin zu entwickeln. Ich brauche den Stoff, den ich allgemein vor mir sehe; das gilt nicht nur für die Bühne, sondern auch für die Bücher, die ich schreibe. Das ist ein Ausschnitt aus einem riesenhaften Gebilde, ein Zustand, und innerhalb dieses Zustands befasse ich mich mit bestimmten Auseinandersetzungen, mit Figuren; es brauchen auch gar keine individuell ausgeformten zu sein, sondern sie können Sprachrohre sein für bestimmte Anschauungen. Und ich glaube, es gibt heute auch wieder die Möglichkeit, ein Welttheater zu machen im Sinne des umfassenden Blicks, indem man versucht, diese großen Bestrebungen auf die Bühne zu bringen, die heute aktuell sind, diese heutige Auseinandersetzung aufzugreifen und sich darin zurechtzufinden. Es ist klar, der Vereinfachung wegen kann man auch ein kleines Einzelschicksal herausnehmen und sagen: In diesem Einzelschicksal symbolisiert sich jetzt die ganze Welt in einem einfachen Konflikt, ob der nun im Beruf oder im persönlichen Verhalten liegt. Das kann vielleicht auch genügen und zu sehr großen Konsequenzen führen. Aber zur Zeit habe ich mehr den Wunsch, die Welt in größerem Sinn darzustellen und dann aus diesen großen Zügen, die es da gibt, einzelne Fragen herauszugreifen und sie gegeneinander zu stellen. Ich kann mir auch ein

Drama denken, in dem nur Ideen zur Sprache kommen und nur Kräfte gegeneinander stehen als Gruppen und Chöre. Es braucht ja gar nicht alles immer ein naturalistisch-individualistisches Theater zu sein.

*In Verallgemeinerung gesprochen: Sie geben dem »dramatischen Poem« eine große Chance, gerade um solche weltbedeutsamen Konflikte zur Darstellung zu bringen?*

Das glaube ich sehr ...

*... so wie es Majakovskij mit* Mysterium Buffo *versucht hat. Oder, anders, Johannes R. Becher mit dem* Großen Plan. *Ich glaube, bei der Aufführung in Berlin wurde viel zuwenig analysiert, welche Möglichkeiten gerade diese Form des »dramatischen Poems« hat, weltumfassende Konflikte darzustellen.*

Brecht hat ja auch gerade in der letzten Zeit seines Lebens darüber gesprochen, daß er versuchen möchte, große Gruppen auf die Bühne zu bringen, kollektive Massen darzustellen. Man muß irgend etwas finden, um diese Massen auf der Welt darzustellen, diese enormen Schübe, die von allen Seiten aufeinander eindringen.

*Damit ist auch das Problem des Helden, der welthistorischen Persönlichkeit, neu gestellt; denn wir alle wissen, daß die Menschen, die heute Kollektive repräsentieren, eben doch in einem sehr starken Maß aufgehört haben, ihre Individualität zur Geltung zu bringen. Sie sind im Grunde doch sehr stark funktionalisiert, und das schafft, glaube ich, auch ganz neue Probleme der Darstellung. Charaktere, wie sie etwa seinerzeit Shakespeare mit welthistorischen Persönlichkeiten verbunden hat oder wie wir sie heute zu verbinden gewohnt sind, wenn wir von diesen Figuren reden, können heute wahrscheinlich nicht mehr in derselben Form gestaltet werden.*

Nein, man kann das nicht, ob man nun vom sozialistischen Staat ausgeht oder ob man ein Thema aus der kapitalistischen Gesellschaft nimmt. Wenn man den Vorsitzenden eines Aufsichtsrats nimmt, dann ist das auch nicht mehr ein König im alten Sinne, sondern der hat seine Konzerne und seine ganzen riesenhaften Gruppierungen um sich herum; eine Einzelfigur ist da auch ständig nur ein Sprachrohr für eine ganz große, umfassende Lebensweise.

*Vielleicht darf man zusammenfassend folgern, daß zur Darstellung geschichtlicher Prozesse, die für uns von Bedeutung sind oder sein sollten, starke dramaturgische Verkürzungen nötig sind und daß dazu demonstrative Formen, wie Sie sie zu Ihrem* Marat-*Stück angewendet haben, oder eine reine »Episierung«, wie in Ihrem*

*Oratorium* Die Ermittlung, *sehr geeignet sind. Ich danke Ihnen sehr*
*für dieses Gespräch, Herr Weiss.*
*(Das Gespräch führte Ernst Schumacher.)*


PETER WEISS

Notizen zum dokumentarischen Theater
[1968]


Das realistische Zeittheater, das seit der Proletkultbewegung, dem
Agitprop, den Experimenten Piscators und den Lehrstücken von
Brecht zahlreiche Formen durchlaufen hat, ist heute unter verschiedenen Bezeichnungen zu finden, wie Politisches Theater, Dokumen-
tar-Theater, Theater des Protests, Anti-Theater usw. Ausgehend
von der Schwierigkeit, eine Klassifizierung zu finden für die unterschiedlichen Ausdrucksweisen dieser Dramatik, wird hier der Versuch unternommen, eine ihrer Spielarten zu behandeln, diejenige
die sich ausschließlich mit der Dokumentation eines Stoffes befaßt,
und deshalb Dokumentarisches Theater genannt werden kann.


1

Das dokumentarische Theater ist ein Theater der Berichterstattung.
Protokolle, Akten, Briefe, statistische Tabellen, Börsenmeldungen,
Abschlußberichte von Bankunternehmen und Industriegesellschaf-
ten, Regierungserklärungen, Ansprachen, Interviews, Äußerungen,
bekannter Persönlichkeiten, Zeitungs- und Rundfunkreportagen,
Fotos, Journalfilme und andere Zeugnisse der Gegenwart, bilden die
Grundlage der Aufführung. Das dokumentarische Theater enthält
sich jeder Erfindung, es übernimmt authentisches Material und gibt
dies, im Inhalt unverändert, in der Form bearbeitet, von der Bühne
aus wieder. Im Unterschied zum ungeordneten Charakter des Nach-
richtenmaterials, das täglich von allen Seiten auf uns eindringt, wird
auf der Bühne eine Auswahl gezeigt, die sich auf ein bestimmtes, zumeist soziales oder politisches Thema konzentriert. Diese kritische
Auswahl, und das Prinzip, nach dem die Ausschnitte der Realität
montiert werden, ergeben die Qualität der dokumentarischen Dramatik.

Das dokumentarische Theater ist Bestandteil des öffentlichen Lebens, wie es uns durch die Massenmedien nahe gebracht wird. Die Arbeit des dokumentarischen Theaters wird hierbei durch eine Kritik verschiedener Grade bestimmt.

a) Kritik an der Verschleierung. Werden die Meldungen in Presse, Rundfunk und Fernsehen nach Gesichtspunkten dominierender Interessengruppen gelenkt? Was wird uns vorenthalten? Wem dienen die Ausschließungen? Welchen Kreisen gelangt es zum Vorteil, wenn bestimmte soziale Erscheinungen vertuscht, modifiziert, idealisiert werden?

b) Kritik an Wirklichkeitsfälschungen. Warum wird eine historische Person, eine Periode oder Epoche aus dem Bewußtsein gestrichen? Wer stärkt seine eigene Position durch die Eliminierung historischer Fakten? Wer zieht Gewinn aus einer bewußten Verunstaltung einschneidender und bedeutungsvoller Vorgänge? Welchen Schichten in der Gesellschaft ist am Verbergen der Vergangenheit gelegen? Wie äußern sich die Fälschungen, die betrieben werden? Wie werden sie aufgenommen?

c) Kritik an Lügen. Welches sind die Auswirkungen eines geschichtlichen Betrugs? Wie zeigt sich eine gegenwärtige Situation, die auf Lügen aufgebaut ist? Mit welchen Schwierigkeiten muß bei der Wahrheitsfindung gerechnet werden? Welche einflußreichen Organe, welche Machtgruppen werden alles tun, um die Kenntnis der Wahrheit zu verhindern?

3

Obgleich die Kommunikationsmittel ein Höchstmaß von Ausbreitung erreicht haben und uns Neuigkeiten aus allen Teilen der Welt zukommen lassen, bleiben uns doch die wichtigsten Ereignisse, die unsere Gegenwart und Zukunft prägen, in ihren Anlässen und Zusammenhängen verborgen. Die Materialien der Verantwortlichen, die uns Aufschluß geben können über Tätigkeiten, von denen wir nur die Ergebnisse sehen, werden uns unzugänglich gemacht. Das dokumentarische Theater, das sich z. B. befassen will mit der Ermordung Lumumbas, Kennedys, Che Guevaras, mit dem Massaker in Indonesien, den internen Absprachen während der Genfer Indochina-Verhandlungen, des letzten Konflikts im Mittleren Osten und den Vorbereitungen der Regierung der Vereinigten Staaten zur

Kriegsführung in Vietnam, sieht sich zunächst dem künstlichen Dunkel gegenüber, unter dem die Machthabenden ihre Manipulationen verheimlichen.

4

Das dokumentarische Theater, das sich gegen jene Gruppen richtet, denen an einer Politik der Verdunkelung und Verblindung gelegen ist, das sich gegen die Tendenz von Massenmedien richtet, die Bevölkerung in einem Vakuum von Betäubung und Verdummung niederzuhalten, befindet sich in der gleichen Ausgangssituation wie jeder Bürger des Staates, der seine eigenen Erkundigungen einziehen will, dem dabei die Hände gebunden sind, und der schließlich zum einzigen Mittel greift, das ihm noch bleibt: zum Mittel des öffentlichen Protests. Wie die spontane Versammlung im Freien, mit Plakaten, Spruchbändern und Sprechchören, so stellt das dokumentarische Theater eine Reaktion dar auf gegenwärtige Zustände, mit der Forderung, diese zu klären.

5

Die Kundgebung auf offener Straße, das Verteilen von Flugblättern, das Vorgehen in Reihen, das Eindringen in ein breites Publikum, dies sind konkrete Aktionen von direkter Wirksamkeit. In ihrer Improvisation sind sie von starker Dramatik, ihr Verlauf ist nicht abzusehen, in jedem Augenblick können sie sich verschärfen im Zusammenstoß mit den Ordnungsmächten, und somit den gewaltsamen Widerspruch in den gesellschaftlichen Verhältnissen kennzeichnen. Das dokumentarische Theater, das eine Zusammenfassung des latenten Zeitstoffes wiedergibt, versucht, die Aktualität in seiner Ausdrucksform beizubehalten. Doch schon beim Komponieren des Materials zu einer geschlossenen Aufführung, festgesetzt auf einen bestimmten Zeitpunkt und auf einen begrenzten Raum mit Agierenden und Zuschauern, werden dem dokumentarischen Theater andere Bedingungen gestellt als die, die für das unmittelbare politische Eingreifen gelten. Die Bühne des dokumentarischen Theaters zeigt nicht mehr augenblickliche Wirklichkeit, sondern das Abbild von einem Stück Wirklichkeit, herausgerissen aus der lebendigen Kontinuität.

6

Das dokumentarische Theater, soweit es nicht selbst die Form des
Schauspiels auf offener Straße wählt, kann sich nicht messen mit
dem Wirklichkeitsgehalt einer authentischen politischen Manifesta-
tion. Es reicht nie an die dynamischen Meinungsäußerungen heran,
die sich auf der Bühne der Öffentlichkeit abspielen. Es kann vom
Theaterraum her die Autoritäten in Staat und Verwaltung nicht in
der gleichen Weise herausfordern, wie es der Fall ist beim Marsch
auf Regierungsgebäude und wirtschaftliche und militärische Zentren.
Selbst wenn es versucht, sich von dem Rahmen zu befreien, der es als
künstlerisches Medium festlegt, selbst wenn es sich lossagt von ästhetischen Kategorien, wenn es nichts Fertiges sein will, sondern nur
Stellungnahme und Kampfhandlung, wenn es sich den Anschein
gibt, im Augenblick zu entstehen und unvorbereitet zu handeln, so
wird es doch zu einem Kunstprodukt, und es muß zum Kunstprodukt werden, wenn es Berechtigung haben will.


7

Denn ein dokumentarisches Theater, das in erster Hand politisches
Forum sein will, und auf künstlerische Leistung verzichtet, stellt sich
selbst in Frage. In einem solchen Fall wäre die praktische politische
Handlung in der Außenwelt effektiver. Erst wenn es durch seine
sondierende, kontrollierende, kritisierende Tätigkeit erfahrenen
Wirklichkeitsstoff zum künstlerischen Mittel umfunktioniert hat,
kann es volle Gültigkeit in der Auseinandersetzung mit der Realität gewinnen. Auf einer solchen Bühne kann das dramatische Werk
zu einem Instrument politischer Meinungsbildung werden. Was jedoch unter den besonderen, sich von herkömmlichen Kunstbegriffen
unterscheidenden Ausdrucksformen des dokumentarischen Theaters
zu verstehen ist, muß erörtert werden.


8

Die Stärke des dokumentarischen Theaters liegt darin, daß es aus
den Fragmenten der Wirklichkeit ein verwendbares Muster, ein
Modell der aktuellen Vorgänge, zusammenzustellen vermag. Es befindet sich nicht im Zentrum des Ereignisses, sondern nimmt die Stellung des Beobachtenden und Analysierenden ein. Mit seiner Schnitt-
technik hebt es deutlich Einzelheiten aus dem chaotischen Material

der äußeren Realität hervor. Durch die Konfrontierung gegensätzlicher Details macht es aufmerksam auf einen bestehenden Konflikt, den es dann, anhand seiner gesammelten Unterlagen, zu einem Lösungsvorschlag, einem Appell oder einer grundsätzlichen Frage bringt. Was bei der offenen Improvisation, beim politisch gefärbten Happening, zur diffusen Spannung, zur emotionalen Anteilnahme und zur Illusion eines Engagements am Zeitgeschehen führt, wird im dokumentarischen Theater aufmerksam, bewußt und reflektierend behandelt.


9

Das dokumentarische Theater legt Fakten zur Begutachtung vor. Es zeigt die verschiedenartige Aufnahme von Vorgängen, Äußerungen. Es zeigt die Beweggründe der Aufnahme. Einer Seite gereicht das Ereignis zum Vorteil. Eine andere Seite wird davon geschädigt. Die Parteien stehen einander gegenüber. Das Abhängigkeitsverhältnis zwischen ihnen wird beleuchtet. Die Bestechungen und Erpressungen werden geschildert, mit denen das Abhängigkeitsverhältnis aufrecht erhalten werden soll. Die Verluste erscheinen neben den Gewinnposten. Die Gewinnenden verteidigen sich. Sie stellen sich vor als Erhalter der Ordnung. Sie zeigen, wie sie ihren Besitz verwalten. Im Kontrast zu ihnen die Verlierenden. Die Verräter in den Reihen der Verlierenden, die eigene Aufstiegsmöglichkeiten erhoffen. Die andern, die sich bemühen, nicht noch mehr zu verlieren. Ein ständiges Aneinanderstoßen von Ungleichheiten. Einblicke in Ungleichheiten so konkretisiert, daß sie unerträglich werden. Ungerechtigkeiten so überzeugend, daß sie nach sofortigem Eingreifen verlangen. Situationen so verbogen, daß sie nur mit Gewalt verändert werden können. Kontroversielle Ansichten über denselben Gegenstand kommen zur Sprache. Behauptungen werden mit tatsächlichen Zuständen verglichen. Auf Beteuerungen, Versprechungen folgen Handlungen, die im Widerspruch dazu stehen. Resultate von Handlungen, in versteckten Planungszentren in die Wege geleitet, werden untersucht. Wessen Stellung wurde damit befestigt, wer wurde davon betroffen? Das Stillschweigen, die Ausflüchte der Beteiligten werden dokumentiert. Indizien werden vorgelegt. Schlußfolgerungen werden gezogen aus einem kenntlichen Muster. Authentische Personen werden als Repräsentanten bestimmter gesellschaftlicher Interessen gekennzeichnet. Nicht individuelle Konflikte werden dargestellt, sondern sozial-ökonomisch bedingte Verhaltensweisen. Das dokumentarische Theater, dem es, im Gegensatz zur schnell verbrauchten äußeren Konstellation, um das Beispielhafte geht, arbeitet nicht mit Bühnencharakteren und Milieuzeichnungen, sondern mit Gruppen, Kraftfeldern, Tendenzen.

10

Das dokumentarische Theater ist parteilich. Viele seiner Themen können zu nichts anderem als zu einer Verurteilung geführt werden. Für ein solches Theater ist Objektivität unter Umständen ein Begriff, der einer Machtgruppe zur Entschuldigung ihrer Taten dient. Der Ruf nach Mäßigkeit und Verständnis wird als ein Ruf derer gezeigt, die ihre Vorteile nicht verlieren möchten. Die Angriffshandlungen der portugiesischen Kolonisatoren gegen Angola und Moçambique, das Vorgehen der Südafrikanischen Republik gegen die afrikanische Bevölkerung, die Aggressionen der Vereinigten Staaten von Amerika gegen Cuba, die Dominikanische Republik und Vietnam können nur als einseitige Verbrechen aufgezeigt werden. Bei der Schilderung von Raubzug und Völkermord ist die Technik einer Schwarz/Weiß-Zeichnung berechtigt, ohne jegliche versöhnliche Züge auf seiten der Gewalttäter, mit jeder nur möglichen Solidarität für die Seite der Ausgeplünderten.

11

Das dokumentarische Theater kann die Form eines Tribunals annehmen. Auch hier hat es nicht Anspruch darauf, der Authentizität eines Gerichtshofs von Nürnberg, eines Auschwitzprozesses in Frankfurt, eines Verhörs im amerikanischen Senat, einer Sitzung des Russell-Tribunals nahezukommen, doch kann es die im wirklichen Verhandlungsraum zur Sprache gekommenen Fragen und Angriffspunkte zu einer neuartigen Aussage bringen. Es kann, durch den Abstand, den es gewonnen hat, die Auseinandersetzung von Gesichtspunkten her nachvollziehen, die sich im ursprünglichen Fall nicht stellten. Die auftretenden Figuren werden in einen geschichtlichen Zusammenhang versetzt. Gleichzeitig mit der Darlegung ihrer Handlungen wird die Entwicklung gezeigt, deren Ausschlag sie sind, und es wird aufmerksam gemacht auf noch bestehende Folgeerscheinungen. Anhand ihrer Tätigkeiten wird der Mechanismus demonstriert, der weiterhin in die Wirklichkeit eingreift. Alles Unwesentliche, alle Abschweifungen können weggeschnitten werden zugunsten der eigentlichen Problemstellung. Verloren gehen die Überraschungsmomente, das Lokalkolorit, das Sensationelle, gewonnen wird das Allgemeingültige. Auch kann das dokumentarische Theater das Publikum in die Verhandlungen einbeziehen, wie es im wirklichen Prozeßsaal nicht möglich ist, es kann das Publikum gleichsetzen mit den Angeklagten oder den Anklägern, es kann es zu Teilnehmern einer Untersuchungskommission machen, es kann zur Erkenntnis eines Komplexes beitragen oder eine widerstrebende Haltung aufs äußerste provozieren.

12

Einige andere Beispiele zur formalen Verarbeitung des dokumentarischen Materials:

a) Meldungen und Teile von Meldungen, in zeitlich genau bemessenen Abschnitten, rhythmisch geordnet. Kurze Momente, nur aus einer Tatsache, einem Ausruf bestehend, werden abgelöst durch längere, komplizierte Einheiten. Auf ein Zitat folgt die Darstellung einer Situation. In schnellem Bruch verändert sich die Situation zu einer anderen, gegensätzlichen. Einzelsprecher stehen einer Mehrzahl von Sprechern gegenüber. Die Komposition besteht aus antithetischen Stücken, aus Reihen gleichartiger Beispiele, aus kontrastierenden Formen, aus wechselnden Größenverhältnissen. Variationen eines Themas. Steigerung eines Verlaufes. Einfügung von Störungen, Dissonanzen.

b) Das Faktenmaterial sprachlich bearbeitet. In den Zitaten wird das Typische hervorgehoben. Figuren werden karikiert, Situationen drastisch vereinfacht. Referate, Kommentare, Zusammenfassungen werden von Songs übernommen. Einführung von Chor und Pantomime. Gestisches Ausspielen der Handlung, Parodien, Benutzung von Masken und dekorativen Attributen. Instrumentalbegleitung. Geräuscheffekte.

c) Unterbrechungen in der Berichterstattung. Einblendung einer Reflexion, eines Monologs, eines Traums, eines Rückblicks, eines widersprüchlichen Verhaltens. Diese Brüche im Handlungsverlauf, die Unsicherheit erzeugen, die von der Wirkung eines Schocks sein können, zeigen, wie ein Einzelner oder eine Gruppe von den Ereignissen getroffen wird. Schilderung innerer Realität als Antwort auf äußere Vorgänge. Doch sollen solche heftigen Verschiebungen

63

nicht Verwirrung herbeiführen, sondern aufmerksam machen auf
die Vielschichtigkeit des Ereignisses; die verwendeten Mittel nie
Selbstzweck, sondern belegbare Erfahrung sein.

d) Auflösung der Struktur. Kein berechneter Rhythmus, sondern
Rohmaterial, kompakt oder in ungebundenem Strom, bei der Darstellung von sozialen Kämpfen, bei der Schilderung einer revolutionären Situation, der Berichterstattung von einem Kriegsschau-
platz. Vermittlung der Gewaltsamkeit im Zusammenstoß der Kräfte.
Doch auch hier darf der Aufruhr auf der Bühne, der Ausdruck von
Schrecken und Empörung, nicht unerklärt und ungelöst bleiben. Je
bedrängender das Material ist, desto notwendiger ist das Erreichen
eines Überblicks, einer Synthese.

13

Mit den Versuchen des dokumentarischen Theaters, eine überzeu-
gende Ausdrucksform zu erhalten, ist die Suche nach einem geeigneten Aufführungsort verbunden. Läßt es die Vorstellung in einem
kommerziellen Bühnenraum stattfinden, mit damit verbundenen
hohen Eintrittspreisen, so ist es gefangen in dem System, das es an-
greifen will. Schlägt es sich außerhalb des Establishments nieder, ist
es auf Lokale angewiesen, die zumeist nur von einer kleinen Schar
Gleichgesinnter besucht werden. Anstatt effektiv auf die Zustände
einzuwirken, zeigt es oft nur, wie wenig es gegenüber den Bewah-
rern der Zustände vermag. Das dokumentarische Theater muß Ein-
gang gewinnen in Fabriken, Schulen, Sportarenen, Versammlungs-
räume. So wie es sich loslöst von den ästhetischen Maßstäben des
traditionellen Theaters muß es seine eigenen Mittel immer wieder
infrage stellen und neue Techniken entwickeln, die neuen Situationen angepaßt sind.

14

Das dokumentarische Theater ist nur möglich, wenn es als feste,
politisch und soziologisch geschulte Arbeitsgruppe besteht und,
unterstützt von einem reichhaltigen Archiv, zur wissenschaftlichen
Untersuchung fähig ist. Eine dokumentarische Dramatik, die vor
einer Definition zögert, die nur einen Zustand zeigt, ohne die
Gründe seines Entstehens und die Notwendigkeit und Möglichkeit
zu dessen Behebung deutlich zu machen, eine dokumentarische Dramatik, die in der Geste eines desperaten Angriffs verharrt, ohne den

Gegner getroffen zu haben, entwertet sich selbst. Deshalb wendet sich das dokumentarische Theater gegen die Dramatik, die ihre eigene Verzweiflung und Wut zum Hauptthema hat, und festhält an der Konzeption einer ausweglosen und absurden Welt. Das dokumentarische Theater tritt ein für die Alternative, daß die Wirklichkeit, so undurchschaubar sie sich auch macht, in jeder Einzelheit erklärt werden kann.

MARTIN SPERR

## Was erwarte ich vom Theater?
[1967]

[...]
Was erwarte ich vom Theater? Zunächst muß ich untersuchen, was ich vom Theater will. Ich persönlich will nicht zeigen, was gut oder schlecht ist an unserer Zeit, bzw. – da Theater um Menschen geht – an unserer Gesellschaft, sondern was zu verändern ist, was man verändern muß und kann. Darin sehe ich – im Moment – die Aufgabe meiner Theaterarbeit. Mich interessiert, wenn ich ins Theater gehe, nicht die Meinung des Autors zu irgendeinem Problem in Form von Dialogen, sondern die Beziehungen der Figuren auf der Bühne zueinander, zur Handlung und ihre Meinungen und wie sie zu diesen Meinungen kommen bzw. gekommen sind. Wenn man davon ausgeht, daß man für ein Publikum schreibt, baut, inszeniert und spielt, muß man vom Vorhandenen und Bekannten ausgehen, dieses benutzen und verändern, um dem Publikum die Veränderungen sichtbar zu machen. Das Abbild unserer Zeit – wie immer – muß dem Publikum verständlich und lebendig sein. Theater muß also – zumindest wie ich es mir wünsche – kulinarisch sein.

Theater ist nicht Literatur. Die Literatur muß ein Mittel sein unter anderen. Da das Theater Menschen in Abläufe stellt, muß meiner Meinung nach alles andere (Raum, Bild, Regie) dazu dienen, den Ablauf einer Geschichte oder einer Situation, die die Schauspieler zeigen, zu verdeutlichen. (Sofern der Dramatiker fähig ist, seine Meinung in der Geschichte des Stücks und darin in Rollen – nicht in

Texten – zu sublimieren.) Die derzeitige Situation ist aber, der Bewegung und dem Raum den Vorzug als Mittel für eine geistige Auseinandersetzung vor den Situationen des Stücks und dem Dialog der Akteure zu geben, obwohl beides eigentlich Hilfsmittel sind, um den Dialog der Schauspieler und die Situation zu verdeutlichen. Ich glaube, in der heutigen Theaterarbeit werden die Schauspieler unterschätzt.

Das Theater wird immer mehr zur sterilen Ablage unserer unbewältigten Vergangenheit. Und diese wird so zu einem angenehmen Mittel, die Gegenwart umgehen zu können. Andererseits werden Extremitäten und Perversionen ausgebrütet und demonstriert, wobei es in den seltensten Fällen über die bloße Demonstration einer Schweinerei hinausgeht. Diese Reizsteigerung ist aber vom Publikum diktiert, da es nicht mehr auf den Sinngehalt von Stücken reagiert, sondern auf deren Machart. Es findet keine geistige Auseinandersetzung mehr statt, die das Theater vom Publikum her in die Bestimmung einer moralischen Anstalt zwänge.

Das höfische Theater ist bei vielen Leuten im Publikum noch nicht überwunden. Das Theater gehört zum gesellschaftlichen Leben, wie ein Empfang oder ein Tanztee. Es ist nur Anlaß zur Zusammenkunft. Was von der Bühne kommt, wird ohne Kritik konsumiert oder ohne Kritik abgelehnt. Viele Zuschauer gehen nicht ins Theater, um sich zu erbauen, sondern – um zu übertreiben – Gesprächsstoff für die Pause zu haben und um »an sich« mitreden zu können. Aus dieser Not haben die Theater inzwischen eine Untugend gemacht und das sogenannte Schocktheater erfunden, das nur um des Schocks willen da ist, und das Anlaß zur Diskussion und Empörung gibt. Das Publikum erwartet Delikatesse oder Schock um des Schocks willen, aber nicht Ehrlichkeit. Die Frauen werden umgelegt, und der Vorgang wird »delikat« angedeutet, damit der Zuschauer mit wäßrigem Mund dasitzen kann, ohne die Möglichkeit einer Distanz zum Vorgang eingeräumt zu bekommen.

Das ist im Gegensatz zum Schocktheater das sogenannte delikate Theater mit dem sogenannten empfindsamen Publikum. Bei Aristophanes wird auf die Bühne geschissen, und die Trivialität des Vorgangs wird, weil Aristophanes ein Klassiker ist, als komischer Vorgang nicht nur inszeniert, sondern auch als solcher verlangt. Würde man wirklich einen Schauspieler auf die Bühne scheißen lassen, ganz naturalistisch, es würde einen größeren Schock auslösen als jedes Busenkneten oder Unter-die-Röcke-greifen, das fadenscheinig Leidenschaft demonstrieren soll – in Wirklichkeit sich jedoch nur auf die Geilheit des Publikums richtet.

Ich erwarte vom Theater die Ehrlichkeit, wirklich zu scheißen und nicht zu zeigen, wie lustig und delikat man doch das Scheißen vermeiden kann. Ich erwarte sowohl von den Ereignissen auf der Bühne als auch vom Publikum Ehrlichkeit und Naivität. Natürlich hat das Publikum das Recht, einzelne Dinge in Theaterabenden abzulehnen. Ich bestreite jedoch das Recht, Vorgänge als unappetitlich abzutun und nicht zu fragen, warum sie unappetitlich sind und wie es dazu kommt. Den Abscheu zur Scheuklappe umzumünzen, statt ihn zur Distanz zu benutzen, ist nicht das Recht des Zuschauers. Ich wünsche mir vor allem ein aufgeschlossenes, naives, kritisches Publikum. Das Publikum gehört zum Theater. Meine Erwartung ist auch, daß man das Publikum nicht »als eher störend« betrachtet.

Im Grunde handelt es sich bei meinen Erwartungen um uralte Regeln.

MARTIN SPERR / PETER STEIN

Wie wir Bonds Stück inszenierten
[1967]

[1] MARTIN SPERR: Die Münchner Fassung

Für das Publikum wurde im Programmheft der Münchner Aufführung die Übertragung der Handlung und der Sprache von London nach München mit folgendem Text begründet: »Anmerkung. ›Gerettet‹ wurde nach München verlegt im Glauben, daß die ehemalige ›Stadt der Bewegung‹ (heute Weltstadt mit Herz) auch Möglichkeiten zu einer solchen Handlung in sich birgt. Bond schreibt: ›Ich wählte die Umgebung von Süd-London ... Die Sprache jener Stadtviertel hat eine Kraft, die an die Ausdrucksdichte des englischen Barockdramas erinnert: sie ist wirklich poetisch, nicht in dem neckischen Sinne eines Christopher Fry. Es ist eine sehr wendige Sprache, denn sie kann entspannt und scharf rhythmisiert klingen, bald ruhig und reflektierend, bald gefühlsbeladen und dramatisch.‹ –

Entgegen der landläufigen Meinung ist Bayrisch ein Dialekt, der ebenfalls diese Möglichkeiten hat. Hundert Jahre lang hat das deutsche Theater (von Büchner über Raimund, Nestroy, Hauptmann, Horváth bis Brecht) den Dialekt genutzt, und einige der größten deutschen Stücke sind Dialektstücke. Wie soll das Theater heute Wirklichkeit fassen, wenn es seine Figuren eine Sprache sprechen läßt, die sie in Wirklichkeit nie sprechen? Dies ist, so scheint uns, keine naturalistische Überlegung – sie entspringt vielmehr dem Glauben an die Sprache, an ihren Rang als unentbehrliches Mittel szenischen Ausdrucks.«

Nachdem wir festgestellt hatten, daß die Geschichte des Stückes ohne weiteres zu übertragen war, war herauszufinden, ob die Rollen ebenfalls ganz (von den entscheidenden Reaktionen bis in die einzelnen Repliken) übernommen werden konnten. Dies erforderte zunächst eine genaue Überprüfung des Milieus: Wie leben die Menschen des Stückes? Was wäre in München anders? Die ersten Kleinigkeiten wurden verändert, statt Tee zum Essen Bier, aus Negern als mögliches Ziel von Diskriminierung und Aggression wurden Gastarbeiter usw. Da in diesem Stück der Naturalismus als Kunstmittel benutzt wird, war es wichtig, auf solche scheinbaren Nebensächlichkeiten einzugehen. Im großen und ganzen beschränkte sich jedoch die erste Arbeitsphase auf Bezeichnungsveränderungen, die das Münchner Milieu, bzw. das Arbeitermilieu genauer machten.

Die Schauplätze, die im englischen Original angegeben sind, kann man in jeder Großstadt finden. Auch da war also hauptsächlich die Genauigkeit des sich neu ergebenden Details wichtig. Zum Beispiel gibt es in München keinen öffentlichen Park, der nachts geschlossen wird. Da wir die 6. Szene in den Isar-Auen spielen ließen, mußte deshalb – nach der Steinigung, die an einem Sommerabend stattfindet – ein Motiv gefunden werden, das die Jungen (die »Bande«) zwingt, Angst zu haben, feig zu sein, schnell zu verschwinden. Wir nahmen an, daß eine Brücke in der Nähe ist, über die die Polizei regelmäßig Kontrollfahrten macht (wie das auf die Isar-Auen zutrifft). Das bedingte natürlich die Änderung der entsprechenden Dialogstellen.

Bei der Überprüfung der Lebensverhältnisse der Figuren war uns aufgefallen, daß nur bei einigen erwähnt wird, daß sie arbeiten, auch bei ihnen ohne die genaue Bezeichnung, was. Wir wollten deutlich zu verstehen geben, daß und was alle Figuren arbeiten, damit nicht die Gefahr entsteht, zum Beispiel bei den Jugendlichen, daß das Publikum sie für Asoziale hält, wofür man bei uns, wenn man nichts arbeitet, leicht gehalten werden kann. Alles, woraus das Publikum hätte folgern können, daß es sich bei den Figuren, auch bei den »Kindsmördern«, nicht um Durchschnittsbürger handelt, mußte vermieden werden. Präzis zu verstehen gegeben wurde, daß Pams beide Eltern arbeiten, daß sie aber dulden, daß Pam selbst nicht arbeitet, und ähnliches mehr. Die Genauigkeit der Antworten auf solche Fragen war ein Zusatz zu Bonds Stück.

Die 10. Szene (Café) ist im englischen Original ein Selbstbedienungscafé. Wir änderten es in eine Wirtschaft in München-Giesing, in der Peter Kellner ist. Dadurch wurde erreicht, daß man wenigstens einen der »Bande« bei der Berufsausübung sah und daß das Café deutlicher zum Stammplatz der Gruppe wurde. Das ergab einige Veränderungen im Ablauf der Szene. – Der Dialog selbst sollte zunächst eine möglichst genaue Übertragung von Bonds Text ins Bayrische sein. Danach wurde der Dialekt auf Sprechbarkeit und Richtigkeit (für München) überarbeitet. Schon dabei ergaben sich einige Abweichungen von Bonds Text. Wo die reine Übertragung nicht richtig oder nicht sprechbar war, wurde sinngemäß übersetzt (ging zum Beispiel ein Witz durch die Übertragung verloren, wurde ein neuer Witz geschrieben, der in etwa das Klima des englischen Originals hatte). Grundsätzlich wurde die wortgetreue Richtigkeit der Übertragung erstens der Sprechbarkeit, zweitens dem für München Typischen untergeordnet. Gab es bei Bond Ausdrücke, für die es keine vergleichbaren in Bayrisch gibt, wurden solche konstruiert (Bond berichtete uns selbst, daß er einige englische Ausdrücke speziell »konstruiert« habe).

Die schriftliche Fixierung von Dialekt ist schwierig. Ich beschränkte mich nicht auf die groben Vokalmalereien des üblichen Dialektstückes, sondern faßte die Worte in Blöcke so zusammen, wie sie gesprochen werden, so daß ich damit die Möglichkeit hatte, durch das Schriftbild den gedachten Rhythmus des Satzes zu verdeutlichen. Da bereits in den frühen Arbeitsphasen eng mit der Regie zusammengearbeitet wurde, konnte sich die letzte Überarbeitung auf den Proben darauf beschränken, hin und wieder auftretende Schwierigkeiten in bezug auf die Sprechbarkeit durch kleinere Veränderungen zu beseitigen.

Bei der Realisierung der Sperrschen Fassung von Bonds »Gerettet«
standen folgende Gesichtspunkte im Vordergrund des Interesses:

1. Die Möglichkeit, mit ganz jungen Schauspielern zu arbeiten.
2. Die Möglichkeit, mit einer vom normalen Bühnen-Deutsch ab-
weichenden Sprache, mit Dialekt und Umgangssprache zu experimentieren.
3. Die Notwendigkeit, mit den im Werkraumtheater gegebenen
Bühnenverhältnissen in Bild und Spiel eine Vortragsweise zu erarbeiten, die der epischen Form des Stückes entsprechen sollte.

Zu 1. Da im Ensemble der Kammerspiele keine entsprechend
jungen, das heißt zwanzigjährigen Schauspieler vorhanden waren,
mußten diese in monatelanger Vorbereitungszeit gesucht werden.
In den Szenen, die mit den zur Auswahl stehenden Schauspielern
probeweise gearbeitet wurden, fielen bereits wichtige Vorentschei-
dungen über die Arbeitsweise und Absichten der Regie: so zum
Beispiel die Lockerung von Sprach- und Körperhaltung durch Re-
duktion, die Überprüfung jedes Ausdrucks und jeder Geste auf die
Grundlagen ihrer Glaubwürdigkeit und Funktionsgerechtigkeit,
das, was wir später immer wieder als »von Null anfangen« be-
zeichneten. Voraussetzung für eine solche Arbeitsweise, die sich auf
fortgesetztes Prüfen gründet, war eine lange und intensive Probenzeit (acht Wochen, vom ersten Tag an Abendproben). Erzielt werden
sollte eine für das Stück unerläßliche Sicherheit und Selbstverständlichkeit der Haltungen beim einzelnen Schauspieler, unerläßlich,
weil Bond sein Stück auf dem Fundament eines genau gezeichneten
sozialen Milieus aufbaut. Es sollte im Zuschauer ein zwiespältiger
Eindruck entstehen, der es ihm nicht immer erlauben sollte, zwischen Persönlichkeit des Schauspielers und seiner Kunstleistung zu
unterscheiden. Der persönliche Einsatz hinter jeder Figur schien
uns unerläßlich zur Darstellung der extremen Situationen, von
denen das Stück einige aufzuweisen hat.

Zu 2. Einen ähnlich ambivalenten Zweck hatte die Benutzung
des Vorort- und Halbstarken-Bayrisch. Einerseits wurde dadurch
ein gewisses Understatement auf der Bühne erreicht, das die Glaubwürdigkeit der Figuren festigen konnte. Auch war der Dialekt für
die Schauspieler ein Hilfsmittel, einen selbstverständlichen und
dennoch eigenartigen Kommunikationston untereinander zu finden.
Andererseits brachte der Dialekt – vor allem je länger die Arbeit

dauerte – ein dringend erforderliches Verfremdungsmoment mit sich. Er machte es den Schauspielern unmöglich, auf die fixen und eingelernten Emotionen und Sprachhaltungen des gängigen Bühnendeutsch zurückzugreifen, um die Figuren des Stücks zu gestalten, und er erwies sich bald als Hürde für jeden falschen Ausdruck, jede falsche Geste. Denn wir entdeckten, daß falsche Haltungen den Text, selbst für Bayern, ganze Sätze lang unverständlich machen konnten. Der Dialekt, der uns zunächst half, rasch zueinander zu finden, machte uns so die Arbeit später immer schwerer. Wir mußten uns zur Darstellung von Stück und Figuren so weit in den Dialekt hineinarbeiten, daß wir oft nur mit abstrakten, rein formalen, musikalischen Mitteln weiterkamen.

Das Bayrisch unserer Textfassung entzog sich also dem anbiedernden Zugriff, es wurde in der Arbeit fremd, merkwürdig, immer von neuem »problematisch«. In den besten Momenten dieser Arbeit waren wir auf Entdeckungstour in einer trotz aller Massivität biegsamen, trotz aller Schwere rhythmisch differenzierten und sehr musikalischen Sprache.

Zu 3. Die Bühne des Werkraumtheaters, als Probebühne für das Schauspielhaus gedacht, hat wohl dessen Breite (9 m), ist jedoch längst nicht so tief (nur 7,5 m). Die knapp 300 Zuschauer sitzen in wenigen Reihen über die ganze Breite des Raumes verteilt. Das Hauptcharakteristikum der Bühne und des Zuschauerraumes ist also die ungewöhnliche Breitenlagerung, die den Zuschauer zwingt, beim Erfassen des ganzen Bühnenraumes mit dem Blick große Wege nach links und rechts zurückzulegen. Wir räumten die Bühne zunächst einmal »ratzekahl«, entfernten den Vorhang, der den Ablauf des Stückes nur zerschnitten hätte, entfernten Abdeckungen, Seitenhänger und Soffitten und verengten den Bühnenausschnitt links und rechts durch 2 m breite und sehr hohe Fotowände, auf denen Mietshausfenster zu sehen waren. Die Rückwand der Bühne, die durch eine 4,50 m hohe, eisenarmierte Platte gebildet wird, wurde farbig gefaßt: in Gelb, Grün, Weiß und Silber, und erhielt eine farbig variable Beleuchtung. Mit dieser Folie des szenischen Ablaufs konnte Verschiedenes erreicht werden: einmal wurde durch sie die Szene formal gefaßt, andererseits vermittelte sie – im Zusammenhang mit der Umbaubeleuchtung und der vor der Wand postierten Musikbox – den Eindruck von einer Art Schau- und Glamourwand, wie man sie aus jedem einschlägigen Lokal kennt. An den Seitenwänden links und rechts standen die wenigen Möbelstücke und Requisiten, die in den einzelnenen Szenen gebraucht wurden. Die Bühne war in einzelne Spielräume aufgeteilt, die durch Möbel und Beleuchtung, hauptsächlich aber durch Arrangements, durch Gänge und das Spiel der Schauspieler sich konkretisieren sollten. Die beiden meist benutzten Spielorte »Wohnzimmer« und »Lens Zimmer« waren, der eine links, der andere rechts, so angeordnet, daß sie hinter den Fotowänden vorne verschwanden, also nur teilweise einsichtig waren. Gespielt wurde fast immer direkt an der Rampe. Die Umbauten, die von den Schauspielern der »Bande« vorgenommen wurden, fanden vor der bunt und grell beleuchteten Schauwand, mit leuchtender Musikbox und bei lauter Schlager- und Beatmusik statt. Die dadurch nur in der Silhouette sichtbaren Schauspieler hatten bei der Einfachheit der Umbauten so viel Zeit, daß sie diese in Ruhe und mit knappen, durchorganisierten Bewegungen ausführen konnten. Dadurch wurden die Umbauten zu einem wichtigen Bestandteil des Spielablaufs. Durchgehend versuchten wir die einfachsten und naivsten Lösungen szenischer Probleme zu finden, um dem gesamten Ablauf des Stückes Ruhe, Stetigkeit und Schönheit zu garantieren. Dabei half uns der Grundsatz, auf alles zu verzichten, was die Schauspieler im Laufe des Spiels nicht berühren mußten. Aber was sie berührten, sollte original und realistisch sein. So war zum Beispiel das Problem »Ruderboot« auf der Bühne erst dann gelöst, als wir ein Originalboot bekamen, das wir auf Wasserlinie abschnitten, mit Gummirädern versahen und das der rudernde Schauspieler dann mit den Füßen wie ein Kinderauto zum Gleiten brachte. Ökonomie in den angewandten Mitteln war für Bild und Spiel das Haupterfordernis. Gelassenheit und Übersichtlichkeit, Kritisierbarkeit sollte die Realisierung des ganzen Stücks bestimmen.

# Natur ist Dramaturgie.
## Beobachtungen bei den Aufführungen des Berliner Theatertreffens [1969]

I.

Die letzte Aufführung des Theatertreffens, »Zicke-Zacke« (Buch: Terson, Regie: Neuenfels), mußte von vornherein unsichtbar bleiben, so sehr war man gezwungen, bei jedem Bild zuerst das zu sehen, was einem vorher durch die Medien von diesem Bild vermittelt war. Es war äußerst anstrengend, unbefangen hinzuschauen, man sah keine Bilder, sondern die Wirkungen, die sich nach den Berichten über die Inszenierung einstellen sollten. So reagierten die Zuschauer nicht auf das, was sie sahen, sondern auf Reaktionen, von denen sie gehört und gelesen hatten. Mit genormtem Blick schaute man zu. Wenn es aber gelang, ungenormt hinzuschauen, war der Blick eine Zeitlang nicht unangenehm, es gab viele Leute auf der Bühne, man konnte ihnen zuschauen, wenn sie gerade nichts zu tun hatten. Wenn sie freilich wieder agierten, wurden sie alle unsichtbar, ununterscheidbar. Auch wenn man mit unbefangenem Blick hinschaute, wurde es nicht besser. Woran lag das? Der Regisseur hatte versucht, die Personen künstlich zu machen, die Bühnengeschichte der agierenden Personen mitzureflektieren. Obrigkeitliche Personen sind erst einmal Bühnenfiguren; Mütter, Onkel, Vereinsvorsitzener, Jugendfürsorger, Arbeitsvermittler entsprechen bekannten Bühnenfiguren, sind auf der Bühne erst einmal Typen, Popanze, haben ein bekanntes Bewegungs- und Sprechritual. Davon ist der Regisseur ausgegangen, dabei ist er leider stehengeblieben. Er hat das formalisierte Sprechen und die formalisierten Bewegungen nicht Wort für Wort, Bewegung für Bewegung an der außertheatralischen Wirklichkeit überprüft, er hat nur faul Bühnenrituale reproduziert. Seine Künstlichkeit ist also ungenau, weil sie das Bühnengeschehen nicht in Spannung setzt zu der Geschichte außerhalb der Bühne, zu den realen Popanzen. Die ungenaue Künstlichkeit führt zur Parodie. Und die Parodie ist etwas bloß Reflexhaftes, ist parasitär.

Was ist zu wünschen? Daß sich der Regisseur Neuenfels mit einem Stück beschäftigt, bei dem die Figuren, anders als in »Zicke-

Zacke«, statt nur ihre eigene Theatergeschichte zu repetieren, zugleich auch die Widerstände der Außenwelt zeigen und so den Regisseur zur Reflexion jeder Geste und jedes Worts nach beiden Seiten bringen. Und dabei sollten die Zuschauer sich nicht den Blick verstellen lassen, sondern ruhig seine Arbeit nachprüfen können.

## II.

Ab und zu liest man davon, daß in einem Film so grausame Sachen gezeigt werden, daß einige Zuschauer, meist Männer, das Kino verlassen. In »*Arthur Aronymus und seine Väter*« (Else Lasker-Schüler/ Hans Bauer) kamen mir die Vorgänge so entsetzlich vor, daß ich in der Pause weggegangen bin. Dieses Stück, 1932 geschrieben, führt eine jüdische Großfamilie am Ende des vergangenen Jahrhunderts vor. Das Stück besteht weniger aus Vorgängen als aus Zuständen. Reden, Kaffeetrinken, Beten, Lustwandeln, Schlafen unterstützen nicht atmosphärisch die Geschichte, sondern sind schon die Geschichte selber. Das Stück ist auf eine rücksichtslose Weise poetisch. Alles ist dramatisch, nichts ist dramatischer als das andre. Poetisch ist das Stück, weil Lasker-Schüler die Welt mit ihrem Willen, mit Eigenwillen sieht und sie so mit jeder Einzelheit zu ihrer Welt macht; rücksichtslos poetisch ist das Stück, weil noch die entsetzlichsten Tatsachen (Pogrome) verzaubert von dem Eigenwillen der Poetin erscheinen. Für Else Lasker-Schüler muß das Dichten ein so selbstverständlicher Vorgang wie Zähneputzen und Spazierengehen gewesen sein. Alles, was sie sieht und hört, ist verwendbar.

In einer Szene spielt sich ein Weihnachtsmärchen ab; das jüdische Kind wird vom Kaplan zur Bescherung eingeladen, ganz ausführlich dürfen die Kinder sich freuen, es ist gar nicht kitschig, daß ihre Augen glänzen, es ist nur entsetzlich, so entsetzlich, daß man fast erleichtert ist, wenn jemand hereinschreit: »Judenpfarrer!« Und das alles ist nicht plakativ, sondern geschieht ganz selbstverständlich, die Bescherung konnte gar nicht anders ausgehen. Dieses Weihnachtsmärchen war nicht lächerlich, machte nur die Zuschauer lächerlich, die hinter dem Weihnachtsmärchen nichts als andere harmlose Weihnachtsmärchen sahen.

Gerade daß es sich um ein Märchen handelte, brachte einen dazu, dieses Märchen auf das zu beziehen, was dann 1933 wirklich kam. Ein realistisches Stück hätte dem Zuschauer die Arbeit, Bezüge und Vergleiche herzustellen, schon dramaturgisch abgenommen. So sorgten gerade die Widersprüche zwischen theatralischer Methode und Historie, zwischen Dramaturgie und Tatsachen, für die notwendige Befremdung des Zuschauers, für Furcht und Schrecken.

Was lehrte dieses Stück? Daß jeder Vorgang in der Außenwelt seine Dramaturgien hat, daß es aber gerade, wenn man das drinnen im Theater deutlich machen möchte, darauf ankommt, diesen Vorgang von »seiner« Dramaturgie zu trennen und mit einer widersprüchlichen Dramaturgie zu versehen. Grob gesagt: Else Lasker-Schüler macht dem Zuschauer die Dramaturgie des Massenmordes deutlich, indem sie für seine Darstellung die Dramaturgie des Weihnachtsmärchens verwendet.


## III.

»*Die Räuber*« sind ein sehr dummes Stück. Sie sind nicht nur ein dummes Stück, sondern ein gefährliches dazu. Und wenn man hört, wie der Pastor Moser die einzig erträgliche Figur in dem Stück, Franz Moor, zur Todesangst überredet, indem er Franz, wie in jeder üblen Anekdote über den Tod Voltaires, von den Atheisten vorschwärmt, die immer in ihrer letzten Stunde zu Gott winseln, als ob das ein Naturgesetz sei, und wenn man dann hört, wie die Zuschauer diesem gefährlichen Unsinn des Pastors Beifall klatschen, dann möchte man nicht länger zuhören müssen. Anders als bei Shakespeare richtet sich die Dramaturgie Schillers nicht nach den Personen, sondern die Personen richten sich nach den fertigen Dramaturgien. Und diese Dramaturgien bestehen aus simplen Gegensatzpaaren wie arm/reich, frei/unfrei, alt/jung, fromm/unfromm usw. Manchmal überkreuzen sich diese Gegensatzpaare, aber das ist auch schon alles. Die Personen sind nichts als Figuren, die nach ihrer vorgegebenen Dramaturgie zappeln.

Die Aufführung erschien mir »ein Ausdruck der Verzweiflung der Schrift gegenüber, die selber unverständlich ist« (Franz Kafka). Anstatt, was vielleicht möglich gewesen wäre, den bösartigen Mechanismus der Schillerschen Dramatik vorzuführen, der Personen zu Sachen macht, reproduzierte der Regisseur Hans Lietzau, man muß wohl sagen, verzweifelt diese Dramaturgie, und mehr oder minder verzweifelt, wie mit vor Schreck geschlossenem Bewußtsein, zogen auch die Schauspieler die Schillerschen Worte und die sich daraus ergebenden Gesten nach. Die sich daraus ergebenden Gesten? Schon da wäre vielleicht eine Möglichkeit gewesen, der Dramaturgie zu entkommen. Etwa: Franz, so will es der Mechanismus, ist ein Bösewicht. Ein Bösewicht nun ist unaufrichtig. Ein Unaufrichtiger spricht dem Partner freundlich ins Gesicht, aber wenn er vom Partner abgewendet steht, zucken seine Gesichtsmuskel »tückisch«. Genau das war wahrzunehmen in einer Szene mit Franz Moor. Der Zuschauer erwartet dieses Zucken in dem Augenblick, da Franz Moor sich abwendet, natürlich. Natürlich? Gerade diese Natürlichkeit als falsch, als Dramaturgie den Zuschauer sehen zu lassen, wäre die einzige Möglichkeit, die Situation als Theatermechanismus durchschauen zu lassen, damit auch ähnliche Situationen in der Außenwelt. Der Regisseur Lietzau übertreibt den Theatermechanismus nur. Nur? Vielleicht könnte gerade das Übertreiben den Mechanismus klarmachen? Das ist richtig, nur muß man eben dann einwenden, daß in diesem Fall noch viel zu wenig übertrieben wurde. Die Tücke des Franz Moor, die männlichen Leiden des Karl Moor waren viel zu echt: sie wollten ernstgenommen werden, waren zu echt, um wahr zu sein. Gesten paßten zu Worten, und umgekehrt, und Gesten und Worte paßten widerspruchslos zur Dramaturgie des Stücks.

Auch die Personen in »Arthur Aronymus« hatten ganz echt agiert, aber gerade die Echtheit und der Realismus ihrer Aktionen stand in schrecklichem Widerspruch zur Märchendramaturgie. Bei den »Räubern« folgt eins dem andern, da geht alles glatt auf. Karl Moor rast vor Schmerz, als Bewegung folgt daraus ein Hin- und Hergehen auf der Bühne, als Geste ein Ballen der Fäuste, ein in den Nacken Legen des Kopfes, als Sprechen ein Stöhnen. Eins folgt dem andern und umgekehrt. Nichts überrascht. Den Zuschauern kommt das alles bekannt vor. Es ist ihnen auf dem Theater natürlich, es wird ihnen auch draußen natürlich sein, daß der Schutzmann pfeift und sie sofort stehen bleiben. Beide Male aber wird Dramaturgie als Natur ausgegeben. Das zu sehen, dieses verzweifelte, heftige, intensive Nachziehen des Schillerschen Idealismus, war deprimierend. Wieviel harte Arbeit wurde da aufgewendet, nur um die Blicke der Zuschauer Vertrautes wiedererkennen zu lassen! Als ob die Blicke der Zuschauer Naturgesetzen gehorchten.
[...]


VI.

Vorher sah man »*Kasimir und Karoline*« von Ödön von Horváth in der Inszenierung von Hans Hollmann. Hier war erkennbar jene

Wort für Wort und Geste für Geste erarbeitete Künstlichkeit, die mit jedem Bild auch die Dramaturgie dieses Bildes sichtbar macht. Das ging so weit, daß die Zuschauer bewußt, wie beim Tennis, den Kopf von einer Szene zur andern hin und her wendeten. Diese Künstlichkeit ist auch erkennbar in der Szeneneinteilung Horváths. Am Ende der 18. Szene sagt Kasimir: *»Nein. Ich geh jetzt nach Haus und leg mich ins Bett.«* (Ab).

19. Szene:
DER MERKEL FRANZ (ruft ihm nach): *Gute Nacht!* (Dunkel)
Es folgt die 20. Szene.

Schon im Text wird sichtbar, daß es sich bei den Stücken Horváths um ganz künstliche Gebilde, um *Szenen* handelt. »Selbstverständlich müssen die Stücke stilisiert werden«, sagt Horváth. »Naturalismus und Realismus bringen sie um –, denn dann werden es Milljöhbilder und keine Bilder, die den Kampf des Bewußtseins gegen das Unterbewußtsein zeigen.«

KAROLINE: *Vielleicht sind wir zu schwer füreinander ...*
KASIMIR: *Wie meinst du das jetzt?*

. . . . .

KAROLINE: *Habens denn keine Geschwister?*
SCHÜRZINGER: *Nein. Ich bin der einzige Sohn.*
KAROLINE: *Jetzt kann ich aber kein Eis mehr essen.*
(Ab mit dem Schürzinger)

Die Personen sprechen Sätze, als ob es sich um Naturgesetze handelt. Die Geschichte von Kasimir und Karoline wirkt als Hohn auf die Sätze, die Kasimir und Karoline sprechen, freilich nicht als Verhöhnung von Kasimir und Karoline selber. Horváth macht seine Personen deutlich als Produkte von verkommenen Dramaturgien, und er macht das deutlich mit Künstlichkeit, mit Dramaturgie.

KAROLINE: *Sie haben doch vorhin gesagt, daß wenn der Mann arbeitslos wird, daß dann hernach auch die Liebe von seiner Frau zu ihm hin nachläßt – und zwar automatisch.*
SCHÜRZINGER: *Das liegt in unserer Natur. Leider.*

Mit einem einzigen Dialog zeigt Horváth, daß diese Sätze eben nicht in unserer Natur liegen.

Wie hart und genau der Regisseur an dem Stück gearbeitet hat, wird klar gerade an den ein, zwei Stellen, an denen die Künstlichkeit ungenau wird und parodistisch wirkt, etwa, wenn er eine Person einen Fertigsatz sprechen, dabei aber wie andächtig ins Leere schauen läßt: da wird die Trauer des Zuschauers über die Person, der Impuls, ihr beizustehen und die Lage zu verändern, zur harmlosen Heiterkeit über Phrasen, um die es doch gar nicht geht.

Kasimir und Karoline reden im Briefdeutsch (*»Das wünscht dir jetzt dein Kasimir«*), und je mehr sie so reden, desto mehr entfernen sie sich voneinander, als ob sie wirklich von ganz weit weg einander Briefe schrieben. In diesem Stück des überragenden deutschen Dramatikers im 20. Jahrhundert verletzt jeder Satz, schlägt jeder Satz »das gefrorene Meer in uns« auf. (Kafka)

[...]

FRANZ XAVER KROETZ

›Pioniere in Ingolstadt‹ – Überlegungen zu einem Stück
von Marieluise Fleißer
[1971]

Das ist ein Soldat, und da ist ein Dienstmädchen, die könnten eigentlich schon zusammenkommen, aber es langt hinten und vorne zu nichts, oder doch dazu:

KORL: *Jetzt läufst du mir doch wieder nach.*
BERTA: *Ja. Aber das ist nicht so leicht. Man merkt, wo man nicht auskann.*
KORL: *Muß die Hochzeit gleich sein?*
BERTA: *Wem seine Hochzeit? Ich weiß schon, ich schinde keine heraus.*
KORL: *Die Geschichten kenne ich. Da bist du nicht die Erste und wirst auch nicht die Letzte sein. Da bist du bei mir falsch.*
BERTA: *Ich glaube nicht mehr daran. – Ich kann doch nicht von dir lassen.*
KORL: *Das mußt du wissen.*
BERTA: *Jetzt hast du mich mit Haut und Haar.*
KORL: *Vor mir aus können wir gleich was haben. Ich bin dann nicht so.*
BERTA: *Doch nicht hier. Ich habe mich freigemacht für die Nacht.*
KORL: *Tut mir leid, ich bin beim Militär. Ich kann nur auf einen Sprung weg. Wenn der Feld kommt, muß er mich eingereiht sehn.*
BERTA: *Mir wird schlecht.*

KORL: *Das will ich alles nicht wissen. (Er schlägt sich mit ihr in ein Gebüsch. Die Pioniere arbeiten weiter, es dauert eine gewisse Zeit. Sie singen: Was nützet mir ein schönes Mä-ädchen, wenn andere drin spazierengehn?)*

ROSSKOPF *(schadenfroh) Scheinwerfer nach links.*

*(Berta und Korl kommen durch den Busch ins Licht. Die Pioniere johlen und pfeifen.)*

KORL: *Nehmt euer kindisches Licht weg, verdammt.*

ROSSKOPF: *Was willst du, es ist bloß der Neid.*

MÜNSTERER: *Ach wo, das machen wir doch jeden Tag.*

*(Sie nehmen das Licht weg.)*

KORL: *Denk nicht mehr daran. Diese Männer sind morgen schon fort. Steh auf jetzt. Nimm dich zusammen. Andere müssen es auch.*

*(Berta steht auf.)*

BERTA: *War das alles?*

KORL: *Warum? Hat dir was gefehlt?*

BERTA: *Wir haben was ausgelassen, was wichtig ist. Die Liebe haben wir ausgelassen.*

KORL: *Eine Liebe muß keine dabei sein.*

BERTA: *Das ist mir jetzt ganz arg.*

KORL: *Berta, ich muß mich einreihn. Du kannst hier nicht bleiben. Du gehst jetzt am besten weg.*

BERTA: *Ich kann es nicht. So kann es nicht aus sein. Warum sind die Männer morgen schon fort?*

KORL: *Berta, ich habe es dir bis jetzt nicht gesagt, für uns ist Abmarsch. Wir gehn diese Nacht noch zurück nach Küstrin.*

BERTA: *Man muß mir doch Zeit lassen.*

KORL: *Wir sind im Vortrupp. Wir sind immer die Ersten.*

BERTA: *Das geht doch nicht. Ich bin damit noch nicht fertig.*

KORL: *Das mußt du abschneiden, Berta. Einfach abschneiden. Andere müssen es auch.*

BERTA: *Aber ich kann so nicht leben.*

KORL: *Du wirst müssen.*

Damit ist alles auf dem Tisch. Die Radikalität des Dialoges und der szenischen Dramaturgie, mit der hier das Scheitern einer Beziehung dargestellt wird, ist bis heute unerreicht und so noch immer richtungweisend. Dabei ist dies gar nicht der Höhepunkt der »Pioniere in Ingolstadt«, sondern das fast Nebensächliche. Es ist ja schon vorher alles aus gewesen, weil es gar nicht hat anfangen können.

Es ist ein Circulus vitiosus: Alle Figuren der Fleißer werden in jeder möglichen Lage (aber, und das ist wichtig: erklärbar und einsehbar durch ihre gesellschaftliche Stellung) fertiggemacht, zerstört und vor die Hunde geworfen. Neue Opfer werden gesucht. Die Opfer scheitern, verkümmern in ihrer Gutmütigkeit. Oder sie lernen dazu und suchen sich ihrerseits Opfer. Um sich zu rächen? Eher, um zu überleben.

Die Herrschenden zerstören die ihnen Dienenden. Diese versuchen, so paradox es klingt, die erlittenen Beschädigungen durch Treue auszugleichen, was in die neuerliche Katastrophe führt. Denn der Überlegene reagiert auf nichts aggressiver als auf das Vorzeigen von Wunden, die er selbst geschlagen hat. Er rächt sich durch neuerliche Aggressivität und betrachtet die notgedrungene Treue seines Opfers als Provokation. So werden die Unterlegenen von Katastrophe zu Katastrophe gezerrt, der Kettenreaktion ähnlich.

Lenz hat das in den »Soldaten« für seine Zeit gültig erklärt. Die Fleißer tut dies für unsere Zeit. Sinnlos werden Soldaten auf Aggression eingeübt, müssen andererseits aber nur parieren. Man könnte die Lage des Soldaten (außer in Zeiten des Krieges, wo seine Aggression ein Ventil hat) so bezeichnen: Man kastriert die Männlichkeit, indem man sie durch endlose Einübung von Gehorsam zerschlägt, um ihre Hoden in Form von Manövern und Paraden auszustellen.

Brutalität wird sichtbar gemacht durch den Ausstellungscharakter der Fleißerschen Sprache. Mit Brecht hat diese Sprache nichts zu tun. Haben die Proletarier Brechts immer einen Sprachfundus zur Verfügung, der ihnen de facto nicht zugestanden wird von den Herrschenden, also als Fiktion einer utopischen Zukunft verstanden werden muß, so kleben die Figuren der Fleißer an einer Sprache, die ihnen nichts nützt, weil sie nicht die ihre ist.

Weil Brechts Figuren so sprachgewandt sind, ist in seinen Stücken der Weg zur positiven Utopie, zur Revolution gangbar. Hätten die Arbeiter bei Siemens das Sprachniveau der Arbeiter Brechts, hätten wir eine revolutionäre Situation. Es ist die Ehrlichkeit der Fleißer, die ihre Figuren sprach- und perspektivelos bleiben läßt.

Der Bildungsjargon, den die Figuren der Fleißer in den kritischsten Momenten ihrer Existenz benutzen, beweist die fatale Situation von Menschen, die zumindest so reden wollen, wie sie nicht leben können.

Die Fleißersche Figur verrät sich immer dann, wenn sie spricht, was zur Entlarvung der Gesellschaft führt, in der sie lebt, und (richtigerweise) nicht zur Denunzierung der Figur selbst.

Die subjektiven Entscheidungen der Figuren sind, sofern sie nicht verbalisiert sind, Zeichen der Hilf- und Orientierungslosigkeit des Proletariats; während andererseits ihre verbalen Äußerungen sich auf eine Objektivität beziehen, die nicht die ihre ist, sondern ihnen eingeübt wurde. Diese Einübung wurde und wird von denen vollzogen und gefördert, die keinen Wert darauf legen, daß das Proletariat durch verbale Annäherung an sich selbst und seine Unterdrückung sich verständigen und damit auch wehren lernt.

Die Sprachlosigkeit zeigt sich in der Radikalität von Ausstellungswerten, die eine »geliehene Sprache« erzeugt. So kann man bei der Fleißer praktisch reziprok lernen: Obwohl die Stücke meiner Meinung nach realistisch zu nennen sind, scheinen sie fortwährend mit Untertiteln versehen zu sein, die den Dialog in Distanz beobachten und erklären.

Das Wichtigste der Fleißerschen Stücke ist das Verständnis für die, »auf die es ankommt« (Horváth). Die Masse der Unterprivilegierten. Gerade das Theater muß deren Möglichkeiten des Sprechens verfolgen, und die Fleißer hat das als erste praktiziert. Die Figuren ihrer Stücke sprechen eine Sprache, die sie nicht sprechen können, und – was wichtiger ist – sie sind so weit beschädigt, daß sie die Sprache, die sie sprechen könnten, nicht mehr sprechen wollen, weil sie eben teilhaben wollen am »Fortschritt« – und sei es nur, indem sie blöde Floskeln unverstanden nachplappern. (Etwa dann, wenn die ausgepowerte, erledigte Stadtnutte Alma von sich als einer »mondainen Frau« spricht.)

Dies führt zum Kern der Fleißerschen Dramatik: der Aufzeichnung der Strukturen der sogenannten Dummheit. Die Fleißer hat uns gezeigt, daß es Dummheit als allgemeine menschliche Schwäche gar nicht gibt, daß vielmehr ein von Macht- und Profitstreben gelenkter gesellschaftlicher Prozeß die einen »dumm« und die anderen »gescheit« braucht, und sie also so werden läßt, rücksichtslos und verbrecherisch.

Diese permanente Verteilung von Geist wurde von der Fleißer zuerst erkannt, auf ihre Ursachen hin untersucht und dargestellt. Sind also die Fleißerschen Stücke letztlich sozialistisch? Ja, denn niemand anderer als der Kapitalismus hat die Monopolisierung von Sprache zum Zweck der Ausbeutung erfunden.

Man sollte zum Beweis dafür einen Peter Alexander und seine

mörderisch wirkenden Lieder in der Pause eines Fleißer-Stückes auftreten lassen. Es wäre simpel und durchschlagend bewiesen, was der Kapitalismus aufwendet, um »Dummheit« zu fördern. Oder man könnte vorlesen, was Peter Boenisch zum EWG-Beitritt Englands geschrieben hat. Mit kaum wiederholbarer Schärfe wäre gezeigt, wieviel bösartige Intelligenz und Kaltschnäuzigkeit dazu gehört, den geistig unterprivilegierten Bürger immer noch weiter nach unten sacken zu lassen. Boenisch schrieb: »Wir brauchen diese schrulligen Insulaner wie die Luft zum Atmen ... Sie sind so frei wie wir, aber freiwillig disziplinierter. Sie sind toleranter als wir, aber wenn es not tut, klappt auch noch der Gleichschritt. Sie sind viel demokratischer als wir, aber bei ihnen ist immer noch der Mörder schuld und nicht der Ermordete. Sie leiden nicht wie wir unter dem Trauma, ein Polizeistaat gewesen zu sein, sondern sie leisten sich ein freundschaftliches Verhältnis zu ihrer Polizei. Sie sind genauso friedlich wie wir und haben dennoch eine gut ausgebildete, respektierte und funktionierende Armee.«

Ich möchte es klar formulieren: Drama spielt sich nicht dort ab, wo Herr Weiss mit Herrn Hölderlin darüber richtet, wer in einer sowieso utopischen Revolution der anständigere und wirkungslosere Revolutionär gewesen sei, sondern dort, wo ein Dienstmädchen sich eine Nacht hat freimachen können, um ihre Jungfernschaft gebührend herzugeben, was sinnlos ist, denn die gesellschaftliche Situation läßt für derartig unproduktive Betätigungen nur ein paar Minuten Zeit. Korl ist ja kein Casanova, sondern ein Produkt seines Standes.

KORL: *Tu dich nicht in mich verlieben, Kind.*
BERTA: *Ich verliebe mich nicht.*
KORL: *Das haben schon viele gesagt und haben sich doch in mich verliebt.*
BERTA: *Gell, Korl, wir machen Spaß.*
KORL: *Ich mache keinen Spaß. Mich muß man laufen lassen.*
BERTA: *Du bist dumm. Dich will ich gerade. Dich habe ich mir ausgesucht von alle.*
KORL: *Tu dich nicht in mich verlieben, sonst mußt du leiden.*
BERTA: *Ich will leiden.*
KORL: *Du kennst mich nicht. Da kann ich bös sein, wenn eine zu gut zu mir ist. Die Frau wird von mir am Boden zerstört, verstehst. Da kenn ich keinen Bahnhof.*

Die Kraft der szenischen Mittel liegt dort, wo die Reduzierung auf Überschaubares stattgefunden hat. Niemand hat das meiner Meinung nach so genau erkannt wie die Fleißer. Sie weiß, daß das Modell das Mittel des Theaters ist. Ich habe nie einleuchtender und schärfer erklärt bekommen, was Ausbeutung ist als in folgender Szene:

UNERTL: *Der Mensch drückt sich aus durch seine Arbeit. Die Vorhänge könnten Sie schon lang herunternehmen zum Beispiel.*
BERTA: *Ich habe vor vierzehn Tagen gewaschen. Die Vorhänge auch.*
UNERTL: *In einem Haushalt gibt es noch immer was zu putzen, wenn man danach sucht und wenn man sich einkrallt. Das ist eine Aufgabe fürs ganze Leben.*
BERTA: *Davon wird man gefressen.*
UNERTL: *Daß Sie mir nicht damit aufs Arbeitsamt laufen! Sie würden sich bloß blamieren. Sie wissen gar nicht, was man da sagt. Wenn Sie mir was anhängen, dann machen Sie sich auf was gefaßt.*
BERTA: *Ich kann mich nie rühren, daß man was von mir merkt.*
UNERTL: *Von Ihnen brauch man noch lang nichts merken.*

Alles, was über diese geradezu mathematischen Beweisaufnahmen von Armseligkeit und Unterdrückung hinausginge, wäre verschleiernde Verzierung. Nichts weiter.

Die Fleißer wird am Montag siebzig. Von Brecht oder Horváth liegen Gesamtausgaben vor.

Der Suhrkamp Verlag sollte endlich auch eine Gesamtausgabe der Fleißerschen Werke herausbringen. Sie ist genauso wichtig.

DIETER FORTE

## Um Mißverständnissen vorzubeugen

Einige Anmerkungen zu »Martin Luther & Thomas Münzer
oder Die Einführung der Buchhaltung«
[1971]

Um Mißverständnissen vorzubeugen: In diesem Stück geht es nicht
um Theologie. Der theologische Aspekt der Reformation ist 400
Jahre lang in unzähligen Büchern immer wieder untersucht worden.
Man kann mit diesen Bänden ganze Bibliotheken verstopfen. Die
gesellschaftlichen Ausflüsse – oder soll ich sagen die Kehrseite –
dieser Ereignisse hat man kaum beachtet. Aber wir spüren sie heute
noch. Also: In diesem Stück geht es um gesellschaftliche Ereignisse.

Aber – um Mißverständnissen vorzubeugen: In diesem Stück geht
es nicht um Ideologie. Ideologie interessiert mich nicht. Mit Ideologie schreibt man kein Stück. Ideologie ist immer eine Antwort auf
bestehende gesellschaftliche Zustände – entweder sie bestätigend
oder auf Veränderung drängend – jedenfalls eine Antwort, eine
Meinung, wie etwas zu sein habe. Mit fertigen Antworten und
vorgegebenen Meinungen aber, ich muß es wiederholen, schreibt
man kein Stück. Ideologien des 19. Jahrhunderts zu illustrieren, das
ist schlicht langweilig. Es ging darum, eine Situation konkret zu erforschen. Also: Dieses Stück ist konkret.

Aber – um Mißverständnissen vorzubeugen: In diesem Stück geht
es nicht um Luther. Nur das Denkmal Luthers zu stürzen, es wäre
wiederum langweilig. Es geht um vier junge Leute. Einer davon
heißt Luther, einer Münzer, die beiden anderen Karlstadt und
Melanchthon. Es geht um die Einführung der Buchhaltung. Es geht
um die erste große deutsche Revolution. Daß beides zusammenfällt,
ist vielleicht kein Zufall.

Also: Es geht um Kapital, Revolution, Macht und Intellektuelle.
Um heutige Themen.

Aber – um Mißverständnissen vorzubeugen: Daß die Bezüge auf
unsere Zeit so klar und unübersehbar sind, hat mich beim Schreiben
selbst überrascht. Es bedurfte keiner Aktualisierung, keiner für das
Theater zurechtgebogenen Konfrontation. Es gibt anscheinend Konstellationen, die sich modellhaft wiederholen.

Also: Das heutige Stück spielt hier und heute.

Aber – um Mißverständnissen vorzubeugen: Es spielt in der Zeit von 1514 bis 1525. Zahlen und Fakten stimmen. Die Texte sind zum größten Teil Originaltexte. Ich habe mich 5 Jahre lang mit diesem Thema beschäftigt – um genau zu sein. Gerade weil ich keine fertige Ideologie übernehmen konnte, weil ich konkret bis in die letzte Einzelheit wissen wollte, diese Situation erforschen und belegen wollte, darum 5 Jahre lang: Wer war das? Wie entsteht das? Wie verläuft das aus? Wie funktioniert das?

Daß man manipulieren kann, weiß ich. Was man mit Sprache machen kann, weiß ich auch. Ich bin Schriftsteller. Ich habe nicht manipuliert. Die Texte sind nicht aus dem Zusammenhang gerissen. Das Stück ist nicht zuletzt deshalb so lang, weil die Originaltexte mit Nebensätzen, Einschüben, Relativierungen übernommen wurden und weil sie im Zusammenhang stehen. Die Reden sind nicht irgendwie zusammengestellt, sondern den Schriften entnommen, die sich mit diesem Thema befassen. Also bestenfalls eine Strichfassung, keine Collage. Außerdem ist die zeitliche Ordnung eingehalten worden. Wenn Luther z. B. etwas über die Bauern oder etwas zu Worms oder etwas auf der Wartburg sagt, dann sind das keine zusammengesuchten Sätze aus einem Riesenwerk (etwa lästerliche Sprüche aus seinen späteren Tischgesprächen), sondern es sind seine Briefe und Schriften aus diesem Zeitraum zu diesen Ereignissen. Es gibt nur wenige begründete – Ausnahmen. Wenn es etwa um grundsätzliche Auseinandersetzungen geht. Dort sind die für dieses Thema grundlegenden Äußerungen eingesetzt. Äußerungen, die ja auch heute noch gelten.

Wo ich im Zweifel war, habe ich das ausgedrückt, oder ich habe die betreffenden Szenen ganz gestrichen. (Beispiel: Verbrennung der Bulle. Es gibt von allen Zeitgenossen nur eine Stimme, die die Verbrennung bezeugt. Aber eine Stimme wiegt viel.) Da man Texte des Mittelalters nicht wortwörtlich übernehmen kann, sondern leicht »verdeutschen« muß, habe ich mich in jedem Fall auf »anerkannte Übersetzungen« gestützt.

Daß Luther anders dasteht, als wir ihn kannten, ist für viele gewiß schmerzlich. Aber es sind schließlich seine Worte. Ich glaube, daß ich ihm gerecht geworden bin. Ich habe mich jedenfalls sehr bemüht. Es gibt in diesem Stück auch positive Szenen für ihn. Wer das im ersten Zorn übersehen hat, möge das Stück bitte nochmals anschauen (genau lesen).

Wenn ein Münzer zu heutig wirkt, zu revolutionär, zu sehr auf unsere Probleme abgestellt, dann ist das nicht mein Verdienst. Es spricht nur für Münzer. Es sind schließlich seine Texte.

Daß ein Fugger nicht ein »Helfer der Menschheit« war, sondern ein Mann, der an ihr verdiente, sollte man mir nicht anlasten. Es ist schließlich seine Buchhaltung.

Im übrigen ging es nicht darum, Helden zu stürzen oder zu kreieren. Dieses Stück hat keinen Helden. Skepsis ist bei allen Personen angebracht und wird auch deutlich gemacht. Das Stück zeigt einen Vorgang. Man kann wählen.

Mir standen keine Geheimquellen zur Verfügung. Ich habe das vorhandene Material in seiner ganzen Breite gelesen und durchgearbeitet. Vieles, was so schockierend scheint, steht in jedem besseren Geschichtswerk und ist der Wissenschaft längst bekannt. Daß wir trotzdem nur das wissen, was in ein bestimmtes Raster paßt, das sollte uns nachdenklich stimmen.

Daß dieses Stück, das sich bescheiden an Tatsachen hält, unser Gesellschaftsbild so auf den Kopf stellt, sollte uns mißtrauisch machen. Was ist uns da bisher erzählt worden?

## II
## »Die neuesten Phänomene sind weder literarisch noch politisch, sondern formal«

PAUL PÖRTNER

## Aus: Vorwort zu ›Experiment Theater‹
[ 1960 ]

Eine Besinnung auf die Prinzipien des Theaters als selbständige
Kunstgattung bedeutet nicht eine Einschränkung und Maßregelung
der Bühnenpraxis, sondern eine Wiederentdeckung des ursprünglichen reinen Theaters. Die Grundtendenz der neuen Theorien: Dem
Theater soll zurückgegeben werden, was des Theaters ist, es soll
›entfesselt‹ werden von Bindungen an Literatur und Musik, aus
einer unterwürfigen Stellung emporgehoben werden, aus der Sphäre
der reproduzierenden nachschaffenden Tätigkeiten, aus dem Bereich
von Illustration und Interpretation herausgelöst werden zugunsten
seiner eigensten äußersten Möglichkeiten. In diesem weitesten Sinne
gilt das Theater als ein Zentrum der lebendigen Kunst, als Ort der
Spontaneität, Universum der Imagination, Stätte der menschlichen
Selbstbegegnung und Spielraum der menschlichen Möglichkeiten.
Diese Umrisse bilden den Horizont eines ›Totaltheaters‹, an dem
sich Dichter, Musiker, Maler, Plastiker, Architekten, Schauspieler,
Tänzer und Regisseure beteiligen, als Gemeinschaftswerk, als künstlerische Synthese der Künste, als lebendige Kunst der Künste.

Diesen Ideen gegenüber verharrt die Theaterpraxis in einer un-
geklärten Stellung zwischen Konvention und Wagnis, zwischen
Stagnation und Wandlung.
[...]

CLAUS BREMER

## Das Mitspiel
[ 1965 ]

[...]
   Die Fotografie hatte der bildenden Kunst die Beschäftigung mit
dem Gegenstand abgenommen. Die bildende Kunst konnte sich ausschließlich mit ihren Formen und ihren Farben und ihren Betrach-
tern beschäftigen. Entsprechend die anderen Künste. Sie konnten
sich auf das beschränken, was ihnen jeweils unverwechselbar eigen-
tümlich ist. Warum sollte sich nicht endlich, nachdem alle anderen

Künste das getan hatten, das Theater auf das beschränken, was es unverwechselbar macht. Das Theater zeichnet sich durch das Zusammenspiel der Darsteller untereinander und mit dem Publikum aus. Das bedeutet in der Konsequenz: das Theater zeichnet sich durch das aus, was ich bereits auf zweierlei Weise konzipiert hatte.

In der bildenden Kunst gibt es bereits Objekte, konnte ich mir sagen, die der Betrachter praktisch durch sein Eingreifen verändern kann. Ich habe zu Hause ein Bild von Diter Rot hängen, das aus mosaikartig aneinandergesetzten Elementen besteht. Ich kann diese Elemente zu einer großen Vielzahl von Bildern umsetzen, die immer Bilder von Diter Rot sind. Ich dachte an die von Daniel Spoerri veranstaltete Ausstellung von Kunstwerken, die sich bewegen lassen. Da war auch ein Apparat von Jean Tinguely, in den man selber irgend etwas, eine Zahnbürste, eine leere Packung Gauloises usw., einschrauben konnte. Setzte man den Apparat durch Knopfdruck elektrisch in Bewegung, ergab die eingeschraubte Zahnbürste oder die leere Packung Gauloises oder beides zusammen oder noch mit dem Kamm zusammen, den ich in meiner Tasche finde, der sich dazuschrauben läßt, durch rasche Drehung eine farbige Plastik. Mir fiel auch der auf dieser Ausstellung ausstellende Agam ein, der Bilder gemacht hat, die der Betrachter mit eigenen Handgriffen, durch Umstecken, Verdrehen usw., verändern kann, wobei sie immer Bilder von Agam bleiben. »Der Betrachter hat Einfluß auf die Entstehung, d. h. auf die Verwandlung des jeweiligen Bildes, und wird so zu seinem Mitschöpfer«, sagt Agam. Ich hatte das Entsprechende für das Theater gefunden.

Ich denke, daß nichts unbedingt neu ist. Ich habe mich in der Theatergeschichte umgesehen. In der Geschichte der Miteinbeziehung des Zuschauers in die Theaterdichtung auf der Basis gemeinsamer Realitäten zeigten sich mir mehrere Perspektiven. Eine zeigte mir die Aktivierung des Zuschauers, eine andere die Annäherung der theatralischen Ausdrucksmittel an seine jeweilige Welt. Ich nenne nur wenige Stationen, die nicht unbedingt ein Nacheinander darstellen. Die eine Perspektive führt über die Commedia dell'arte, in der die improvisierten Einsätze der Schauspieler das Publikum aktivieren, weil die Spielregeln gemeinsam bekannt sind, über Beaumont und Fletcher, bei denen gedichtete Zuschauer in eine Vorstellung eingreifen und sie verändern, über Tieck, bei dem gedichtete Zuschauer eine die Phantasie und Kritik anregende Geschichte nicht akzeptieren, über Pirandello, bei dem das Spiel auf Zuschauerraum und Foyer übergreift, und dessen Zuschauer sich die Frage stellen müssen, die Stückthema ist, ist Theater Leben oder Leben Theater. Die andere Perspektive führt über Shakespeare, der die gemeinsame Vergangenheit zum Verständnis der gemeinsamen Gegenwart verwendet, über Büchner, der den dokumentarisch belegbaren Einzelfall als Anlaß für ein allgemeingültiges Beispiel nimmt und das Ausdrucksmaterial aus der Umwelt, über Bertolt Brecht, dessen Theater durch Vergleiche mit der Realität seine Überprüfung durch den Zuschauer provozieren möchte, über Beckett, der Mülltonnen als Kunstgegenstand einsetzt und dessen Begegnungen mit dem Nichts alles wesentlich machen, und über Ionesco, der Banalitäten als künstlerisches Ausdrucksmaterial verwendet, das sich selbst als Ausdrucksmaterial decouvriert. Beide Perspektiven vereinen sich etwa bei Jack Gelber und Daniel Spoerri. Jack Gelber läßt in seinem »Apfel« eine Gruppe verschiedenster Leute sich selber suchen, und zwar im Rahmen eines sich wie zufällig ergebenden Spiels, das sich die Zuschauer selbst erklären müssen. In Daniel Spoerris »Ja Mama, das machen wir« spielen die Darsteller eine x-beliebige Stelle aus dem Alltag auswendig nach und unterhalten sich anschließend von der Bühne aus spontan mit den Zuschauern darüber, um nach der inszenierten Realität auch die echte Realität zum Theater zu machen. Beide Perspektiven führen zu einem Theater, dessen Ablauf von seinen Zuschauern tatsächlich mitbestimmt wird.

Der Blick auf die Entwicklung der anderen Künste und in die Theatergeschichte hat mir endgültig Mut gemacht. Ich konnte den Schritt in die Praxis wagen.

Um die Autoren auf die Möglichkeit einer Realisierung meiner Vorstellung vom zeitgemäßen Theater aufmerksam machen zu können, brauchte ich eine Bezeichnung für diese Form von Theater und eine Formulierung seiner Dramaturgie, die noch genügend skizzenhaft war, um anregen zu können. Ich habe zusammengefaßt. Der Autor muß durch die Darsteller in den Zuschauern eine Erwartung wecken, von der er durch die Darsteller, für die Zuschauer kontrollierbar, abweichen läßt, worauf den Zuschauern der Eingriff erlaubt sein muß, auf den die Darsteller so reagieren können, daß sie in den Zuschauern eine Erwartung wecken, von der der Autor durch die Darsteller, für die Zuschauer kontrollierbar, abweichen läßt usw.. Zusammen mit den bisher gemachten Beschreibungen konnte das in meinen Augen eine anregende Grundlage für das sein, was ich jetzt das Mitspiel genannt habe.

Ich habe Autoren besucht. Zum Beispiel Paul Pörtner. Ich habe Pörtner von Improvisationsübungen her gekannt, die er für zwei Schauspieler geschrieben hatte. Ihm mußten meine Gedanken liegen. Ich habe ihm gesagt, daß sein Stück, wenn es meine Ideen berücksichtigt, aufgeführt wird.

Pörtner hat mir ein Mitspiel geschrieben, das er »Drei« genannt hat. Auf der Bühne sind drei Versatzstücke. Es sind vieldeutige Ortsangaben. Zwei Versatzstücke sind neben der Szene (eine Leiter und eine Schranke), und eins ist über der Szene (ein Kronleuchter). Hinter der Szene stehen drei Kleiderständer, an denen jeweils drei vieldeutige Requisiten hängen, z. B. ein Bart und ein Helm und ein weißer Kittel. Der Trainer schreibt auf eine Wandtafel, die für die Schauspieler und für die Zuschauer gut lesbar ist, neun Stichworte. Diese neun Stichworte geben Eigenschaften an. Der Trainer schreibt etwa Leichtsinn, Eitelkeit, Mitleid, Mordlust, Kleptomanie, Rachsucht etc. auf die Wandtafel. Er schreibt jeden Abend etwas anderes. Dann bringt er eins der drei Versatzstücke auf die Szene. Die drei Schauspieler gehen zur Tafel, wählen sich jeweils ein Stichwort aus, was sie durchstreichen, damit es in den folgenden zwei Szenen nicht wieder benutzt wird, gehen zu einem der drei Kleiderständer und wählen sich jeweils ein Requisit. Auf den Gongschlag des Trainers hin beginnt die Szene, die dadurch entsteht, daß drei Schauspieler, jeweils bestimmt durch die gemeinsame Ortsangabe, ihr jeweiliges Requisit, ihr jeweiliges Stichwort und das, was jeweils die beiden anderen anzubieten scheinen, etwas erfinden. Mit dem zweiten Gongschlag des Trainers ist die Szene beendet. Wenn jedes Stichwort und jede Ortsangabe einmal drangekommen sind, bei den Requisiten ist das ja nicht möglich, sind die Schauspieler eingespielt, und das Publikum hat begriffen, d. h. kann es kaum noch aushalten, selber mitzumachen, d. h. in diesem Fall, mit den Schauspielern zu spielen. Statt von der Wandtafel das Stichwort zu bekommen, holt sich jetzt der Darsteller sein Stichwort vom Publikum. Sind die drei Stichworte verteilt, gibt das Publikum auch den Schauplatz an. Dann suchen sich die Darsteller ihre Requisiten aus und beginnen auf den Gongschlag des Trainers das Spiel. Bei dem volksfestartigen Spiel, das dabei entsteht, bemängelt der Zuschauer zwar jeden mangelnden Einfall seiner Darsteller, spart aber bei jedem Einfall nicht mit Szenenapplaus. Paul Pörtners System von »Drei« hat sich immer wieder bewährt. Das Mitspiel funktionierte.

[...]

Paul Pörtner

## Über das Mitspiel
[1965]

Mitspiel heißt ein Theaterstück, bei dessen Aufführung das Publikum mitspielt. Die Publikumsbeteiligung bestimmt den Verlauf der Handlung, sie ist nicht als Auflockerung eines festgelegten Geschehens, nicht als Abschweifung oder Zugabe angelegt, sondern als Mitwirkung: das Publikum spielt eine Rolle (und sei es die Rolle: Publikum), es hat Entscheidungen zu treffen, für deren Folgen es verantwortlich gemacht wird, es ist also verwickelt in die Handlung und selbst das Nichthandeln, Sich-nicht-Entscheiden, Sich-der-Stimme-Enthalten wird thematisiert, denn alles, was auf der Bühne geschieht, bezieht die Reaktion des Zuschauers als wesentliches Element ein.

Dieser Ansatz hat für den Autor weitreichende Folgen: Das Material des Spiels muß für jeden Mitspieler verfügbar sein. Da es heute keine Gemeinsamkeit der Mythologie oder anderer geistiger Voraussetzungen gibt, auf die ich als Autor stofflich zurückgreifen kann, muß ich mich an die Realität halten, und zwar den Umkreis von Realität, der beim Publikum wie bei den Schauspielern als bekannt vorauszusetzen ist. Das begrenzt den Stoffbereich auf das Naheliegendste, Alltägliche, Banale. Das Stück muß an dem Ort spielen, an dem es aufgeführt wird. Alles was über den Bühnenrahmen hinausweist, muß ortsüblich und nachprüfbar sein.

Diese Authentizität ist nicht ein Gag, sondern dient der Befestigung der Handlung an einem realen Grundstock, an den sich Autor, Schauspieler, Regisseur, Publikum halten können. Die Begrenzung des Spielfeldes verbietet jede spektakuläre Übertreibung, jede Ausweitung ins Phantastische, Symbolische, Metaphysische, sie bedeutet nicht nur eine Beschränkung im Stofflichen, sondern auch eine Annäherung der Bühnenrealität an die Realität außerhalb der Bühne: reale Gegenstände auf der Bühne, reale Tätigkeiten und reale physische Gegenwärtigkeit.

Die Sprache darf keine Hochsprache, Schreibsprache, vom Autor brillant formulierte Poesie sein, sondern sie muß aus dem Gerede mundgerecht entwickelt sein, aus dem gewöhnlichen Sprechen stammen und jederzeit wieder dorthin zurückführen: Schauspieler und Publikum müssen das, was der Autor sagt, jederzeit weitersagen, fortsetzen können in ihrer Redeweise. Deshalb können die Texte auch, wenn es der Vertrautheit und Annäherung der Partner dient, in Dialekte, Slangs umgefärbt und umgesetzt werden.

Die Beiträge, die vom Publikum und von Schauspielern geleistet werden, sind unvorhersehbar und nicht in ein Kalkül einzubeziehen, aber sie dürfen nicht nur ausgespart werden, sondern sie müssen angebahnt werden, in einer bestimmten Richtung angesprochen, sodann aufgefangen, eingebaut, notfalls korrigiert werden oder auch abgewiesen und als Fehleinsätze deutlich gemacht werden. Es genügt nicht, die Mitspielfreude anzukurbeln, möglichst viele Impulse zu provozieren, sondern die Antriebe, Anstöße müssen verwertet werden, aber auch zu drosseln und zu steuern sein.

Es zeigte sich bei der ersten Erprobung eines abendfüllenden Mitspiels vor Abonnementspublikum (»Scherenschnitt« in Ulm), daß die bisher gestaute Aktivität zuerst einmal hochbrandet und den Rahmen zu überschwemmen droht. Das Mitredenwollen ist die simpelste Form der Beteiligung: es gibt immer Leute, die sich gerne reden hören und die sich hervortun wollen. Die Kontrollfunktion ist die nächsthöhere Stufe: über das Kritisieren kam es zu Korrekturen, zu Auseinandersetzungen mit Schauspielern, zu einer dramatischen Zuspitzung aggressiver Momente: gegenseitige Herausforderung, Vorwürfe, Widerlegungen, Drohungen, Haftbarmachen für das Gesagte.

In meinem neuen Mitspiel ging es mir darum, diese Ansätze weiterzuentwickeln, differenzierte Formen zu entwerfen, artikulierte Reaktionen zu inspirieren.

Die Stoffwahl, so beschränkt der Umkreis auf den ersten Blick erscheint, mußte unter einer Fülle von Angeboten getroffen werden: ich merkte erst, wie reich die alltägliche Realität an immanenter Dramatik ist, als ich mir sie genauer ansah. Ich schränkte den Bereich »Berufsleben« auf die Spannung »Beruf und Leben« ein, nahm als Ort ein Büro, vier Angestellte als Hauptpersonen. Die Rolle des Vermittlers und Spielmachers, die im »Scherenschnitt« vom Kriminalkommissar allein zu bewältigen war, teilte ich in zwei Rollen auf; zwei Personen in überlegener Position (Chef und Journalist), die gegensätzlicher Meinung sind und die Widersprüche zwischen sich austragen.

Am Ende des ersten Aktes, der die Exposition des Autors gibt, kann das Publikum seine eigene Exposition machen: in der bereits als Gesellschaftsspiel eingeführten Form des Testens. Wer ist wer? Das ist die Frage. Wenn das Publikum durch das Frage-Antworte-Spielen den Kontakt mit den Schauspielern aufgenommen hat – der Test gibt zugleich auch Auskunft über die Intelligenz des Publikums, die Mitspielfreude etc. –, kann gewählt werden: wer von den vier getesteten Bewerbern welche Stellung bekommen soll. Hier tut sich die erste Entscheidung auf: wird jemand an den falschen Platz gestellt, hat er eine Arbeit zu tun, die nicht seinen Fähigkeiten entspricht, so wirkt sich das auf seine persönliche Verfassung aus, es bestimmt sein weiteres Verhalten und Tun. Ich unterscheide hier zwischen Rolle und Funktion, thematisiere die Spannung zwischen Person und Personal, zwischen Privatem und Gesellschaftlichem.

Die Publikumsmitwirkung im Hauptteil der Handlung ist sowohl in Mehrheitsentscheidungen möglich, wie auch in Eingriffen einzelner. Das Bühnengeschehen wird dezentralisiert, einzelne Szenen ins Publikum hineingetragen. Ob viele mitspielen oder wenige oder niemand, es wird nicht dem Zufall überlassen, es bleibt nicht als Unzulänglichkeit dahingestellt, sondern es wird als Entscheidung klargemacht: denn auch eine Unterlassung hat Folgen, und es ist ein Vorzug des Spiels, jede Folge, auch aus dem Nichttun, bewußt zu machen.

Ein Mitspiel existiert – streng genommen – nur als Aufführung. Ich war immer schon der Meinung, daß Theaterstücke nicht am Schreibtisch, sondern auf der Bühne gemacht werden. Ich halte nichts vom Autor als Autokraten, als Diktator eines Textes, dennoch unterschätze ich nicht die Arbeit des Erfinders, Konstrukteurs, Komponisten einer Bühnenhandlung: der Bau des Stückes war immer die Hauptleistung des Dramatikers. Vom Spielgerüst und der Beweglichkeit des Spielapparates hing immer schon die Ausführung ab. Als Mitspielautor biete ich den Schauspielern Rollen an, aus denen sie agieren und improvisieren können: ich stelle ihnen Texte und Textreservoire zur Verfügung, aus denen sie schöpfen und die eigene Phantasie entwickeln können; ich gebe ein Sortiment von Szenen und ihren Varianten vor, die in wechselnder Reihenfolge aufeinander verweisen und die angelegten Motive in verschiedenen Richtungen entfalten.

Ich gebe also dem Regisseur Material für die Probenarbeit. Dem Publikum soll ein Spiel geboten werden, das sich wie von selbst spielt, unterhaltsam ist und Lust macht, mitzuspielen. Dann erst kann die Handlung zur Geltung kommen: als Mithandeln, Mitverantwortlichsein. Ohne Belehrung, ohne moralische Ansprache führt diese Art von Theater-Unterhaltung zur Selbstanalyse und Selbstdarstellung der Beteiligten. Das Publikum als hinnehmende Versammlung ohne Stimme, die sich von oben herab bieten läßt, was man ihr zumutet (bis auf die unartikulierten Äußerungen des Mißfallens oder des Beifalls), scheint mir als Partner weniger herzugeben als die mündige, entscheidende Mehrheit: sie hat das Mitbestimmungsrecht in allen wesentlichen Fragen. Nicht mehr geschehen lassen, was geschieht; nicht alles hinnehmen, was einem vorgesetzt und zugemutet wird; nein, seine Meinung vertreten, gegen andere Meinungen verfechten; gegen Unrecht protestieren; sich nicht scheuen vor der öffentlichen Verhandlung; Zivilcourage beweisen; das sind keine übertriebenen Forderungen an das Publikum, sondern praktikable, wenn auch nicht oft geübte Spielregeln des gesellschaftlichen Verhaltens.

Was mich als Autor wie als Zuschauer am Theater interessiert: das Einmalige, Augenblickliche, Leibhaftige, Spontane macht das Mitspiel spannend: es ist reich an Überraschungen, an ungewöhnlichen, erstaunlichen Momenten; ich erfahre etwas über mich selbst und über andere; ob ich hingehe oder nicht, spielt eine Rolle: ob ich heute hingehe oder morgen, es ist nie dasselbe: ich spiele mit, als Autor, als Schauspieler, als Publikum.

Claus Bremer

Aktionsvortrag zum Vostell-Happening
›In Ulm, um Ulm und um Ulm herum‹
[1964]

am 7. November 1964 um 15 Uhr im Ulmer Theater eröffnet.
Die Folge der einzelnen Vortragsteile ist austauschbar.

Teil 1

Ich danke Wolf Vostell, dem Autor von »In Ulm, um Ulm und um Ulm herum«, und Kurt Fried, dem Inhaber der Ulmer Galerie »studio f«, der Mitveranstalter, Mitfinanzierer und Mitmutmacher

95

ist, und Ulrich Brecht, dem Intendanten des Ulmer Theaters, dessen künstlerische Tendenzen der heutigen Verantaltung einen organischen Platz einräumen: Sie haben uns Gelegenheit zum Happening gegeben.


## Teil 2

»Ein Happening ist, ja warten Sie mal, neulich in Edinburgh, da hat sich jemand ausgezogen« ... Oder: »Ein Happening ist, ja, ich erinnere mich, es war bei Wuppertal, da wurden die Leute, es ist schon dunkel gewesen, allein im Wald zurückgelassen und mußten zusehen, wie sie wieder nach Hause kamen.« »Ein Happening ist« ... Ein Happening ist für viele der Ursprung einer Summe von Gerüchten, die so einladend ist, daß sie manche von Ihnen hierhergelockt hat.

Wenn Sie das Happening »In Ulm, um Ulm und um Ulm herum« hinter sich haben, weiß jeder von Ihnen, was ein Happening ist. Wenn ich Ihnen vorher erzähle, was Sie erleben werden, widerspricht das, abgesehen davon, daß ich es nicht kann, den Regeln des Happening.

Ich muß mich allgemein fassen. Mit dem Mitspiel hat das Happening die Einbeziehung des Zuschauers als Mitwirkenden gemeinsam. Mit einer Veranstaltung der Fluxus-Gruppe, das sind Veranstaltungen, die Tabus anzugreifen suchen, ohne dadurch wieder neue Tabus zu errichten, das Herkommen von der bildenden Kunst und den Verzicht auf jede Überhöhung der Ausdrucksmittel. Das Happening ist kein Mitspiel und keine Fluxus-Veranstaltung.

Vom Mitspiel, dessen Zuschauer durch eine provozierende Kontrollierbarkeit des Geschehens zu Mitwirkenden werden können, unterscheidet sich das Happening dadurch, daß seine Zuschauer durch eine provozierende Unkontrollierbarkeit mit einbezogen werden. Im Gegensatz zum Mitspiel, dessen mitwirkende Zuschauer eine Fülle von jeweils freiwilligen Eingriffsmöglichkeiten haben, sind die Mitwirkenden des Happening Mitwirkende auf der Basis von Ja/Nein-Entscheidungen – ich mach's oder ich mach's nicht oder nur so oder so weit – und darüber hinaus möglicherweise in ihrem Bewußtsein. Sie können im eigenen Bewußtsein oder in dem der anderen als Mitwirkende funktionieren. Die Bühnengröße des Happening ist vom Bewußtsein des einzelnen bestimmt. Im Gegensatz zu den Fluxus-Veranstaltungen, die wie die konventio-

nellen Theatervorstellungen die Zuschauer durch eine Rampe vom
Geschehen trennen, plant das Happening die Mitwirkung der Zuschauer mit ein.

Das Happening, dessen Kompositionsmethode einzelne Bestandteile unseres Alltags so zu kombinieren versucht, daß sie in ihrem
Zusammenwirken an sich nichtig und transparent für das uns alle
betreffende Ganze werden, ist eine nicht an bestimmte Ebenen oder
Räume gebundene Folge von aus vorgefundenen Materialien montierten dynamischen Bildern, denen die Betrachter nicht gegenüber-
stehen, sondern in die sie als lebendige Elemente mit einbezogen
sind. Oder anders gesagt, nicht auf die bildende Kunst, sondern
auf das Theater bezogen, das Happening, dessen Kompositionsmethode, ich wiederhole es, einzelne Bestandteile unseres Alltags so
zu kombinieren versucht, daß sie in ihrem Zusammenwirken an
sich nichtig und transparent für das uns alle betreffende Ganze werden, ist eine Folge von Szenen, die durch keinen Bühnenrahmen
begrenzt, deren Ausdrucksmittel nicht überhöht und deren Zuschauer als Darsteller mit einbezogen sind.


Teil 5

Ich bitte Sie um Ihr Verständnis für den Satz »für eventuelle Schä-
den an der Kleidung wird nicht gehaftet«. Haben Sie keine Furcht,
es wird alles zu reinigen sein. Wenn an den Körper des anderen
herangegangen wird, entwickelt er Abwehrkräfte. Er muß sich der
Tatsache stellen, daß er als Material behandelt wird. Er wird auch
sonst, außerhalb des Happening, als Material behandelt, nur unbewußt, wobei er sich nicht darauf einrichtet und wehrlos bleibt. Ich
bitte um Ihr Verständnis für ein Theater, das die Realität zur
Bühne macht. Ich halte es für notwendig. Das Leben als Theater zu
begreifen, Alltägliches und Zufälliges mit einzubeziehen in das,
was wir positiv und negativ Theater nennen, unser Gefühl für
Szene aufs Äußerste zu erweitern, das macht Schritt für Schritt
vielleicht Dinge kontrollierbar, denke ich, denen wir früher zum
Opfer fallen mußten.
[...]

WOLF VOSTELL

# Happening
[1964]

*Was es zu sagen gibt:*
*»Oder ist alles Happening?«*
*Verändert uns unsere Umgebung?*

1. In einer Zeit, in der unsere Umgebung aus sich widersprechenden
Ereignissen und Bedeutungen zusammengesetzt ist; in der sinnvolle
und unsinnvolle Fakten hintereinander, nebeneinander, übereinander und zur gleichen Zeit das Bewußtsein der Menschen verwischen; in der es die luxuriösesten Situationen gibt, während andere
Zeitgenossen kaum ihre Miete bezahlen können; in der bei werbepsychologischen und politischen Handlungen alle Skalen der menschlichen Verhaltensweisen durchpraktiziert werden; in einer Zeit, in
der sich alle Jahre die Wertmaßstäbe des Konsums und der Lebensgewohnheiten ändern werden; in einer Zeit, wo die größten Widersprüche nebeneinander existieren, können diese Einwirkungen nicht
an der Kunst vorbeigehen.

Die Kunst von heute nimmt alle diese Fakten und verarbeitet sie
als totale Wahrheiten, ohne diese allzusehr neu zu formulieren. Die
Realität übersteigt die Fiktion. »Ein Bild wird realer, wenn es
Teile der Realität enthält« (Rauschenberg). Daß dabei Ereignisse,
Gedanken, Wolken, Gott, Unfälle, rundheraus alles was da ist, zur
Kunst erklärt, zur Fragestellung wird und wurde (Marinetti, Duchamp, Schwitters, Vostell, Vautier), ist schon zur Selbstverständlichkeit geworden und muß als Ausgangspunkt betrachtet werden.
»Das Schweigen von Marcel Duchamp wird überbewertet« (Josef
Beuys). Die Unerklärbarkeiten und Zumutbarkeiten der Phänomene
um uns herum erhalten größeren Informationsgehalt als die Interpretation der Dinge über die Dinge.

## FORM ADÄQUAT DEM LEBEN?
*Aufgeführte Gleichzeitigkeit von Tatsachen?*

2. Meine Ausdrucksform, das Leben und unsere Probleme szenisch
auszudrücken, fand ich vor zehn Jahren, zu einem Zeitpunkt, an

dem ich außer meinem malerischen Bewußtsein ein Bewußtsein für Leben und Tatsachen entwickelte. Wenn ich über eine belebte Straße ging, sah ich vor mir 40 gehende Beine, rechts ein gelbes großes Auto mit roten Blinklichtern, links ein weinendes Kind, hinter mir einen Zeitungskiosk mit Buchstabensalat, einen Fleischerladen, ich denke an eine KZ-Schlagzeile vorher am Kiosk. Was denkt gerade die Frau, der Mann neben mir? Eine schöne Werbung, ich sollte mir ein neues Hemd kaufen, an meinem Auto ein Zettel, Parkverbot, warum ist die Spannung vor einer Ampel so groß?

War das Collage? Nein, für mich war das Dé-Collage. Ein Abriß der psychologischen Situation, von Bewußtseinsschichten, von Wahrheiten, von Objekten, von Vorgängen und Handlungen. In meinem Kölner Happening *Cityrama* (1961), wollte ich beim Publikum Schichten des verschleierten Bewußtseins abreißen. Ich lud Leute ein, in den Straßen von Köln, an Ort und Stelle die visuellen und akustischen Wahrheiten zu erfassen (Straßenecke, Schrottplätze, Trümmergrundstücke etc.). In Paris (1962) forderte ich das Publikum auf, eine Busfahrt über zwanzig Boulevards um Paris herum zu machen, nur wegen der Begleitumstände und Erlebnisse, die sich jeden Tag bei dieser Buslinie ergeben. Nicht also, um von A nach B zu gelangen. Der Mensch als Reflexions- und Aktionszentrum war das Wichtigste dabei! (Mitspiel.)

Bei meinen nächsten Happenings erweiterte ich die Möglichkeit, das Publikum zu aktivieren durch Anweisungen für das Publikum.

*FLUXUS*
*Aktionen vor dem Publikum, akustisch-visueller Art*

3. Die Fluxusbewegung manifestierte sich, von G. Maciunas organisiert, das erstemal 1962 in Wiesbaden; acht Abende neuester Musik und neuer szenischer Aufführungen. Bei der Breite und Durchschlagskraft dieser neuen Ästhetik waren die Angriffe und Mißverständlichkeiten, die die Fluxus-Festivals in Wiesbaden, Paris, Kopenhagen, Amsterdam, Düsseldorf und New York erzeugten, wohl schon vorauszusehen. N. J. Paik und ich hörten damals, als Reaktion auf unsere Aufführungen, daß die Ladys von Time und Life in New York für diese Dinge das Wort »*Happening*« geprägt hätten, seitdem hat sich dieses Wort (ähnlich wie POP) als durchschlagender erwiesen als Dé-Collage-Ereignisse, wie ich meine Demonstrationen nannte.

## UNTERSCHIEDE
*Die Realität wird nicht nur einbezogen; sie bleibt Realität!*

4. Wie ich schon erwähnte, entwickelten sich meine Happenings von der Dé-Komposition meiner Bilder heraus und der natürlichen Komposition des Lebens. Bild gleich Leben = Leben gleich Bild (Vostell).

Da die Themen im Leben, die Dingwelt verkettet mit dem Menschen sich manifestiert, bezog ich von Anfang an den Menschen logisch und alogisch mit ins Geschehen ein, und gab dem Publikum sinnvolle oder zur Dé-Couvrierung der Wahrheit unsinnvoll-scheinende Handlungen zur freien Beteiligung. 1959 schrieb ich ein Happening, bei dem das Publikum zu neun verschiedenen Stellen in einer Stadt herumgefahren werden sollte. Mit Hilfe der Galerie Parnass wurde dieses Ereignis an neun verschiedenen Stellen der Stadt Wuppertal realisiert (1963). *Neun Nein Décollagen* für Kino, Rangierbahnhof, Blumengarten, Steinbruch, Autogarage, Schwebebahn, Fabrik, Käfig, Garten. Das Publikum mit einzubeziehen, es herumzutransportieren (Transport auch als Ereignis), für das Geschehnis auch thematisch den wahrheitenthaltenden Ort zu finden, die Beteiligten durch die Umgebung zu beeinflussen, die Umgebung durch die Anwesenheit von Menschen zu beeinflussen, Vorgänge, Farbe, Hunger, Kälte, Wärme, Alleinsein, Zeit etc. am eigenen Leibe zu erleben und erleben zu lassen, um das Bewußtsein des Publikums zu schärfen (Psychologisches Theater), das unterscheidet meine Bewußtseins-Manifestationen von vielem, was plötzlich Happening sein will, sein möchte, gewesen sein will oder gewesen sein möchte.

## ULM AUS DER FERNE
*Was kostet ein Happening im Vergleich zur Herstellung*
*von elektronischem Vogelzwitschern für Madame Butterfly*
*mit einem Etat von 9 Millionen DM?*

5. Als mich der Dramaturg des Ulmer Theaters, Claus Bremer, unterstützt durch das Studio F, einlud, ein Vostellhappening für Ulm zu konzipieren, wußte ich schon, daß Bremer ja unbedingt mal ein Happening veranstalten müßte. Es war die Fortführung seiner Studio-Aufführungen und die Bestätigung seiner Mitspiel-Idee, an der

er schon lange arbeitet, und die ich in meiner Arbeit bereits verwirklicht sah. Was ich vom Mitspiel weiß, resultiert aus den Erfahrungen und Reflexionen, die ich in einem Dutzend meiner Happenings mit verschiedenartigem Publikum selbst erfahren durfte.

Wie jedes gute bildnerische Objekt oder bewußtseinsverändernde Theaterstück müssen Mitspiele auch von Ideen sprudeln, und das Publikum darf nicht auf Ehrgeiz und die Entwicklung von Scharfsinn (Kriminalstück von Pörtner) trainiert werden, das läuft auf Quizveranstaltungen hinaus. Meine Arbeit mit Bremer bei den Vorbereitungen war brillant, ihm verdanke ich das Gelingen des siebenstündigen Happenings: *In Ulm, um Ulm und um Ulm herum* (1964).

Viele Stimmen sprechen jedoch von Mißlingen. Ebenfalls wird das Happening im Wirtschaftsausschuß der Stadt Ulm behandelt. Warum nicht? Aber vielleicht oder ganz gewiß sollte man nachzählen, wieviel Tausendmarkscheine bei allen Theatern für dekorativen Pomp, der nichts, als eben Pomp aussagt, verpufft werden. Durch elektronisches Vogelzwitschern können wir nicht erfahren, in welcher Zeit wir leben; daher wird es auch keine Vostellhappenings geben, die nur der Unterhaltung des Konsumenten gelten.

## PUBLIKUMSREAKTIONEN
*Wird es »entartetes« Theater geben?*

6. Ich möchte dem Menschen bewußt machen, in welcher Zeit er lebt. Wenn er das weiß, kann und wird er sich gegenüber sich selbst und den Tatsachen um ihn anders verhalten. Warum jedoch sind die Angriffe der Presse und des Publikums so intolerant? Schwäbische Zeitung: »... So konnte ein echtes ›Happening‹ verhindert werden, nämlich eine gesalzene Tracht Prügel für Wolf Vostell, Claus Bremer und Kurt Fried, denn das Publikum war böse ...« (Prof. Beuys wurde sogar bei einem Festival in Aachen von einem Studenten geschlagen.) »Ich schäme mich, Mensch zu sein« (Paik). Viele dieser Zeitgenossen, die so etwas aussprechen oder denken, vielleicht Rassenfanatiker oder wer auch immer, alle diese Menschen schlafen gesund weiter, nachdem sie ihre Morgenzeitung gelesen haben. Denn jede Tageszeitung ist heute voll von Unzumutbarkeiten für jeden Menschen. Um so unbegreiflicher ist es jedoch, daß dieses Publikum beim Happening die Haltung verliert. Sehen sich diese Menschen

gezwungen, sich ihrer Maske zu entledigen? Warum toben sie nicht, wenn ein Flugzeug abstürzt, nur weil ein Vogelschwarm in die Triebwerke gerät? Oder vieles mehr! Warum bleiben die Leute, wenn es ihnen mißfällt? Warum bezeichnen sie etwas als entartet, was dem Leben genau gleicht? Warum sind sie empört, wenn sie es in Verbindung mit Kunst sehen? Warum sind sie nicht empört, wenn sie Zeitung lesen?

Mein »Theater« hat Leitbilder und bildnerische Ausstrahlungen. Wenn diese stark sind, werden sie wie Bilder haften bleiben.

Köln, Dezember 1964

ULRICH BRECHT

## Nach dem Happening
[1965]

Lieber Wolf Vostell,

was für ein schöner Abend, als Sie bei mir zu Hause waren, als wir Rotwein tranken, als Sie mir Ihr Happening »in Ulm, um Ulm, und um Ulm herum« erzählten, als ich Ihnen (über zwei Stunden) angeregt, fasziniert, betroffen zuhörte. Seit der (siebenstündigen) Aufführung sind über zwei Monate vergangen. Zeit also, daß der Veranstalter, um der Sache willen, von der Sie mich damals dichtend, malend und kommentierend überzeugt haben, seinem Autor gegenüber Bilanz zieht.

Warum, frage ich, blieb bei dem Happening dann für mich und viele andere nur wenig von jener Überzeugungskraft übrig? Warum haben sich die Absichten, die Sie in Ihrem Programmheftbeitrag formuliert haben, für mich und viele andere zu einem großen Teil nicht verwirklicht? Warum waren Jux und Langeweile Anfang und Ende so vieler Teilnehmerempfindungen?

Alle diese Fragen münden für mich in die Frage nach dem Verfahren, das Sie verwendet haben.

Die Verfahrensfrage zielt auf die von Ihnen gewählte und verkörperte Personalunion Autor-Regisseur-Ausführender (statt der erfahrungsgemäß notwendigen Trennung von »Librettist« und

»Realisator«); sie zielt auf die von Ihnen und dem Ulmer Theater versuchte, gleichermaßen ungenügende wie zu weitgehende Organisation dessen, was Sie wollen; ja auf die Frage nach dessen Organisierbarkeit überhaupt.

Sie beinhaltet die zu große Teilnehmerzahl, die zu zahlreichen und zu weit auseinanderliegenden Schauplätze, die zu langen Omnibusfahrten und die hierdurch ermöglichte Entstehung einer Betriebsausflugs-Gaudi.

Ich denke nach über die Methode der akausalen Verknüpfung und Anhäufung von (auch verfremdeten, gestellten) Bestandteilen der Wirklichkeit (der Realität, des Alltags), und ich überlege mir, ob der Teilnehmer eben deswegen nicht teilnimmt und sie nicht auf sich bezieht. Ob er nicht deswegen gedankenschwer dieser Fülle von Eindrücken gegenübersteht und ihre Symbolhaftigkeit zu entziffern sucht? Er rät Rätsel, statt »sich selbst bewußt zu ereignen«.

Warum haben Sie das Gegenteil Ihrer Maxime »Originales geschehen lassen« praktiziert, das Gegenteil von »Leben gleich Kunst«, also: gestellte statt originale Realität? Gestellte Realität mit dem Anspruch originaler Realität bewirkt Lächerliches, wie in der Tiefgarage, wo die Schreckensassoziationen hinter der erlebten Realität zurückblieben und pure Albernheit auslösten. Wer hätte nicht damit gerechnet, die Tiefgarage wieder lebend zu verlassen?

Für eine zu überprüfende Voraussetzung Ihres Happenings halte ich Ihre Vermutung, der Happening-Teilnehmer sei sich nicht oder ungenügend all derjenigen Bereiche bewußt, die Sie ihm durch Kombination von sinnlich wahrnehmbaren Teilaspekten eben dieser Bereiche bewußt machen wollen. Ich glaube, daß Sie diejenigen unterschätzen, die (ohne Störabsichten und bloße Sensationslust) zu einem Happening kommen. Diejenigen, die Sie nicht unterschätzen, nehmen an einem Happening nicht teil.

Genug der kritischen Fragen, die mir besonders dann einfallen, wenn ich an die von Ihnen im Programmheft formulierten Ziele denke. Wenn ich vergesse, was ich da gelesen (und im »Aktionsvortrag« gehört) habe, wenn ich mich freimache von Umständen, die mich abgelenkt und meine Unvoreingenommenheit geschmälert haben, dann sieht mein Eindruck von den Stationen Ihres Happenings so aus: bewegte Bilder, mobile Dichtungen, fleisch- und metallgewordene Träume, Chagallszenen mit Motiven und Materialien von 1964, Kompositionen aus Geräusch, Geruch, Farbe, mit allen Sinnen wahrnehmbar gewordene Poesie.

Ich fühle mich nicht durch »Höheres« entrückt, nicht durch Erfundenes meiner selbst enthoben, sondern ich bin von Alltäglichem, Erlebtem, Bekanntem in unalltäglicher, unerlebter, unbekannter Weise umgeben. Das stellt mich in Frage, das greift mich an, das provoziert mich. Das bestätigt mich aber auch, das überrascht, das langweilt, das erstaunt mich. Das ärgert, das freut mich.

Ich bin auf Entdeckungsreise durch meine eigene Gegenwart: ihre vertrauten Erscheinungen, unvertraut zusammengefügt, werden zu Zeichen ihrer Schönheit, ihres Schreckens. Weil Sie dafür die Augen öffnen können, weil Sie zeigen können, wie sehr die Elemente des Alltags als Ausdrucksmittel dieser Zeit geeignet sind, uns anzuregen, bereue ich es nicht, Ihr Happening veranstaltet zu haben.

Wie gut, wenn die Ulmer Verwirklichung Ihres Happenings Ihnen zeigen könnte, was künftig anders anzupacken ist, damit das, was Sie bewegt und was Sie bei anderen bewegen wollen, adäquaten Ausdruck findet. Ich schreibe diesen Brief, weil ich mich freue, daß es Sie gibt, und weil ich finde, daß wir Sie nötig haben.

Ihr Ulrich Brecht

HERMANN NITSCH

Drama als existenzfest
[1969]
Zum VI. abreaktionsspiel

Ein zerfall, eine veränderung von traditionellen weltbildern, gleichzeitig auch der versuch, eine elastischere, schwerelosere orientierung zu finden, läßt gegebenheiten wie drama, liturgie, kult und fest mehr denn je ineinander verschmelzen und sich im leben auflösen. Die ergreifbarkeit des (da)seins steht im zentrum unserer wirklich handhabbaren möglichkeiten. Das intensive erfassen unserer lebendigkeit, intensives sich erleben und registrieren ist unsere uns bestimmte aufgabe, in welcher unsere möglichkeiten beschlossen liegen. [...]

Das drama schützt nicht mehr vor, gleichnishafte anschauung von geschehnissen zu sein. Nichts wird mehr gespielt, alles ereignet sich wirklich. Liturgie ist nicht von der lebendigkeit, »diesseitigkeit« sich abstoßende verherrlichung der transzendenz. Das fest muß nicht mehr einen religiösen vorwand haben. Ein weltliches fest ist nicht mehr mit einem religiösen fest verbunden oder dadurch gerechtfertigt, es wird nicht einer weltabgewandtheit abgerungen. Das gelebte, verwirklichte, zu genießendem bewußtsein gebrachte leben ist fest, drama, liturgie. Ein analytischer dramatischer prozeß führt dazu, daß das leben selbst zum bewußten festlichen ereignis wird. Das o.m.theater stellt den menschen in seine eigene wirklichkeit, in seine eigene lebendigkeit. Unbedingtes aushorchen des umweltbegreifens steht vor der unauslotbaren mystischen wirklichkeit der welt. Das 6 tage dauernde spiel des o.m.theaters soll das größte und wichtigste fest der menschen werden (es ist ästhetisches ritual der existenzverherrlichung). Es ist gleichzeitig volksfest und zu bewußtsein gebrachtes mysterium der existenz. Das fest des o.m.theaters hat keinen anderen vorwand als die seinsmystische verherrlichung unseres hierseins. Das fest, die festlichkeit treibt in richtung zu einem durch den menschen zu sich selbst kommenden sein.

Mit dem VI. abreaktionsspiel findet eine 3 tage dauernde voraufführung des großen o.m.theaterfestes (spieles) statt. Es soll geladen werden zu einem jubelfest, volksfest voll der ausgelassensten, orgiastischen heiterkeit. Was ursprünglich feierlichkeit, vom leben sich abziehende konzentration auf das religiöse war, soll sich im festlich, mystisch erlebten augenblick auflösen. Die gefühlte transzendenz, erfüllte mystik, liegt im konzentriert, glückhaft erlebten augenblick. Das religiöse, die transzendenz braucht nicht außerhalb des unmittelbaren erlebens gesucht werden. Jeder intensive moment gelebtes und empfundenes sein transzendiert. Der erfüllte rausch des sich verwirklichenden daseins erfährt eine mystische erweiterung durch den schauer, welchen das hineinhorchen in die bodenlosigkeit der existenz auslöst. Von der dramatischen regression zu sadomasochistischem ausagieren durch enthemmteste abreaktionsorgiastik über die trivialität von blasmusik (ländler, marschmusik), die musik von beatkapellen (es wird zum tanz aufgespielt), die enthemmung durch alkoholrausch, der verabreichung von speisen, bis zum sublimierten begreifen eines ästhetischen lebensrituals wird das geplante fest alles enthalten. Das VI. abreaktionsspiel ist nicht nur anschauung der umwelt, sondern ein fest des sich selbst erlebens. Die teilnehmer sollen sich wohlfühlen in ihrer »rolle« als mensch (es soll gegessen und getrunken werden nach lust). Die beteiligung am ästhetischen ritual des spieles ist kein zwang. Die zuschauer können sich am ort der aufführung frei bewegen, sich vorübergehend zurückziehen und wieder am fortlauf des unmittelbaren spieles teilnehmen. Das verabreichen der speisen und getränke, das übermitteln der gerüche, geschieht nach synästhetischen gesichtspunkten und ist im spielablauf genau eingeplant. Wesentlich ist das transzendieren des genusses, der registration. Auch vom geschmack über das schmecken und riechen werden unsere sinne entscheidend zur existenz gelockt. Das zum genuß gerufene schmecken definiert unseren organismus bis weithinein in seine uns unbekannten wurzeln und anlagen. Auch das ordnende, bewußtmachende aufzeigen von kollektiv-psychischen strukturen, archetypen (verhaltensweisen) ist bestandteil des spieles. Ein fast algebraisches arbeiten mit symbolkomplexen, die aktionen und objekten anhaften, führt zu einer relativierung von symbolen mit entgegengesetzten bedeutungen, religiöse symbole und sexuelle symbole werden einander gegenübergestellt. Diese relativierung bewirkt einen abbau von tabuiertem.

## Das tragische, abreaktion und tötung

Das zum fest gewordene drama enthält sich in keiner weise des ursprünglich dramatischen der alten tragödie, im gegenteil, das drama wird zu seinem wesen geführt. Das fest fordert eine bewußtheit, die bis tief zur annahme unserer tragischen wirklichkeit führt. Die welt als ganzes soll angenommen werden mit all ihren extremen, ihren glücksmöglichkeiten, gräßlichkeiten und der grausamkeit des todes. Das scheitern, das leid, das tragische, das opfer, die sado-masochistische grausamkeit kann als plötzlich einbrechendes, absurdes hindernis des schöpferischen angesehen werden. Das schöpferische ist seinem wesen nach mit überwinden, abstoßen und beseitigen von hindernissen verbunden. Lebendige entfaltung, sich erweiternder lebensaufwand stößt auf naturgegebene hindernisse und bringt leid und schmerz, fordert zum schmerzvermischten glück der überwindung auf. Der mythos von tod und auferstehung bietet sich als gleichnis des schöpferischen an, die analytische technik des spieles verhilft uns dazu, uns totaler, rückhaltloser und umfänglicher zu begreifen, bis tief hinein in die uns normalerweise unbekannte wirklichkeit unserer triebhaftigkeit. Verdrängte bereiche werden aufgestöbert und ausgelebt. Das bewußtsein schleicht und drängt zu den gründen der energetik, sensibelste augenblicke der registration von genießender lust werden dem bewußtsein erschlossen. Einem wesentlichen impuls, der die menschheit und das spezifische des dramas bestimmt, wird rechnung getragen. Das bedürfnis nach abreaktion wird bewußt gemacht und erfüllt. Das drama zu seinem wesen gekommen ist katharsis, therapie, ist der psychoanalyse vergleichbar, nur daß der analytische prozeß, in diesem fall der dramatische prozeß, einer ästhetischen verwertung zugänglich ist. Es werden sich steigernde aktionen eingesetzt, die vorerst elementare, intensive sinnliche empfindungen fordern und später zu einem orgiastischen, sado-masochistischen ausagieren der akteure und zuschauer führen. Das assoziieren der klassischen psychoanalyse ersetzen im o.m.theater die durch aktionen bewirkten sinnlichen sensationen, welche nach überwindung der zensuren enthemmen und berauschen. Die aktionen mit rohem fleisch, feuchten leibwarmen gedärmen, blutigem kot, schlachtwarmem blut, lauem wasser usw. bewirken regressionen in richtung zur analsinnlichkeit. Die freude am plantschen, spritzen, schütten, beschmieren, besudeln steigert sich zur freude am zerreißen des rohen fleisches, zur freude am herumtrampeln auf den gedärmen. Die dionysische zerreißungssituation zeigt sich (der zerrissene abreaktionsgott Dionysos gelangt ins assoziationsfeld). Das dramatische wühlt sich in die freude an grausamkeit. Das chaos, ein orgiastischer rausch bricht über uns herein. Die intensität des erlebens läßt eine mystik der aggression und grausamkeit entstehen. Der dramatische effekt wird als ästhetischer rausch des zuschauers bzw. spielteilnehmers begriffen. Hölderlins auffassung des tragischen wird hier wichtig, wenn er sieht, daß im zorn die naturmacht und des menschen innerstes »grenzenlos eins« wird und daß die darstellung des tragischen darauf hinausführt zu übermitteln »wie der gott und mensch sich paart«.

Längst gestautes löst sich, verdrängtes wird anschaubar, der endpunkt der abreaktion, der sado-masochistische exzeß wird erreicht. Die innerhalb des spieles ästhetisch sich verwertende abreaktion macht die ursache von individuellen neurosen bewußt. Die kollektivneurotische bedingtheit von sado-masochistischen opfermythen erklärt sich.

Mit dem bewußtmachenden rausch der abreaktion (dem endpunkt der abreaktion) ist der leben gewordene dramatische effekt auf seinen höhepunkt gebracht, etwas das der katastrophe des klassischen dramas gleich ist, ist erreicht. Nur daß die katastrophe im fall des o.m.theaters durch die neutralisierte ästhetische bewußt- und anschaubarmachung des verdrängten, durch weitgehende katharsis von der tragischen ausweglosigkeit des antiken dramas befreit wird. Die abreaktionstheorie soll spekulativ noch einen schritt weitergeführt werden. Die abreaktionsorgiastik mit geschlachteten tieren (mit rohem fleisch) ist unter umständen nur ein hinweis für den drang zu einem extremeren erlebnis, das selbst innerhalb des spieles ausgespart blieb, gemeint ist die tötung, das tötungserlebnis. Das bedürfnis, der kollektive hang zu töten, dürfte etwas sein, das philogenetisch in uns ist, aber in keiner weise bewältigt oder beseitigt ist, sondern am allerstärksten aus unserem bewußtsein verdrängt, diesem kaum mehr zugänglich ist. Als höhepunkt des dramas beim eintritt der »katastrophe« in form von extremer abreaktionsorgiastik könnte der wunsch zu töten sich bewußt machen. Der rausch der grausamkeit erlaubt das extrem verbotene und endet im töten. Die dramen der weltliteratur handeln ständig vom tod und vom töten. Sie repräsentieren unseren unbewußten wunsch nach töten, nach dem tötungserlebnis. Die wichtigkeit des tötungserlebnisses für unsere gattung läßt sich leicht aufzeigen. Töten war und ist jenseits aller moralischen wertungen eine entscheidende existentielle auseinandersetzung. Für den frühzeitmenschen war die tötung eine täglich notwendige bewährung und lebensverwirklichung, es handelte sich um überleben und überwältigen. Die tötung (die wollust des tötungserlebnisses) arbeitet sich als eine der urformen der existentiellen bewährung und des intensiven sich erlebens heraus, wobei hinter die menschliche realität in unsere tierheit zu sehen ist. Zumindest soll gesehen werden, was in dieser hinsicht an unserer organisation dem tiere ähnlich ist. Das tötende, jagende tier, das raubtier wartet auf das opfer, auf die nahrung. Alle sinne, alle kräfte sind gespannt aufgestaut bis zum akt der tötung. Eine plötzliche rauschhafte befriedigung tritt ein, wenn das opfer gerissen wird, die zähne graben und schneiden sich in das von hellem, lebendigem blut durchpulste fleisch des opfers, warmes, rohes, fleisch und blut wird geschmeckt. Nicht viel anders wurde die tötung vom frühzeitmensch erlebt. Diese tierhafte existentielle tötung gerät in die nähe des sexualaktes, etwas geschieht, das den gesamten physischen und psychischen organismus entscheidend trifft. Der durst nach existenz ist im töten des raubtieres. Etwas von der lust nach diesem erlebnis ist noch in uns. Mit dem christlichen mythos träumt etwas in uns, einen gott zu töten, gleichzeitig wird für diesen traum schuld empfunden. Die tötung ist anstemmen, eindringen in die umwelt, ist intensive beschäftigung mit ihr. Etwas an der umwelt soll mit dem einsatz des eigenen hierseins, des eigenen lebens beseitigt werden, ausgelöscht werden. Die umwelt kommt auf einen zu, will das subjekt vernichten, oder es wird auf die umwelt zugegangen, um zu vernichten. Der hinderliche, das zu überwindende oder der angreifende wird getötet, die verbotene wollust des sieges dringt in das fleisch des überwundenen wesens. Der tötungsakt fordert die leibseelische organisation heraus und steigert sie zu den grenzen des intensiven erlebens. Tötung ist intensives existieren, ist rausch des sich aggressiv ereignen der sinne, ist (seins)mystik mit negativen, umgekehrten vorzeichen. Unser organismus ist bis in unsere fleischschmeckenden organe auf das töten angelegt. Die tatsache, daß wir für unsere ernährung töten, wird abgeschoben und verdrängt. Die gesellschaft nimmt jedem einzelnen von uns die verantwortung für das töten ab.. Sie bezahlt schlächter, die abseits für uns töten. Eine existentielle aufrichtigkeit verlangt, daß wir uns die tötung der für uns getöteten tiere bewußt machen. Es wird verlangt von uns, daß wir die seinsbezogene bedürfniswirklichkeit unserer organe bewußt zuende leben, damit wir zur erkenntnis unserer tragischen wirklichkeit gelangen, die töten muß, um sich ihrem wesen nach zu erleben. Der extreme punkt des sich erlebens, welchen das tötungserlebnis mit sich bringt, fehlt in unserer zivilisation. Der drang danach ist unserer zivilisierten bewußtheit nicht mehr zugänglich. Der verbrecher, welcher unseren unbewältigten konflikt nach außen trägt und tut, was wir unbewußt alle gern täten, muß bestraft werden. Das seichte dahindämmern im lauen schoß der gesellschaft, das nichterfassen der existenz verdrängt alle intensität. Die gesellschaft nimmt uns alle existentielle bewährung ab, erledigt sie für uns. Es entstehen gesetze und satzungen der mittelmäßigkeit, die unsere anlage verschwenden und wegführen vom sein, vom intensiven erfassen des seins. Die nicht zum erlebnis gekommene (verdrängte) intensität wird zum uns unbewußten wunsch zu töten. Die analytik des o.m.theaters soll uns in die nähe des tötungserlebnisses bringen und es bewußt machen. Der durch abreaktionsorgiastik entstehende rausch, die freude an der grausamkeit ist dem hang zu töten sehr nahe und rückt ihn ins bewußtsein. Die daraus entstehende, bewußtmachende katharsis schafft die möglichkeit, den hang zum tötungserlebnis zu sublimieren. Obiges soll in keiner weise das töten glorifizieren, oder gar auffordern zu töten, im gegenteil. Der nicht erfüllbare wunsch nach tötung muß aus seiner verdrängung befreit und durch ein erlebnis befriedigt werden, das die intensität des tötungserlebnisses übersteigt und das das gefühl von langwährendem, mystischen einssein mit dem ganzen bewirkt. Gemeint ist, daß sich der gesamte lebensablauf zum mystischen erlebnis verdichtet. Die rauschhafte intensität des existierens muß sich auf alle daseinsgebiete über das alltägliche leben ausbreiten. Eine heiter bewältigte welt soll anlaß geben, daß wir uns ausgeglichen in alle genußmöglichkeiten versenken. Alle sinne müssen sich intensivieren und sensibilisieren. Die äußerste sublimierung der tötungsintensität ist die sich in uns ausbreitende aufwallung der starkgefühlten lebendigkeit zum heiteren rausch, des zustandes der altruistischen liebe. Liebe ist nicht als gebot begriffen, sondern als zustand, als hochzustand des existierens, als seinszustand. Auf das ganze leben ausgebreitete seinsmystik ist liebe.

PETER HANDKE

## Der Dramaturgie zweiter Teil

Die »experimenta 3«
der Deutschen Akademie der darstellenden Künste in Frankfurt
[1969]

[...]
In Frankfurt war man sofort mit dem Taxi zum Theater am Turm gefahren, wo man gerade noch rechtzeitig den Zuschauerraum betrat, um den Vorhang aufgehen und ein weißes Pferd im Hintergrund der Bühne stehen zu sehen.

Josef Beuys trat von der Seite auf, mit einem Pelz, den er gleich ablegte. Er trug Blue jeans, einen Hut und über dem hellen Hemd eine kurze ärmellose Jacke. Er sprach, noch im Halbdunkel, Verse, dann wurde es hell, und er ging auf der Bühne hin und her, während der Schimmel hinten Heu fraß. Durch die Lautsprecher hörte man mit ruhigen, angenehmen Stimmen Claus Peymann und Wolfgang Wiens sprechen, Verse aus »Titus Andronicus« von William Shakespeare und aus Goethes »Iphigenie«, eine Montage, die die Sprecher selber hergestellt hatten.

Josef Beuys ging ab und zu vorn ans Mikrophon und sprach die Verse nach, dann ging er wieder weg, machte mit den Armen Flugbewegungen, sprang auf der Bühne herum, gab dem Pferd Zucker, tätschelte es, ging weg, hockte sich nieder, maß mit beiden Händen seinen Kopf ab, ging ans Mikrophon, erzeugte dort einige Kehlkopflaute, spuckte Margarine aus, während die Stimmen aus den Lautsprechern ruhig »Tod« und »Sterben« rezitierten. Dann ging er wieder auf der Bühne herum, ab und zu hörte man das Pferd schnauben, das Geräusch wurde durch die Lautsprecher verstärkt. Nach einiger Zeit sah man, daß sich nicht mehr ereignen würde: Beuys ging wieder auf der Bühne herum, ging im Hintergrund vorbei, wiederholte, was er schon vorher getan hatte, wandte die rituelle Gestik ein zweites und ein drittes Mal an.

Man ertappte sich dabei, daß man unwillig wurde, weil die Aktionen sich wiederholten. Aber dieser Unwille blieb ganz unergiebig, man wußte auch, daß es jetzt auf einen selber ankam: wollte man stumpfsinnig den ganzen Abend unwillig sein? Man mußte sich jedenfalls entschließen, man mußte Arbeit leisten. Die Zuschauer aber blieben stumpf in sich hocken und ließen es bei ihrer selbstverschuldeten Lähmung bewenden. Statt zu arbeiten, versuchten es einige mit dem reaktionären Zwischenrufrepertoire. Als die Textstelle kam: »Hängt ihn auf!«, wurde geklatscht. Kaum jemand unter den Zuschauern wußte etwas mit sich anzufangen.

Man kam nicht darauf, daß es an jedem einzelnen Zuschauer selber lag, statt unproduktiv und faul sich zu langweilen, sich zu einer Arbeit zu entschließen. Aus der Langeweile aber ergab sich jener erbärmliche, fahrige Aktionismus, das Gebrüll und Geflegel, welches einige mit der erstrebten Beteiligung des Zuschauers verwechseln, während es in Wahrheit nichts als ein Reflex ist; denn indem man fordert, daß der Zuschauer im Theater zwischenrufen und auf die Bühne gehen und mitmachen solle, möchte man ihn nur darüber hinwegtrösten, daß er draußen, in den Produktionszwängen seiner hierarchisch bestimmten Existenz, eben von Zwischenrufen und vor allem vom »Mitmachen« brutal abgehalten wird.

Insofern ist die Forderung nach der Aktivität des Zuschauers im Theater heuchlerisch und infam, wenn als Aktivität nicht die ruhige, klare Reflexion beim distanzierten, angestrengten Zuschauen, sondern der mechanische Aktivismus der bloß körperlichen, bewußtlosen Reflexe verstanden wird. Es muß klargemacht werden: je distanzierter und hermetischer die Ereignisse auf der Bühne vorgeführt werden, desto klarer und vernünftiger kann der Zuschauer diese Abstrakta auf seine eigene Situation draußen konkretisieren. Wenn ihm aber alles schon fertig, konkret, als Inhalt vorgeführt wird, wird ihm die wichtige Arbeit der Konkretisierung weggenommen, und er buht. So ein Theater macht den Zuschauer verächtlich, läßt ihn nur reagieren, sieht ihn als fertig, als Solidaritätskaspar an.

Ein abstrahierendes Theater könnte folgendes zeigen. Zuerst würde es etwa das Vietkongbanner schwenken lassen. Beifall. Dann würde das Sternenbanner geschwenkt. Protest. Dann würde ein neutrales Banner geschwenkt, dessen Bedeutung niemand kennt. Wie würde jetzt der Zuschauer reagieren? Er müßte sich mit seinen eigenen Reflexen vorher beschäftigen, er müßte Arbeit leisten.

Die hermetischen Ereignisse in der Produktion von Beuys waren wie keine andere Veranstaltung der *experimenta* dazu geeignet, ihm diesen Gedanken aufzudrängen, wenn auch freilich die Methode der Montage allzu wenig von der Geschichte der Iphigenie und des Titus Andronicus abstrahierte, so daß die Sätze oft, statt für sich sinnlich zu sein, immer noch sinnig auf die alten Geschichten zurückwiesen; und auch Beuys, statt sich ganz hermetisch und entfernt zu gebärden, reagierte ab und zu trivial auf das Publikum, indem er etwa, als das Pferd seichte und das Publikum klatschte, diesem zurückklatschte. Sein Herumgehen, sein Hocken, sein schön dilettantisches Nachsprechen der Verse hätten viel strenger, viel verzweifelter illusionär sein müssen, und ebenso hätten die Sprecher nicht beiseite über grammatikalische Probleme witzeln sollen, die das Publikum falsch ablenkten und desillusionierten.

Je länger aber das Ereignis sich entfernt, desto unwichtiger werden diese Abweichungen und desto stärker werden das Pferd und der Mann, der auf der Bühne herumgeht, und die Stimmen aus den Lautsprechern zu einem Bild, das man ein Wunschbild nennen könnte. In der Erinnerung scheint es einem eingebrannt in das eigene Leben, ein Bild, das in einem Nostalgie bewirkt und auch den Willen, an solchen Bildern selber zu arbeiten: denn erst als Nachbild fängt es auch in einem selber zu arbeiten an. Und eine aufgeregte Ruhe überkommt einen, wenn man daran denkt: es aktiviert einen, es ist so schmerzlich schön, daß es utopisch, und das heißt: politisch wird.

Von Beuys konnte man lernen; noch im Theater, noch während man zuschaute, mußte man, wollte man nicht steril unwillig bleiben, sich verändern. Was man sah, bestätigte einen nicht, sondern stellte einen in Frage, brachte einen dazu, sein Untertanenzuschauen zu überdenken. Am nächsten Tag, bei Bazon Brocks »Unterstzuoberst«, konnte man das Gelernte schon anwenden. Es wurde gezeigt, daß die Weltanschauungen eigentlich nichts als Kinoeinstellungen sind und daß, umgekehrt, Kinoeinstellungen zu Weltanschauungen führen. Warum das aber im Theater vorführen? Gerade im Theater Filme zu sehen, das zeigte sich, ist befremdend schön und schön befremdend, und es sollte, nach »Unterstzuoberst«, allen Theatern zur Gewohnheit werden, in Stücken und neben den Stücken regelmäßig auch Filme vorzuführen, denn erst dann wird sichtbar werden, wie angenehm Theaterräume fürs Zuschauen eigentlich sein können.

Trotzdem muß man fragen, warum Brock sich nicht strenger mit Einstellungen befaßt hat, die in der Theater- und Filmdramaturgie gleichermaßen verwendet werden, das heißt mit Einstellungen, für die die Schauspieler mit ihren Gesten und Sprechweisen sorgen und nicht der jeweilige Standpunkt der Kamera: mit Einstellungen also, die durch das andre Medium, den Film, in ihrer Bedeutung nicht verändert werden. Nur in einer Szene wurde das vorgeführt: wenn nacheinander weibliche Personen auf die Bühne kommen, mitten auf der Bühne stocken, einen Schreckenslaut ausstoßen und in der jeweils gleichen Beinhaltung dastehen und erst die dritte Person die seltsame Beinhaltung nicht als Reflex oder Begleiterscheinung des Schreckenslauts zeigt, sondern als Bedingung: »Eine Laufmasche!« Man nimmt etwas wahr, erschrickt, bleibt stehen und schaut an sich hinunter; oder: man bleibt stehen, schaut an sich hinunter, nimmt etwas wahr und erschrickt – das gewohnte Ursache-Wirkung-Sehen, das klar hierarchisch-politisch bestimmt ist, erscheint plötzlich umkehrbar und damit aufhebbar. Hier kann man von Brock lernen.

Viele andere Einstellungen aber, die er vorführen läßt, nehmen dem Zuschauer viel zuviel Arbeit ab, indem sie zu banal didaktisch sind. Man muß Brock in manchem eine Fahrlässigkeit gegenüber seinen eigenen radikalen Denkansätzen vorwerfen. Er strengt sich, nachdem er einmal angefangen hat, nicht weiter an und formuliert nicht mehr streng aus, sondern ermüdet in faulem *Et cetera et cetera*. Zum Beispiel: Es werden bunte Dias projiziert, ein Wald, eine Meeresküste, ein Straßenverkehrsbild: dazu hört man die »richtigen« Geräusche, zum Wald die Vogelstimmen, zum Meer das Rauschen, zum Straßenverkehr das Hupen. Das ist schön und lehrreich. Nun aber, wie leider erwartet, werden die Geräuschbänder vertauscht, und man hört zum Wald das Hupen et cetera et cetera.

Hätte Brock dem Zuschauer Denkarbeit zugetraut, hätte er es bei
der ersten Vorführung der Dias und der zugehörigen Geräusche
belassen, denn schon das starre Dia sorgt dafür, daß der Zuschauer
das zugehörige Geräusch als dazugemacht, als machbar und also
manipulierbar erkennt. Mit der Vertauschung macht sich Brock nur
über den Zuschauer lustig, der Aha-Effekt tritt ein, der den Vorgang wieder harmonisiert und abschließt als Kunstvorgang, der nicht
anwendbar ist.
[...]

   Das *Bread and Puppet Theatre New York* zeigte *»The Cry of
the People for Meat«*. Nein, es *zeigte* nicht den Schrei des Volkes
nach Fleisch, sondern ließ ihn schauen und hören. Die Mythen der
Menschheitsgeschichte, so wurde gezeigt, brauchen nicht erst illustriert zu werden, sondern sind selber zuallererst Bilder. Um ein
Requisit zu einem Zeichen für einen Mythos zu machen, braucht
man es bloß zu benennen: ein rotes Tuch nennt man »Himmel«,
und schon wird es der Mythos »Himmel«; dann nennt man es vielleicht »Feuer«, und schon wird es der Mythos »Feuer«. Das Benennen selber ist ein Mythos. Das *Bread and Puppet Theatre* hat eine
sehr freie, sehr gelassene Zeichensprache entwickelt, deren Zeichen-
requisiten (die gigantischen Puppen, das immer wiederkehrende
kleine Pappflugzeug, die Fahnen) für sich schon so sinnlich sind, daß,
wie in den großen Western, die ein wenig einfältige Ideologie über-
spielt wird. Andrerseits ist es wahrscheinlich so, daß ohne diese einfältige Ideologie die schöne unbefangene Sinnlichkeit der Truppe gar
nicht denkbar wäre: nur ein naives mythisches Denken ermöglicht
wohl solche Sinnbilder, besser gesagt: besteht schon aus solchen
mythischen Bildern.
   Und wenn man, selber befangen und durch die eigenen Existenz-
bedingungen gleichsam entsinnlicht, ihnen zuschaut, sieht man ihnen
zu wie etwas Vergangenem, etwas, was einem selber noch möglich
war, als man noch nicht geschichtlich, sondern mythisch existierte:
das Zuschauen wird retrospektiv, nostalgisch, aber auf andere Art
als bei Beuys: es handelt sich um eine selbstzufriedene Nostalgie,
weil die Bilder, die uns vorgeführt werden, bis an die Ränder aus-
gefüllt und fertig sind – es bleibt einem nichts zu tun, als sie anzuschauen, die Denkarbeit, die Konkretisierung findet nicht statt,
weil auf der Bühne schon alles konkret da ist: da bezieht sich alles
aufeinander statt auf uns, die zuschauen.

Anders als bei der Produktion »*Fire*« der gleichen Truppe, wo karg nur Geschehnisse und Vorgänge vorgeführt wurden, die erst beim angestrengten Zuschauen im Zuschauer Geschichten ergaben, waren bei »*The Cry of the People for Meat*« alle Geschichten schon auf der Bühne zu Ende erzählt; möglich blieb nur die erwähnte Solidarisierung und Akklamation. Ein Einberufungsbefehl wird verbrannt: Beifall. Diese kleine Puppe heißt Kuba: Beifall. Einzig die Abendmahlsszene war so sehr ein strenges, unpointiertes Bild, daß sich, wie bei Beuys, der bloß retrospektive Mythos umkehrte zum Wunschbild, zur Utopie, die Vergangenheit zur möglichen Zukunft. Anders gesagt: schaute man sonst nur Bilder an, so sah man jetzt die Begrenzungen, die *Grenzen* der Bilder, sah mit dem Bild auch die Idee dieses Bildes.

Die Produktion »Ophelia und die Wörter« von Gerhard Rühm ist eigentlich unbeschreiblich, wenn auch nicht von dem Hörtext aus, dessen Montageprinzip weit bewußter und weniger zufällig ist als das in »Titus Andronicus/Iphigenie«. Aber nicht einmal das ist ganz richtig, denn die Methode der Montage, für die Rühm vor fast 15 Jahren die Anfangsarbeiten geleistet hat, weg von einer bloß beliebigen surrealistischen Technik zu einer konstruktivistischen, modellhaften, scheint einem beim Anhören, wie überhaupt die ganze konkrete Poesie, unergiebig und steril geworden. Die Widerstände beim Machen sind so gering wie die Widerstände beim Zuhören. Das Prinzip der »Ophelia« ist etwa das der chinesischen Syntax: die Bestandteile der Syntax werden isolierend vorgeführt und kontrastieren zu dem Originaltext der Shakespeareschen Ophelia. Die Tätigkeitswörter werden von zwei Darstellerinnen illustriert: wenn das Wort »liegen« kommt, sieht man sie liegen.

Sind die Hör-Erfindungen noch akzeptabel, so kommen einem die Bilderfindungen dazu gänzlich mechanisch vor. Was stellt sich einer vor, der hier liest, daß die Darstellerinnen eine Negerin und eine Japanerin sind? Ja, richtig. Es genügt die Überschrift: »Die Negerin und die Japanerin.« [...] Im ersten Teil dagegen sah man eine schöne Szene: es wurde das Wort »Stab« projiziert, und dann wurde mit einem Stab auf das Wort gezeigt.

In »Torquato Tasso«, inszeniert von Peter Stein, sieht man Tasso auf einem Stuhl stehen und von »Abgrund« reden. Die Zuschauer lachen. Wenn Tasso den Lorbeerkranz auf dem Kopf hat, rutscht er ihm über das eine Auge, während er weiter, mit dem Gesicht zum Zuschauerraum, Goethes Verse spricht. Die Zuschauer lachen. Wenn

Tasso einen Menschen umarmen will, weicht der aus, und Tasso greift daneben. Die Zuschauer lachen. Wenn Tasso den Namen »Leonore« ausspricht, spricht er ihn mit rollendem »r«. Die Zuschauer lachen. Auf dem Boden steht eine Büste von Goethe. Am Anfang nimmt der Tasso die Posen der Goethe-Bilder von Tischbein an. Die Zuschauer lachen.

Zur gleichen Zeit mit dieser ärgerlichsten aller Produktionen auf der *experimenta* ist in Frankfurt Jean-Marie Straubs »Chronik der Anna Magdalena Bach« gelaufen. Straub hat den »Tasso« inszeniert in diesem Film, mit Ernst und Strenge. Stein, indem er sich lächerlich machen wollte über Tasso, hat *sich* lächerlich gemacht.

»Durch Heftigkeit ersetzt der Irrende, was ihm an Wahrheit und an Kräften fehlt.« (Goethe, Torquato Tasso)

CHARLES MAROWITZ

## Gesucht wird der moderne deutsche Schauspieler
[1970]

Der junge Schauspieler in London und New York, Stockholm und Paris ist heute geradezu befallen von der Neugierde nach den neuen Entwicklungen in seiner Kunst. Grotowski, Happenings, Spiel-Strukturen, Artaudsche Exerzitien – es gibt eine Fülle neuer Einflüsse und Herausforderungen, auf die viele Schauspieler ansprechen. Sie wissen, daß das Theater, wie man es seit über dreihundert Jahren kennt und praktiziert, einen radikalen Umwandlungsprozeß durchmacht, und sie wollen auf dem laufenden bleiben, wäre es auch nur aus so kläglichen Gründen wie denen, daß sie modisch bleiben oder sich interessant machen wollen. In Deutschland dagegen ist der Mangel an Neugierde bestürzend. Der Schauspieler ist noch immer der angestellte Lohn-Sklave, der halb-artistische Tagelöhner, der von Rolle zu Rolle vorrückt, als wäre er ein Fertigungsteil auf dem Fließband, ein unterwürfiger oder mißvergnügter Diener des Regisseurs, der selbst wiederum nur eine etwas genialischer angehauchte Version des schnaubenden Selbstherrschers ist, wie er mit

Meyerhold hätte aussterben müssen, und es in den meisten Ländern auch getan hat.

Diese Lage ist gravierend, weil keine Entwicklung im Theater zu ihrem Ziel gelangt ohne die aktive Mitarbeit des Schauspielers. Der Theoretiker mag den Weg zeigen – wie Artaud; und der Regisseur mag eine Methode entwickeln – wie Grotowski; es ist dennoch nur der Schauspieler, der allein oder gemeinschaftlich die Veränderung verwirklicht oder aber sie verhindert. Gleichviel, welche Stückeschreiber auftreten mögen, gleichviel, wie blendend die Arbeit der Regisseure sein mag, den künstlerischen Durchbruch einer Epoche bewerkstelligt doch der Schauspieler.

Es scheint, als bewirke in Deutschland das Subventionstheater mit dem bourgeoisen Geist, der es unterhält, die gegenwärtige Stagnation. Keine künstlerische Provokation ist so gewaltig, daß sie die Seelenruhe des Angestellten erschüttern könnte, der weiß, daß seine Gage auf zwei Jahre gesichert ist, der mit seiner Familie den Urlaub plant, und der sich eine behagliche Gegenwart und eine berechenbare Zukunft erhofft. Ironischerweise ist der Mann der Theaterkunst heute die treffendste Verkörperung bourgeoiser Werte, und weil das Theater, um überleben zu können, revolutionäre Temperamente verschlingen muß, geht es heute in Deutschland einer tödlichen Mattigkeit entgegen.

Die Deutschen glauben, Ästhetik sei wie Wolle oder Flachs zu importieren. Indem sie ausländische Regisseure und ausländische Theatergruppen einladen, glauben sie, sie würden Einflüsse des Auslands weiterentwickeln, aber das ist der falsche Weg. Wenn ein fremdes Element einem stabilen System wirklich einverleibt wird, paßt es sich an, es wäre denn so überwältigend wie Heroin oder Penicillin. Und in gewissem Sinn braucht das deutsche Theater genau das – eine Droge oder eine Medizin.

Das zeitgenössische Theater in Deutschland ist auf Politik fixiert, während die wichtigen Entwicklungen im Theater sich heute anderswo ereignen. Die neuesten Phänomene sind weder literarisch noch politisch, sondern formal. Wenn die Mitte des zwanzigsten Jahrhunderts im Gedächtnis bleiben wird, dann wegen der Ensembles des Living Theatres, des Open Theatres, des Café LaMama und Grotowskis, deren gemeinsamer Faktor eine physische, anaturalistische Theater-Sprache ist, geistig revolutionär und in Widerspruch stehend zu den im wahrsten Sinne des Wortes betonierten Konzeptionen der vergangenen fünfzig Jahre, das heißt dem psy-

chologischen Realismus, der aristotelischen Zeit-Struktur, den »gut-gebauten« Stücken, die das Repertoire fast jeden subventionierten Theaters ausmachen.
[...]


## Gespräch mit WILFRIED MINKS
[1970]

> *Das Gespräch fand am 15. Mai 1970 in Bremen statt. Teilnehmer waren, außer Professor Minks, Alexander Gruber und Wilfried Turk. Die Transskription des Ton-bands erfolgte im Wortlaut, von wenigen Kürzungen abgesehen. Die Kapitel ergaben sich zwanglos aus dem Ablauf des Gesprächs.*

## I. Raum, System und Kommunikation

MINKS. Ich habe mir früher Veranstaltungen vorgestellt, in denen viele Systeme nebeneinander herlaufen; daß man zum Beispiel riesige Lichtsituationen und gewaltige technische Veränderungen schafft, daß Komponisten musizieren, während das Publikum her-umgeht, kurz, daß eine Situation geschaffen wird, in der alle Mög-lichkeiten, die man sich ausdenkt, dazu dienen, Erlebnisse hervor-zurufen, die man in der normalen Umwelt nicht hat. Daß die Menschen innerhalb der Systeme, die man ihnen vorgibt und die sie verändern können, in Situationen kommen, in denen sie ihr nor-males »Rote-Ampel-Verhalten« aufgeben.

Heute weiß ich nicht mehr, wie weit man das schafft. Oder wie weit das erstrebenswert ist.

REDAKTION. Woran liegt das? An der Unzulänglichkeit der Räume?

MINKS. Ich weiß es nicht. Vielleicht. Wenn man sich zum Beispiel Räume ansieht wie ... Hongkong. Ich bin durch Hongkong gefah-ren und habe das Chinesenviertel gesehen. Da sind Hochhäuser, da sind Bretterbuden, da ist eine Dschunke, da ist eine Kneipe, da ist ein Fischstand, und da spielen Kinder. – Bei uns sagt man bei so einem Anblick, nach unseren europäischen Begriffen, das ist arm und sieht nicht gut aus. Aber hier sind Systeme gefunden worden – nicht gefunden worden, sondern haben sich Systeme ergeben, wo Kommunikation stattfindet. Und man hat das Empfinden, wenn man den Leuten jetzt satt zu essen gibt oder Schulen oder irgend etwas tut, um ihnen zu helfen, dann sollte es aus diesen Systemen heraus entwickelt werden. Diese Menschen brauchen keine neuen Systeme.

Deshalb kann ich auch über Armut nicht mehr richtig diskutieren. Ich finde, ein Mensch ist arm, wenn er nicht satt zu essen hat. Aber möglicherweise ist der »soziale Wohnungsbau« schlimmer als die Bedingungen in Hongkong. [...]

Die Normen für den sozialen Wohnungsbau ergaben sich aus rein rationellen Überlegungen, die schon fast eigenen, abstrakten und von den Menschen losgelösten Gesetzen folgen. [...] Es ist wichtig, daß etwas passiert, damit unsere Städte nicht vollkommen verspießern und alles eng und dumm wird wie jetzt schon unsere Schlaf- und Trabantenstädte.

Ich bin aber skeptisch – speziell fürs Theater.

REDAKTION. Skepsis ist sicherlich angebracht, wenn wir ans Theater denken, wie es besteht. Wir denken aber mit dem mobilen Spielraum an etwas, das bereits viel weiter geht, das kein klassifiziertes Angebot mit Eintrittskarte und dunklem Anzug voraussetzt. Wir denken an eine Assemblage, eine Umweltsmontage, in die das Theater integriert ist zusammen mit Ausstellungsräumen, Läden, kleinen Cafés, Kinderspielplätzen, Eisbuden – alles in bunter Abwechslung. Es soll keinerlei Systemzwang entstehen, es sollen nur die verschiedenartigsten Spielereignisse vorstrukturiert werden.

MINKS. Ich glaube nicht recht daran.

Es gibt Leute, die glauben, sie können Kommunikation herstellen, indem sie planen und funktionale Systeme einrichten. Mir erscheint das zweifelhaft.

REDAKTION. Es ist die Frage, wieviel Zwang ein System ausübt. Auch der Backstein ist ein System-Element, das zusammen mit Mörtel bereits komplizierte Zusammenhänge ermöglicht und formal und konstruktiv bestimmte Möglichkeiten des Bauens und der Raumbildung zuläßt. Dennoch wird das Bauen mit Backsteinen und Mörtel nicht als Zwang empfunden werden. Das System bildet einen Rahmen, innerhalb dessen die Freiheit und Variabilität relativ groß ist. So sehen wir auch die Baukastenelemente für den mobilen Spielraum. Das System selbst bleibt flexibel.

MINKS. Im Moment versuche ich, schon die Systeme nicht so rational zu machen.
REDAKTION. Im Bühnenbild?
MINKS. Ja.

## II. Bühnenbild, Bühnenraum und Theaterformen

MINKS. Als Bühnenbildner befindet man sich in einer schwierigen Situation. Die Häuser, die speziell fürs Theater gebaut worden sind und gebaut werden, sind Unsinn. Damit kann man heute nichts mehr machen, auch als Bühnenbildner nicht. Ich frage mich nur, ob nicht das Theater, für das ich arbeite, einen festen Platz braucht. Natürlich sind viele Formen des Theaters möglich. Ich möchte keine Ausschließlichkeit behaupten.
REDAKTION. Denken Sie an Straßentheater?
MINKS. Ja, auch. Das Bread and Puppet Theatre auf der letztjährigen Experimenta in Frankfurt fand ich sehr aufregend. Das ist eine extensive offene Form, die nicht auf einen festen Bau oder einen ständigen Ort angewiesen ist. Diese Truppe kann heute in Frankfurt, morgen in München und übermorgen woanders spielen und kann sich geschlossene oder offene Räume wählen.
Andererseits gibt es Formen, wie sie zum Beispiel Terayama mit seiner Gruppe entwickelt hat, die intensiv und geschlossen arbeitet, bezogen auf ein Publikum von Spezialisten, das eigentlich immer dasselbe sein müßte, so daß die Truppe fest stationiert bleiben muß. Sie kann sich und ihre Arbeit dann allmählich mit dem Publikum zusammen entwickeln. Auf diese Weise können die raffinierten Formen der Psychologie, das Phantastische dieser spezifischen Theater-Welt erst weitergetrieben werden. Es gibt theatralische Formen, die man mit dem Publikum zusammen erst steigern kann. Beide Formen, die offene und die geschlossene, finde ich sehr wichtig. Ich möchte nicht zum Mittelalter zurück. Das kultische Theater Grotowskis hat rein äußerlich nichts mit uns zu tun. Dennoch ist es gut, daß es besteht, weil es Spannung schafft zum Sonstigen und damit Wirkung.
REDAKTION. Der mobile Spielraum kann natürlich auch in einer Stadt stehen bleiben – was das Gerüst, die Elemente betrifft – und von Inszenierung zu Inszenierung umgebaut werden. Elemente sind austauschbar. Das Ganze kann neu gestaltet werden. Der äußeren

Mobilität gesellt sich die innere zu. Die Räume werden einstellbar.

MINKS. Natürlich ist es eine Frage der Einstellung, wie man gern arbeitet. Das Tafelbild hat man des öfteren totgesagt, es als unzeitgemäß abgetan, aber wenn ein Maler sich den festen Rahmen wählen will – warum nicht? Manche Leute wählen sich sehr feste, andere sehr lockere Formen, um sich jeweils damit auseinanderzusetzen. Beide Tendenzen sind wichtig, weil aus der Spannung zwischen beiden Wirkung erwächst.

REDAKTION. Die Einstellbarkeit der Räume bietet die Möglichkeit, beide Formtendenzen zusammenzufassen oder unmittelbar miteinander abwechseln zu lassen oder, wenn man will, eine Kombination zu bilden. Auf diese Weise ist es möglich, den gesamten Raum als »Bühnenbild« zu verstehen, das genau auf die Bedürfnisse und Absichten des Spieles zugeschnitten werden kann.

Wir wollen Sie direkt fragen: Würden Sie inszenieren, wenn Ihnen ein solcher Raum angeboten würde?

MINKS. Ja. Das stelle ich mir aufregend vor, aber ich kann es mir nur einmalig denken. Die Leute werden wahrscheinlich nur einmal hingehen. Sie nehmen es nicht als gegeben hin, sondern als Attraktion wie auf Jahrmärkten. Aber ich kann mir nicht vorstellen, daß die Leute in solchen Spielräumen spontan etwas tun, von sich aus. In Hongkong tun die Leute etwas, aber nur, weil sie es sich selbst zusammengebastelt haben.

Hier, in diesen Räumen. werden die Leute nur die Augen aufsperren. Aber daß sie mitmachen würden, das glaube ich nicht.

REDAKTION. Kann man das nicht über einen Erziehungsprozeß erreichen?

MINKS. Nein, das glaube ich auch nicht.

REDAKTION. Nicht Erziehung durch Schulung, sondern indem man den Leuten Sachen zur Verfügung stellt, mit denen sie das machen können, wozu sie im Moment Lust haben.

MINKS. Dann machen sie's aber nicht.

REDAKTION. Man muß es mit ihnen zusammen machen. Sie müssen helfen, bis sie selbst es können. Man muß sie gewinnen.

MINKS. Das ist Theorie. Es gibt gewisse Versuche in dieser Richtung. Aber wenn ich das geringste zu sagen hätte, würde ich dafür plädieren, daß die Entwürfe für den mobilen Spielraum hergestellt werden, weil ich die theatralischen Möglichkeiten, die er bietet, wirklich interessant finde.

Aber echte Kommunikation, eine Mischung zwischen Theater und

Realität, kann ich mir bei den mobilen Spielräumen nicht vorstellen. Es sei denn, sie gingen stärker von schon Vorhandenem aus.

REDAKTION. Wir denken auch eher an ein allmähliches Eingewöhnen.

MINKS. Wird es nicht viel eher zum Sensationellen und Zirkusmäßigen? Dagegen ist nichts zu sagen. Aber worauf es ankommt, ist doch, daß in einer Stadt wieder an die Menschen gedacht wird, richtig gedacht wird.

REDAKTION. Dem stimmen wir vorbehaltlos zu. Wir möchten noch einmal auf das Mitmachen zurückkommen, und zwar in diesem Zusammenhang auf das Straßentheater in Kreuzberg. Da werden in kleinen Stücken direkt die Probleme der Zuschauer vorgeführt, und dann bekommen die Zuschauer selbst die Materialien des Spiels, die Masken usw. in die Hand, damit sie weiterspielen und sich so artikulieren können. Das wäre ebenfalls eine Möglichkeit des mobilen Spielraums – und vom Standpunkt der Emanzipation des Menschen vielleicht der wichtigste. Wenn man den Leuten die Elemente selbst in die Hand gibt, dann müßte der Ansatz zur Entwicklung von Kommunikation gegeben sein.

MINKS. Unter der Voraussetzung, daß man sich eingewöhnt.

REDAKTION. Die Leute sollen schließlich in die Lage versetzt werden, ihr eigenes Programm abzurufen, etwa, wenn sie ein Fest feiern wollen. Wir stellen uns die Verwendung des mobilen Spielraums eigentlich immer als etwas Festliches vor. Man kann damit pompöse, aber auch intime und vor allem sehr lustige und vielseitige Feste feiern.

MINKS. Das ist ausgezeichnet. Es geht weiter, als das Theater normalerweise geht. Es betrifft die Stadt. Diese Entwürfe sind zweifellos menschlicher gedacht, als ein Unternehmer denkt. Aber befriedigen sie, als Angebot, ein Bedürfnis?

REDAKTION. Es gibt sicherlich ein Bedürfnis nach kreativer Tätigkeit, das sich nicht ökonomisch orientiert. Sichtbar wird es jedenfalls in den Freizeitbeschäftigungen.

MINKS. Aber wie sollen die Spiele aussehen?

REDAKTION. Vielleicht zwanglose soziale Aktionen... Es ist jedoch kein Spielprogramm in das Baukastensystem eingebaut. Es ist offen und kann beliebig benutzt werden.

MINKS. Wenn ich etwas Ähnliches zur Verfügung hätte, würde ich sehr gerne damit arbeiten. Lieber als im stehenden Theater.

*III*

*»Glauben Sie wirklich, daß die Qualität*
*von Theater verbessert werden wird*
*durch die Veränderung der Institution?«*

PETER HANDKE

## Straßentheater und Theatertheater
[1968]

Brecht ist ein Schriftsteller, der mir zu denken gegeben hat. Er hat Funktionsmöglichkeiten der Realität, die einem vorher glatt aufgingen, zu einem Denkmodell von Widersprüchen arrangiert. Dadurch hat er es möglich gemacht, daß den Funktionen der Realität, die einem früher oft wie ein glattes Funktionieren erschienen waren, beweiskräftig, mit Brechtschen Widerspruchsmodellen, widersprochen werden konnte. Endlich erschien einem der Zustand der Welt, der vorher wie gegeben und natürlich war, gemacht: und gerade dadurch auch machbar, änderbar: nicht natürlich, nicht geschichtslos, sondern künstlich, veränderungsfähig, veränderungsmöglich, unter Umständen veränderungs*nötig*. Brecht hat geholfen, mich zu erziehen.

Den Kernsatz der Reaktion, des Konservativismus, über Personengruppen, die in un*halt*baren Verhältnissen existieren, diese Leute »wollten es ja gar nicht anders«, hat Brecht in seinen Widerspruchsspielen als ungeheure Dummheit und Gemeinheit aufgezeigt: Leute deren Willen von den gesellschaftlichen Umständen dazu gedrillt ist, die gesellschaftlichen Umstände beim alten zu lassen, die also eine Änderung gar nicht wollen *können,* wollen es natürlich nicht anders; sie wollen es *natürlich* nicht anders? Nein, sie wollen es künstlich nicht anders, die Umstände, mit denen sie leben, sind vorsorglich so *gemacht,* daß sie bewußtlos bleiben und nicht nur nichts *anderes,* sondern überhaupt *nichts* wollen können.

Aus diesen Widersprüchen hat Brecht Spiele gemacht, *Spiele:* in dieser Beziehung ist die Kommune in Berlin mit Fritz Teufel als Oberhelden die einzige Nachfolgerin Brechts, sie ist ein Berliner Ensemble von einer Wirksamkeit, die jener des legitimen Berliner Ensembles entgegengesetzt ist: das legitime Ensemble errichtet Widersprüche nur, um am Schluß ihre mögliche Auflösung zu zeigen, und es zeigt Widersprüche, die in der eigenen Gesellschaftsform zumindest formal nicht mehr bestehen – kann deswegen auch zu keinem Widersprechen führen: die Kommune aber hat neu gedacht, hat ihre Widerspruchsspiele von akzeptierten Widerspruchsorten (den Theaterhäusern) auf (noch) nicht akzeptierte Widerspruchsorte verlegt, hat ihre Spiele nicht am Schluß mit einmal gemachten, schon fertigen Rezepten der Neuordnung versehen (addiert), weil die Spiele selbst, die *Form* des Spielens sich schon als Rezept der Neuordnung anboten. Wie man etwa im Fußball Torchancen »herausspielt«, so hat Brecht mit seinen Parabeln Widersprüche »herausgespielt«, freilich sicher an dem falschen soziologischen Ort, mit den falschen soziologischen Mitteln: von der Wirklichkeit, die er ändern wollte, unendlich entfernt, die hierarchische Ordnung des Theaters benutzend, um andere hierarchische Ordnungen hierarchisch zu stören: keinen Ruhigen hat er beunruhigt, Unzähligen freilich ein paar schöne Stunden geschenkt. Zwar hat er die Haltungen von Schauspielern geändert, nicht aber unmittelbar die Haltungen von Zuschauern: und daß durch die Haltung der Schauspieler sich wenigstens mittelbar die Haltung der Zuschauer geändert hat, ist geschichtlich falsch. Brecht war trotz seines revolutionären Willens so sehr von gegebenen Spielkanones des Theaters benommen und befangen, daß sein revolutionärer Wille doch immer in den Grenzen des Geschmacks blieb, indem er es für geschmackvoll hielt, daß die Zuschauer, indem sie Zuschauer blieben, sich unbehelligt unterhalten (lassen) sollten: geradezu besorgt war sein jeweilig letzter Wille zu einem Stück, es sollte »unterhaltsam« sein. Andere würden diese Haltung vielleicht als »List der Vernunft« bezeichnen: das schiene mir aber doch die List einer eigennützigen Vernunft zu sein.

Dazu kommt noch, daß Brecht sich nicht mit dem Arrangement von Widersprüchen begnügt, sondern daß schließlich als Vorschlag zur Lösung, zur Auflösung, das marxistische Zukunftsmodell ins Spiel kommt: ich sage, ins *Spiel* kommt: der Zuschauer, der durch Spiel unsicher gemacht worden ist, soll nun versichert werden: es wird ihm im Spiel das marxistische Modell einer möglichen Lösung genannt oder zumindest vorgeschlagen. Was mich beunruhigt, ist nicht, daß das marxistische Modell als Lösung genannt wird, sondern, daß es im *Spiel* als Lösung genannt wird (ich selber würde jederzeit den Marxismus als einzige Lösungsmöglichkeit der herrschenden – in jeder Hinsicht »herrschenden« Widersprüche unterstützen: nur nicht seine Verkündung im Spiel, im Theater: das ist so ähnlich falsch und unwahr wie Sprechchöre für die Freiheit Vietnams oder gegen die Anwesenheit der Amerikaner in Vietnam, wenn diese Sprechchöre auf dem *Theater* vor sich gehen; oder wenn, wie kürzlich in Oberhausen, im *Theater* »echte« Kumpels auftreten und dort ein Protestlied anstimmen: das Theater als Bedeutungsraum ist dermaßen bestimmt, daß alles, was außerhalb des Theaters Ernsthaftigkeit, Anliegen, Eindeutigkeit, Finalität ist, *Spiel* wird – daß also Eindeutigkeit, Engagement etc. auf dem Theater eben durch den fatalen Spiel- und Bedeutungsraum rettungslos verspielt werden – wann wird man es endlich merken? Wann wird man die Verlogenheit, die ekelhafte Unwahrheit von Ernsthaftigkeiten in Spielräumen endlich erkennen?? Das ist nicht eine ästhetische Frage, sondern eine Wahrheitsfrage, also doch eine ästhetische Frage? Das ist es also, was mich doch aufregt an den Brechtschen Spielen: die Eindeutigkeit und Widerspruchslosigkeit, in die am Ende alles aufgeht (auch wenn Brecht so tut, als seien alle Widersprüche offen), erscheint, da sie auf dem Theater in einem *Spiel-* und *Bedeutungs-* raum vor sich geht, als reine Formsache, als Spiel. Jede Art von Botschaft oder sagen wir einfacher: jeder Lösungsvorschlag für vorher aufgezeigte Widersprüche wird im Spielraum der Bühne *formalisiert*. Ein Sprechchor, der nicht auf der Straße, sondern auf dem Theater *wirken* will, ist Kitsch und Manier. Das Theater als gesellschaftliche Einrichtung scheint mir unbrauchbar für eine Änderung gesellschaftlicher Einrichtungen. Das Theater formalisiert jede Bewegung, jede Bedeutungslosigkeit, jedes Wort, jedes Schweigen: es taugt nichts zu Lösungsvorschlägen, höchstens für ein Spiel mit Widersprüchen.

Das engagierte Theater findet heute nicht in Theaterräumen statt (nicht in diesen verfälschenden, alle Wörter und Bewegungen entleerenden Kunsträumen), sondern zum Beispiel in Hörsälen, wenn einem Professor das Mikrofon weggenommen wird, wenn Professoren durch eingeschlagene Türen blinzeln, wenn von Galerien Flugblätter auf Versammelte flattern, wenn Revolutionäre ihre kleinen Kinder mit zum Rednerpult nehmen, wenn die Kommune die Wirklichkeit, indem sie sie »terrorisiert«, theatralisiert und sicherlich zu Recht lächerlich macht, und sie nicht nur lächerlich macht, sondern in den Reaktionen in ihrer möglichen Gefährlichkeit, in ihrer Bewußtlosigkeit und falschen Natur, falschen Idyllik, in ihrem Terror erkennbar macht. Auf diese Weise wird Theater unmittelbar wirksam. Es gibt jetzt das Straßentheater, das Hörsaaltheater, das Kirchentheater (wirksamer als 1000 Messen), das Kaufhaustheater, etc.: es gibt nur nicht mehr das Theatertheater – jedenfalls nicht als Mittel zur unmittelbaren Änderung von Zuständen: es ist selber ein Zustand. Wozu er taugen könnte (wozu es bisher auch getaugt hat): als ein Spielraum zur Schaffung bisher unentdeckter innerer Spielräume des Zuschauers, als ein Mittel, durch das das Bewußtsein des

einzelnen nicht *weiter,* aber *genauer* wird, als ein Mittel zum Emp-
findlichmachen: zum Reizbarmachen: zum Reagieren: als ein Mittel,
auf die Welt zu kommen.

Das Theater bildet dann nicht die Welt ab, die Welt zeigt sich als
Nachbild des Theaters. Ich weiß, das ist eine kontemplative Haltung:
aber ich würde mir nicht sagen lassen, daß die Alternative zu Kon-
templation Aktion ist. Ob sich freilich aus dem genaueren Bewußtsein des Zuschauers oder Zuhörers schon der Impetus ergibt, die Zustände im marxistischen Sinn (der auch der meine wäre), zu ändern,
daran zweifle ich, obwohl ich es hoffe, das heißt, ich bezweifle es, je
mehr ich es hoffe: das Theater im Theater schafft wohl nur die Voraussetzungen, die Voraus-Sätze für die neuen Denkmöglichkeiten,
es zeigt nicht, da es ein Spiel ist, unmittelbar und eindeutig den *Satz,*
die neue Denkmöglichkeit, die die Lösung bedeutet, Brecht freilich
nimmt in das Spiel den *Satz,* die Lösung auf, und bringt ihn um
seine Wirkung, um seine Wirklichkeit. Die Kommune in Berlin aber,
sicher vom Theater beeinflußt, sicher aber nicht von Brecht beeinflußt (mag sie ihn auch, ich weiß es nicht, verehren), spielt, man
könnte sagen, den Satz mitten in die Wirklichkeit. Sie wird ihn
(hoffentlich) so lange spielen, bis auch die Wirklichkeit ein einziger
Spielraum geworden ist. Das wäre schön.

PETER HANDKE

Für *das* Straßentheater gegen *die* Straßentheater
[1968]

Das Straßentheater ist daran, ein Freilufttheater zu werden; das
Straßentheater ist daran, ein Freilufttheater zu sein.

Daß das Regendach von Bad Hersfeld fehlt, tut nichts zur Sache:
die Mystik der *Straße* ist ein metaphorisches Regendach. Es zeigt sich
zwar, daß die Straße theaterfähig ist, aber es zeigt sich auch, daß das
Theater noch nicht straßenfähig geworden ist: die Methoden des
Straßentheaters sind zu Bastardmethoden des »anderen« Theaters
herabgekommen.

Es sind wahrhaftig Straßentheater gegründet worden, mit einem

Ensemble und den bekannten Zielsetzungen, während doch die List eines Theaters, das in der Öffentlichkeit agiert, sich darin zeigt, daß es sich nicht als Theater deklariert oder gar gründet. Vorweg einen Vorgang auf der Straße als Theater zu bezeichnen, muß jeden unbefangenen Teilnehmer oder Zuschauer befangen machen: diese Bezeichnung allein schon erzeugt die Aura des Rituellen: schon das Heben von Armen etwa, die ein Plakat oder ein Spruchband mit ernstgemeinten Parolen zeigen, erstarrt zu einer Zeremonie, zu einer Feierlichkeit, zu einer Feier: das Heben der Arme feiert das Heben der Arme, und was auf dem Spruchband steht, ist keine Parole auf einem Spruchband, sondern eine Parole auf einem Requisit, ja, die Parole selber, ob auf das Spruchband geschrieben oder in Sprechchören verlautbart, ist zu einem Requisit geworden; jede mögliche Agitation vergegenständlicht sich dadurch, daß sie sich als Darbietung kenntlich macht, zu einem theaterähnlichen, das heißt, nicht so gemeinten – nicht so, sondern anders gemeinten –, nicht wirklich gemeinten Requisit.

[...]

Weil die Bedeutung einer Institution ihr bisheriger, geschichtlicher Gebrauch in der Gesellschaft ist, so ist auch ein Straßentheater, das sich gegründet hat und sich auch als Theater bezeichnet, mag es sich auch als dynamisches Mittel der Revolution ansehen, gerade dadurch, daß es sich gründet und als Theater bezeichnet, der Bedeutung in der Gesellschaft nach nichts anderes als das, als was eben diese Gesellschaft bis jetzt immer das Theater gebraucht hat: als Institution, als etwas durchaus Statisches, als statisches Objekt, nicht als Subjekt eben dieser Gesellschaft. Es muß vor allem einmal gefragt werden, nicht nur, ob danach geforscht werden muß, neue Methoden zu finden für ein Theater, das die bestehende Ordnung ersetzt, sondern: ob denn nicht das Theater selber eine *Methode* sei, und dann: ob das Theater eine geeignete Methode sei, diese Ordnung zu ersetzen. Sicher ist es nett, wenn etwa in Hamburg Straßentheater dergestalt vor sich geht, daß, am Tage nach einer Schlägerei mit der Polizei, ein regelrechtes Ensemble an die Tatorte zieht und dort diese Schlägereien nachahmt und mit Kreide gar die liegenden Geschlagenen auf das Pflaster zeichnet – aber: hat, trotz allen Vorteils noch etwa gegen das nur Sprüche sprechende Straßentheater, diese Vorgangsweise nicht etwas geradezu unanständig Künstlerisches, aufdringlich Subtiles an sich? Ist es nicht so, daß dieses Nach-Machen ein ähnlich peinlicher Realismus ist wie etwa ein Sterben auf der Bühne? Warum muß sich eine Empörung sofort in ein selbstgefälliges künstlerisches Anliegen verwandeln?

Es wird, zur Rettung des Straßentheaters (nicht: *der* Straßentheater, die ich für rettungslos halte) um folgendes gehen:

Zuerst in der Negation:

1. Es sollten sich keine Straßentheaterensembles *gründen.*

2. Es sollte sich keine Gruppe als Straßentheater *bezeichnen.*

3. Es sollte keine Gruppe als *Theater* dem Publikum *erkennbar* sein: denn schon dadurch stellen sich Bedeutungen und damit Verharmlosungen ein.

Positiv ist zu sagen:

1. Am Straßentheater (nicht: an *den* Straßentheatern) sollte jede Person der Bewegung mitarbeiten.

2. Das Straßentheater sollte Bewegung sein, nicht Institution.

3. Das Straßentheater sollte als Bewegung auch eine der Methoden der Bewegung sein.

4. Das Straßentheater sollte für die Phantasie der Bewegung, für Bewegung der Phantasie, und für Phantasie *für* die Bewegung sorgen. (Sartre in seinem Gespräch mit Cohn-Bendit.)

5. Das Straßentheater sollte seine Phantasie äußern in etwa folgenden Formen (die Aufzählung ist ganz unvollständig):

a) in Wandzeitungen,

b) in vorher erarbeiteten Zwischenrufen auf mechanische, automatisierte Sprechstrukturen öffentlicher Personen,

c) im Text und auch in der Art der Entfaltung von Spruchbändern bei exakt vorhersehbaren und vorherhörbaren öffentlichen Ereignissen,

d) in der Produktion von Sprechchören (hier gibt es schon beachtliche Ergebnisse, über die sich Majakowski sicher gefreut hätte),

e) in der listigen Sentimentalisierung der revolutionären Vorgänge nach Art etwa der Regenbogenpresse (das erwähnte Mitnehmen der Kinder zum Rednerpult, das Marschieren von möglichst schönen, recht unschuldigen Frauen in den ersten Reihen, das Vortäuschen von Verwundungen und Vergewaltigungen – einige, nicht zu viele, sollten auf Krücken gehen, dazu Rollstühle etc.), die das Mitgefühl, nicht das Mitleid der Öffentlichkeit bewirkt),

f) vor allem in der Vereinfachung der Sprechweisen, der Diskussionssprache, im Aufbrechen der Redeautomatismen der Revolutionäre, damit für erste wenigstens eine Verständigung mit der Öffentlichkeit – und damit eine Veröffentlichung der Ansichten – erreicht wird: Sätze erzeugen so theatralisch, daß sie über*redend* wirken, ohne gleich über*zeugen* zu müssen: das ist wohl die wichtigste Methode des Straßentheaters,

g) usw.

Auf diese Weise kann das Straßentheater sich eine Öffentlichkeit schaffen. Straßentheater als Institution, nominiert, in der Mehrzahl, als eine Zahl von Ensembles, ist unsinnig, es sei denn, das gesamte Ensemble der Revolution arbeite auch mit den Methoden des Straßentheaters. So aber, wie die Straßentheater sich jetzt geben, scheint es, als würden ihre Mitglieder später, wenn sie in ordentlichen Behausungen künstlerisch tätig sein werden, sich an ihre Straßentheaterzeit gerade so erinnern, wie sich interviewte Schauspieler in der Regel an ihre Anfänge erinnern, als sie, etwa nach dem Krieg, noch bei Kerzenlicht in Gasthöfen auf Bohlen spielen mußten, die man auf Weinfässer gelegt hatte: mit Wehmut. »Trotz allem, es war eine schöne Zeit.«


## Gespräch mit den Regisseuren PETER STEIN und PETER ZADEK [1968]

ZADEK: [...] da wir uns darüber unterhalten, was Theater für die Jugend bedeutet oder bedeuten sollte oder noch bedeuten könnte: was mich dabei interessiert, ist die Jugend andauernd damit zu konfrontieren, daß es überhaupt so etwas gibt, daß es etwas gibt, das nicht so leicht auf bestimmte Dinge in der Außenwelt zu übertragen ist oder damit zu vergleichen ist, sondern das in sich eine Berechtigung und einen Wert hat und das sogar, würde ich sagen, einen moralischen Wert hat, weil es zu Erkenntnissen führt. Zu meinem eigenen Erstaunen hat auch ein junges Publikum in Berlin bei zwei Nachtaufführungen »Maß für Maß« zu einem sehr großen Teil akzeptiert und ich glaube sogar kapiert. Vielleicht hat das mit Phantasie zu tun.

### Von der Phantasie und vom Bewußtsein

STEIN: Zadek spricht von Phantasie. Das ist ein sehr alter Begriff, und der ist vor allen Dingen im deutschen Sprachraum determiniert durch den Gebrauch des Wortes »Phantasie«, der in der Romantik formuliert wurde, und ich glaube, daß dieses Hinweisen auf die Phantasie ein bißchen nebulos ist. Phantasie ist nicht etwas, was von oben runterkommt oder von unten nach oben oder von der Seite im Raum schwebt, sondern Phantasie ist ein Ergebnis im Grunde genommen des Bewußtseins, das jeder einzelne sich erworben hat oder zugesteckt oder aufmanipuliert bekommt.

Dementsprechend gibt es Möglichkeiten, diesen Phantasiebegriff etwas genauer zu prüfen und zu analysieren. Zadek sagt, daß seine »Maß für Maß«-Aufführung hier bei den jungen Leuten so angekommen ist, wie er es sich erhofft hat. Dazu kann ich nichts sagen, ich war nicht da. Aber ich kenne die Inszenierung auch. Bei mir ist sie nicht in dieser Weise angekommen. Um eines vorwegzuschicken: das, was Zadek macht, ist übertragbar. Die Mittel, die Zadek anwendet, sind keineswegs ausschließlich auf Zadek allein beschränkt. Beim Living Theatre und beim Open Theatre gibt es, was die Sprachbehandlung und das Miteinander von Körper- und Sprachbehandlung betrifft, ganz ähnliche Tendenzen. Sie können durchaus vorbildlich sein, und ich kann von mir aus sagen, daß ich von »Maß für Maß« viel gelernt habe – als Theatermann oder als Theatermacher. Wenn ich mir die Aufführung aber als Ganzes ansehe, also als Zuschauer, dann haben sich diese Phantasien in einer ähnlich nebulosen Form auf mich übertragen, wie auch jetzt diese Formulierungen hier auf mich wirken. Muß nicht ein Vorgang, der auf der Bühne als Gegenrealität oder als autonome Kunstrealität vor sich geht, ganz genau und ganz gezielt wieder zurückwirken, müßte man sich nicht bewußt sein darüber, was für Möglichkeiten der Wirkung und der Reaktion unten vorhanden sind? Aber in Zadeks »Maß für Maß«-Aufführung stehen viele Phantasiemomente einander im Wege, was die Rückwirkung auf die Bewußtseinsbildung nicht nur erschwert, sondern geradezu verhindert und in ganz falsche und von Zadek bestimmt nicht beabsichtigte Richtungen lenkt. Da ist zum Beispiel der Schluß, der auf mich einen ausgesprochen faschistoiden Eindruck macht, völlig konträr zu dem, was Zadek gewollt hat. Macht nicht die allzu ungebändigte oder zügellose oder nicht determinierte Phantasie eben solche Kurzschlüsse, solche falschen Überschneidungen und Indifferenzen möglich? Die Aufführung sollte ja nicht nur auf einen Dialog zwischen Phantasie und Phantasie, sondern weiter auch auf einen Dialog zwischen Bewußtsein und Bewußtsein abzielen. Für mich stellt sich die Frage: welche Möglichkeiten gibt es der direkteren Wirkung von politischen, gesellschaftlichen Komponenten auf mein Bewußtsein und auf das, was ich im Theater, auf dieser Bühne oder Fläche rings um den Zuschauer, produzierend herstelle? Viele Studenten, mit denen ich in Kontakt gekommen bin, kritisieren die Verkleisterung und Einnebelung derjenigen Leute, die Theater machen. Sie begreifen das Postulat der Autonomie des Theaters gegenüber der Realität nur als eine Ausrede. Es ist nicht kunstfeindlich, über solche Einwände nachzudenken. Es muß doch Möglichkeiten geben, das, was an Sprengkraft oder an Bewegung in gesellschaftlichen Entwicklungen drinsteckt, zu artikulieren, zu spiegeln, zu benutzen für das, was man macht auf dem ästhetisch determinierten Karree des Theaters.

ZADEK: Wenn ich bezweifle, daß das, was ich mache, übertragbar ist, so bedeutet das nicht, daß ich nicht von anderen Leuten gelernt habe. Ich meine nur, daß ich bei meiner Arbeit bemerke: sie wird schlechter, je mehr ich mich darum kümmere, was die Wirkung dessen ist, was ich tue. Das bedeutet aber noch lange nicht, daß ich mich nicht mit der Realität beschäftige. Es bedeutet nur, daß ich das Theater nicht allein dazu benutze. Die Gesellschaft zu kritisieren, das ist bestimmt möglich im Theater. Aber das ist nicht das Wichtigste, mit dem ich ein junges Publikum konfrontieren möchte.

STEIN: Ich bin in einem ganz ähnlichen Fall. Ich merke auch, daß ein Impuls, den ich unmittelbar aus der Tagespolitik empfange, auf die Qualität meiner Arbeit drückt.

Andererseits: der unmittelbare Impuls, der mich trifft, die Wirkung von Vorgängen oder Meinungen, alles das, was sich in meinem Kopf bildet aufgrund der Theatralik der Vorgänge, die mich umgibt – das alles ist nicht nur von großem Reiz, sondern drängt aufgrund des brennenden Interesses, das ich an den Vorgängen habe, zu unmittelbarer Artikulation in meiner Arbeit.

ZADEK: Ich stimme zu, hundertprozentig. Ich habe vor zehn Jahren schon einmal »Maß für Maß« inszeniert, und da sah das sehr anders aus. Das hat nicht nur damit zu tun, daß ich zehn Jahre älter bin, sondern daß die Situation, auch die gesellschaftliche Situation, in der ich lebe, sich verändert hat. Da ich ja innerhalb der spezifischen gesellschaftlichen Vorgänge existiere, sind die automatisch dabei. Deswegen gab ich eben das Beispiel von »Maß für Maß«. Das hätte ich wahrscheinlich vor drei Jahren noch nicht machen können, weil gewisse Spannungen und Überspannungen darin sind, die ganz bestimmt etwas mit diesem Jahr und mit diesem Moment zu tun haben.

*Von der Ästhetik und von der Wirkung*

STEIN: Daß man etwas Wichtigeres machen könnte als Theater, ahnt – glaube ich – jeder, der heute Theater macht. Aber ich glaube, dieselbe Ahnung hat jemand, der z. B. die Posteingangsabteilung einer Versicherung leitet. Der Widerspruch zwischen einer Demonstration am Schöneberger Rathaus oder einer Kiesinger-Rede und dem Umstand, daß man die Posteingänge registriert –, der ist genauso groß wie der Widerspruch zwischen zehnstündiger Probenarbeit und dieser Demonstration vor dem Schöneberger Rathaus. Die Frage, die gestellt worden ist, lautet: »Soll man die Ästhetik weiterhin betreiben oder abschaffen?« Diese Frage betrifft nicht nur die Theaterleute, sondern alle, die sich mit Ästhetik beschäftigen. Sie betrifft Schriftsteller und Maler, Journalisten, Feuilletonisten ... Ich bin der Meinung, daß eine Abschaffung der Ästhetik mit einem riesenhaften Bewußtseinsschwund verbunden wäre. Und das hülfe keiner Seite und nützte niemandem.
[...]

ZADEK: Wir sprechen jetzt immer über Bewußtsein, Bewußtseinsbildung, aber überhaupt nicht über das, was mit dem Unbewußten oder Unterbewußten des Publikums und der Schauspieler zu tun hat.

STEIN: Bewußtwerdung ist ein Akt des Wiedererkennens, so auch auf der Bühne. Wenn man gesellschaftliche Zustände bewußt macht, gibt man dem Zuschauer die Möglichkeit, sich wiederzuerkennen. Das kann etwas ganz Emotionelles sein.

*Von der Ordnung und der Kontrolle*

HILDEBRANDT: Was jetzt an Skepsis von jungen Leuten gegenüber dem Theater geäußert wird – resultiert das nicht aus einer anderen, aber im Grunde vielleicht noch kategorischeren Ordnungsvorstellung? Liegen dem nicht noch viel klarere, und wenn man böse sein wollte, philisterhaftere Genauigkeitsvorstellungen zugrunde, wie eine Gesellschaft aussehen müßte, wie sie geordnet sein müßte, was da in ihr nicht herrschen sollte? In dieser Mitte zwischen den Philistern von rechts und den Philistern von links leistet das Theater als Spielraum das, was es eigentlich leisten kann. Mir fällt der Satz von Adorno ein: »Kunst hat die Aufgabe, Chaos in die Ordnung zu bringen.«

RISCHBIETER: Das ist vielleicht der Punkt, wo man noch einmal auf Zadeks Unterbewußtsein kommen müßte. »Maß für Maß« hat doch wohl auch damit zu tun, daß Unbewußtes und Unterbewußtes sich veröffentlicht, daß es allerdings auch formalisiert wird. Spielt das bei Ihren Inszenierungsüberlegungen auch eine Rolle, Herr Stein?

STEIN: Jeder Arbeitsvorgang, jede Probe beinhaltet dieses Problem. Auch in einer ganz schlechten Inszenierung, auch in einer ganz miesen Tätigkeit geht es um den Ausgleich zwischen den weitgehend unbewußten Reaktionen der Schauspieler oder auch der eigenen Vorstellungskraft und der Notwendigkeit, sich mitzuteilen innerhalb der Arbeit – schon um das, was man dann oben sieht, für sich selber zu kontrollieren. Die Frage ist nur, inwieweit man darauf spekuliert bzw. sich darauf verläßt, diese Konfrontation, von der Zadek spricht, diese Mixtur aus Bewußtem und Unbewußtem in formaler Gestaltung sich selbst zu überlassen oder inwieweit man auf eine größere Genauigkeit zielen soll.

ZADEK: Worin besteht denn diese Kontrolle?

STEIN: Die Kontrolle besteht z. B. darin, daß ich mich nicht auf mich allein verlasse, sondern schon während der Arbeit die Kontrolle von Leuten, die ich kenne oder nicht kenne, dazunehme. D. h., daß ich versuche, einen gewissen Grad von Öffentlichkeit zu schaffen schon während der Arbeit.

ZADEK: Und wenn Ihnen dann ganz verschiedene Dinge gesagt werden?

STEIN: Aufgrund der bewußten Mitteilungen, die da erfolgen, der bewußten und rationalen Mitteilungen, habe ich die Möglichkeit, Argumente und Gegenargumente zu setzen und abzuwägen. Zum Teil mache ich das in ganz demokratischer Art und Weise durch Stimmenmehrheit, um abzuwägen, welche Wirkung man (zumindest für einen bestimmten Publikumsausschnitt) als auf jeden Fall erfolgend voraussetzen kann. Das bringt die Möglichkeit der Präzisierung, der Klarlegung, der Ordnung mit sich, nicht nur im formalen Bereich, sondern auch im Wirkungsbereich.

ZADEK: Wie wählen Sie denn die Zuschauer aus, die die Kontrolleure darstellen?

STEIN: Ich habe nicht gesagt, daß ich unparteilich wäre in dem, was ich mache. Selbstverständlich haben die Leute, mit denen ich in dieser Form zusammenarbeite, eine politische und auch eine künstlerische Meinung, die mit der meinen im großen ganzen übereinstimmt.

ZIEM: Das heißt, Sie suchen im Urteil der anderen eine Bestätigung des eigenen Denkens?

STEIN: Nein, ich suche die Prüfung und die Präzisierung der Vorstellungen, die ich habe.

ZADEK: Ich gehe anders vor. Ich kontrolliere zwar auch laufend, aber nur innerhalb der Gruppe, mit der ich arbeite, weil ich meine, daß das Resultat, wenn es überhaupt gelingt, mit der Geschlossenheit der Gruppe und nicht mit ihrer Offenheit zu tun hat.

[...] *und vom System*

[...]

WIEBEL: [...] Da haben also zwei Regisseure den ganzen Abend begründet, wie man die Theaterarbeit soweit demokratisieren kann, daß man diese Skepsis vieler Leute und eventuell auch der Schauspieler integriert und daraus wieder produktive Arbeit macht. Und einer, Zadek, hat es sogar noch ausgeweitet in Richtung auf das Publikum – mit der Hoffnung, daß das Publikum, vor allem das jüngere, wieder Zugang zum Theater findet. Letztlich also, um das Theater als Theater zu erhalten.

ZADEK: Nein, nicht um das Theater als Theater zu erhalten, in meinem Fall ganz bestimmt nicht. Mir ging es darum, das, was in dem Moment im Theater von mir gemacht wurde, in irgendeiner Weise verständlicher zu machen, die Möglichkeit eines Verständnisses zu schaffen. Das hat mit der Institution Theater überhaupt nichts zu tun.

STEIN: Das kann ich nicht so leicht nachvollziehen; ich kann meine Arbeit nicht so leicht von der Institution trennen, wie z. B. Zadek das tut, und mit großem Erfolg tut. Für mich ergibt sich die Notwendigkeit, zu überlegen, wie man die Organisation dieses Instituts verändern kann. Ich habe mich ausgiebig in den letzten Monaten damit beschäftigt. Ich habe festgestellt, daß eine Veränderung, eine Umorganisierung der bestehenden Institute nicht möglich ist, daß sie vollkommen unmöglich ist, weil diese Institute eben unmittelbar verquickt sind mit den bürokratischen Auswirkungen und Organisationszwängen der Geldgeber. Es gibt die Möglichkeit, Einzelaktionen zu machen, innerhalb des kapitalistischen Systems wertneutrales, organisations- und bürokratieneutrales Geld zu suchen, möglichst viel, mit dem man dann ein Theater machen kann, an dem sich Leute, die den Drang haben, aus den Instituten rauszugehen, zusammenfinden. Aber das ist natürlich irrsinnig schwer. Sagen Sie mir, wie man dieses Geld bekommt.

WIEBEL: Ich finde ja den Weg von Zadek viel geschickter, das Geld der Geldgeber zu benutzen.

## Von der Anarchie, noch einmal vom System und von der Produktivität

RISCHBIETER: Mir scheint der Unterschied der Auffassung damit zusammenzuhängen, daß »Maß für Maß« eine Inszenierung mit einer anarchistischen Botschaft ist und der Anarchismus innerhalb eines Systems praktiziert werden kann, während Stein sich mit einer anarchistischen Botschaft wahrscheinlich nicht zufrieden gibt. Das ist eine These von mir. Stimmt sie?

STEIN: Wenn Zadek zustimmt, daß er Apologet der Anarchie ist, dann würde ich von mir aus sagen, daß ich das keineswegs bin, aber ich glaube, daß das Zadek nicht so ohne weiteres auf sich sitzen lassen wird.

ZADEK: Als Botschaft ganz bestimmt nicht. Daß »Maß für Maß« ein gewisses Maß an anarchistischem Empfinden zugrunde liegt, das trifft zu. Und doch meine ich, daß es möglich ist, auch innerhalb der Institution zu arbeiten, ich tue es schon seit einiger Zeit und manchmal auch mit sehr großer Freude. Es kommt sehr oft darauf an, mit welchen Menschen man zusammen arbeitet. Es scheint mir wichtiger, mit andern zusammen etwas zu machen, nicht aber etwas zu zerstören, damit später etwas zustande kommt. Ich glaube, Theater kann ein Beispiel sein für Produktivität und damit auch eine Art von Produktivität erzeugen bei den Zuschauern. Deshalb benutzte ich am Anfang der Unterhaltung das Wort »moralisch«, das verstehe ich nämlich unter »moralisch«.

STEIN: Das war natürlich eine unfreiwillig politische Argumentation, indem Sie begründet haben, daß etwas vorhanden ist, was Sie nicht zerstören möchten, weil es sinnvoll benutzt bei großer Produktivität einen großen Effekt haben kann und großes Kapital – das ist jetzt überspitzt gesagt – schaffen kann in jeder Richtung.

ZADEK: Nein, ich habe das nicht gesagt. Ich habe gesagt, daß Theater wie jede Form von Kunst davon ausgeht, daß irgendwelche Leute etwas machen, was Qualität hat. Leider beschäftigen sich die paar Leute, die Qualität haben, nicht genug mit den Problemen der Institution, und zwar warum? Weil sie andauernd damit beschäftigt sind, Theater oder Kunst zu produzieren und für das andere keine Zeit haben. Das finde ich schade. Das merke ich bei mir selbst, daß nur ein gewisser Grad von Energie oder Aktivität möglich ist, wenn man irgend etwas macht, und daß die anderen Dinge dabei sehr oft zu kurz kommen. Aber erst muß die Qualität und die Produktivität da sein. Da ist z. B. das Living Theatre, eine Gruppe von Leuten, von denen eine Reihe eine große Qualität haben und etwas zusammen tun. Deswegen ist etwas entstanden und nur deswegen.

STEIN: Ich finde, daß dieser Titanenstandpunkt von Zadek von sehr wenig Leuten zu teilen ist und von mir überhaupt nicht. Ich habe eben die Beobachtung gemacht, daß ich nur ein kleines Quentchen an Energie zur Verfügung habe und daß diese Energie nicht ausreicht, um innerhalb eines Systems, wie z. B. die Münchner Kammerspiele, für mich Arbeitsbedingungen herzustellen, die mir garantieren, daß ich nicht nur heute, jetzt, sondern vielleicht im Laufe von zwei, drei Jahren eine halbwegs gleichbleibende Qualität in meiner Produktivität halte. Aus diesem Grunde bin ich der Meinung, daß Leute, die nicht unbedingt Titanen sind, sich genau überlegen sollten und damit beschäftigen, wie die Form der Arbeit und der Umkreis der Arbeitsstätte und die Organisation der Arbeitsstätte, an der man sich befindet, aussieht. Aus diesem Grunde ist es für mich ganz klar, daß nur Leute, die entweder blind sind oder die ganz ausgepichte Titanen sind, es sich leisten können, über diese Probleme der Organisation des Theaterbetriebs zur Tagesordnung überzugehen.

WIEBEL: Aber die Organisation des Theaterbetriebs hängt doch immer zusammen mit dem gesellschaftlichen System.

STEIN: Ich meine, daß unser gesellschaftliches System – das hat sich in der letzten Zeit gezeigt und deshalb sind diese Fragen ja auch so interessant geworden – nicht so homogen ist, sondern daß es Widersprüche gibt, die sich auch in der Formierung unserer Theater widerspiegeln müßten. Es hat in Deutschland noch nie eine so homogene Theaterstruktur gegeben wie sie sich in der Nachkriegszeit etabliert hat. Das war in den zwanziger Jahren vollständig anders, da hat es ein viel größeres Spektrum von Organisationsformen der Theater gegeben als heute.

ZADEK: Glauben Sie wirklich, daß die Qualität von Theater en gros verbessert werden wird durch die Veränderung der Institution?

STEIN: Ja, das glaube ich, gerade en gros, nicht im einzelnen.

ARTUR JOSEPH

## Gespräch mit Peter Palitzsch
[1969]

[...]

PALITZSCH: »Im wesentlichen ist es doch so, daß Stanislawski vorschlug, der Schauspieler solle sich soweit wie möglich in die darzustellende Figur einspielen und hineinversetzen. Je meisterhafter er das zuwege bringe, um so größer sei seine Kunst. Brecht steht dem extrem entgegen. Er wollte nicht nur eine distanzierte Darstellung, er wollte, daß der Schauspieler die Figur zeigt, und meinte, die Kinder des wissenschaftlichen Zeitalters sollten an der Veränderbarkeit des Menschen interessiert sein. Und wie ein Naturforscher die Natur manipuliert und verändert, sollten wir zeigen, wie die Menschen auf der Bühne verändert werden können. Der epische Regisseur verhält sich wie ein Erzähler. Er zeigt auf der Bühne bestimmte Geschehnisse, die durch das Stück festgelegt sind und seine gesamte Energie richtet er darauf, diese erzählende Haltung beizubehalten. Dem Publikum wird eine große Menge detaillierter Beobachtungen ermöglicht, die die betreffenden Figuren und Situationen erkennen lassen. Das gestattet dem Publikum Aufschlüsse über die sozialen, ökonomischen und politischen Situationen, in denen sich die jeweilige Figur befindet. Das alles braucht eine bestimmte Breite, um sich entfalten zu können. Das Arrangement und der Gestus der Schauspieler erzählt die Fabel so, daß man erfahren könnte, was geschieht, auch wenn man sie nicht hören würde. Die Veränderung der Dialektik wird auf der Bühne durch die Veränderung des Arrangements markiert. [...] Es wäre für mich interessant, zu untersuchen, ob diese von der Regie angebotenen Beobachtungen vom Publikum nicht mehr gefragt sind und nicht mehr aufgegriffen werden. Und da komme ich mir hier wie im luftleeren Raum vor, weil ich da keine Gesprächspartner finde, auch in der Kritik nicht – die Schauspieler wären bereit dazu. Aber die Probenzeit ist zu kurz, und man kann das zunächst nicht ändern. Die großen Möglichkeiten, die Brecht entdeckt hat und die er entwickelt sehen wollte, werden dadurch verschüttet. Man geht, wie ich sagte, hinter Brecht zurück. Seine theoretischen Vorschläge und seine praktische Arbeit sind zeitgemäßer als die Stanislawski-Methode. Sie enthalten starke Impulse, die nicht genutzt werden. Das ist ein Trauerspiel. Die Wissenschaft und die Technik könnten sich nicht leisten, neue Methoden zu ignorieren. Die Kunst leistet sich das. Selbst wenn wir nicht gewiß sind, ob Brechts Vorschläge besser sind, sollte man es doch versuchen, sie anzuwenden. Es ist erstaunlich, wie wenig wirklich ernsthaft mit ihnen experimentiert wird, wie wenig Versuche unternommen werden, ob das geht und wie es geht, was verändert werden muß. Wenn Sie meine Aufführungen von Brechtstücken gesehen haben, dann wird Ihnen vielleicht deutlich, wie ich probiere, von den Inszenierungen des Berliner Ensembles abzugehen und weiterzugehen in der Richtung, die Brecht vorgeschlagen hat, weiterzugehen im dialektischen Theater. Daß meine Versuche an artistischer Qualität weit hinter dem Berliner Ensemble zurückstehen ist ganz klar, weil ich mit kürzeren Probenzeiten rechnen muß und kein Ensemble habe, das darauf geschult ist.«

AJ: »Was soll also geschehen?«

PALITZSCH: »Unsere Theater sind Fabrikationsstätten. Wir fabrizieren in zu schneller Zeit. Viele Regisseure sind an diese Arbeitszeiten gewöhnt und wären vielleicht gar nicht in der Lage, eine längere Zeit produktiv auszunutzen. In der Technik gibt es Versuchslaboratorien. Da experimentiert man. Da gibt es keine Zeitfragen und auch nach Ergebnissen wird nicht gefragt – es wird experimentiert. Das ist der riesige Vorteil des Berliners Ensembles. Das ist ein Platz, wo experimentell gearbeitet wird. Und selbst wenn ich weiß, daß ich das Experiment nicht zu Ende führen kann – hier muß ich es abbrechen, und eigentlich kann ich es gar nicht beginnen, weil ich in den sechs Wochen gerade das herstellen kann, was ich für das Minimum halte. Ich kann nicht experimentell arbeiten. Ich muß die fertige Arbeit an einem bestimmten Datum abliefern.«

AJ: »Das Publikum versteht unter experimentellem Theater etwas anderes als die Fachleute. Das Frankfurter Publikum meint zum Beispiel, daß bei der ›Experimenta‹ vor seinen Augen experimentiert wird. Das ist aber noch nie der Fall gewesen. Das hat noch keiner gekonnt und noch keiner gewollt. Zuschauer waren beim Experimentieren noch nie dabei. Experimentieren in Ihrem Sinn kann man doch nur während der Probenzeit.«

PALITZSCH: »Das ist richtig, das kann man nur, wenn man den Text des Schriftstellers erforscht, alle Möglichkeiten ausschöpft, im Arrangement, in den Verhaltensweisen der Schauspieler, bis man zu einem dem Regisseur mit dieser Gruppe erreichbaren maximalen Ergebnis kommt.«

AJ: »So wie es Felsenstein in der Oper macht.«
PALITZSCH: »Genau.«
[...]
»Ich meine, daß die Theater eine Reihe von Versuchen machen könnten. Sie müßten den Probenbetrieb so einrichten, daß sie, was auch kein Ideal ist, eine Zahl konventioneller Aufführungen machen, bei denen eben nicht experimentiert wird, gleichzeitig sollten sie bestimmte Stücke mit der doppelten Probenzeit ansetzen, und da sollte dann auch experimentiert werden. In Stuttgart haben wir Untersuchungen gemacht. Wir wollten die Zeit so einteilen, daß wir immer an zwei Stücken arbeiten, selbst wenn bestimmte Schauspieler dann doppelt besetzt wären, so daß man quasi wie von selbst zu längeren Probenzeiten und anderen Arbeitsweisen kommt. Das klingt vielleicht sehr einfach, aber die Haltung eines Menschen, der weiß, ich muß nicht an einem bestimmten Tage das Fertigprodukt abliefern, sondern ich kann alles mögliche versuchen, ist schon im Ansatzpunkt vollkommen anders.«

AJ: »Ob diese Regelung aber jemals zu erreichen ist? Die Städte haben sowieso zuwenig Geld für die Theater, und rentable Stadttheater hat es, soweit ich mich erinnere, in Deutschland noch nie gegeben.«

PALITZSCH: »Vielleicht wäre das doch möglich. Ich habe festgestellt, daß viele Aufführungen gar nicht ausgenutzt werden können, weil der Festspielreigen des Abonnements (alle so und so viele Wochen muß der Zuschauer eine neue Aufführung haben) es nicht erlaubt, große Erfolge auszunutzen. Im Gegenteil, Mißerfolge müssen durch das Abonnement gezogen werden, obwohl Stück und Aufführung offensichtlich mißglückt waren. Die geglückte Aufführung aber muß ebenso nach so und so viel Vorstellungen abgesetzt werden. Was ich mir vorstelle, ist engagiertes Theater. Die Bühne muß an die wirklichen Probleme der Zeit, der Gegenwart, herankommen. Auch in der Interpretation von Klassikern, die nur dann Sinn hat, wenn das Publikum die dort gezeigten Fragen als eigene empfindet. Es bekommt dann von historisch vergleichbaren Quellen Material für sein tägliches Leben. Das macht unser Theater lebendig. Mir wäre am liebsten, Theateraufführungen würden nicht im Feuilleton besprochen, sondern im politischen Teil als ein Teil der Gegenwart. Das Theater ist kein Museum. Es dient nicht der stillen Aufbewahrung von klassischen Werken. Es kann und soll lebendig gemacht werden. Und wenn ich nicht das Gefühl habe, im *Lear* ist Unge-

heueres, sind so viel neue Impulse für unsere Zeit, dann soll ich das
Stück nicht aufführen. Aber eigentlich müßte das Problem *Lear*,
wenn ich es aufgreife, den gleichen Intensitätsgrad haben wie einst.
Wir spiegeln uns da in einer sehr fremden Zeit. Und da fällt uns
auf, daß es auch damals schon die gleichen Machtkämpfe, die gleiche
Art Probleme gegeben hat, immer umgesetzt auf eine andere Zeit.
Ich meine damit nicht den *Hamlet* im Frack – im Gegenteil: Die
Aktualität wird um so größer, je fremder uns die Zeit erscheint.
Wir sagen: aha – selbst damals, als das und das und all das noch
nicht war, gab es die adäquaten Fragen.«


Barbara Sichtermann (Schauspielerin) / Jens Johler (Schauspieler)

## Über den autoritären Geist des deutschen Theaters
[1968]


Ist die Krise des deutschen Theaters eine Führungskrise? Brauchen
wir bessere Intendanten? Oder liegen die Gründe tiefer, ist die Krise
am Ende ein Ergebnis des Systems? Der folgende Versuch, diese
Fragen zu beantworten, geht vom Schauspieler aus.

Der Schauspieler formuliert das Ergebnis eines Arbeitsprozesses,
seine Aktionen auf der Bühne sind bestimmt durch die Funktion der
Rolle innerhalb des Stücks, die Konzeption des Regisseurs, die diese
Funktion auf eine bestimmte Weise interpretiert, und durch die
eigene Natur, die sich in eine von der Bühnenfigur definierte Richtung hin öffnet. So gesehen, bietet der zentrale Standort des
Schauspielers innerhalb der Theaterarbeit eine gute Voraussetzung,
grundsätzliche Mängel der Arbeitsmethoden am Theater und deren
Ursachen aufzuzeigen.

Wollten wir der Sache auf den Grund gehen, das Ausmaß der
Misere abstecken, müßten wir mit einer Kritik der Gesellschafts-
struktur der BRD beginnen. Um das Problem als ein innerbetrieb-
liches in überschaubare Dimensionen zurückzuholen, sei aus Hellmuth Karaseks Stellungnahme für Palitzsch (›Theater heute‹, Dok.
2/1968) folgende Passage zitiert und als Idealbasis für ein »funk-
tionsfähiges« westdeutsches Theater vorausgesetzt: »Sollen Sub-

ventionen sinnvoll verwendet werden und nicht dazu, aus dem Theater eine selbstgefällige Dekoration zu machen, ... dann kann der Geldgeber seine Aufgabe nur so sinnvoll verstehen, ... daß er für die Gesellschaft ein kritisches Forum duldet und sogar subventioniert, das ihr und dem Subventionsträger so den Spiegel vorhält, als wäre es unabhängig.«

## Die These von der Führungskrise

Der Ruf nach potenten Theaterleitern wird immer wieder laut: der Bürokrat soll vom engagierten Temperament, der Manager vom künstlerischen Initiator ersetzt werden. Gody Suter schlägt in einem Artikel in der ›Weltwoche‹ (›Theater heute‹, Dok. 2/1968) vor, dem Theaterbetrieb als Direktor den Literaten voranzustellen. Dieser und ähnliche Vorschläge zur Wiederbelebung des deutschen Theaters zielen jedoch am Problem vorbei. Gody Suter schreibt: »Es gehört zum Wesen der Vergnügungsindustrie, ... daß sie marktgerechte Halbfabrikate zu Fertigprodukten verarbeitet, mit dem bestmöglichen ›finish‹, mit einer möglichst perfekten Oberfläche: das Endprodukt darf keine Spur vom Arbeitsprozeß erkennen lassen ... So findet kein Dialog statt, das Theater spricht weder mit dem Autor noch mit dem Publikum, es kauft ab, setzt vor und nirgends, – außer bei den Theaterbauten und bei den Zuschüssen – ist eine Spur von prinzipieller Zusammenarbeit auszumachen.«

Mit diesem Satz: »Das Endprodukt darf keine Spur vom Arbeitsprozeß erkennen lassen«, kommt Suter auf etwas Wesentliches; aber er zieht daraus keinen Schluß. Er betrachtet das Theater als ein komplexes Ganzes, von außen, und meint, es würde genesen, wenn es einen besseren Führer hätte. Ihm gibt zu denken, daß das Theater nicht engeren Kontakt zum Dramatiker suche; er möchte den Dramatiker am Theater selbst wirken sehen, er meint, der Hersteller von Dialogen könne auch den Dialog zwischen Theater und Umwelt wieder in Gang bringen.

## Gegenthese von der Krise als Folge des Systems

In Wahrheit sieht die Sache anders aus. Daß es das Theater versäumt, sich nach außen hin wirksam zu artikulieren, liegt nicht daran, daß der Mann an der Spitze den Leuten außerhalb des Theaters nichts zu sagen hat, sondern daran, daß die Leute innerhalb des Theaters nichts zu sagen haben. Wie kann das Theater Diskussionspartner der Gesellschaft sein, wenn die Diskussion innerhalb jener Gesellschaft, die das Theater selbst ist, nicht stattfindet? Auch ein genialer Intendant kann nicht ersetzen, was das Theater braucht, um lebendige, interessante Produkte hervorzubringen: den Dialog der am Arbeitsprozeß Beteiligten, d. h. die fruchtbare Auseinandersetzung der künstlerischen Mitglieder untereinander. Der Theaterbesucher muß mangelnde Transparenz und langweilige Perfektion der Inszenierungen ertragen, weil ein echter Arbeitsprozeß gar nicht stattgefunden hat und weil durch Perfektion (»bestmögliches finish, möglichst perfekte Oberfläche«) ersetzt wird, was unter gemeinsamer Verantwortung an lebendigem Einsatz geleistet werden müßte. Das gegenwärtige System aber enthebt den einzelnen der Verantwortung für das Ganze.

[...] Das Theater wird undemokratisch regiert, es hat sich ein feudalistisches Wesen bewahrt, das den meisten Schauspielern bewußt ist und genüßlich von ihnen akzeptiert wird. Sie wollen es gar nicht ändern, sie nehmen in masochistischer Weise die Notwendigkeit zu buckeln, zu kriechen und zu heucheln in ihr vermeintliches Bohème-Los auf. Die Frage ist nur, ob eine solche Einstellung zu besseren Leistungen beiträgt, ob sie nicht im »wissenschaftlichen Zeitalter«, in dem sogar am Theater privilegierte Cliquen von nüchternen Könnern abgelöst zu werden im Begriff sind, der Sache schadet.

Wir kommen zu dem Schluß, daß die Theater falsch organisiert sind. Eine Gruppe von Leuten, die sich zusammengetan hat, um ein künstlerisches Werk zustande zu bringen, darf nicht aus mächtigen Bestimmern und machtlosen Ausführenden bestehen – auch dann nicht, wenn beide Parteien sich in ihren Positionen scheinbar wohl und sicher fühlen. Es geht ja nicht um das persönliche Befinden beispielsweise der Schauspieler, sondern darum, daß das Theater seinen Anschluß an die Zeit gewinnt, daß es ein echt interessiertes Publikum bekommt, daß es vom Museum zur Arena wird. Man möge hier nicht einwenden, es sei von weit hergeholt, zu behaupten, die Wurzel des Übels liege in einem System der Theaterbetriebe, das sich doch bewähre – es ist fraglich, ob es sich bewährt (siehe Ergebnis), und es muß auch dann überprüft werden, wenn die Beteiligten nicht darunter leiden. Es wäre besser, sie litten. Denn das derzeitige System unterdrückt originale Initiative – am stärksten im Schauspieler –, es ist zu nichts gut, als unproblematische Massenprodukte hervorzubringen, die ein ans Applaudieren gewöhntes Publikum stumpf konsumiert. Daß einzelne Theaterleute versuchen, sich über die verfassungsmäßigen Gegebenheiten hinwegzusetzen, um echte Teamarbeit aufzuziehen, genügt nicht. Der Teamgedanke, d. h. die kollektive Führung des Betriebes, müßte Voraussetzung für die Arbeit sein. Versuche, auf dem Boden der derzeitigen Verfassung so etwas wie ein Mitspracherecht für alle zu installieren, lenken nur von der Notwendigkeit ab, die Verfassung selbst zu ändern.

*Rechtfertigung der Gegenthese –*
*Erstens: Zur Situation des Schauspielers am Theater*

Noch vor einer Generation, als der Schauspieler gesellschaftlich hochgeschätzt wurde wie heute der Filmstar, besaß er eine natürliche Machtposition und nutzte sie. Heute fügt sich die gründlich entglorifizierte Person des Schauspielers von vornherein der Konzeption des Regisseurs (der heute am Theater Star sein kann) und beschränkt ihre Mitwirkung an einer bundesdeutschen Bühnenproduktion im Einhalten gewisser Positionen, im nach rechts oder links Hinübergehen, im Platz nehmen, Aufstehen, laut und leiser Sprechen, usw. Der Dialog zwischen Schauspieler und Regisseur ist meist schon zu Beginn der Proben zu einem pflichtgemäßen Geplänkel geworden. Dem Darsteller ist es um Sympathie von seiten seines direkten Vorgesetzten, des Regisseurs, zu tun. Er wirbt um ein Wohlwollen, das er nötig braucht: erstens, um die eine oder andere Intention in bezug auf seine Rolle durchsetzen zu können (Einfluß auf die Konzeption hat er ohnehin kaum je), zweitens, weil ihm daran gelegen ist, erneut und vorteilhaft eingesetzt zu werden.

Da der Schauspieler also kein Recht auf Mitbestimmung hat und infolgedessen aktive, das *Ganze* aufbauende Mitarbeit nicht gewohnt ist, wird er in dem Bemühen, Anweisungen des Regisseurs zu gehorchen, oft genug gezwungen, seine eigenen Impulse zu verleugnen, den Ablauf von Geste und Atem zu unterbrechen und seine Echtheit zu korrumpieren. Ein Ton aber, der aus einer diktierten Geste, aus einer erzwungenen Position heraus kommt, kann nicht mehr organisch sein und müßte, käme er echt, brechen, – der Schauspieler folglich, von dem man mit Recht verlangt, daß er akustisch zu verstehen sei, entwickelt die Untugend des sog. Bühnentons, eines glatten, oft harten, von künstlicher Dynamik bewegten Stimmklangs, der den Text vermittelt, aber nicht mehr menschlicher Ausdruck ist. Hier sei angemerkt, daß die Schauspielschulen den Forderungen des Marktes vollständig angepaßt sind. Nach kürzester Ausbildungszeit (die Ausbildung des Kulturträgers Schauspieler wird weniger sorgfältig betrieben als die eines Facharbeiters), in der die Schüler gerade eben lernen, ihre Individualität effektvoll zu maskieren, werfen die Institute genormte Wirkungsinstrumente auf den Markt, die »gefallen« und sich problemlos einsetzen lassen. Regieschulen gibt es in der BRD nicht.

*Zweitens: Zum Verhältnis von Regisseur und Schauspieler*

Aufgabe des Regisseurs ist es, nach der dramatischen Vorlage eine Konzeption zu erarbeiten und diese mit Hilfe vor allem der Schauspieler auf der Bühne zu realisieren.

Für die Realisierung braucht er reale Mittel, d. h. Schauspieler, die mit ihrer gesamten Existenz vorhanden und einsatzbereit sind. Zur Realität des spielenden Menschen gehören auch sein Machttrieb, seine Imagination, seine rationale und emotionale Kritik. Da der Regisseur diese Kräfte auf Grund seiner überragenden Machtposition a priori unterdrückt, hat er kaum eine Chance, seiner Konzeption auf dem Wege der Auseinandersetzung mit der Wirklichkeit des Schauspielers zur vollen Realität zu verhelfen. Selbst extrem einsichtige, vernünftige Regisseure (deren Kampf gegen die Unnatur der Schauspieler in Wahrheit also ein Kampf gegen die eigene Macht ist), erreichen nur selten etwas, weil sie, selbst wenn sie auf die tätige Ausübung der Macht verzichten, sie existentiell eben doch vertreten.

Zur Methode der Gruppe der Regisseure, die durch Fritz Kortner repräsentiert wird, muß hier gesagt werden, daß sie keine Lösung ist. Zwar hat Kortner es vermocht, seinen Schauspielern anstelle des Bühnentons kreatürliche Äußerungen zu entlocken, die Einheit des Werkes (nicht des dramatischen, sondern des aufgeführten) wieder herzustellen – aber eben auf autoritäre Weise. Es geht hier darum, klarzustellen, daß es nicht darauf ankommt, den Schauspieler zum Besten des Ergebnisses perfekt zu dressieren, sondern darauf, ihn in eine Richtung zu lenken, in der seine Entwicklung durch die *im Dialog gewonnene Einsicht in das jeweils bessere Argument* zu natürlichem Ausdruck führen kann. Das bestehende System allerdings rechtfertigt Kortner: wenn der Regisseur existentiell Macht verkörpert und somit nicht die Möglichkeit hat, vollständig auf sie zu verzichten, scheint es fast richtiger zu sein, die Macht so total auszuüben, daß auf diesem Wege wenigstens kreatürliche Äußerungen auf bundesdeutschen Bühnen zustande kommen. [...]

*Vorschläge für ein neues System*

Es kann nicht darum gehen, einen Schritt zurück zu tun, die Subventionen abzuschaffen und das Theater wieder in die freie Marktwirtschaft zu integrieren, sondern im Gegenteil darum, daß das Theater seine privilegierte Stellung endlich nutzt und seine Struktur umwandelt.

Die Ensemble-Idee wird von allen Theaterleuten gepflegt – kaum einem aber gelingt es, ein echtes Ensemble aufzubauen und zu erhalten. Denn ein echtes Ensemble ist nur denkbar, wenn jedes Mitglied für das gesamte Institut gleichermaßen verantwortlich ist. Wir schlagen daher die Demokratisierung der bundesdeutschen Theater vor.

Für detaillierte Vorschläge sind hier nicht Raum und Gelegenheit; wir nennen deshalb nur einige wesentliche Gesichtspunkte:

*1. Das Theater müßte kollektiv geleitet werden.*

*2. Das Ensemble (Schauspieler, Regisseure, Dramaturgen, Bühnen- und Kostümbildner, Assistenten) müßte*
   *– regelmäßig zu Versammlungen zusammentreten und Beschlüsse fassen können,*
   *– sich selbst eine Haus- und Arbeitsordnung schaffen,*
   *– aus seiner Mitte die kollektive Leitung wählen und abwählen,*
   *– bei Neueinstellungen und Entlassungen künstlerischer Mitglieder mitbestimmen,*
   *– bei der Spielplangestaltung sowie bei der Rollenbesetzung mitbestimmen.*

*3. Wichtig wäre es,*
   *– den Trend zur kollektiven Regie zu fördern,*

– *die karikierenden Fachbezeichnungen abzuschaffen,*
– *Einheitsverträge einzuführen und die Gagen nach sozialen Gegebenheiten zu staffeln.*

Erst mit dem Errichten einer solchen demokratischen Basis für die Theaterarbeit entstünde, was Herr Suter und viele andere vermissen: die Diskussion – und zwar zwischen Theater und Öffentlichkeit geradeso wie innerhalb des Theaters. Diskussion innerhalb des Theaters heißt hier nicht literarischer Disput, sondern bedeutet für den *Schauspieler:* ein Aufspüren der Impulse, die ihn zur Tat und zum Wort führen, ein Prüfen aller Abläufe auf ihren organisch-logischen Zusammenhang, ein Kennen und Erörtern der natürlichen Schwungprinzipien des Körpers und des Atems, eine ständige Bereitschaft zur rationalen Durchleuchtung emotionaler Wallungen;

*für den Regisseur:* ein äußerst sensibles Eingehen auf Ausdrucksskizzen, die der Schauspieler liefert, die Bereitschaft, persönliche »emotionale« Vorstellungen hinter die Möglichkeiten, die der Schauspieler mit der Kombination seiner Anlagen hat, zurückzustellen, ein absoluter Verzicht auf das Inszenieren von fertigen Aktionen (d. h. von Ergebnissen), eine unbedingte Bereitschaft zur Identifikation mit jeder einzelnen Bühnenfigur und zum Errichten echter Balance zwischen dem, was die Bühnenfigur vom Schauspieler fordert und dem, was der Schauspieler ihr geben kann.

So zu arbeiten ist nur möglich, wenn Schauspieler und Regisseure gezwungen sind, aufeinander einzugehen. Deshalb nennen wir diese Arbeitsweise Diskussion. Daß sie bisher nicht stattgefunden hat, ist weder Schuld allein der Regisseure, der Schauspieler, noch der Intendanten, sondern die des Systems.

Die Resignation des enttäuschten Nachwuchses, das neidische Schielen auf Theatersensationen im Ausland bringen nichts ein. Auch politisches Engagement, zu dem die jungen Dramatiker das Theater herausfordern, trägt nur scheinbar Leben auf die Bretter. Revolutionäre Stücke werden durch veraltete Arbeitsmethoden zwangsläufig zu Pflichtübungen entschärft. Denn das Theater kann nur das nach außen hin zur Wirkung bringen, was seiner inneren Wirklichkeit entspricht.

## Die Straße und das Theater
[1970]

> »Dazu kommt, daß das Theater, solange
> der Krieg dauert, nur ein untergeordnetes
> Interesse bietet.«
>
> (THEODOR FONTANE, 1870)

*1. Rezension einer Vorstellung*

Als das Mündel der Kulturindustrie einmal Vormund des engagierten Theaters sein wollte, dekretierte es:

»Das engagierte Theater findet heute nicht in Theaterräumen statt
(nicht in diesen verfälschenden, alle Wörter und Bewegungen entleerenden Kunsträumen), sondern zum Beispiel in Hörsälen, wenn
einem Professor das Mikrofon weggenommen wird, wenn Professoren durch eingeschlagene Türen blinzeln, wenn von Galerien Flugblätter auf Versammelte flattern, wenn Revolutionäre ihre kleinen
Kinder mit zum Rednerpult nehmen, wenn die Kommune die Wirklichkeit, indem sie sie ›terrorisiert‹, theatralisiert und sicherlich zu
Recht lächerlich macht, und sie nicht nur lächerlich macht, sondern in
den Reaktionen in ihrer möglichen Gefährlichkeit, in ihrer Bewußtlosigkeit und falschen Natur, falschen Idyllik, in ihrem Terror
erkennbar macht. Auf diese Weise wird Theater unmittelbar wirksam. Es gibt jetzt das Straßentheater, das Hörsaaltheater, das Kirchentheater (wirksamer als 1000 Messen), das Kaufhaustheater etc.:
es gibt nur nicht mehr das Theatertheater – jedenfalls nicht als Mittel zur unmittelbaren Änderung von Zuständen: es ist selber ein
Zustand. Wozu es taugen könnte (wozu es bisher auch getaugt hat):
als ein Spielraum zur Schaffung bisher unentdeckter innerer Spielräume des Zuschauers, als ein Mittel, durch das das Bewußtsein des
einzelnen nicht *weiter,* aber *genauer* wird, als ein Mittel zum Emp-
findlichmachen: zum Reizbarmachen: zum Reagieren: als ein Mittel, auf die Welt zu kommen.«[1]

Lustig, wie hier ein Superstar des Theatertheaters sein schlechtes
Gewissen totquatscht: er ernennt großzügig die gesamte studentische
Protestbewegung zu Theater, pickt sich ein paar theatralische Sze-

---

[1] Peter Handke: »Straßentheater und Theatertheater« in: »Theater
heute« 4/1968 S. 6.

nen heraus (ohne nur einen der Vorgänge auch inhaltlich zu beschreiben) – und dann kann auf seinem fachidiotischen Vergnügungssek-
tor alles bleiben wie es ist und war, das Theatertheater könnte taugen, wozu es bisher auch getaugt hat. Nicht als *Mittel* zur *unmittelbaren*(!) Änderung von Zuständen: es ist selber ein Zustand, der
nicht geändert werden muß, es ist ein Mittel, auf die Welt zu kommen. Die freilich nun müßte geändert werden, dochdoch, er gibts
zu, und was das Theatertheater nicht leisten kann, wird schon die
Kommune 1 besorgen: die nämlich spielt *den Satz, die Lösung*
»mitten in der Wirklichkeit. Sie wird ihn (hoffentlich) so lange
spielen, bis auch die Wirklichkeit ein einziger Spielraum geworden
ist. Das wäre schön.«

Zu schön um wahr zu sein – im November 1969 liest man[2]:

»Am 15. September 1967 haben 200 Genossen Widerstand gegen
die widerrechtliche Inhaftierung von Fritz Teufel dadurch praktiziert, daß sie massenhaft die Berliner Abgeordneten im Rathaus
besuchten, um dort Öffentlichkeit herzustellen. Neun Genossen hat
sich die Justiz herausgegriffen und exemplarisch bestraft – wie sie
sagen, wegen Störung des Haus- und Parlamentsfriedens. Fritz
Teufel, Dieter Kunzelmann, Volker Gebberdt, Rainer Langhans
bekamen 5 Monate Gefängnis ohne Bewährung, Antje Christine
Krüger und Monika Würfel je 3 Monate Gefängnis ohne Bewährung und Dagmar von Doetinchen zwei Monate Gefängnis ohne
Bewährung. Die Urteile gegen Teufel, Kunzelmann, Gebberdt,
Würfel und Dagmar von Doetinchen sind rechtskräftig. Der Staats-
anwalt hat Haftbefehle zur Vollstreckung der Strafen erlassen.
Nach den Genossen wird überall gefahndet.«

Die Wirklichkeit ist zu einem einzigen Spielraum geworden: zum
Ermessensspielraum der Klassenjustiz – die »Absurda comica von
Fritz Teufel und seinen Richtern« (Hans Mayer) wird per Haft-
befehl rezensiert.


## 2. *Benefizvorstellung zugunsten der Reaktion*

»Die Verteidigung des konventionellen Theaters kann nur erfolgen,
wenn man den sichtbar reaktionären Satz ›Theater ist Theater‹ oder
›Drama ist Drama‹ benutzt« (Brecht, Juni 1944).

---

[2] Sozialistisches Anwaltskollektiv Westberlin: »Offener Brief an die
APO« in »berliner EXRA dienst« vom 8. XI. 1969, S. 5.

»Es ist durchaus denkbar, daß der Wirkungsmoment außerhalb dessen gesucht wird, was man Theater nennt, dann haben aber auch die Experimente selbst nichts mehr mit diesem Theater zu tun. Gehen wir jedoch davon aus, daß primär Theater zu machen ist, Theater, wie das ist, was man seit Jahrtausenden so nennt, so kann der Moment nur innerhalb des Theaters gesucht werden: genau dort nämlich, wo sich die Resultate der Experimente als anwendbar erweisen« (Siegfried Melchinger 1969).[3]

Man sieht, auch die Reaktionäre haben gelernt. Wenn Herr M. das bourgeoise Theater sicher in die 70er bringen will, geriert er sich als Schaf im Wolfspelz und nennt seine konterrevolutionäre Suada »Ansätze zu einer Theorie des revolutionären Theaters« – auch IOS warb ja eine Zeitlang mit Fotos von Molotow-Cocktails.

Theater, so will er seinem Publikum weismachen, werde mit Talent gemacht und nicht mit Herbert Marcuse (was uns so talentierte Bühnenwerke wie »Davor« von Günter Grass eingebracht hat) – interessant an dieser schwachköpfigen Alternative ist lediglich die durchschimmernde Ideologie, nach der Talent und Bewußtsein einander ausschließen. Das Theater, erfährt man weiter, sei *seinem Wesen* nach revolutionär, und wenn sich heute junge Theaterleute mit der APO solidarisieren, hat das insofern »sein Gutes, sofern es Unruhe stiftet und damit das revolutionäre Wesen des Theaters aktiviert. Es wird absurd, wenn der Versuch unternommen wird, Mechanismen, die in der Politik oder in der Wirtschaft, oder ganz allgemein in der Gesellschaft, funktionieren mögen, auf einen Bereich zu übertragen, dessen Produktivität und Effektivität (um wieder das modische Wort zu gebrauchen) auf völlig anderen Voraussetzungen beruht, auf Voraussetzungen, die, wie wir gesehen haben, eben nicht repräsentativ sind für die Gesellschaft.«

Die »Mechanismen«, die in Wirtschaft, Politik und Gesellschaft *funktionieren mögen,* sind die der Mitbestimmung und der kollektiven Produktion mit Diskussion und Abstimmung – *Mechanismen* also, deren Institutionalisierung die Herrschenden ganz allgemein in der Gesellschaft zu verhindern suchen: in Wirtschaft und Politik ebenso wie auf dem Theater. Und überall beruhen die tatsächlich bestehenden Herrschafts- und Abhängigkeits-Strukturen auf densel-

---

[3] Siegfried Melchinger: »REVISION oder: Ansätze zu einer Theorie des revolutionären Theaters« in »Theater 1969« (Jahressonderheft von »Theater heute«), S. 83 ff., hier: S. 89.

ben Voraussetzungen, die repräsentativ sind für die Gesellschaft: auf Eigentumsverhältnissen, die nicht verändert, auf Machtpositionen, an denen nicht gerüttelt werden soll. [...]

»Die politischen Revolutionäre sind Dilettanten, sobald sie das Theater betreten, ob auf der Bühne oder im Parkett. Die schlimmsten Dilettanten waren, wie die Geschichte zeigt, die Diktatoren. Umgekehrt: die Revolutionäre des Theaters sind Dilettanten, sobald sie Politik nicht spielen, sondern machen wollen. Es ist ärgerlich, daß man solche Platitüden aussprechen muß: ein Schauspieler, der Talent hat, taugt nicht zum Funktionär; taugen vielleicht Funktionäre etwa als Schauspieler?«

Nun, publizistische Herrschaftsfunktionäre taugen zumindest als Taschenspieler. Denn jetzt holt er alles heim ins Reich, in sein Reich nämlich, ins Theater: Bühne oder Parkett ist ihm gleich. Gegen Demokratisierungsbestrebungen im Schauspielbetrieb argumentiert er mit Hitler in der Loge, der bloß ein Dilettant war. Schauspieler sollen Kunst machen und nicht Politik – und Politik machen nicht etwa Staatsbürger, sondern Funktionäre. Hitler und Himmler regieren, Gründgens und George spielen Theater: Arbeitsteilung.

### 3. Zuschauerreaktionen

»Zugegeben, Cohn-Bendits Straßentheater ist ›aktueller‹, direkter, unverblümter weniger stilisiert als jedes Theater im Theater. Aber was besagt das? Neu ist das nicht – immer schon war für die Zuschauer ein Mord an der Ecke aufregender als der ›Mord im Dom‹« (Rolf Hochhuth[4]).

»Ich bediente gerade eine Kundin, da hörte ich die Schüsse. Ich ging raus, da lag da der Dutschke in seinem Blut, da bin ich wieder reingegangen« (Zeugenaussage im Bachmann-Prozeß).

Über die Zuschauer gibt es viele Meinungen und wenig Material. Leopold Ahlsen schrieb vor Jahren: »Sieht man vom Publikum ab, so ist die Bühnenkunst eine Funktion von drei variablen Größen: Autor, Theater und Kritik.« Sie hätte dann vielleicht keine Funktion mehr, aber davon könnte man ja auch absehen. Inzwischen beginnt das Publikum, zunehmend von der Bühnenkunst abzusehen – die Zuschauerzahlen fallen langsam, aber stetig – und nun macht

---

4 Rolf Hochhuth: »Man wird schon abgehärtet...« in »Theater 1969«, S. 10.

man sich höheren Orts Sorgen. Man möchte diesen Zustand (der ein Prozeß ist) ändern (der aufzuhalten wäre). Sonst möchte man möglichst wenig ändern. Was wäre zu ändern? Peter O. Chotjewitz: »Während das Volk dazu erzogen wird, nur ja nicht aufzufallen und das zu machen, was alle andern auch machen und was man schon immer so gemacht hat, wird im Künstler der Impuls gefördert, immer – wenn auch mit kleinen Maßen – etwas Neues zu machen. Das ist praktisch, weil Künstler und Volk sich, vermittels dieser Arbeitsteilung, nie etwas zu sagen haben. (...)

Theater für's Volk aber – um diesen Einwand abzuhandeln – ist ein Witz, selbst wenn wir ein Volk im Monat zwei Stunden lang im Theatersaal haben, wenn man weiß, wie das Volk außerhalb der Theater kaputtgemacht wird. Da bekomme ich vor Mitleid wieder Lust auf Volks- und Heimattheater.«[5]

Frage: wäre ein Theater denkbar, das *dem Volk* (ein reichlich harmonisierender Begriff für eine Klassengesellschaft, aber da vom kaputtgemachten Volk die Rede ist, scheint es sich um die Arbeiterklasse zu handeln) hilft, sich gegen das Kaputt-gemacht-werden zu wehren? Das ist die Standardfrage, die immer die wilden Diskussionen mit den vielen Meinungen und den wenigen Materialien auslöst – beantworten ließe sie sich nur anhand von Materialien. Solange die fehlen, bleibt die Diskussion fruchtlos, man ist weiterhin auf Überraschungen angewiesen.

[...]

## 4. Ratlose Rampen-Artisten

»Angesichts der unmenschlichen Situation bleibt dem Künstler nur übrig, den Schwierigkeitsgrad seiner Künste weiter zu erhöhen« (Alexander Kluge: Die Artisten in der Zirkuskuppel – ratlos).

Abstrakt gilt für das bürgerliche Theater immer noch die Maxime des Circus Krone »Eure Gunst – unser Streben«: man spielt für das Publikum. Da man das Publikum aber nicht kennt, spielt man für Geld. 4000 engagierten Schauspielern stehen etwa 20000 unbeschäftigte gegenüber – angesichts dieser Konkurrenzsituation bleibt dem Schauspieler nur übrig, seinen Marktwert zu erhöhen. Wohin ihn das führt, hat Brecht beschrieben: »Er ergreift dauernd nur die

---

5 Peter O. Chotjewitz: »Ich habe keine Zukunft als Stückeschreiber« in »Theater 1969«, S. 16.

Gelegenheit, sich zu zeigen und eine Einlage unter Dach zu bringen, er ist ein Mensch, der nur mitspielt, ein Mensch, dessen Sache nur er selbst ist, kurz: ein Bourgeois.«[6]

Dieses »kurz:« ist allerdings zu kurz, denn die beschriebene Haltung resultiert aus den Zwängen, denen ein Produzent unterliegt, der sich nicht im Besitz der Produktionsmittel befindet, sondern sich an die Besitzer derselben verkaufen muß, um sich materiell reproduzieren zu können. Auf das Produktionsprogramm (Stückwahl, Besetzung, Regie incl. Bühnenbild und Kostüm) hat er dabei ebensowenig Einfluß wie irgendein Lohnabhängiger sonst – dafür ist er mit Haut und Haar Bestandteil des verkaufsfähigen Endprodukts und unterliegt so auch ständig öffentlicher Kritik.

Ein Bewußtsein dieser Lage artikuliert sich ansatzweise seit ca. anderthalb Jahren, ausgehend jeweils von eigenen Erfahrungen und gestört immer wieder von der Konkurrenzsituation, die diese Erfahrungen vereinzelt als individuelle erscheinen läßt.

## 5. Gegenvorstellung: das Frankfurter Modell

»Wenn das Theater seine progressive, aufklärerische Funktion zurückgewinnen will, muß es versuchen, sich von staatlich-bürokratischer Bevormundung zu befreien. Um wieder gesellschaftlich wirksames Forum zu werden, muß es darum zunächst versuchen, seine Autonomie zu vergrößern. Und die Chance dafür scheint nicht ungünstig; während sich das manipulative Interesse der Herrschenden auf das Pressewesen und Einflußmöglichkeiten in anderen Massenmedien richtet, gerät das Theater als minder brauchbares Manipulationsinstrument in die zweite Linie. Die Subventionen werden (mit schlechtem Gewissen – denn soweit wirkt ein altes Vorurteil noch nach) gekürzt.

Daß dies nicht nur die finanzielle Krise, sondern auch die große Chance eines Neuanfanges bedeutet, vermögen die Intendanten, die ihren eingefahrenen Betrieb zu konservieren suchen, nicht zu erkennen. Statt sich für die Kürzungen im Etat mit Zugeständnissen an Autonomie entschädigen zu lassen, glauben sie durch größeren Opportunismus, politisches Wohlverhalten und Rationalisierung des alten Betriebes sich die Gunst der Bürokraten erhalten zu können. Autonomie aber ist die geradezu lebensnotwendige Voraussetzung

---

[6] Bertolt Brecht, Ges. Werke Bd. VII, Frankfurt/Main 1967, S. 413.

eines Theaters, das seinen Anspruch, demokratisches Forum zu sein, in einer nicht real demokratischen Gesellschaft erfüllen will. Für die Durchsetzung dieses Zieles sind alle im Theater Arbeitenden – außer Bürokraten – zu gewinnen; in diesem Punkt findet ein Intendant, der ändern will, ausreichend Verbündete im eigenen Betrieb. Allerdings unter einer Voraussetzung: die beste Autonomie nützt nichts, wenn sie nicht Hand in Hand mit einer Umstrukturierung des Betriebes selber geht« (Wolfgang Schwiedrzik und Peter Stein: Die Chancen demokratischen Theaters[7]).

Vorstellungen zur Umstrukturierung sind verschiedentlich entwickelt worden[8], zuletzt im sogenannten Frankfurter Modell der Regisseure Claus Peymann, Dieter Reible und Peter Stein. Dieses sah eine kollektive Schauspieldirektion der drei Genannten vor und wollte ein Organisationsmodell erarbeiten und einführen, »das die Mitbestimmung aller künstlerischen Mitarbeiter gewährleistet. Voraussetzung dafür ist das Durchsichtigmachen aller künstlerischen, organisatorischen und finanziellen Vorgänge durch umfassende Information. Auf regelmäßig innerhalb der Arbeitszeit stattfindenden Versammlungen aller künstlerischen Mitarbeiter sollen diese Vorgänge besprochen werden. Sobald sich ein Ensemble konsolidiert hat, sollen Delegierte der Vollversammlung an allen Entscheidungen des Direktoriums beteiligt werden.«[9] Da dies ein entsprechendes Interesse aller Mitarbeiter an diesem Modell voraussetzt, sollte bei Neuengagements auch ein solches Interesse neben fachlicher Qualifikation berücksichtigt werden.

Ferner war die Bildung von Produktionsgruppen aus »Vertretern der Regie, Dramaturgie, der Bühnenbild- bzw. Kostümabteilung und gegebenenfalls aus Autoren und wissenschaftlichen Mitarbeitern« sowie – sobald als möglich – Schauspielern geplant, die »Konzeption, Besetzung, Bühnenbild, Kostüm, Programmheft, Plakat«

---

[7] Dieser Aufsatz, eine Antwort auf einen Artikel des Intendanten August Everding, wurde im Gegensatz zum Artikel Everdings von der liberalen »Süddeutschen Zeitung« nicht gedruckt – »aus Platzgründen«. Er erschien daraufhin in der Münchner »apo-press« Nr. 9 vom 28. VII. 1968, S. 2 ff., hier: S. 4.

[8] z. B. Barbara Sichtermann und Jens Johler: »Über den autoritären Geist des deutschen Theaters« in »Theater heute« 4/1968, S. 2 ff., oder »Entwurf eines Mitbestimmungsstatuts zur Demokratisierung des Theaters in der Bundesrepublik« in »kürbiskern« 4/69.

[9] zitiert nach einem Arbeitspapier der Gruppe Peymann/Reible/Stein.

etc. entwickeln sollte. Publikumsoffene Proben sowie gelegentliche Vorstellungen bei freiem Eintritt im kleinen Haus wurden diskutiert, eine Gagenbegrenzung für alle fest engagierten Mitarbeiter vorgeschlagen: »Mindestgage: DM 1200.– (im Augenblick DM 650.–); Höchstgage: DM 3000 (im Augenblick DM 4200.–)«. Das Frankfurter Modell wurde – im Einvernehmen mit dem Intendanten und der »Genossenschaft Deutscher Bühnen-Angehörigen« – von den zuständigen Stellen abgelehnt.

Der Beauftragte der Intendantengruppe im Deutschen Bühnenverein: »Das ist die Situation in Deutschland, und ich meine, wir sollten sie erst ändern, wenn eine bessere Form sich bewährt hat.«[10] Der man die Bewährungsmöglichkeit nicht gibt.

## 6. Zwischenbilanz

[...]

Schwiedrzik und Stein haben vor anderthalb Jahren »Die Chancen demokratischen Theaters« offenbar zu optimistisch beurteilt. Ihre Inszenierung des »Vietnam-Diskurs« wurde sowohl in München als in Berlin jeweils nach wenigen Aufführungen abgesetzt, das Frankfurter Modell von den Geldgebern nicht akzeptiert, die westdeutsche Intendantenkonferenz hat sich gegen jegliche Mitbestimmung ausgesprochen, der Versuch, das Theater als demokratisches Forum in einer nicht real demokratischen Gesellschaft zu nutzen, ist bislang gescheitert.

Von diesen Erfahrungen her ist aber auch die pauschale Verdammung des Theaters als bloß affirmativer Spielwiese neu zu überprüfen. Sätze wie: »Solange Linke Kunst machen, statt Streiks zu organisieren, sind sie als Nervenkitzel willkommen«[11], erweisen sich als bloße und unrichtige Behauptungen. Wer sich mit einer solchen Begründung aus dem Betrieb zurückzieht, überläßt dem Gegner kampflos das Feld. Zweifellos ist das Theater nur ein »minder brauchbares Manipulationsinstrument«, aber wenn (nach Schätzungen von Melchinger in »Theater 1969«) rund fünf Millionen Men-

---

10 Spiegel-Gespräch mit dem Münchner Intendanten August Everding über Mitbestimmung »Die Vernunft ist für mich nicht einfarbig« in »Der Spiegel« Nr. 46 vom 10. XI. 1969, S. 219 ff., hier: S. 222.

11 Johler/Sichtermann in Fritz Rumler: »Wir gehen nicht mehr ins Theater«, »Der Spiegel« Nr. 46/69, S. 222.

schen ca. viermal im Jahr ins Theater gehen, gewinnt der Unterschied zwischen minder brauchbar und unbrauchbar doch an Gewicht.

Allerdings ist dieses Instrument zur Zeit in progressiver, aufklärerischer Funktion unbrauchbar – bevor man es zur Veränderung der Gesellschaft benutzen kann, muß es erst selbst verändert werden. Daß sich die Herrschenden mit massiven ideologischen (Melchinger) und organisatorischen (Intendantenkonferenz, Verwaltungsrat Zürich) Attacken gegen solche Veränderungen wehren, entspricht den Erfahrungen aus anderen Arbeitskämpfen ebenso, wie daß viele der Beherrschten die Notwendigkeit von Veränderungen noch nicht begreifen und ihre angebliche Interessenvertretung lediglich die Interessen des Bestehenden vertritt: »Die Bühnengenossenschaft versteht ihre Arbeit nur syndikalistisch. Sie ist dadurch an der Wahrung der bestehenden Strukturen interessiert und ist deshalb zur Mitarbeit an Strukturveränderungen nicht bereit. Erst wenn es gelingt, eine genügende Anzahl progressiver Bühnenangehöriger für die Gewerkschaftsarbeit zu aktivieren, ist die notwendige Kooperation sinnvoll.«[12]

Ob es eine *genügende Anzahl progressiver Bühnenangehöriger* außerhalb der Gewerkschaftsapparate überhaupt schon gibt, ist schwer zu sagen – ob sie innerhalb dieser Apparate mehr tun können, als sich zu verschleißen, ist zumindest fraglich. Die Betriebs- und Publikumsstruktur eines subventionierten Stadttheaters zu ändern, braucht es mehrere Jahre, für die man auf spektakuläre Erfolge u. U. verzichten muß und während derer Geldgebern und reaktionärer Kritik mehr als einmal Gelegenheit zu An- und Eingriffen geboten wird. Wenn überhaupt, kann dieser Kampf erfolgreich nicht unter der Losung »Autonomie des Theaters«, sondern nur in der Solidarisierung mit den allgemeinen Forderungen nach Mitbestimmung und Arbeiterkontrolle geführt werden: der Kampf um Privilegien (Autonomie) muß transformiert werden in den gesamtgesellschaftlichen Kampf um die Abschaffung der Privilegien (bzw. darum, die Privilegien allgemein zu machen). Bei unveränderten Strukturen dagegen kann das herkömmliche Theater nur bieten, was es ist: ein hoffnungslos bürgerliches Trauerspiel.

---

[12] Spiegelgespräch mit Kleinschmidt/Peymann/Reible/Stein über Mitbestimmung »Für uns ist rot die Farbe der Vernunft, »Der Spiegel« Nr. 46/69, S. 212 ff., hier: S. 214.

»Aber das Hoffnungsvollste, was es an den heutigen Theatern gibt, sind die Leute, die das Theater vorn und hinten nach der Vorstellung verlassen: sie sind mißvergnügt« (Brecht, Februar 1926).

Und da ließe sich fragen: das Mißvergnügen geht vom Theater aus – aber wo geht es hin? Im *Spiegel* lese ich von zwei jungen Schauspielern, die aus dem bürgerlichen Theater ausstiegen und in Berlin ihre eigene Gruppe aufzogen: »Sie erprobten Agitprop- und Kommune-Formen, aber bald kamen ihnen ›Zweifel an der Wirksamkeit politischen Theaters‹. Nämlich: ›Bewußtsein verändert sich nur durch konkrete Erfahrung. Diese vermittelt Theater nicht‹.«[13]

Wir können beobachten, daß täglich Millionen von Arbeitern die konkrete Erfahrung der Ausbeutung machen, ohne daß sich ihnen ein Bewußtsein davon vermittelt, wir beobachten ferner, daß ihnen ein ihren konkreten Erfahrungen entgegengesetztes falsches Bewußtsein höchst erfolgreich von den Massenmedien vermittelt wird. Wir machen selbst die Erfahrung, wie schwer es ist, dieses falsche Bewußtsein zu überwinden, obwohl wir die konkreten Erfahrungen der Angesprochenen auf unserer Seite haben – und da ziehen wir einen Kurzschluß und geben auf? Hans Mayer: »Dialektische Wechselwirkung zwischen Bewußtsein und gesellschaftlichem Sein in Ehren: aber eine neue, nicht mehr kulinarische Relation zwischen Spiel und Zuschauer kann nur erwartet werden, wo eine Erlebnisgemeinsamkeit besteht, die sich auf gemeinsame Taten zu berufen vermag. In den sowjetischen Theatern um 1923 hat es das vielleicht gegeben, oder in den Spielen chinesischer Soldaten nach dem langen Marsch, oder heute in Kuba.«[14]

Also immer in *nachrevolutionären* Zeiten, zur Konsolidierung gemeinsam errungener Erfolge – wenn man Hans Mayer glauben darf. Das darf man aber nicht, denn bei Peter Schneider[15] lese ich z. B., daß die chinesische Rote Armee »die große Wehklage« nicht *nach,* sondern *auf* dem langen Marsch veranstaltet hat, von Erlebnisgemeinsamkeit gemeinsamer Taten konnte keine Rede sein, die sollten erst folgen: die Bauern trugen ihre Probleme vor und die

---

13 Siehe Anmerkung 11.

14 Hans Mayer: »Das Geschehen und das Schweigen«, Frankfurt/Main 1969, S. 86.

15 Peter Schneider: »Die Phantasie im Spätkapitalismus und die Kulturrevolution«, »Kursbuch 16« März 1969, S. 1 ff., hier: S. 30.

Rote Armee »bot sich dann als politische Organisations- und Kampf-
form dieser zunächst noch ganz rohen und unpolitischen Bedürfnisse
an«. Schneider hält das Modell für auf unsere Verhältnisse übertragbar – ein wesentlicher Unterschied zwischen China und der
Bundesrepublik verschwindet allerdings fast völlig, wenn er schreibt:
»Die Künstler, falls es sich da um Leute handelt, die ihre Phantasie
vom Kapital noch nicht haben zerrütten lassen, haben dabei die
Aufgabe, den Arbeitern, Schülern, Studenten bei der Artikulation
ihrer Wünsche zu helfen und ihnen den Weg zu ihrer politischen
Organisation zu zeigen.« Auch Künstler mit unzerrütteter Phantasie
ersetzen keine Rote Armee, und die Organisationsdebatten innerhalb der Neuen Linken erwecken den Eindruck, daß der Weg zur
politischen Organisation nicht nur Künstlern unklar ist.

Neben der agitatorischen Funktion der Kunst sieht Schneider
noch eine propagandistische: »Die propagandistische Kunst würde
sich aus der geschriebenen Wunschgeschichte der Menschheit die utopischen Bilder heraussuchen, sie von den Verzerrungen der Form
befreien, die ihnen unter den jeweiligen Bedingungen des materiellen
Lebens auferlegt waren, und diesen Wünschen den jetzt möglichen
Weg zur Verwirklichung zeigen. (...) ihre Ästhetik müßte die Strategie der Verwirklichung der Wünsche sein.«[16]

## 8. Ästhetik & Experiment

»...ihre Ästhetik müßte die Strategie der Verwirklichung der Wünsche sein.«

Das ist ein hohes Programm, und wenn ich mich damit bewaffnet
in Berlin-Kreuzberg in die Hinterhofbehausung meines Freundes
Johannes Schenk begebe (eine Treppe, Klo aufm Hof), paßt es
nicht durch die Tür. Johannes Schenk arbeitet mit inzwischen insgesamt zehn Genossen an einem Straßentheater, sie haben lange
und erbitterte Diskussionen über politische und ästhetische Fragen,
sie haben Wünsche, an deren Verwirklichung sie interessiert sind, sie
haben Zweifel an ihrer Taktik – und ob sie eine Strategie haben, da
habe ich meine Zweifel. Aber was Ästhetik angeht, haben sie eine
Chance.

Sie können nämlich Experimente veranstalten. Ein Experiment
gilt bekanntlich der Verifizierung oder Falsifizierung einer bestimm-

---

[16] Peter Schneider a.a.O., S. 31.

ten Annahme, weswegen die Experimente des bürgerlichen Theaters keine sind, sondern höchstens Exempel auf die Kasse. Das Kreuzberger Theater aber geht von der Annahme aus, daß man mit seinen Mitteln Passanten informieren und aufklären kann: über »Flächensanierung« Kreuzbergs nach Senatsplan, der den Abriß der Wohnblocks über weite Flächen vorsieht und für die Bewohner Neubauten zum dreifachen Mietzins bzw. das Obdachlosenasyl bedeutet (letzteres inzwischen umbenannt in »Sozialzentrum«). In den jeweils an die Auftritte anschließenden Diskussionen können die Straßentheaterleute feststellen, ob ihre Annahme richtig war.

Von der Autonomie des Theaters halten die Genossen in Kreuzberg nichts, sie arbeiten mit einer Basisgruppe aus Architekten, Soziologen und Arbeitern zusammen, auf deren Ladenlokal sie mit Flugblättern und in der Diskussion hinweisen. Im Anfang verstanden sie ihre Auftritte »lediglich als Spektakel zur Unterstützung von Flugblattaktionen«. Vom Juni 1969 bis zum Einbruch der Kälte haben sie pro Woche ein- bis zweimal gespielt.

## 9. *Armut & Reichtum*

»Der verschärfte Klassenkampf erzeugt in unserem Publikum solche Interessengegensätze, daß es ganz außerstande ist, einheitlich und spontan auf Kunst zu reagieren. Deshalb kann der Künstler nicht den spontanen Erfolg als gültiges Kriterium seines Werkes benutzen. Auch die unterdrückte Klasse kann er nicht blind als schnellen Richter anerkennen, denn ihr Geschmack und ihr Instinkt ist eben unterdrückt.

In einer solchen Zeit ist der Künstler darauf angewiesen, das zu machen, was ihm selber gefällt, in der Hoffnung, er selber stelle den idealen Zuschauer dar. Das bringt ihn noch nicht in einen Elfenbeinturm, solange er angestrengt bemüht ist, die Kämpfe der Unterdrückten mitzukämpfen, ihre Interessen zu entdecken und zu vertreten und seine Kunst für sie zu entwickeln. Aber selbst in einem Elfenbeinturm sitzt er heute besser als in einer Hollywoodvilla« (Brecht, Juni 1944).

Wurde Der Denkende im elften Jahre des Exils wankend? *Kunst, Künstler, Werk*, – und schließlich der Elfenbeinturm? Die Hollywoodvilla steht offenbar für die Korruption im Dienste der Massenabfertigungskultur, deren Konsumenten auch die Kreuzberger Straßenpassanten sind – und die das Kreuzberger Straßentheater nicht liefert. Sein *spontaner Erfolg* besteht denn auch nicht nur aus einer Handvoll Bauarbeiter mehr in der Basisgruppe, sondern aus den Prügeln, die man auf einem Kinderfest von einigen den Herrn Regierenden Bürgermeister begleitenden Schlägern bezieht: die Kreuzberger sehen da ebenso ruhig zu wie die Polizei, die schließlich nicht die Schläger, sondern die Genossen fest- und mitnimmt. Ein andermal verteidigen Arbeiter die Truppe gegen die Polizei.

Ganz so einfach, wie im vorigen Abschnitt dargestellt, scheint das mit der experimentierenden Wirkungsästhetik nicht zu sein. Dazu kommen linke Kritiker, die das Unternehmen als »primitiv« disqualifizieren, als unfähig, komplizierte Sachverhalte adäquat wiederzugeben – oft genug Leute, deren Flugblättern man den entgegengesetzten Vorwurf macht: sie seien in unverständlichem Kauderwelsch gehalten.

Ich begleitete mal einen Studenten, der vor Lehrlingen in einem Jugendheim einen Vortrag über die Schlagerindustrie hielt, mit Musikbeispielen. Mir schien das alles ganz einleuchtend, was da über Manipulation etc. gesagt wurde, aber das Publikum langweilte sich und wurde nur bei den Musikbeispielen ruhig, deren Kürze es allerdings bedauerte. Der Referent merkte, daß er zuviele Fremdwörter benutzte, und ging mehr und mehr von seinem Konzept ab: er versuchte, eine gemeinsame Sprache mit seinem Publikum zu finden. Als ihm das zuletzt endlich gelang, stellte sich heraus, daß in dieser Sprache kritische Inhalte nicht mehr vermittelbar waren.

Die Lösung dieses Widerspruchs besteht bekanntlich darin, daß man ihn *dialektisch auszuhalten* hat: Bileams Esel zwischen Elfenbeinturm und Hollywoodvilla. Die Kreuzberger Genossen stehen aber zwischen Pissoir und Litfaßsäule – und haben die Chance, ihr Publikum auch ästhetisch aufzuklären und zu informieren. [...]

Da sich gezeigt hat, daß wir bei unserer *verbalen* Agitation auf große Schwierigkeiten und Widerstände stoßen, sollte man versuchen, die *szenischen* Möglichkeiten mehr zu nutzen, die *sinnlichen* Möglichkeiten, die das Theater der Rede und dem Flugblatt[17] voraushat, stärker einzusetzen. [...]

---

[17] Damit sollen Rede und Flugblatt die sinnlichen Qualitäten nicht abgesprochen, es soll aber darauf hingewiesen werden, daß bei uns häufig Referate mit Reden und Lehrbriefe mit Flugblättern verwechselt wurden. Die Flugblätter der K 1 sowie das Experiment mit »Flugblattgedichten« in Kreuzberg stellen sinnliche Gegenbeispiele dar.

Das Kreuzberger Straßentheater zeigt zumindest Ansätze in dieser Richtung: »Die Form, in der wir bisher gearbeitet haben, muß ergänzt werden: 1. durch bessere Zusammenarbeit mit anderen Agitations- und Basisgruppen (Bildung von Kindertheater zum Beispiel), 2. durch bessere Ausnützung von spektakulären Spieleffekten. Bisher haben wir keine Musik gemacht, mit dem nächsten Stück werden wir es tun: viel Krach, rhythmischen, um die Leute aufmerksam zu machen und 3. durch Späße im Spiel. Das ist wichtig. Denn ein Streik z. B., der macht auch SPASS, eine Demonstration macht auch SPASS, und die Entfremdung zwischen den Menschen aufzuheben, geht allemal ohne Spaß überhaupt nicht.«[18]

10. *Von der Straße in die Kneipe*

»Unsere Arbeit im Winter, wo die Leute (auf der Straße) kaum lange zuhören können und jede Woche ein bis zwei Spieler mit Husten im Bett liegen würden, ist der Versuch, die Straße in die Kneipe zu transportieren: KNEIPENTHEATER« (Johannes Schenk).

In einer Kneipe in München spielt das »antiteater« (vormals Action-Theater, die Truppe begann in einem aufgelassenen Action-Kino). Im antiteater kann man rauchen und sein Bier trinken (vom jungen Brecht gefordert, vom alten nicht verwirklicht). Straßentheater hat die Truppe erwogen und verworfen, »die Leute hören nicht zu«. Statt dessen wollte man in den Pausen in Fabriken spielen (Peter Weiss' »Mockinpott«), das Vorhaben wurde von den Fabrikbesitzern nicht erlaubt und von den Gewerkschaften nicht unterstützt. Unterstützung bei der Kritik fand die Truppe erst im zweiten Jahr ihres Bestehens, als die Zeitungen (Jean-Marie Straub hatte dort seine Fassung von Bruckners »Krankheit der Jugend« inszeniert) statt ihrer Theater- ihre Filmkritiker schickten.

Das antiteater zeichnet sich dadurch aus, daß seine Aufführungen Untersuchungen der betreffenden Stücke sind, wobei der Kunstwert zugunsten des Materialwerts vernachlässigt wird. Antike oder klassische Vorlagen (Sophokles, Goethe) werden aktualisiert, zeitgenössisches Material wird einmontiert, die Struktur der Stücke in Col-

---

[18] Die wörtlichen Zitate sind einem Arbeitspapier des Kreuzberger Straßentheaters entnommen.

lagen aufgelöst. Die verwendeten Mittel werden nicht am Kunstanspruch gemessen, sondern reflektieren bewußt die Produktionsbedingungen (»Eigentlich hätte dies ein Stück über ältere Leute werden müssen. Aber es sollte am Action-Theater realisiert werden. Jetzt sind sie alle jung« schrieb Rainer Werner Fassbinder zu seinem »Katzelmacher«). Gearbeitet wird kollektiv.

Nach dem Attentat auf Rudi Dutschke und den dadurch ausgelösten Osterunruhen des Jahres 1968 erarbeitete das Ensemble innerhalb einer Woche »eine Abrechnung – eine Notstandsaffäre – ein Grusical: Axel Cäsar Haarmann« unter dem Motto, »über, was herrschen ist, besteht eine verkehrte Meinung bei einigen« (Brecht). Der Erlös der Vorstellungen wurde dem Rechtshilfefonds des SDS zur Verfügung gestellt.

Analysen des Springer-Konzerns, eine Chronik der Entwicklung an der FU Berlin seit der Kuby-Affäre, die (damals noch geplante) Notstandsgesetzgebung wurden dokumentiert, die Formen waren – wie der Inhalt– der Realität entnommen: Sprechchöre, Demonstrationszug mit Tafeln und Transparenten, teach-in und sit-in. In »Theater heute« konnte man im selben Monat lesen: »das Theater als Bedeutungsraum ist dermaßen bestimmt, daß alles, was außerhalb des Theaters Ernsthaftigkeit, Anliegen, Eindeutigkeit, Finalität ist, *Spiel* wird – daß also Eindeutigkeit, Engagement etc. auf dem Theater eben durch den fatalen Spiel- und Bedeutungsraum rettungslos verspielt werden – wann wird man das endlich merken? Wann wird man die Verlogenheit, die ekelhafte Unwahrheit von Ernsthaftigkeiten in Spielräumen endlich erkennen?? Das ist nicht eine ästhetische Frage, sondern eine Wahrheitsfrage, also doch eine ästhetische Frage.«[19]

Eine ästhetische Frage ist es insofern, als das ganze aufgeregte Gefuchtel mit Ernsthaftigkeit, Anliegen, Spiel- und Bedeutungsräumen samt doppeltem Fragezeichen nicht darüber hinwegtäuschen kann, daß der Frager sich eine andere als die veraltete Identifizierungs-Technik des bürgerlichen Theaters nicht vorstellen kann: wenn die Darsteller nicht so tun, als ob sie Demonstranten wären, sondern Demonstranten *zeigen*, fällt die ganze *ekelhafte Verlogenheit* fort – zugleich allerdings auch die ekelhaft verlogene Empörung, mit der man die Politik aus dem Theater halten will.
[...]

---

[19] Siehe Anmerkung 1.


162

»Da kommen die Leute mit den Masken,
einer stolpert übern Kantstein,
der eine mit Trommel der nächste mit Klingel.
Die Kinder, Frauen und alle gehen mit, auch
die Männer, um fünf nach der Arbeit.«
(Johannes Schenk)

Das Zukunftsprogramm des Kreuzberger Straßentheaters mit rhythmischem Krach und mit Spaß zeigt Einflüsse eines Gastspiels: des »bread and puppet theatre« aus New York, das im vergangenen Sommer Europa bereiste und lieber unter freiem Himmel als in festen Häusern spielte: »Wir ziehen es vor, auf der Straße zu Leuten zu spielen die kein Theater kennen oder sich nicht dafür interessiert haben.« Das Spielen »zu« Leuten scheint mehr als nur ein Druckfehler (oder ein Anglizismus) zu sein, denn Peter Schumann antwortete auf die Frage, ob er sein Theater als politisches Theater verstehe: »Sie meinen als Stellungnahme zu politischen Tagesfragen? Ja, ich denke, das ist einfach die Verantwortung derjenigen, die sich vor die Leute stellen um ihnen etwas zu sagen.«[20]

Das bread and puppet sagts mit wenigen Worten, die Peter Schumann an die Leute richtet, knappe Geschichte, lakonischer Kommentar. In »Johnny comes marching home«, einer Soldatengeschichte, die mit halbmeterhohen Plastiken auf einem Tisch (dar)gestellt wird, werden während Johnnys Einsatz in Vietnam viele liegende Figuren auf die Spielfläche gebracht – »Leichen« sagt Schumann. Wenn die Darstellerin des vietnamesischen Dorfes (in »Reiteration«) ihren Arm mit der Waffe gegen den amerikanischen Soldaten hebt, erläutert Schumann: »Der Tod führt ihre Hand« und der Darsteller mit der Totenkopfmaske tuts, die sprachliche Metapher wird szenisch demonstriert.

Demonstrierend ist der Grundgestus des bread and puppet – die Truppe spielte nicht nur in den Straßen New Yorks, sie zog auch auf den Prostestdemonstrationen gegen den US-Krieg in Vietnam mit, und fügte dabei der traditionellen Ausstattung der Demonstration ein szenisches Element zu: wenn etwa einer Reihe »Vietnamesinnen« eine Reihe von Männern folgte, die an langen Stangen

---

[20] »Puppen und Brot« Interview mit dem Gründer des bread and puppet Peter Schumann in der Münchner »Abendzeitung« vom 28. V. 69, S. 10.

Nachbildungen von Flugzeugen schwang und diese immer wieder auf die Vietnamesinnen niedersausen ließ.

Vietnam ist nicht das einzige Thema, »Kingstory twice« etwa ist eine politische Parabel auf der Grundlage eines alten Märchens: ein König hat einen Priester, einen roten Mann, einen blauen Mann samt dessen Sohn und ein gutes Volk. Eines Tages bietet ein großer Krieger seine Dienste an, die der gute König ablehnt. Dann verwüstet ein Drache das Land, Volk und König geraten in Panik und der König schickt nach dem großen Krieger. Seine Honoratioren raten ihm ab, aber er hat Angst, das Volk hat Angst – der starke Mann kommt und tötet den Drachen. Dann tötet er den König, dann den Priester, dann den gelben Mann, dann den blauen Mann samt dessen Sohn. In der Erstfassung des Stücks tötet er dann das Volk und bleibt allein zurück, bis der Tod auch ihn tötet – heute überwältigt das Volk den großen Krieger, als er es zu töten versucht: Ausdruck einer Bewußtseinsentwicklung innerhalb des Ensembles.

Gespielt wird »Kingstory twice« mit Masken und Halbfiguren, die auf den Körper aufgesetzt und mit Stöcken geführt werden – und zwar in großen, rhythmischen Schwüngen, stark vergrößerten Gebärden. Vor dem Spiel zieht die Truppe mit Pauken und Trompeten (und Klingeln, Glöckchen, Rasseln etc.) durch die Straße, veranstaltet am Spielort auch noch ein fröhlich anarchistisches Platzkonzert. Die Kinder des ca. 60 Menschen umfassenden Ensembles spielen mit Requisiten und Masken, achtjährige Knirpse mit Totenköpfen und Trommeln laufen herum – die Truppe besitzt einen großen sinnlichen Reichtum, der der puritanischen Askese deutschen Straßentheaters exemplarisch widerspricht. Daß dieser Reichtum bei den auch sinnlich Unterdrückten Aggressionen auslösen kann, soll nicht unterschlagen werden: im Märkischen Viertel in Westberlin wurde die Truppe aus einem Lokal gewiesen und von Einwohnern angegriffen. Wer auf panem et circenses gedrillt worden ist, weiß mit bread and puppet nicht spontan etwas anzufangen.

Bruno Ganz

## Auffassungen zur Theaterarbeit
[1972]

Protokoll einer Unterhaltung der beiden Theaterkritiker
des Züricher ›Tagesanzeigers‹, Christoph Kuhn und Peter Meier,
mit dem Schauspieler Bruno Ganz

*Sie haben eine Schauspielschule absolviert. Können Sie mit dem,
was Sie dort gelernt haben, etwas anfangen?*

Nein, was ich in der Schule gelernt habe, war wenig und zum
Teil auch völlig falsch. Was man mit Sprache machen kann, begriff
ich erst allmählich in der Praxis. Während der Schulzeit gab es eine
bestimmte Form von Theater, die vorherrschte. Das Zürcher Schauspielhaus brachte zum Beispiel sehr gepflegtes Startheater. Es war
nicht besonders wichtig, wer inszenierte; das Wichtigste waren wohl
die Besetzungen und vielleicht in zweiter Linie die Stücke. Dann
hörte man, daß in Ulm etwas Spezielles gemacht werde, was mit
Zadek und Minks zusammenhing. Mich begann das zu interessieren.
In jener Phase war eben allgemein alles eindeutig auf eine Person
fixiert, auf den Regisseur: Das sogenannte Regietheater als Gegen-
position zum Schauspielertheater kam auf.

*Wie funktionierte dieses Regietheater bei Zadek zu jener Zeit?
Wenn man von Regietheater spricht, sieht man die Autorität des
Regisseurs im Vordergrund, der, überspitzt ausgedrückt, Schauspie-
lern, die er als Material behandelt, seine eigenen Ideen aufzwingt.
Die Schauspieler werden also dressiert.*

Solche Aussagen scheinen mir gefährlich. Wie soll ein Arbeitsprozeß funktionieren, wenn die Schauspieler nichts dazu zu sagen haben? Wenn man etwa den Franz Moor in Schillers »Räubern« spielt,
also eine größere Aufgabe in Angriff nimmt, die einen bestimmten
Schwierigkeitsgrad aufweist, arbeitet man schließlich mit dem eigenen Körper; es sind irgendwelche Vorstellungen zur Rollengestal-
tung vorhanden. In diesem Zusammenhang ist der Ausdruck Dres-
sur nicht richtig. Selbstverständlich gab es Reibungen. Es bestand,
im Gegensatz zu dem, was wir jetzt versuchen, keine »dritte Sache«.
Es war keine Kontrollinstanz vorhanden, an der sich beide, Schauspieler und Regisseur, orientieren konnten. Man einigte sich inhaltlich vor der Produktion nicht darauf, dieses oder jenes mit dem Stück

auszusagen. Zadek und viele seiner Schauspieler sahen in erster Linie die Revolutionierung der Mittel im Medium Theater; man fragte sich, *wie* man spielen sollte.

[...]

*Jetzt müßten wir herausfinden, was in Berlin an der »Schaubühne« auf dem Zadek-Theater aufbaute und wie die Emanzipation fortgeschritten ist. Sie haben vorhin eine Kontrollinstanz erwähnt, die zu den Instanzen Schauspieler und Regie dazukommt.*

Die neue Frage lautete: Wozu macht man Theater? In einer Stadt wie Bremen oder auch anderswo wurde sie selten gestellt. Es gab einfach Theater, es war eine Gegebenheit, die man nicht reflektierte. Da existierten Leute, die hatten viel Phantasie und waren als Persönlichkeit interessant, und wenn die auf der Bühne erschienen, war es aufregend, während es bei anderen nicht so wirkte. So versuchte man, sich mit denen zu umgeben, die interessant waren. Das war der Stand der Reflexion. Dem Überdruß und der Langeweile, die so ein Stadttheater verbreitet, versuchte man etwas entgegenzusetzen, indem man ganz mediumimmanent anfing zu fragen.

*Dann kam Peter Stein ...*

[...]

Wir fingen an, frei zu arbeiten. Bremen hat uns ein Angebot gemacht, wir könnten da produzieren, wenn wir wollten und was wir wollten, unter für Bremen sehr günstigen Bedingungen. Weil wir weiter miteinander arbeiten wollten, haben wir angenommen, und so ist Goethes »Tasso« entstanden. Natürlich hat Stein gewußt, daß man mit diesem Stück eine ganze Menge Geschichten erzählen konnte, die ihn und uns selber betrafen.

Dann stellte uns ein Bremer Journalist dreißig Fragen, und beim Beantworten dieser Fragen ist gewissermaßen die »Schaubühne« entstanden. Wir waren nur vier, der Werner Rehm, die Clever, die Lampe und ich, und wir haben ungefähr zwei Wochen lang jeden Tag sechs bis sieben Stunden anhand dieser Fragen diskutiert und unsere eigene Position geklärt.

Als nächstes kam Zürich, dort hat man uns aber schon nach vier Monaten die Perspektive abgeschnitten. In Zürich spielte sich indessen ein Teil des Vorprozesses ab, der für die »Schaubühne« ziemlich wichtig war: die »Frankenstein«-Produktion, die wir drei Monate nur unter uns probten. In diesem Zusammenhang stellten sich antiautoritäre Fragen wie Abschaffung der Regie usw. Wir konnten ohne Produktionszwang arbeiten. So hat sich natürlich ein intensives Gruppengefühl herausgebildet, das nicht unbedingt politisch war. [...]

Wir dachten: Wenn sich jeder ein Stück weit verändert und auf den andern zubewegt und wenn der Wissensvorsprung reduziert wird oder es möglichst so ist, daß alle an den Vorbereitungen gleichmäßig teilnehmen können, dann müßte es eigentlich so sein, daß 25 Leute vollkommen gleichberechtigt nebeneinander eine Produktion machen können. Doch das geht nicht.

*Das habt ihr anhand von praktischen Erfahrungen herausgefunden?*

Ja. Nach »Frankenstein« waren wir der Meinung, daß sich eine derartige Produktion vielleicht schon machen ließe, aber daß sich dann doch, gewissermaßen naturwüchsig, innerhalb der Gruppe, in einem völlig demokratischen Prozeß gewisse Leute herausbilden würden, die ein solches Unternehmen führen und leiten können. [...]

Wir haben versucht, zweigleisig zu operieren: einmal regiebestimmte Produktionen in Angriff zu nehmen, die vom Stoff her kompliziert sind, und uns mit schwierigen Gegenständen auseinanderzusetzen, dabei aber die Arbeit ebenfalls offenzuhalten; das heißt, die Kollektivbestrebungen bleiben bestehen, die ganzen Vorbereitungen zumindest sind so zu gestalten, daß wirklich jeder zur Kenntnis nehmen kann, warum etwas Bestimmtes veranstaltet wird. Alle Leute, die etwas über das Stückprojekt wissen aufgrund ihrer Ausbildung, geben Auskunft, so daß man orientiert ist, bevor man anfängt.

Auf der andern Seite gehen wir Produktionen wie Enzensbergers »Verhör von Havanna« an oder andere Stücke, die geeignet sind für eine wesentlich kollektivere Produktionsform.

*Auf dem zweiten Gleis entstanden bisher das »Verhör von Havanna« und neuerdings ein Arbeiterstück.*

Die erste Produktion ohne Regie ist das Stück von Johannes Schenk »Transportarbeiter Jakob Kuhn«. Das haben acht Kollegen miteinander unternommen, die sich das ausdrücklich wünschten, die auch schon bei »Havanna« mit dabei waren. Franz Rueb hat sich um die Organisation gekümmert, um Proben, um Räume usw., und Dieter Laser übernahm die Probenleitung. Er hat hauptsächlich auf die Organisation technischer Dinge wie Umbauten geachtet, die die Schauspieler selber bewerkstelligten. Er hat sonst die Schauspieler ziemlich selbständig arbeiten lassen und auch selber mitgespielt.

Streng formal gesehen, war dies die bisher kollektivste Produktion der »Schaubühne«.

*Inwiefern unterscheiden sich nun die weniger kollektiv erarbeiteten Aufführungen, also die formal, stofflich sehr anspruchsvollen, wie »Peer Gynt«, »Die Mutter«, »Ritt über den Bodensee«, von Produktionen à la Zadek?*

Es ist so, daß zum Beispiel bei »Peer Gynt«, den wir in acht Wochen produziert haben, die sonst ungeheuer geduldige und sehr genaue, langwierige Arbeitsweise von Peter Stein gar nicht stattfinden konnte. Das wußte Stein von Anfang an. Während der vierzehntägigen Vorbereitung wurden an die Schauspieler Referate verteilt; jeden Tag gab es Sitzungen, während deren wir uns über Karl May usw. unterhielten und Bildmaterial aus dem 19. Jahrhundert zur Kenntnis nahmen. Es wurden Positionen, rein theoretisch, schon ein bißchen vorgeklärt: etwa, wie weit man mit der Entlarvung des Kleinbürgertums gehen sollte, was es mit der Entlarvung und der kritischen Haltung gegenüber dem Kleinbürgertum, dem wir ja selber angehören, auf sich habe. Wie verhält es sich mit der unglaublichen Schlamperei, mit der Ibsen das Stück zusammengeschmiert hat (das kann man nicht anders sagen)? Was ist mit dem reinen Kabarett, das im vierten Akt ausbricht, und was bedeutet die merkwürdige Mystik im fünften Akt? Das alles wurde ziemlich weitgehend geklärt, und es gab schon eine Linie, auf der sich die Leute fanden.

*Aber wo spielt diese Kontrollinstanz, von der früher die Rede war?*

Man ging nicht hin und lieferte sich dem Stück aus, man hütete sich davor, in das Stück hineinzukriechen, um dann plötzlich zu sagen: Wir machen jetzt eine totale Denunziation des Kleinbürgertums, und wir ziehen den Trollen einen Frack an. Die Linie, wie weit man die Märchenebene halten wollte und diese ganze, uns etwas naiv anmutende Bilderwelt des 19. Jahrhunderts, das wurde alles vorher ziemlich festgelegt, so daß man nicht plötzlich ausrutschen und zum Beispiel alles Märchenhafte wegschmeißen konnte.

*Sie sprechen von zwei Linien, der mehr kollektiven und der anspruchsvollen, formaleren, ästhetischeren. Stellt ihr euch ein je anderes Publikum dazu vor, oder werden beide Produktionsweisen und -resultate auf das gleiche Publikum losgelassen? Für wen spielt ihr?*

Wir sind in derselben Situation wie alle anderen Theater, wir können uns das Publikum nicht aussuchen. Wir haben anfangs sehr oft darüber geredet, daß wir ein Zielpublikum anstreben und daß wir mit den Produktionen genau auf die Bedürfnisse eines ganz bestimmten Publikums eingehen. Wir wollten eine Publikumserhebung machen lassen, aber es hat sich dann bald erwiesen, daß das nichts einbringt. Dann sind wir davon ausgegangen, was die »Schaubühne« wahrscheinlich von der Tradition her war und was für Zuschauer sie früher besucht hatten – denn wir haben da auch nicht bei Null angefangen. Es ist immer ein linkes Theater gewesen. Wir dachten, daß die Leute, die kommen werden, sich wahrscheinlich für ganz ähnliche Probleme interessieren wie wir, so daß von daher eine Basis hergestellt war.

Wir spielen in Kreuzberg, das ist ein Berliner Arbeiterviertel, aber es gehen natürlich keine Arbeiter ins Theater, und die sind auch nicht durch irgendwelche Aufrufe dazu zu bewegen, ins Theater zu kommen. Wenn man also die Arbeiter erreichen will, muß man sich irgendwelcher Organisationen bedienen. Leider hat uns der Deutsche Gewerkschaftsbund (DGB) von der Zentrale in Frankfurt her in Berlin die Fabriken zugemacht und gesagt, mit der »Schaubühne« wolle er keine Zusammenarbeit, weil wir als erste Produktion für Lehrlinge ein Stück gemacht haben, das einen Konflikt innerhalb der IG Metall zum Thema hatte. Wir konnten dann bei der SEW spielen, in Freizeitheimen und Jugendklubs.

*Wir stellen fest, daß die »Schaubühne«, auch wenn sie den »Peer Gynt« in acht Wochen produzieren mußte, im Vergleich mit andern Theatern sehr wenig produziert, was sie sich offenbar im Status, den sie jetzt hat, leisten kann. Wie aber sieht das für den Schauspieler aus? Ist es nicht so daß der Schauspieler mit gewissen Frustrationen zu kämpfen hat, die ihm daraus erwachsen, daß er zu wenig Rollen spielen kann?*

Das ist eine ganz wichtige und in der gegenwärtigen Phase der »Schaubühne« heiß diskutierte Frage. Am Anfang hat jeder gesagt, wenn ich an der »Schaubühne« mitmache, verlange ich keine Rollen. Wir wollen wirklich ein Ensemble werden, und es darf nicht darauf ankommen, wer größere und kleinere Sachen spielt. Dieser Elan begann dann nach einem halben Jahr abzubröckeln, als sichtbar wurde, daß immer dieselben Leute die größeren Sachen spielten, was durch einen reinen Willensakt von uns auch nicht abzustellen war. Es sei denn, wir gingen auf Produktionen hinunter, bei denen die darstellerischen Aufgaben geringer sind, daß das wirklich jeder von uns kann. Es ist so, daß einige Leute, die das nicht mehr aushalten, weggehen, da sie sich geschädigt fühlen in ihrer Berufsausübung.

*Sie könnten es sich nicht mehr vorstellen, in einem normalen, traditionellen Stadttheaterbetrieb zu arbeiten?*

Ich wüßte nicht, was ich machen wollte, wenn die »Schaubühne« aufhören würde. Dann käme die entscheidende Frage, ob ich mich völlig eingraben würde, um vielleicht zweimal im Jahr etwas zu machen, nur um Geld zu verdienen.

*Empfinden Sie es nicht als Mangel, im Jahr nur ein oder zwei Rollen spielen zu können?*

Das muß ich subjektiv beantworten. Mich stört das nicht, im Moment jedenfalls noch nicht. Ich habe die letzten sechs, sieben Jahre viel gespielt. Je deutlicher ich sehe, wie genau und verantwortlich man arbeiten müßte, desto mehr baue ich ab mit dem Viel-spielen-Wollen.

[...]

*Einen Bereich müssen wir noch berücksichtigen. Wie stellt man sich an der »Schaubühne« die politische Arbeit vor, was heißt das überhaupt für das Ensemble?*

Ich halte die Möglichkeit, mit Theater politisch wirksam zu sein, für sehr gering. Ich glaube, man überschätzt das unwahrscheinlich. Die hundert Leute an der »Schaubühne« können keine Umwälzung herbeiführen. Es müßten etliche mehr sein, und ich glaube, auch Leute aus einer andern Klasse. Man kann sich natürlich Kenntnis darüber verschaffen, wie ein Staat funktioniert, wessen Interessen er vertritt. Man kann Alternativvorstellungen entwickeln und sich dann um die Staaten kümmern, in denen man eine Alternative zu dem findet, was bei uns schlecht ist. Man muß da natürlich auch erst einmal zur Kenntnis nehmen, was in der Sowjetunion überhaupt passiert ist, was Kommunismus, was Marxismus ist. Das tun wir mittels einer Schulung. Wir versuchen anhand dieser Studien auch Kriterien zu schaffen, wie wir die Stücke zu behandeln haben. Das müßte sich in der Ästhetik niederschlagen.

*Haben Sie das Gefühl, daß Sie tatsächlich schon jetzt oder vielleicht auch in naher Zukunft wirksame Folgerungen für die künstlerische Arbeit aus diesen Beschäftigungen ziehen?*

Ja, das glaube ich unbedingt. Auch für mich als Schaupieler. Es ist so, daß wir mit dem Medium Theater ganz bestimmte Meinungen erstmal behaupten, die wir von politischen Zusammenhängen, der Beschaffenheit der Gesellschaft usw. haben. Mit einer ästhetischen Produktion beziehen wir einen Standort. Im »Peer Gynt« werden verbal ganz klar Dinge mitgeteilt. Wenn man das überhören will, kann man das tun und sagen: Die sind ja eigentlich nicht politisch und das ganze politische Theater ist Schwachsinn.

*Aber sehen Sie nicht auch das Problem, daß die Ästhetik die politische oder gesellschaftliche Aussage zudecken kann?*

Wir haben das oft gehört, und es beschäftigt uns auch. Aber mir kommen diese Einwände immer ungeheuer arm vor. Vielleicht liegt das daran, daß ich ein Bedürfnis nach szenischer Plastizität und einer gewissen Entfaltung von humanem Material habe. Daher begreife ich den Vorwurf nur schwer, daß alles zu perfekt sei. Irgendwo und irgendwie muß sich Marxismus doch materialisieren. Dahinter stehen doch auch utopische Elemente, Sehnsüchte nach einer Form, miteinander umzugehen und zu leben, die frei ist; dazu muß man Voraussetzungen schaffen, beispielsweise auch Schönheit.

# Quellennachweise

BRECHT, ULRICH: Nach dem Happening
Erstpublikation in: Ulmer Theater 1965 [unpaginiert]

BREMER, CLAUS: Aktionsvortrag zum Vostell-Happening »In Ulm, um
Ulm und um Ulm herum«
Erstpublikation in: Becker/Vostell: Happenings, Reinbek 1965, S. 394
bis 399

BREMER, CLAUS: Das Mitspiel
Erstpublikation in: Akzente, Nr. 1, Januar 1965, S. 14–26

DORST, TANKRED: Die Bühne ist der absolute Ort
Erstpublikation dieser (gekürzten) Fassung in: Tankred Dorst: Große
Schmährede an der Stadtmauer, Köln 1962, S. 113–119

FORTE, DIETER: Um Mißverständnissen vorzubeugen
Erstpublikation in: Basler Theater Nr. 6, Januar 1971 [unpaginiert]

GANZ, BRUNO: Auffassungen zur Theaterarbeit
Erstpublikation in: Tagesanzeiger-Magazin Zürich, Nr. 14, vom 8. 4.
1972, S. 18–27

HANDKE, PETER: Natur ist Dramaturgie
Erstpublikation in: Die Zeit, Nr. 22, 30. Mai 1969, S. 16

HANDKE, PETER: Der Dramaturgie zweiter Teil
Erstpublikation in: Die Zeit, Nr. 24, 13. 6. 1969, S. 24

HANDKE, PETER: Straßentheater und Theatertheater
Erstpublikation in: Theater heute, April 1968, S. 7

HANDKE, PETER: Für *das* Straßentheater gegen *die* Straßentheater
Erstpublikation in: Theater heute, Juli 1968, S. 6 f.

HILDESHEIMER, WOLFGANG: Über das absurde Theater. Eine Rede; Vor-
trag gehalten in Erlangen im August 1960 auf der »Internationalen
Theaterwoche der Studentenbühnen«.
Erstpublikation in: Akzente Nr. 6, Dezember 1960, S. 543–556

HOCHHUTH, ROLF: Soll das Theater die heutige Welt darstellen?
Antwort auf eine Umfrage von Theater heute, Jahressonderheft von
Theater heute, 1963, S. 73 f.
Publikation in: Rolf Hochhuth: Die Hebamme, Reinbek 1971, S. 317

HOCHHUTH, ROLF: Vorwort zu ›Guerillas‹
Erstpublikation in: Rolf Hochhuth: Guerillas, Reinbek 1970, S. 7–22

JOHLER, JENS / SICHTERMANN, BARBARA: Über den autoritären Geist des
deutschen Theaters
Erstpublikation in: Theater heute, April 1968, S. 2–4

JOSEPH, ARTUR: Gespräch mit Peter Palitzsch
Erstpublikation in: Artur Joseph: Theater unter vier Augen. Gespräche
mit Prominenten, Köln 1969, S. 172–185

KARSUNKE, YAAK: Die Straße und das Theater
Erstpublikation in: Kursbuch 20, 1970, S. 53–71

KIPPHARDT, HEINAR: Wahrheit wichtiger als Wirkung
Erstpublikation in: Die Welt, 11.11.1964, S. 7

KROETZ, FRANZ XAVER: ›Pioniere in Ingolstadt‹ – Überlegungen zu einem
Stück von Marieluise Fleißer
Erstpublikation in: Süddeutsche Zeitung, Nr. 278, 20./21.11.1971, S. 4
(Wochenendbeilage)

MAROWITZ, CHARLES: Gesucht wird der moderne Schauspieler
Erstpublikation in: Karlheinz Braun / Mauricio Kagel u. a. (Hrsg.):
Mobiler Spielraum – Theater der Zukunft, Frankfurt a. M. 1970, S. 126
bis 130

[MINKS, WILFRIED:] Gespräch mit Wilfried Minks
Erstpublikation in: Karlheinz Braun, Mauricio Kagel u. a. (Hrsg.):
Mobiler Spielraum – Theater der Zukunft, Frankfurt/M. 1970, S. 131
bis 137

NITSCH, HERMANN: Drama als Existenzfest
Erstpublikation in: Hermann Nitsch: Orgien Mysterien Theater, Darmstadt 1969, S. 330–342

PISCATOR, ERWIN: Vorwort zu ›Der Stellvertreter‹ von Rolf Hochhuth
Erstpublikation in: Rolf Hochhuth: Der Stellvertreter, Reinbek bei
Hamburg 1963, S. 7–11

PÖRTNER, PAUL: Aus dem Vorwort zu ›Experiment Theater‹
Erstpublikation in: Paul Pörtner (Hrsg.): Experiment Theater, Zürich
1960, S. 78

PÖRTNER, PAUL: Über das Mitspiel
Erstpublikation in: Theater heute, Mai 1965, S. 35

SPERR, MARTIN: Was erwarte ich vom Theater?
Erstpublikation in: Theater heute, Jahressonderheft 1967, S. 53

SPERR, MARTIN / STEIN, PETER: Wie wir Bonds Stück inszenierten
Erstpublikation in: Theater heute, Jahressonderheft 1967, S. 748

[STEIN, PETER / ZADEK, PETER]: Gespräch mit den Regisseuren Peter Stein
und Peter Zadek
Erstpublikation in: Theater heute, Jahressonderheft 1968, S. 26–29

VOSTELL, WOLF: Happening
Erstpublikation in: Theater heute, Mai 1965, S. 29

WALSER, MARTIN: Vom Theater, das ich erwarte. Was nötig ist: Nicht die
elfenbeinerne, sondern die aktive Fabel
Erstpublikation in: Die Zeit, Nr. 47, 23. 11. 1962, S. 12

WALSER, MARTIN: Der Realismus X, aus M. Walser: Imitation oder Realismus, Vortrag, gehalten auf dem Essener Germanistentag 1964
Erstpublikation der ungekürzten Fassung in: Rudolf Henß / Hugo Moser (Hrsg.): Germanistik in Forschung und Lehre, Vorträge und Diskussionen des Germanistentages in Essen 21.–25. Oktober 1964, Berlin 1965,
S. 247–264 (Diese Fassung liegt dem Reader-Beitrag zugrunde). Erstpublikation des Vortrags in gekürzter Fassung in: Theater heute, Januar
1965

WEISS, PETER: Gespräch mit Peter Weiss
Erstpublikation in: Theater der Zeit, Berlin-Ost, 16/1965, S. 4–7

WEISS, PETER: Notizen zum dokumentarischen Theater
Erstpublikation in: Peter Weiss: Dramen 2, Frankfurt a. M. 1968,
S. 464–472

# Auswahlbibliographie

Ammer, Sigrid: Das deutschsprachige Zeitstück der Gegenwart, Diss. Köln 1966

Angermeyer, Christoph: Zuschauer im Drama (Brecht, Dürrenmatt, Handke), Frankfurt a. M. 1971

Arnold, Heinz Ludwig (Hrsg.): Peter Handke, Text und Kritik 24, 1969

Baur, Elke: Theater für Kinder, Stuttgart 1970

Becker, Jürgen / Wolf Vostell: Happenings, Reinbek 1965

Bentley, Eric (Hrsg.): The Storm over »The Deputy«, New York 1964

Best, Otto F.: Peter Weiss. Vom existentialistischen Drama zum marxistischen Welttheater, Bern u. München 1971

Bienek, Horst: Werkstattgespräche mit Schriftstellern, München 1965

Billeter, Erika: The Living Theatre. Paradise Now, Bern 1968

Braun, Karlheinz (Hrsg.): Materialien zu Peter Weiss' Marat/Sade (= edition suhrkamp 232) Frankfurt a. M. 1967

Brauneck, Manfred (Hrsg.): Das deutsche Drama vom Expressionismus bis zur Gegenwart, Bamberg 1970

Bremer, Claus: Theater ohne Vorhang. Drei dramaturgische Essays, St. Gallen 1962

Bremer, Claus: Thema Theater, Frankfurt a. M. 1969

Burkart, Veronika: Befreiung durch Aktionen, Wien 1972

Buselmeier, Michael: Die Funktion des Theaters im Spätkapitalismus, in: Kürbiskern 1970

Canaris, Volker (Hrsg.): Über Peter Weiss, (= edition suhrkamp 408), Frankfurt a. M. 1970

Carl, Rolf-Peter: Dokumentarisches Theater, in: Die deutsche Literatur der Gegenwart. Aspekte und Tendenzen, hrsg. von Manfred Durzak, Stuttgart 1971

Enzensberger, Hans Magnus: Peter Weiss und andere, in: Kursbuch 6, 1966

Esslin, Martin: Das Theater des Absurden, Frankfurt a. M. 1964

Gespräch mit dem Intendanten August Everding über die Mitbestimmung, in: Der Spiegel Nr. 46, 1969

Frisch, Max: Öffentlichkeit als Partner, Frankfurt a. M. 1967

Frisch, Max: Dramaturgisches. Ein Briefwechsel mit Walter Höllerer, Berlin 1969

Germay, A.: Deutsches Theater der Gegenwart. Eine Übersicht, in: Revue des langues vivantes 35, 1969

Grimm, Reinhold u. a. (Hrsg.): Der Streit um Hochhuths »Stellvertreter«. Theater unserer Zeit, Bd. 5, Basel 1963

Grimm, Reinhold: Bertolt Brecht, Stuttgart [3]1971

Happ, Alfred / Rühle, Günther (Hrsg.): Elemente des modernen Theaters, 1961

Haiduk, Manfred: Peter Weiss' Drama »Die Verfolgung und Ermordung Jean Paul Marats (...)«, in: Weimarer Beiträge 12, 1966

Hecht, Werner (Hrsg.): Brecht-Dialog 1968. Politik auf dem Theater, München 1969

Heidsieck, Arnold: Das Groteske und das Absurde im modernen Drama, Stuttgart 1969

Hensel, Georg: Theater der Zeitgenossen. Stücke und Autoren, Berlin 1972

Helms, Hans G.: Voraussetzungen eines neuen Musiktheaters, in: Musik auf der Flucht vor sich selbst, hrsg. v. Ulrich Dibelius, München 1969

Hermand, Jost: Pop International, Frankfurt 1971

Hinck, Walter: Von Brecht zu Handke. Deutsche Dramatik der sechziger Jahre, in: Universitas 24, 1969

Hinck, Walter: Von der Parabel zum Straßentheater. Notizen zum Drama der Gegenwart, in: Gestaltungsgeschichte und Gesellschaftsgeschichte, hrsg. von H. Kreuzer / K. Hamburger, Stuttgart 1969

Hilton, Ian: Peter Weiss. A Search of Activities, London 1970

Hüfner, Agnes (Hrsg.): Straßentheater, (= edition suhrkamp 424), Frankfurt a. M. 1970

Ionesco, Eugène: Argumente und Argumente. Schriften zum Theater, Berlin 1966

Joseph, Artur: Theater unter vier Augen. Gespräche mit Prominenten, Köln 1969

Jürgens, Martin / Jürgens-Kirchhoff, Annegret: Skandalproduktion und Reaktion. Anmerkungen zum ästhetischen Aktionismus, in: LiLi (Zeitschrift für Literaturwissenschaft und Linguistik) 12, 1973

Kaiser, Joachim: Bewährungsproben. Die zweiten Stücke von Hochhuth und Sperr, in: Der Monat 20, 1968

Kaiser, Joachim: Kleines Theater-Tagebuch. Reinbek 1965

Karasek, Hellmuth / Joachim Kaiser / Urs Jenny / Ernst Wendt: Dokumentartheater – und die Folgen, in: Akzente 13, 1966

Kesting, Marianne: Panorama des zeitgenössischen Theaters, München 1969

Kesting, Marianne: Das deutsche Drama seit Ende des Zweiten Weltkriegs, in: Die deutsche Literatur der Gegenwart. Aspekte und Tendenzen, hrsg. v. M. Durzak, Stuttgart 1971

Kienzle, Siegfried: Modernes Welttheater. Ein Führer durch das internationale Schauspiel der Nachkriegszeit in 755 Einzelinterpretationen, Stuttgart 1966

Koebner, Thomas: Überlegungen zur Dramaturgie des rituellen Theaters, in: Diskurs 1, 1971

Koebner, Thomas: Dramatik und Dramaturgie seit 1954, in: Tendenzen der deutschen Literatur seit 1945, hrsg. v. Th. Koebner, Stuttgart 1971

Lamberecht, Luc: Peter Weiss' Marat-Drama. Eine strukturelle Betrachtung, in: Studia Germanica Gaudensia 10, 1968

Mayer, Hans: Bildung, Besitz und Theater, in: H. Mayer: Das Geschehen und das Schweigen, Frankfurt 1969

Melchinger, Siegfried: Rolf Hochhuth, (= Friedrichs Dramatiker des Welttheaters 44) Velber 1967

Mittenzwei, Werner: Zwischen Resignation und Auflehnung. Vom Menschenbild der neuesten westdeutschen Dramatik, in: Sinn und Form 16, 1964

Mittenzwei, Werner: Gestaltung und Gestalten im modernen Drama. Zur Technik der sozialistischen und spätbürgerlichen Dramatik, Berlin ²1969 (¹¹1965)

Müller, André: Es geht doch um Mitbestimmung, in: Kürbiskern 1970

Nyssen, Ute: Nachwort zu: Radikales Theater, hrsg. v. U. Nyssen, Köln 1969

Paul, Arno: Theater als Kommunikationsprozeß. Medienspezifische Entwöhnung vom Literaturtheater, in: Diskurs 2, 1971/72

Piscator, Erwin: Schriften II, Berlin 1968

Pörtner, Paul: Spontanes Theater, Köln 1972

Raddatz, Fritz J. (Hrsg.): Summa iniuria oder Durfte der Papst schweigen? Hochhuths »Stellvertreter« in der öffentlichen Kritik, Reinbek 1963

Rischbieter, Henning / Ernst Wendt (Hrsg.): Deutsche Dramatik in Ost und West, Velber 1965

Rischbieter, Henning: Peter Weiss, (= Friedrichs Dramatiker des Welttheaters 45) Velber 1967

Rischbieter, Henning: Friedrichs Theater-Lexikon, Velber 1969

Rischbieter, Henning (Hrsg.): Theater im Umbruch. Eine Dokumentation aus ›Theater heute‹ (= dtv-report 640) München 1970

Rothschild, Thomas: Onkel Jaroš und die Produktionsverhältnisse. Bemerkungen zum Theater des Absurden in Polen und der Tschechoslowakei, in: LiLi (Zeitschrift für Literaturwissenschaft und Linguistik) 12, 1973

Roubiczek, H.: »Der Stellvertreter« and His Critics, in: German Life and Letters 17, 1963/64

Rühle, Günther: Das dokumentarische Drama und die deutsche Gesellschaft, in: Jahrbuch 1966 der Deutschen Akademie für Sprache und Dichtung, Darmstadt 1967

Salloch, Erika: Peter Weiss »Die Ermittlung«. Zur Struktur des Dokumentar-Theaters, Frankfurt a. M. 1972

Schedler, Melchior: Kindertheater. Geschichte, Modelle, Projekte (= edition suhrkamp 520) Frankfurt a. M. 1972

Schnebel, Dieter: Sichtbare Musik, in: Musik auf der Flucht vor sich selbst, hrsg. von Ulrich Dibelius, München 1969

Schwarz, Egon: Rolf Hochhuth' »The Representative«, in: The Germanic Review 39, 1964

Schultze, Friedrich (Hrsg.): Theater im Gespräch. Ein Forum der Dramaturgie. Aus den Tagungen der Deutschen Dramaturgischen Gesellschaft 1953–60, Berlin 1963

Senf, Jochen: Der Übergang vom ›absurden‹ zum ›dokumentarischen‹ Drama. Eine gattungsgeschichtliche Untersuchung. Magisterarbeit (masch.) Saarbrücken 1969

Silvestro, Carlo: The Living Book of the Living Theatre, Vorwort von Wilhelm Unger, Köln 1971

Sontag, Susan: Kunst und Antikunst. 24 literarische Analysen, Reinbek 1968

Spielplatz 1. Jahrbuch für Theater 71/72, hrsg. v. Karlheinz Braun / Klaus Völker, Berlin 1972

Taëni, Rainer: Drama nach Brecht. Möglichkeiten heutiger Dramatik, Basel 1968

Taëni, Rainer: Handke und das politische Theater, in: Neue Rundschau 81, 1970

Terayama, Shuji: Theater contra Ideologie, hrsg. und übersetzt von Manfred Hubricht, Frankfurt a. M. 1971

Theater 1973. Für Bertolt Brecht. Kürbiskern 2, 1973

Vanhelleputte, Michel: Réflexions sur le courant documentaire du théâtre allemand d'aujourd'hui, in: Études Germaniques 22, 1967

Vostell, Wolf: Aktionen, Reinbek 1970

Weiss, Peter: Rapporte, (= edition suhrkamp 276), Frankfurt a. M. 1968

Weiss, Peter: Rapporte II, (= edition suhrkamp 441), Frankfurt a. M. 1971

Weiss, Peter: Anmerkungen zu Dramen I und II, Frankfurt a. M. 1968

Walser, Martin: Erfahrungen und Leseerfahrungen, (= edition suhrkamp 109) Frankfurt a. M. 1965

Walser, Martin: Heimatkunde, (= edition suhrkamp 269) Frankfurt 1968

Weber, Dietrich (Hrsg.): Deutsche Literatur seit 1945 in Einzeldarstellungen, Stuttgart 1968

Wiese, Benno von: Deutsche Autoren der Gegenwart, Berlin 1973

Zipes, Jack: The Aesthetics of German Documentary Drama, in: German Life and Letters, 1971

## Zeitschriften

Arbeitskreis Bertolt Brecht. Nachrichtenblätter
Basis. Jahrbuch für Gegenwartsliteratur
Diskurs
Theater heute. Zeitschrift für Schauspiel, Oper Ballett
Theater der Zeit. Blätter für Bühne, Film und Musik
Theatre Quarterly
Theater und Zeit
Tulane Drama Review
World Theatre

Vgl. ferner die Jahresbände der Deutschen Dramaturgischen Gesellschaft

# Namenregister

Das Register erfaßt alle Eigennamen (samt adjektivischen Ableitungen) sowie die Autoren der Stücke, deren Titel im Text vorkommen. Dramenfiguren nach historischen Modellen werden nicht einbezogen. Kursiv gesetzte Seitenzahlen beziehen sich auf hier abgedruckte Texte der betreffenden Autoren.